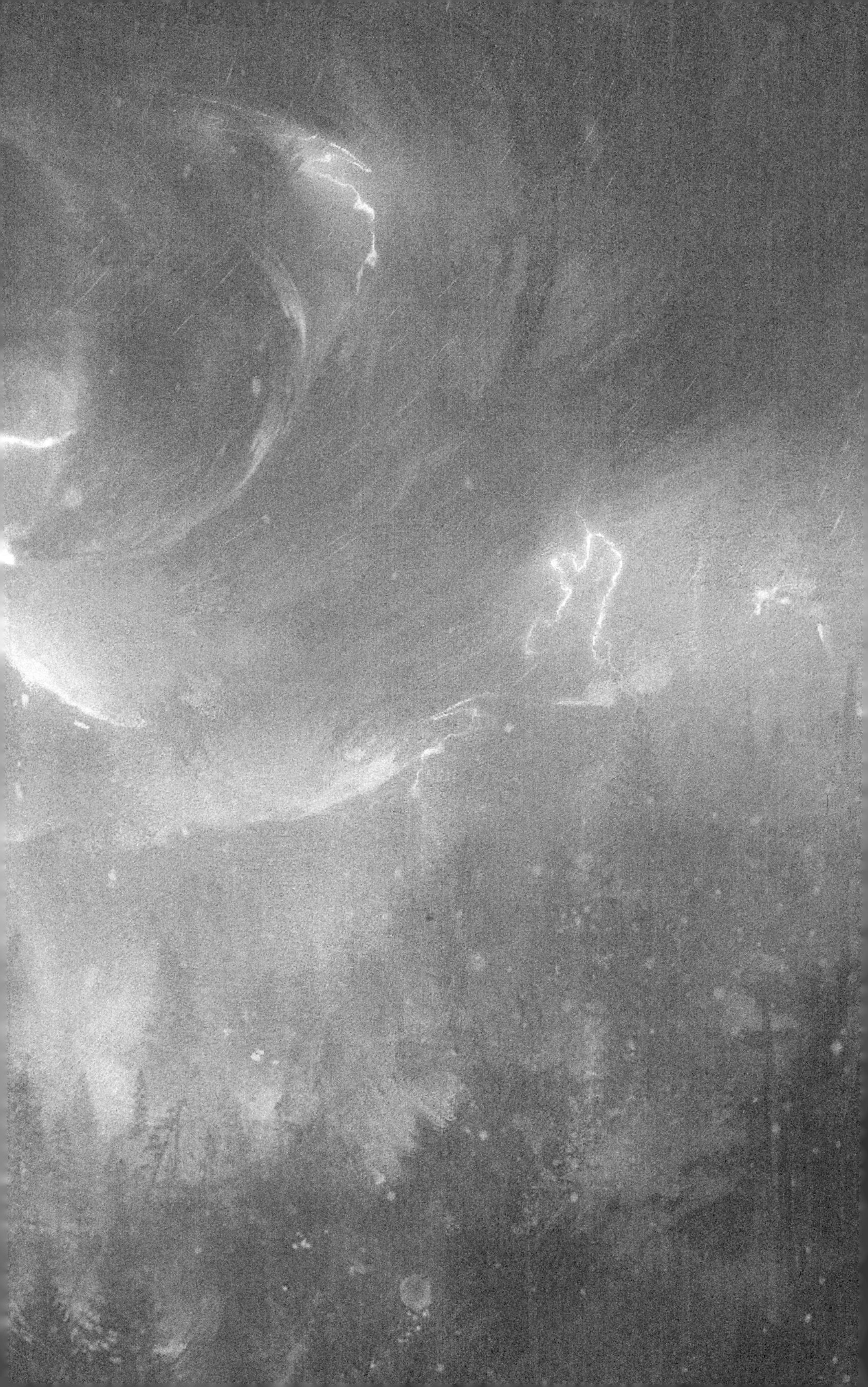

El Taíno

Bryan González

1ª edición 2025

ISBN: 979-8-9884434-4-5

Ilustraciones creadas por la artista puertorriqueña

Maricely Galván Corchado – T Celey's Art

Arte en blanco y negro, "el Yunque en fuego" creado por Wisp.

CONTENIDO DE EL TAÍNO

Todo lo que estás leyendo ha sido traducido del idioma de Guazei'ki'no a excepción de unas pocas palabras.

Palabras de los Taínos

Bojique: El curandero de la tribu y portavoz de los dioses

Bojio: Las casas donde viven todos los taínos

Yucayeque: Todo lo que compone la tribu, desde el batey, los bojios y el caney

Caney: El bojio del cacique

Cacique: Jefe de la tribu

Batey: Formación rectangular en medio del yucayeque hecha de rocas

Dujo: el pequeño asiento de madera del cacique tallado con la cara y las patas de un animal

Cemí: Piedra o madera con forma de un dios de Borikén

Canoa: Embarcación utilizada para pescar en los ríos y el mar

Hamaca: Cama colgante de los taínos

Macana: Arma de los taínos

1493

CAPÍTULO 1

LA LLEGADA DE LOS DIOSES BLANCOS

Siempre es la misma visión. Mientras la bebida que me entregó el bojique pasa por mi garganta, las mismas imágenes comienzan a transformar todo a mi alrededor. Me dejo caer mirando el techo del bojio y comienza. La risa de un hombre que grita las mismas palabras que he escuchado durante años: "¿cómo te atreves a desafiar al verdadero dios de los 'taínos'?" Pero no puedo verlo, no puedo levantarme. Veo el cielo negro, las hojas volando y cayendo, la lluvia derramándose sobre mi cara, el aire frío, los truenos rompiendo el suelo cerca de mí y escucho los gritos de otro dios. Juracán. Escucho sus gritos en los vientos mientras arrasa los árboles a mi lado. También hay una cosa que nunca cambia. El dolor en mi pecho al sentir que algo pasa a través de él, mientras me quema. Y como siempre, me despierto con gritos.

—¡Guazei, dime! ¿Te han mostrado los dioses la cara de este nuevo dios? —Pregunta el bojique sosteniéndome por los hombros. Impidiendo que salga corriendo después de la visión. Respiro hondo calmando mi cuerpo como él me ha enseñado a hacer, y observo a mi amigo de cerca para asegurarme de que estoy de vuelta en el mundo real. Veo su largo cabello negro cayendo sobre sus hombros, su rostro sabio lleno de líneas rojas hechas de pintura creada con achiote y su collar de chuchu colgando del cuello y sé que estoy de regreso.

—No, no lo han hecho —le digo cuando la frustración se apodera de mí mientras me levanto y me acerco a la salida del bojio. Miro hacia afuera y el sol todavía está alto en el cielo y los niños están disfrutando del regalo de la luz, jugando en el batey—. Siempre es lo mismo.

Su rostro es invisible, Juracán está ahí y también yo, pero estoy herido. Nunca puedo levantarme. En mi corazón siento la necesidad de llamar a Yocahú, pero las palabras nunca llegan a mis labios.

—Eres el más sano de tu generación, Guazei'ki'no, el más fuerte y el más inteligente. Para que estés lastimado de esa manera, significa que te enfrentaste a un dios en esa visión. Y si te enfrentas a un dios, la única razón por lo que lo harías es porque él está tratando de destruir a Borikén.

—Hemos tenido estas conversaciones durante años, Arinotu. Sirvo a los dioses como tú lo haces. Y si esto es una visión sobre luchar contra ellos, entonces debe haber una razón diferente. He llegado a pensar que son solo sueños y no el futuro —digo listo para irme. Todavía hay cosas que puedo hacer en este día. Cosas más importantes que escuchar los delirios de mi amigo, aunque él sea el bojique.

—¿Cuál es la diferencia entre un sueño y una visión Guazei? ¿No son ambas cosas, regalos de los dioses? —Dice Arinotu acercándose a mí con una sonrisa en su rostro—. Uno te muestra lo que deseas y temes, pero el otro te dice lo que está por venir. ¡Vete! Juega en el batey con los niños o vete a cazar. No me importa. Tengo cosas que hacer.

—Perdóname, Arinotu. Tienes que entender cómo me siento —digo mirando a mi amigo. A veces se me olvida, que ahora es el portavoz de los dioses y no solo uno de mis mejores amigos con quien crecí, aunque me supera en edad por veinte años.

—Por eso te digo que te vayas, Guazei. Usa esa energía en otro lugar y no contra el bojique de tu tribu. Ya tienes suficientes problemas con los dioses —dice agitando las manos y volviéndose para trabajar en las plantas al final de bojio—. Prepararé algo más fuerte. Algo para verle la cara a ese dios.

Sin más palabras, salgo de su bojio. —Guazei, ven a jugar con nosotros. Apuesto a que no puedes vencernos hoy. Cuando vengan las otras tribus, seguro que ganaremos —me gritan los niños cuando paso por las rocas del batey. Recuerdo cuando era tan pequeño como ellos y pensaba que batú era solo un juego. Pero en tiempos de conflicto, un juego en el batey es la única solución para evitar una guerra.

Me río de los niños y me meto dentro del rectángulo de piedras con diseños de nuestros dioses que cubren gran parte del yucayeque y corro hacia el pequeño más cercano que tiene la pelota. Intenta correr hacia el lado, pero se la robo con los pies antes de que pueda.

—Entonces todos ustedes tendrán que entrenar mejor para proteger nuestro yucayeque —digo cuando sigo moviendo la pelota a través de mis rodillas y pecho, enseñándoles cómo sería un evento real, pero me distraigo tanto que no veo quién está detrás de mí.

Alguien patea la pelota quitándomela de los pies y comienza a correr con ella y, cuando me doy la vuelta, no puedo evitar sonreír.

—Una cosa es segura. Todo el mundo sabe que yo soy mejor en batú que tú, papá —Yocagua, mi hijo. Con tan solo diez años ya es más rápido y mejor que yo.

—Un hijo siempre debe superar a su padre, ese es el camino de la tribu —digo acercándome y agrándalo para darle un abrazo—. ¿Qué vas a…? —Detengo mis palabras. ¿Qué pasa? ¿Por qué todo el mundo grita? ¡¿Los Carib?! ¿A esta hora?

—Yocagua, corre hacia tu madre. Protégela. Cada uno de ustedes, corran a su bojio. ¡AHORA! —Grito y empiezo a correr hacia el bosque en la dirección donde se escuchan las voces alarmadas de los vigilantes de la tribu. Deben ser Los Carib, tribus del océano, que vienen a invadirnos de nuevo. Ya se han llevado a muchos de nuestra gente. ¡Esta vez no se lo voy a permitir! Corro a la playa de dónde vienen los sonidos. Agarro una de mis macanas que escondo cerca de la playa y al pasar por la hierba que roza mis rodillas y por los árboles que me abren el camino, empiezo a escuchar las olas y me congelo. Tan pronto como toco la arena, veo a toda la tribu paralizada, mirando el océano. No me muevo, pero lo que veo no son Los Carib.

Flotando, resistiendo las olas, veo madera, más grande que los árboles, tallada, formando lo que parece ser una canoa, pero de una manera que no parece que la haya hecho una tribu. Hay tres de estas canoas sin moverse en el mar. Pero descendiendo de ellas, otras más pequeñas tocan el agua. Empiezan a acercarse hacia nosotros y las veo llenas de seres blancos. —Los dioses han venido a visitarnos—. —Los dioses blancos están en el agua—. —Tenemos que hacer algo; ¿Cómo adoramos a estos nuevos dioses? —Todos a mi alrededor susurran, pero nadie hace nada, simplemente nos quedamos quietos mientras el cacique se acerca al agua.

—¡Tienen a nuestra gente! —Grita Agüeybaná señalando hacia el mar—. ¡Las personas que Los Carib nos arrebataron hace tanto tiempo!

Y cuando miro más de cerca, también lo noto. Por Yocahú dice la verdad. Los seres blancos que parecen hombres tienen gente como nosotros en su canoa. —Agüeybaná. ¿Has oído hablar de tales dioses como los que están frente a nosotros?

—Jamás, Guazei'ki'no, pero liberaron a nuestra gente de sus prisiones y eso es prueba suficiente de que son dioses misericordiosos —dice el cacique cuando los hombres blancos al fin llegan a nuestras costas. Se bajan de sus canoas y no se parecen a nada que hayamos visto antes. Su piel es blanca como la arena bajo mis pies, su cabello tiene curvas y ocultan todo su cuerpo detrás de largos trozos de tela. No son como ninguna tribu de Borikén... son dioses. El dios que parece guiarlos viste ropas rojas que le llegan al pecho y a las piernas, y sobre los hombros algo parecido a una nagua azul cubre sus brazos.

Comienzan a hablar rápido y a extender los brazos, pero ninguno de nosotros los entiende. Estos dioses hablan de una manera que nunca he escuchado. Hablan y nos observan y luego a los prisioneros liberados de Los Carib hasta que, finalmente, los sueltan. Miran fijamente al cacique que se acerca a ellos. —Buena gente —es lo único que dice el cacique mientras se toca el pecho un par de veces frente a los dioses blancos.

—¿Buena gente? —Responde el dios en nuestro idioma. Pero mi mirada se desvía hacia el dios que está al lado de su líder. Sonríe, pero no de buena fe, sino de una manera burlona. Es el único de ellos con el pelo largo y negro que le cae sobre los ojos con iris rojos. ¿Quién es este dios?

—¡Sí! —grita Agüeybaná, y cada uno de ellos retrocede alerta por el grito del cacique—. Buena gente —luego vuelve a tocarse el pecho y habla—. Cacique —y sostiene su guanín en la mano y se lo muestra a todos estos dioses—. Cacique —pero cada uno de ellos comienza a murmurar algo. Una palabra que nunca habíamos escuchado, 'Oro'.

—Oro —repite su líder. Y el cacique asiente. El dios extiende sus manos señalando el bosque y repite—. Oro.

—Creo que los dioses quieren ver dónde está la roca con la que creamos tu guanín —dice Arinotu corriendo hacia el lado de Agüeybaná interpretando el lenguaje de los dioses.

—¿Entiendes a los dioses que salvaron a nuestro pueblo, Arinotu? —pregunta.

—Hoy no cacique, pero si les damos la bienvenida, aprenderemos a hablar con estos nuevos dioses y de esta manera podremos prevenir su furia.

—Que así sea —dice Agüeybaná dirigiéndose a todos nosotros—. Los dioses han venido del mar para devolvernos a nuestro pueblo después de ser capturados por Los Carib. Adórenlos como hemos hecho toda nuestra vida con los dioses de nuestra tierra y no provoquen su furia. Los guiaremos a nuestro yucayeque, y les mostraremos el río bañado en el sol para que se deleiten con la piedra que llaman Oro—. Toda la tribu celebra con gritos dando la bienvenida a estos nuevos dioses, pero no puedo evitar sentir inquietud.

Agarro a Arinotu y lo llevo a un lado. —¡Nuevos dioses han tocado nuestra tierra! ¿Cómo no sabemos qué son los de mi visión?

—Guazei —dice entre risas—. ¿No fuiste tú quien dijo que todo eso podía ser un sueño nada más? —Y con esas palabras se va a celebrar con nuestra tribu mientras comienzan a guiarlos a nuestro yucayeque. ¿Es posible que después de tantos años haya llegado el momento? ¿Ha llegado el dios que acaba con mi vida con estos dioses blancos?

Dejo todas mis dudas a un lado cuando de repente veo a uno de los prisioneros acercándose lentamente. —¡Mabodamaca! —Grito corriendo hacia mi primo que hace muchos meses desapareció en una invasión de Los Carib.

Lo abrazo con fuerza, sin poder creer que esté aquí con nosotros de nuevo. —Guazei, ha pasado demasiado tiempo —dice y su voz suena débil.

—Por supuesto que sí. Pensé que te habíamos perdido la última vez que Los Carib invadieron —le digo soltándolo y sonriendo.

—Querían que nuestra gente hiciera el trabajo por ellos, así que nos mantuvieron con vida. Fue horrible hasta que nos salvaron los dioses blancos. Llegaron y nos liberaron —dice dándome unas palmaditas en el hombro y empezando a caminar hacia el bosque—. Son poderosos y si eres su enemigo sentirás verdadero temor. Lo he visto en los ojos de Los Carib, lo sentí en mi espíritu cuando ví su fuerza, así que no hagas nada tonto para desatar su furia, Guazei.

—No lo haré, Mabodamaca. Hablaré de esto con el cacique. Pero acabas de llegar. ¿No quieres descansar en nuestro yucayeque?

—Pregunto cuando veo que se aleja de mí en dirección al yucayeque donde está su gente.

Él niega con la cabeza y habla mientras se aleja sin darse la vuelta. —Muchos meses he estado lejos de mi yucayeque y mi padre, como cacique de mi tribu, necesita saber dónde he estado.

—Entiendo, Mabodamaca. Me alegro de verte bien —digo mientras desaparece en el bosque. Miro hacia el lugar por el que desapareció mi tribu y los dioses, pero mi mente sigue pensando en las palabras de mi primo. Qué puede ser tan aterrador acerca de estos nuevos dioses que incluso Mabodamaca, un guerrero despiadado, ha llegado a temerles.

CAPÍTULO 2

EL RÍO BAÑADO EN EL SOL

—Batey —dice el cacique cuando los dioses se detienen a observar las rocas colocadas en el centro de nuestro yucayeque. He llegado a comprender que la única manera de comunicarnos con estos nuevos dioses es mediante explicaciones de una sola palabra. Nos hablan de manera diferente, pero parecen entendernos si usamos solo una palabra. Y parece que el cacique también se ha dado cuenta.

Los dioses blancos comienzan a caminar alrededor del batey repitiendo la palabra hasta que el cacique llama a dos hombres de nuestra tribu. —Muéstrenle lo que hacemos en el batey —los hombres agarran una pelota y comienzan a jugar lo mismo que yo estaba jugando con los niños. Comienzan a pasar la pelota por todo su cuerpo con pequeños saltos y luego se la lanzan entre ellos, pero mi mirada está enfocada en los dioses y no puedo esconder mi sorpresa. Parece que disfrutan viéndonos jugar. Sonríen mientras hablan entre ellos, señalando a los dos hombres—. Batú —repite el cacique. Los dioses tratan de pronunciar la palabra y asienten con la cabeza cuando logran decirla.

Después de unos minutos el cacique da una señal con su mano para que se detenga el juego y caminamos a través del batey, hasta el lugar en el yucayeque donde están dispersos la mayoría de los bojios. Ya a esta hora se deberían ver a varias personas en los bojios ya que la gente que ha terminado la tarea de cultivar la tierra o de cazar deberían estar descansando en sus hamacas, pero los niños deben haberles advertido de lo que está pasando, porque afuera de sus casas, hombres, mujeres y niños miran sorprendidos a los dioses. Las madres abrazan a sus hijos con miradas desafiantes pero temerosas de que se los lleven, y los hombres están de pie con arcos y macanas en mano. Pero ¿deberían tener miedo? El cacique parece confiar en los nuevos dioses. Su confianza se basa en la forma en que salvaron a nuestro pueblo, pero Mabodamaca habla de ellos con miedo. No estoy seguro de qué pensar, pero siento paz cuando veo que nadie se acerca, en especial mi esposa e hijo.

Nos detenemos frente al bojio del cacique. Agüeybaná señala todas las casas de nuestro pueblo y les regala otra palabra a los dioses mientras mueve sus manos hacia cada hogar circular hecho de ramas de árboles y hierba. —Bojio —y luego se da la vuelta y, con la mano abierta, señala su hogar y lo nombra—. Caney.

Los dioses miran el Caney, pero parecen alarmados. Sus ojos se mueven alrededor del yucayeque y sus miradas caen en cada una de las personas que se empiezan a acercar al batey. No somos la tribu más grande de Borikén, solo unos pocos cientos de personas, pero los dioses blancos actúan de manera extraña. ¿no esperaban ver a tantos de nosotros? ¿Estos dioses nunca han visto una tribu de Borikén? Mi mirada se mueve hacia su cintura donde comienzan a tocar lo que parece el mango de una macana, y el cacique también se da cuenta porque empieza a hablar rápido. —Buena gente —repite—. Buena gente.

Pero los dioses blancos parecen no confiar en el cacique. Se quedan con las manos en la cintura, excepto por el dios de los ojos rojos que permanece con las manos cruzadas sobre el pecho con una sonrisa en la cara. El líder de los dioses se acerca al cacique y le dice de nuevo la palabra de la roca. —Oro.

Arinotu, que había permanecido en silencio todo este tiempo, es el primero en hablar. — Agüeybaná, los dioses parecen desesperados en ver el oro de tu guanín. Y debemos recordar que estos son dioses buenos, como tú mismo has dicho. Mostrémosles el río lo antes posible. Es sabio recordar que incluso lo bueno puede volverse malo si las circunstancias cambian.

Me abro paso entre la gente para acercarme al cacique e interrumpo a Arinotu. — Agüeybaná, Arinotu habla sabiamente como siempre, pero el río guarda el oro con el que se crean cosas importantes. Quizás ellos sean dioses como Yocahú, pero Mabodamaca habla de la ira que descendió sobre Los Carib, ¿no deberíamos observarlos al menos una noche?

—Guazei'ki'no, Arinotu. Ambos hablan con la verdad, pero les pregunto ¿no han demostrado lo suficiente los nuevos dioses? ¿No se han enfrentado a Los Carib y han traído lo que creíamos perdido demostrándonos prueba suficiente de los dioses misericordiosos que son? —Dice Agüeybaná y se dirige a los dioses—. Oro —repite con las manos abiertas, pasando por delante del Caney y adentrándose en el bosque que hay detrás. Los dioses lo siguen y cuando el dios de los ojos rojos pasa a mi lado, me mira directamente con una sonrisa sarcástica que parece peor que misericordiosa.

El cacique camina acompañado de sus guerreros más poderosos, pero yo los sigo de cerca de todos modos. En mi mente hay una guerra y no sé qué creer. Así que la única forma de descubrir la verdad es seguir a los dioses blancos y al cacique hasta el río para poder ver qué sucederá.

Pasamos medio día caminando por el bosque que conduce al río. He caminado por este bosque desde que nací. Conozco cada árbol como si fuera parte de la tribu, cada raíz, cada hoja. Conozco cada sonido, desde un simple insecto hasta el cántico del cokí. Pero a medida que los dioses se adentran más por estas tierras, el bosque cambia. Caminan con sus macanas de plata en la mano y por primera vez en mi vida el bosque está en completo silencio. El viento desaparece, las criaturas no cantan, los pájaros nos observan en silencio. Solo noto el sonido del crujido que hacen los dioses, cuando pisan las hojas con lo que llevan puesto en los pies. Extiendo una mano y toco un árbol y está frío, pero no frío con la humedad de la lluvia de ayer, es un frío diferente. El bosque no confía en los dioses, pero si el cacique lo hace, debo confiar en él.

Al fin salimos del bosque y llegamos a donde se abren los alrededores. Aquí los árboles rodean el río que se extiende frente a nosotros por más de cien pies. Las corrientes se mueven hacia el lado izquierdo donde continúan su camino descendiendo. El río no parece verse afectado por la presencia de los dioses blancos, todo sigue igual con su agua transparente, clara y brillante que nos permite ver las rocas en su profundidad. A medida que el sol nos alumbra en el medio del cielo se revela lo que estos dioses desean ver. El río comienza a brillar con las piedras de oro en su profundidad que iluminan con la luz reflejada en la roca amarilla que hemos utilizado para crear prendas como el guanín o el Cemí para nuestros dioses.

—Oro —grita el cacique, su voz más fuerte que los ruidos que hacen las decenas de dioses blancos. Puede que no entienda su forma de hablar, pero están contentos. Sonríen y ríen mientras hablan entre ellos señalando el agua. El líder de los dioses también se asombra mientras habla con el dios de los ojos rojos que asiente—. Y por salvar a nuestro pueblo. Les regalaremos todo el 'Oro' que puedan llevar. Todos los que puedan, agarren platos de roca y comiencen a extraer el oro. Hoy pagamos una deuda con los dioses misericordiosos. Sus rostros nos revelan el deseo que le tienen al oro, así que se lo daremos.

Los dioses no dejan de mirarnos mientras entramos en el río en el lugar donde el agua solo nos llega a los tobillos. Todos los de la tribu comienzan a deslizar las rocas en los platos grises, largos y lisos especializados y creados con el propósito de recolectar oro. Los sacuden deshaciéndose de todo lo que no es necesario hasta que solo queda el oro. Intenté durante años aprender a hacer esto, pero nunca aprendí correctamente el proceso de extracción, es por eso que ayudo llevando platos llenos de oro una vez que alguien termina. Agarro el plato y lo coloco frente al líder de los dioses, y antes de que me eche hacia atrás, él cae de rodillas y agarra un puñado de oro y lo levanta volviéndose hacia sus dioses menores. —¡Oro! — Él grita y dice otras palabras mientras comienzan a celebrar.

El primer río de oro visto por los dioses blancos

El sol continúa poniéndose mientras se colocan más platos de oro en los pies del dios líder hasta que se acerca la noche. El dios blanco ordena a los otros dioses que recojan los platos y se vuelve hacia el cacique que parece satisfecho de que les gustaron sus regalos.
—Bohío —dice el dios señalándose a sí mismo y a los otros dioses.

Agüeybaná asiente y nos habla. —Hemos complacido a los dioses, pero ahora necesitan un lugar para descansar. Los llevaremos al yucayeque y les haremos espacio para que duerman en los bojios y hamacas. Pero hoy es una noche de regalos y celebración, por eso, una vez que les mostremos dónde se van a hospedar, ¡prepararemos un Areyto! —Veo las sonrisas y la felicidad que todos tienen cuando escuchan estas palabras, excepto yo. Miro el rostro de Arinotu en la oscuridad del crepúsculo. Parece estar en paz con lo que está sucediendo o eso es lo que está tratando de mostrarle al cacique. Lo conozco desde que yo era pequeño. Conozco su cara cuando la preocupación está tratando de salir. El bojique habla con los dioses, buenos y malos. Lo ha hecho desde que tengo uso de razón, desde que tengo memoria. Y, por supuesto, puede predecir las verdaderas intenciones de los dioses. Pero no entiendo por qué ocultar algo tan peligroso si estos dioses son realmente malvados.

Arinotu se vuelve hacia mí y salta cuando ve que lo estoy mirando a él y no a los dioses. —¿Estás tenso, amigo mío? —Le digo mirándole a los ojos.

—¿Y hay alguna razón para estarlo? Borikén nos ha regalado nuevos dioses que parecen alegres, fuertes y pacíficos —dice y si no lo conociera, creería en sus palabras... pero no las creo.

—Sí, lo son —digo también mintiendo—. Pero te pido esto. Esta noche prepara esa medicina más fuerte de la que me hablaste y dámela. Intentemos una vez más ver el rostro del dios que acaba conmigo.

—Si así lo deseas, Guazei, eso haré —dice Arinotu, mientras comenzamos a caminar de regreso al yucayeque—. Cuando comience el Areyto y la bebida ceremonial pase alrededor del fuego, te daré una mezcla diferente. Una que aún no he probado ni conmigo mismo. Será fuerte. Más fuerte que cualquier cosa que hayas probado, pero si no ves la cara del dios con esta nueva bebida... entonces lamento decirte que no lo verás hasta que tu macana esté chocando contra él.

—Entonces esta noche lo veré —digo mientras mis pies tocan una vez más el suelo del bosque y siento su frío—. Y si realmente es una visión, entonces me prepararé para el día en que peleemos.

CAPÍTULO 3

EL AREYTO Y EL DIOS

—No confío en ellos, Aquiana — le digo a mi esposa en nuestro bojio, mientras saca la yuca del sibucán después de extraer todo el veneno—. El bosque les teme, Mabodamaca habla de su furia, ¿y si son espíritus malignos y no dioses?

Mi esposa deja caer el saco hecho de hojas de palma y corre hacia mí, poniéndome un dedo sobre la boca para detener mis palabras.

—No hables de esa manera, Guazei. No sabemos si son dioses vengativos y no queremos que caiga su ira sobre nosotros.

—Perdóname, Aquiana —digo recogiendo el sibucán que aún tiene algo de yuca en su interior—. Pero era necesario que supieras cómo me siento, incluso si no vuelvo a hablar nunca más de eso—. Extiendo mi mano dándosela, pero ella se acerca y me agarra la cara.

—No estoy pidiendo tu perdón, amor. Solo te pido que le des tiempo a los dioses blancos. El cacique confía en ellos. Agüeybaná ha logrado grandes cosas en el yucayeque. Él siempre ha confiado en nosotros, así que sigamos confiando en él —Aquiana se queda en silencio mientras miro su cara pintada con líneas rojas en las mejillas y sobre la nariz. Veo su cabello negro cayendo sobre sus ojos oscuros y mi mente se traslada a la época en que solía evadir mis deberes de caza solo para ir a cultivar con ella, tratando de ganarme su corazón.

—Confío en nuestro cacique, como confío en ti —le digo cuando la beso antes de acercarme a mi hamaca—. Pero Arinotu me ayudará a hablar con los dioses en el Areyto. Esta noche, veremos lo que me muestran sobre estos nuevos dioses.

—Si eso es esta noche, entonces ahora tienes tiempo para ayudarme —dice con otro par de sibucán que agarró de la parte trasera del bojio —. Ve a buscar a nuestro hijo y cuando vuelvas ambos me ayudaran cerca del Caney. Estaré haciendo pan de yuca para el Areyto, y quiero que los dos me ayuden.

—Pasé todo el día asustando a los pájaros para que ninguno se acercara a mamá mientras ella recogía la yuca. Quiero buscar los instrumentos para el Areyto, no hacer pan de yuca —me dice Yocagua mientras camino por el batey hacia el bojio del cacique. Cuando lo encontré, estaba cerca del bosque practicando el cántico de un cuento antiguo de la diosa Guabancex. Pero es hora de ayudar a su madre.

—Todos en el yucayeque tienen una tarea, hijo. Incluso los más jóvenes —le digo poniendo mi mano sobre su pelo negro y despeinándolo—. Y hablas como si no te encantara ahuyentar a los pájaros, pero lo amas.

—Lo sé, papá, pero este Areyto va a ser diferente. Los dioses han venido a visitarnos. Todos están emocionados y practican sus cánticos y danzas para los dioses blancos —dice mi hijo con demasiada emoción en sus ojos. Y vuelve mi preocupación. Incluso los niños están celebrando la llegada de los dioses que vinieron del océano. ¿Arinotu y yo somos los únicos que estamos preocupados?

—Es una ocasión única, hijo, pero ¿qué van a comer los dioses si no les preparamos algo? ¿Entiendes?

—Supongo que no había pensado en eso... ¡Está bien! Si no puedo practicar mis cánticos, entonces voy a prepararles el mejor pan de yuca de Borikén —dice mientras empieza a correr en cuanto ve a su madre a pocos pies del Caney donde están juntas algunas mujeres, cada una con el fuego ardiendo debajo del Burén. Y ya puedo ver el pan cocinándose en estos platos de barro. Yocagua llega, abraza a su madre y cuando me estoy acercando Arinotu me detiene.

—He creado lo que te hará comunicarte con los dioses —dice mientras mis ojos siguen en Aquiana. Ella solo se encoge de hombros, sabiendo que ahora no voy a poder ayudarla.

—Ya habías dicho que tenías la bebida que me iba a ayudar —le digo volviéndome hacia él, pero en su mano sostiene un artefacto de madera largo y estirado, pero en su centro se vuelve cuadrado.

—Pero esto no es una bebida, Guazei. Este es un inhalador de cojoba. Con las semillas de cajobana rotas y convertidas en polvo, te ayudará a obtener una conexión más fuerte con los dioses —dice sonriendo.

—¿Funcionará? ¿Lo has intentado? —pregunto tomando el pequeño objeto en mi mano.

—Los dioses me lo han revelado, pero aún no lo he probado. Te he dado el honor a ti, Guazei'ki'no.

—Si esto me va a ayudar a ver al dios de la visión. Entonces lo intentaré ahora —le digo acercándome al bojio del bojique, pero él me detiene.

—Ahora no. En el Areyto, cuando la conexión con los dioses esté más fuerte —dice Arinotu quitándome el objeto—. Cuando el baile, los cuentos y la música estén en su punto más alto, iré a ti, y comenzaremos.

Asiento con la cabeza y se va. Miro a mi esposa y con la mente todavía pensando en el dios que lucha contra mí, camino hacia ella.

Al caer la noche, la tribu comienza a reunirse dentro del batey frente al cacique que está sentado en su dujo a pocos pies del Caney. Los dioses blancos permanecen fuera del batey, no cruzando la frontera de rocas. El cacique mueve su mano invitándolos a acercarse, pero el líder de los dioses levanta la suya como si quisiera decir que podemos ver desde aquí. —Hoy ha sido un gran día —Agüeybaná empieza a decir mientras mueve su mirada a la luna y yo me acerco pasando por al lado de la gente—. Los dioses caminan entre nosotros. Descendieron para salvar a nuestro pueblo de Los Carib, y les hemos pagado con el regalo que parecían desear, la piedra que llaman Oro. Pero sabemos que a los dioses no solo les importan los regalos de Borikén. ¡Se merecen todo lo que podamos ofrecer! Comencemos la celebración en este Areyto para un dios que viene del mar, el líder de los dioses, Guamikeni y por los demás dioses que vinieron con él. ¡Con canciones, bebidas e historias de nuestros otros dioses los honraremos!

Todos los hombres, niños y mujeres gritan celebrando, riendo e incluso yo sentí la necesidad de hacer lo mismo, pero no lo hago. Hasta que no sepa la verdad que será revelada esta noche, no celebraré la llegada de los dioses blancos. Todo el mundo está listo para seguir a nuestro líder más antiguo de Areytos, Yatare, quien siempre comienza a contar la historia de cómo se creó el mar. Me muevo a un lado para darles espacio y miro a los dioses blancos que parecen confundidos, pero siguen observándonos. Y todavía me inquieta cómo algunos de ellos se quedan con las manos en la cintura sosteniendo las macanas plateadas que vi antes. —¿No te quieres unir a nosotros? Esta siempre ha sido tu historia favorita —dice mi esposa cuando se acerca a mi lado con dos flautas de bambú en cada mano.

—Creo que por ahora no, Aquiana. La presencia de los dioses me inquieta. Creo que voy a esperar a que Arinotu me muestre la verdad —le digo agarrando la flauta y me la entrega.

—Entiendo, simplemente no tardes demasiado o tu hijo será mucho mejor que tú en los Areytos —dice señalando donde Yocagua está bailando con maracas alrededor de Yatare mientras canta a nuestro dios Yaya que tenía un hijo llamado Yayael que cuando perdió su vida, se convirtió en los peces y el agua que formaron el mar.

—Ya me ha superado en muchos aspectos, pero ve y únete a él, no tardaré mucho —le digo y mientras se va, empiezo a buscar a Arinotu en todo el yucayeque y lo encuentro hablando al lado del cacique que está creando el ritmo de la historia. Me acerco tratando de no interrumpir a Agüeybaná y le susurro al oído al bojique—. Ya es hora.

—Lo es —es lo único que me responde cuando vuelve su mirada hacia mí y la sonrisa que tenía desaparece cuando comenzamos a caminar hacia el lado derecho del batey al borde de las rocas. Me siento en la hierba fría viendo a todos disfrutar de la noche, mientras la luz de la luna los ilumina, pero me concentro en el aire frío y el olor de la comida que llega hasta donde estamos a pesar de que se guarda cerca de Agüeybaná—. Bebe esto primero —dice Arinotu mientras me entrega un líquido rojo al que me he acostumbrado a tomar.

—¿No dijiste que ibas a usar semillas de cajobana? —Digo mientras el sabor agrio de la bebida pasa por mis labios, me quema la garganta y mi visión comienza a volverse borrosa.

—Lo haré, pero la conexión debe ser fuerte, por eso estamos usando ambas cosas —dice, entregándome el objeto de madera que me mostró antes—. La semilla triturada ya está adentro; Solo necesitas colocar la punta de madera en tus labios e inhala fuertemente.

—Que los dioses me muestren la verdad —digo mientras respiro profundamente sintiendo el polvo que alguna vez fueron semillas y empiezo a toser cuando mis pulmones comienzan a arder.

—No te acuestes esta vez. Mira el fuego en medio del batey y deja que la cajobana te muestre la visión de los dioses —dice Arinotu mientras la música comienza a sonar más fuerte a mi alrededor. El cántico, las maracas, los güiros, y todo suena tan fuerte que siento que se me quiere romper la cabeza. Todo comienza a cambiar como si estuviera hecho del humo saliendo del fuego del batey y mi corazón comienza a latir más rápido que el ritmo de los cánticos ceremoniales. Y de nuevo estoy en la visión.

Sé que todavía estoy en el Areyto porque puedo escuchar todo, pero mis ojos se mueven a través de la realidad y a través de estas visiones. Una vez más, estoy en la visión que se ha convertido en mi pesadilla, aunque por primera vez estoy de pie. Siento mi cuerpo empapado, la lluvia cae sin cesar y el viento quiere empujarme y agarrarme al mismo tiempo, intento ver más pero antes de darme cuenta, siento el dolor que me quema todo el cuerpo. Siento que la macana de mi mano derecha cae y el arco de la izquierda también me abandona. El viento está haciendo estragos a mi alrededor, rompiéndolo todo con los gritos de Juracán. El agua de la lluvia llena mi cuerpo tratando de enfriarlo, pero el ardor continúa hasta que miro hacia abajo y veo una macana hecha de fuego a través de mi pecho. Grito por el dolor que siento, aunque sé que es solo una visión de los dioses. Pero aprovecho este dolor para levantar la cabeza y mirar al dios que sostiene la macana de fuego. Al ver su mano blanca y su cuerpo tapado con ropa, empiezo a darme cuenta de lo que temía. Está vestido como los dioses blancos que llegaron hace unos días. Me esfuerzo por mover la cabeza para ver más allá de su cuello blanco hasta que llego a su rostro. Y esta vez sí lo veo. La sonrisa de un dios malvado y los ojos rojos que me han estado mirando desde que tocó las playas de Borikén.

El dios que me mata es el dios de los ojos rojos. —Yo creé a los taínos —dice, y entiendo sus palabras. Saca la espada de mi pecho y me da una patada mientras caigo en el suelo de un bosque que no he visitado en años—. Ahora es el momento de terminar con tu raza aquí.

Intento moverme. Intento detener a este dios que está amenazando a mi gente, pero no puedo, el dolor me está paralizando... empiezo a escuchar música y me despierto al instante. Estoy empapado en sudor; mi pecho se mueve hacia arriba y hacia abajo como si estuviera cazando y Arinotu está frente a mí esperando escuchar sobre mis visiones, pero lo ignoro. Estoy buscando detrás de él a un dios. A lo lejos, al otro lado del batey, veo al dios de los ojos rojos mirándonos fijamente. Está sonriendo como si fuéramos lo más entretenido del mundo. A pesar de que está con docenas de otros dioses blancos que hablan entre ellos, los ignora para mirarme. Siento mi cara enseñando el miedo que invade mi corazón, pero no quiero apartar la mirada. Este es el dios que acaba con mi vida. El dios de los ojos rojos que desde que llegó siempre me ha estado observando. —¡GUAZEI! —Grita Arinotu. Pero solo yo lo escucho por encima de las canciones del Areyto.

Finalmente dejo de mirar al dios y vuelvo mi mirada hacia el bojique —Lo vi. Vi al dios que me mata... el dios que va a destruir Borikén. Y-Y llegó con los dioses blancos. Él es el que tiene los ojos rojos.

Se supone que el bojique es neutral con asuntos de los dioses. Se supone que él debe actuar a su favor y siempre ser una conexión entre ellos y nosotros. Pero a medida que su piel oscura se vuelve más pálida, comprendo que, dentro de él, Arinotu deseaba que la visión de los dioses no fuera una realidad que llegaría tan pronto. —Necesito tiempo para hablar con nuestros dioses. Perdóname, Guazei. Debo irme —trato de detenerlo, pero él huye hacia el bosque perdiéndose en la oscuridad de la noche.

Me quedo sentado mientras la tribu sigue celebrando la llegada de los dioses blancos. Miro a mi esposa y a mi hijo, ambos bailando felices con sus instrumentos y cantando, y al menos esto calma mi espíritu después de lo que acabo de ver. Los veo y trato de caminar hacia dónde están, pero mi corazón no está aquí. Veo a toda la tribu bailando por la visita de los dioses blancos, pero ¿y si en realidad es una maldición? Hemos tenido dioses malos, pero los buenos los equilibran. Pero estos dioses blancos parecen diferentes. Como si estuvieran descubriendo cosas. Su líder Guamikeni parece disfrutar de los regalos que el cacique le está dando, pero a su lado siempre está el dios de los ojos rojos, observándonos, como si estuviera cazando una presa.

El Areyto todavía sigue y puede que continúe durante más horas, pero mi cabeza está llena de las imágenes de las visiones. Me siento fuera de la ceremonia, como si estuviera en otro lugar, pero de repente una mano me trae de regreso —Guazei'ki'no —dice Aquiana y conozco ese tono. El tono de mi esposa furiosa—. ¿Te acuerdas del joven taíno que bailaba durante días en el Areyto? Porque me casé con ese taíno y no con el que se queda mirando a los dioses durante horas solo en una esquina.

—Perdóname. Mi mente está en otra parte. Todavía no puedo confiar en ellos —digo poniéndome de pie después de horas sentado.

—Deja que tu mente descanse y permítenos comulgar con nuestros antiguos dioses entonces. Ven conmigo. Tu hijo y la tribu te echan de menos —me dice agarrándome la mano y arrastrándome a donde todos están alrededor de batey con al menos un instrumento mientras lo tocan y cantan.

—¡Nuestro nuevo líder de Areyto ha llegado! —Grita mi hijo Yocagua atrayendo toda la atención hacia mí y no puedo evitar sonreír. Este chico va a ser un gran hombre.

—Ya sabes lo que eso significa —Aquiana grita mientras todos comienzan a reunirse.

Los miro. Respiro, suelto los recuerdos de mis visiones y empiezo a bailar, —comencemos —digo, y la tribu comienza a unirse agarrándose de las manos mientras yo guío a toda la tribu a través del batey. Yo canto, ellos cantan, yo bailo y ellos bailan también. Este es el verdadero significado de un Areyto. La unidad de nuestro pueblo para celebrar algo importante. Y aunque no celebro la llegada de los dioses blancos, celebro la unidad de mi pueblo.

CAPÍTULO 4

BORIKÉN

El cacique nos había dicho que el Areyto debía durar dos días, pero cuando el sol comenzó a salir, se detuvo la celebración. Todos estábamos danzando con un nuevo líder que me había sustituido en los cánticos cuando los dioses llamaron a Agüeybaná que todavía permanecía en su asiento desde que comenzó la ceremonia. A medida que los dioses blancos se acercaban al cacique, aun evadiendo el borde de piedra, él nos dio la señal de silencio para escuchar su voz, e hicimos lo que nos dijo.

En este momento están hablando con sus extrañas palabras, pero ninguno de nosotros puede entenderlas. Hablan y con las manos señalan a los bojios mientras repiten las palabras bohío y hamacas. El cacique, esforzándose por entenderlos, le dice a Arinotu que se acerque ya que está sentado en el suelo cerca de él. Y cuando se para a su lado, Agüeybaná le habla. —Sus palabras son rápidas, pero en su tono siento el cansancio. ¿Has logrado descubrir su forma de hablar?

—Su lengua sigue siendo un misterio para mí, ya que no hablan el idioma de nuestros dioses —dice el bojique y me doy cuenta de que no es él mismo. Después de que se fue al bosque no volvió durante horas, y cuando llegó su cabello y nagua estaban mojados. Arinotu me había dicho que una de las mejores maneras de pedir algo a los dioses era en los ríos que se encuentran dentro de las cuevas, y me pregunto si esa es la razón por la que volvió de esta manera. Pero por la expresión de sus ojos, los dioses no han respondido ninguna de sus preguntas—. Por las palabras que repiten, creo que quieren ir a sus bojios y descansar en las hamacas. Parece que estos dioses no están acostumbrados a quedarse días sin dormir.

El cacique ríe de alegría y se pone de pie reconociendo a Arinotu. —Eres el más sabio de los bojiques y el día que hablemos la lengua de estos dioses, seguro que te compensarán en gran manera —ahora camina hacia el líder de los dioses blancos hablándoles a ellos—. Hamaca, Bojio. Sol —luego repite —sol al mediodía —señalando hacia el cielo para mover su mano lentamente hacia abajo detrás de él—. Otra vez anochecer.

El dios líder niega con la cabeza repitiendo —Sol al mediodía, anochecer —y luego señala con la mano el centro del cielo entre el sol del mediodía y el crepúsculo.

Empiezo a entender lo que quiere decir y cuando los murmullos rompen el silencio entiendo que la tribu también los entendió al igual que el cacique que empieza a decir —los dioses quieren descansar unas horas. Para más tarde reunirse con nosotros de nuevo entre el mediodía y el anochecer... —pero pierdo el enfoque. Empiezo a verlo de nuevo. El dios de los ojos rojos. Está mirando a Agüeybaná, pero su rostro es el mismo que en la visión. Un dios con un rostro que me sobrepasa en edad al menos quince años con pelo negro y sus ojos rojos llenos de oscuridad. Su mano sigue en la empuñadura de la macana en su cintura. Pero me doy cuenta de algo que no había notado todo este tiempo. La macana que pasa por mi pecho no es la de su cintura. La que lleva ahora es similar a la que tienen todos estos dioses. ¿Podría ser que el día de la visión aún está lejos?

—¿Papá? —Dice Yocagua, cuando me doy cuenta de que la conversación ha terminado y la tribu se está dispersando a sus bojios y también los dioses blancos se alejan.

—Lo siento, Yocagua. Estaba perdido en mis pensamientos —digo mientras lo levanto—. Fue un Areyto emocionante, ¿verdad?

—¡Sí! —Dice sonriendo—. Me encantan las historias de los dioses y en cada Areyto escucho otras nuevas.

—Y sólo está empezando —Aquiana dice acercándose y tomando Yocagua de mis brazos—. Pero ya es hora de dormir. Y no le hablo solo a Yocagua. —Y me mira levantando una ceja—. Te estaba viendo y no estabas escuchando cuando el cacique nos dijo que los hombres se unirían a él después del mediodía para mostrarle a los dioses el resto de los sitios importantes de Borikén.

—¿Eso dijo? —Le pregunto caminando con ella a nuestro bojio y Yocagua ya se está quedándose dormido en sus brazos.

—Ay, Guazei'ki'no, estás demasiado distraído desde la llegada de los dioses blancos. Deja esas preocupaciones, como ya hemos hablado. Concéntrate en la tribu y olvídate de todo lo demás.

—Lo haré, Aquiana. Lo prometo —digo mientras entramos en el bojio, pero la verdad es que miento. Después de la visión en el Areyto no creo que las cosas sean como antes.

Las visones me han atormentado durante años, pero lo que vi hoy se quedó en mi mente, negándome el descanso que necesitaba. Dormir al lado de mi esposa siempre me ha traído tranquilidad, pero tan pronto como cerré los ojos, solo vi los ojos rojos, escuché las risas y olí el bosque lleno de agua. Pasé todo ese tiempo en el piso del bojio escuchando la respiración suave de Aquiana y Yocagua. Pero no puedo decir que descansé. Así que cuando pasó el mediodía y con el sol aún alto, salí del bojio para encontrarme con la tribu frente al Caney. Como era de esperarse, el cacique ya nos estaba esperando.
—Los dioses quieren aprender más de Borikén y más aprenderán. Les mostraremos la montaña que llora y la cueva sagrada de los dioses. Como todos saben, el camino es largo, pero llevaremos comida para ofrecer a los dioses blancos si la necesitan—. Agüeybaná señala al cielo y luego a los dioses que salen de sus bojios y se acercan a nosotros. —Una vez en las cuevas dormiremos allí, si así lo desean, y por la mañana, iremos de regreso al yucayeque.

—Borinquén —dice Guamikeni, el líder de los dioses, cuando llega con todos los demás.

—Borikén —dice el cacique y señala el bosque—. Montaña que llora, Cueva de los Dioses—. El dios asiente con la cabeza, se da la vuelta y habla con las otras docenas de dioses menores y luego se vuelve hacia el cacique. —Parece que nos ha entendido, ¿no es así, Arinotu?

—Al parecer sí —dice y me mira a través de la multitud y en sus ojos puedo ver el miedo. Lo miro con paz tratando de calmarlo esperando que funcione y el bojique solo aparta su mirada hacia Agüeybaná. Mientras el cacique hablaba, mi vista se dirigía al dios de los ojos rojos y su macana, que no es la de la visión. Por eso sé que hoy no es el día de la pelea.

—Entonces empecemos. No perdamos el tiempo, ya que el camino es largo —dice Agüeybaná y comienza a caminar. Todos siguen sus pasos y los dioses blancos caminan detrás de nosotros. Comenzamos en el lugar opuesto donde se encuentra el río y nos adentramos en el espeso bosque del cokí. El bosque más oscuro cerca del yucayeque, pero el camino más rápido a la montaña que llora. En mis primeros años, estaba prohibido entrar solo a este bosque, ya que te podías perder y por esa razón no entendía su nombre. Pero cuando tuve la edad para visitarlo todo se aclaró.

El bosque del cokí es oscuro. La separación de los árboles es muy poca y al estar llenos de hojas bloquean la luz del sol. De las hojas, el agua, siempre gotea formando un suelo de barro negro. Por la noche el bosque descansa, quedándose quieto y silencioso cuando el gotereo desaparece, pero en cuanto sale el sol, el agua comienza a bajar y los cokí comienzan a cantar. Las tribus cantan para contar la historia de los dioses de Borikén y los cokí también cantan. Cuando el bosque les da agua, cantan para agradecer a los dioses por este regalo y por su comida.

Tan pronto como pongo un pie dentro, su cántico es claro. Los dioses blancos también lo notan. Comienzan a mirar a su alrededor y un hombre, un gran cazador de peces se da cuenta de que comienzan a caminar más lento y le avisa al cacique. —Los dioses nunca han oído un cokí —grita.

—No sé de dónde vinieron estos dioses blancos, pero parecen complacidos con la vida que alberga Borikén —dice Agüeybaná sonriendo y llamando a los dioses mientras mueve sus manos para que sigan caminando, y lo hacen.

Pasamos horas por los senderos del bosque de cokí, pero finalmente entramos a Yasuque, la zona más allá del bosque donde solo crece pasto corto con un pequeño río dividiendo el área en el medio. Guiamos a los dioses blancos hacia el río para aprovechar y beber de su agua cristalina cuando uno de ellos grita —¡ORO! —Y los demás se inclinan cerca del agua, con la cara casi dentro del río mientras repiten la palabra. Guamikeni agarra un puño lleno de piedras y oro y se lo muestra al cacique.

—Poco —dice Agüeybaná moviendo la mano, tratando de decirle que los ríos pequeños llevan solo una pequeña cantidad de oro. El líder de los dioses lo observa durante segundos sin decir nada y se vuelve hacia el dios de ojos rojos que estaba sentado en una roca, sin importarle el agua. Lo miro y, aunque el líder le está hablando, sus ojos se vuelven hacia mí. Como un instinto mi mano se mueve hacia mi macana que había colocado en el suelo mientras bebía agua, pero el dios me ve hacer esto y no parece ofendido. En cambio, esconde su risa cuando sus ojos muestran asombro ante mi reacción. Me mantengo firme y me alejo, no por miedo, sino para evitar desatar la furia de los dioses que Mabodamaca mencionó. Una cosa es segura, el dios de los ojos rojos es un espíritu maligno, pero los demás aún no lo sé.

—¡Nos vamos! —grita el cacique por encima del ruido del agua moviéndose por las rocas. Y todos seguimos sus pasos cuando empieza a guiarnos por el camino más allá del río hacia la montaña que llora.

Caminamos durante horas mientras el sol se ponía más, a cada segundo, desapareciendo del cielo azul y claro, advirtiéndonos de la oscuridad que se avecina. A cada lado hay más bosques por los que he pasado toda mi vida, pero a medida que dejamos atrás estos bosques y ríos, nos encontramos con tribus vecinas que parecen sorprendidas cuando ven a los dioses caminando con nosotros. Nos cruzamos con otras tribus que hemos enfrentado en el batey y que se esconden cuando ven nuestra compañía. Algunas tribus incluso dan regalos a los dioses.

Cuando el sol casi nos ha abandonado, finalmente llegamos a los ríos que se conectan con la montaña que llora. El río es largo, no más de diez pies de ancho, es poco profundo con un suelo duro hecho de grandes rocas y, al igual que los otros cuerpos de agua, tiene rocas sueltas más pequeñas y oro. A nuestros lados, se extienden montañas de barro y árboles, excepto por un pequeño pasaje que hemos creado a su lado derecho, cerca de una pared. Si no fuera por este camino, tendríamos que caminar dentro del río para llegar a la montaña que llora. Unos pocos hombres abren el camino río arriba con el cacique en el medio y yo camino detrás de él. Siempre he sentido el deber de proteger a nuestro cacique, y él siempre me ha pedido que lo siga. Por esa razón, camino detrás, siempre protegiéndolo. Los dioses, por otro lado, caminan detrás de nosotros y hablan en su extraña manera.

Mientras estos dioses pasan por este sendero tropiezan y tienen dificultades para caminar, por eso, nos movemos más despacio para que puedan seguirnos. A nuestra izquierda, el río ruge con su blanco contra las rocas, provocando sonidos de asombro de parte de los dioses a nuestras espaldas. Frente a mí, el camino de barro termina revelando una formación rocosa que crea un amplio suelo de roca. Cuando salgo hacia este piso me detengo detrás de todos los hombres de la tribu que observan a Agüeybaná a unos pies de distancia. Detrás de donde el cacique espera por los dioses el río se abre creando un pequeño cuerpo de agua circular y arriba, la montaña se extiende hacia el cielo. Pero desde el tope de la montaña caen enormes torrentes de agua blanca sobre el cuerpo de abajo. —Esta es la montaña que llora —dice el cacique extendiendo las manos y señalando el agua que cae.

Los dioses comienzan a rodearnos, pero su vista está en la montaña con el agua que desciende, y en el río. Algunos incluso sonríen mientras hablan con el dios que está a su lado. Solo puedo tratar de adivinar lo que están pensando por sus expresiones, ya que sus voces todavía son extrañas, pero sus caras son de dioses satisfechos. Y como si estuviéramos pensando lo mismo, Arinotu le habla al cacique. —Parecerá que su líder está satisfecho, sin embargo, el dios de los ojos rojos parece no importarle. Pero ¿qué es un dios entre docenas?

La montaña que llora de Borikén.

—Tal vez de dónde viene, ha visto tierras igual de hermosas que la nuestra —dice el cacique mirando al dios que está al lado de Guamikeni con su rostro serio, sin una expresión visible—. Pero el tiempo no está a favor nuestro. Tenemos que llegar a la cueva de los dioses antes de que la noche esté en su punto más oscuro. Tal vez cuando el dios de ojos rojos visite ese lugar sagrado se complazca. ¡Cueva de los dioses! —Grita Agüeybaná para que su voz sea escuchada sobre el sonido del agua rompiendo al caer. Señala hacia arriba a su derecha donde hemos creado un sendero para llegar de nuevo al bosque y el dios líder asiente extendiendo sus manos como queriendo decir, —los seguiremos—. Sin decir otra palabra, el cacique comienza a ascender por el lado de la montaña que llora hacia la cueva de los dioses. Y aunque para la tribu es fácil subir, ya que lo hemos hecho incontables veces, los dioses lo logran, pero tomándose su tiempo. Y arriba el bosque nos espera una vez más.

Continuamos ascendiendo por el bosque llegando a una zona de espesa vegetación, pero ya no caminamos con el sol. Ha caído la noche, pero como sucedió ayer, la luna ilumina nuestro camino. Toda mi vida he aprendido a ver en la oscuridad para cazar en las noches sin luna, sin embargo, los dioses blancos no poseen este don. Tan pronto como el sol desapareció, volví a mirarlos y vi que los dioses se habían quedado atrás. —Agüeybaná —en ese momento le grité ya que fui el único que se detuvo con los dioses blancos. El cacique se dio la vuelta y toda la tribu se detuvo a verlos cuando comenzaron a preparar un fuego. Ahora los observo con curiosidad mientras los dioses menores le ofrecen a su líder palos de madera con un círculo negro en la punta parecido a una piedra. Guamikeni extiende su mano que sostiene el palo y lo pone en el fuego y comienzan a arder.

Todos repiten el proceso con decenas de palos hasta que finalmente cada dios tiene uno en la mano iluminando el bosque que nos rodea. El líder de los dioses dice una palaba señalando el fuego, pero no logramos comprenderla como hicimos con el Oro.

El cacique trata de repetir sus palabras hablando por primera vez la lengua de los dioses y se vuelve a hablarle a la tribu. —La palabra que acabo de decir significa 'Fuego' para ellos —todos los hombres de la tribu se emocionan y celebran porque han aprendido una palabra de los dioses, pero yo permanezco en silencio. Yo no sonrió como ellos lo hacen, incluso cuando miro a Arinotu, cuya actitud ha cambiado ante esta nueva palabra. Después de lo que ví en mi visión, nunca celebraría nada de los dioses blancos.

El cacique nos sigue guiando por el bosque bañado en la luz de la luna mientras los dioses iluminan su camino con el fuego. Después de horas caminando entre árboles y raíces, comenzamos a descender la montaña. La hierba se vuelve menos espesa, el aire se vuelve más frío y puedo sentir la presencia de los dioses de Borikén una vez que estamos a doscientos pies de profundidad. Pasamos por un muro de árboles y más allá, ante nosotros está la entrada a la cueva. Como la boca de una bestia, la cueva se abre debajo de nosotros. Por la noche los dientes de roca se esconden, pero sabemos el camino de memoria, así que seguimos descendiendo.

En otros tiempos, entrar en la cueva de los dioses en la oscuridad de la noche significaba tener una necesidad desesperada de hablar con los antiguos dioses, pero en este día, tenemos el fuego de los nuevos dioses. Agüeybaná camina hacia ellos antes de entrar y con sus manos trata de explicarles la necesidad del fuego para poder ver nuestro camino adentro. Guamikeni dice algo a los otros dioses, y comienzan a dispersarse y a pararse a nuestro lado. Todos los hombres de mi tribu están ahora acompañados por un dios blanco que sostiene un fuego, incluso yo.

A mi lado hay un dios flaco con una piel tan blanca como la arena de las playas, su rostro no tiene pelo, y su cabello es corto y del color dorado. Me dice algunas palabras, pero no lo entiendo, así que lo ignoro mirando a los demás hasta que veo a Arinotu que está con el dios de los ojos rojos a su izquierda. Quiero correr a su lado ya que sé cómo debe sentirse, pero el cacique y Guamikeni ya han comenzado a descender por la cueva, así que tendré que observar desde lejos al bojique.

Camino con el dios que me acompaña que sigue hablando, aunque no puedo entender su lengua. Pasamos por el suelo de roca resbaladiza que va de pequeñas rocas a grandes y a nuestra izquierda se ve el río de la cueva en el fondo del camino roto donde hay varios acantilados. El cacique nos continúa guiando mientras se mueve por la cueva y mientras el dios a su lado ilumina el sendero. Miro hacia arriba y la luz del fuego no llega a la cima de la cueva que está a cientos de pies por encima de nosotros. Pero por el sonido de los murciélagos sé cuán cerca está.

Después de pasar los dientes de la segunda entrada de la cueva llegamos a la apertura de la cueva de los dioses, el lugar más sagrado y logramos llegar en el momento indicado. A medida que todos salimos por el otro lado de la boca, sobre nosotros un ojo creado por rocas que abre el techo de la cueva nos observa con la luna en su centro. El ojo deja pasar la luz blanca a través de la cueva para detenerse en el cuerpo del río que se encuentra en el fondo. —Arinotu, date prisa, es hora de mostrar a los nuevos dioses cómo hablamos con los antiguos dioses.

Arinotu corre, deteniéndose junto al cacique, y desde un plato de roca redonda y profundo derrama la bebida roja en las manos de Agüeybaná. —El ojo nos observa en la hora perfecta. Bebe, cae y los dioses te tomarán en sus manos y te hablarán —dice Arinotu dando unos pasos hacia atrás.

El cacique levanta ambas manos con la bebida roja goteando en el piso y habla —Hoy los dioses antiguos y los nuevos se encuentran. El bojique nos conecta a todos y hablaremos juntos. Los nuevos dioses aprenderán las viejas costumbres y los antiguos aprenderán las nuevas —al terminar sus palabras abre las manos que están sobre su cabeza mientras la bebida cae sobre su cara y entra en su boca. Comienza a caminar hacia atrás mientras todos lo observamos frente a él. Y nuestras miradas se detienen detrás de Agüeybaná en el lugar donde el acantilado que guarda el río. Escucho a los dioses hablar y suenan alarmados. Pero el cacique ignora todo esto ya que su mente está entrando en el estado de los dioses y salta hacia el río.

Los dioses gritan y su líder intenta agarrar a Agüeybaná, pero el cacique ya saltó. Nosotros, los de la tribu, seguimos observando, ya que cada uno de nosotros ha visto esta ceremonia en algún momento de nuestra vida. —Conversando —Arinotu dice rápido, moviendo su mano de su boca a la luna mientras los dioses se mueven de un lado a otro con sus ojos nerviosos hacia el agua—. Hablando con los dioses.

Pasan los minutos mientras todos estamos al borde del acantilado observando el agua y finalmente sale el cacique de las profundidades. Comienza a nadar hacia el sendero que hará que suba de nuevo y cuando nos alcanza ya no es el cacique que saltó lleno de alegría por la presencia de los dioses. Camina con el rostro sombrío y como si estuviera en una guerra. Se acerca a Arinotu solo para decir en voz baja, —hablaron... Tenías razón —y de repente su rostro vuelve a ser el del cacique de siempre—. ¡La cueva de los dioses, la montaña que llora, Yucayeque, Bojio! —Le grita al líder de los dioses.

—Yucayeque —repite Guamikeni y para nuestra sorpresa añade dos palabras—. Sol. Canoa.

El cacique mueve la cabeza en señal de acuerdo y mira a Arinotu.

—El sol significa mañana, pero ¿qué está tratando de decirnos con canoa?

—Eso es algo que todavía no sé, Agüeybaná —dice el bojique mientras todos entramos de nuevo en la cueva—. Pero supongo que mañana sus palabras tendrán más sentido.

CAPÍTULO 5

LA PAZ ANTES DE LA TORMENTA

Después de un largo camino regresando al yucayeque llegamos, pero está vacío. Una vez más es mediodía y a esta hora las mujeres están cultivando la tierra mientras los niños espantan a los pájaros y los hombres que se quedaron atrás deben estar cazando o pescando. El cacique no ha dicho una sola palabra en todas estas horas. Ninguno de nosotros lo ha hecho. Notamos el cambio de actitud en Agüeybaná cuando salió del río. Y por esta razón ninguno de nosotros habla.

Pero los dioses blancos no parecen darse cuenta. Durante la noche y cuando salía el sol, seguían hablando entre ellos en su extraña lengua. Siempre repitiendo la misma palabra, 'Oro'.

—Bohío, canoa —el líder de los dioses dice una vez que se para cerca del borde de rocas del batey. Señala los bojios que les prestamos ayer y, para mi sorpresa, señala el bosque, donde se encuentra la playa por la que llegaron.

—Ve —el cacique dice con la mano abierta hacia sus bojios y los dioses comienzan a rodear el batey y luego se dirigen directamente a sus bojios. Se voltea hacia nosotros y continúa hablando—. Han sido unos días y noches agotadoras. Cada uno puede descansar si así lo desea.

—Agüeybaná —le digo cuando comienzo a caminar a su lado mientras se estaba yendo, susurrándole a Arinotu—. ¿Entendiste lo que querían decir al mencionar la canoa?

—Arinotu y yo tenemos una sospecha sobre el significado de nuestra palabra en sus bocas —dice, pero sigue hablando antes de que pueda preguntarles a ambos sobre la palabra—. Pero eso puede esperar, Guazei'ki'no. Hay algo más importante. He visto cosas... cosas que Arinotu me ha dicho que tú has experimentado durante años.

Miro a Arinotu, que está serio, y conozco el significado de las palabras que el cacique no dice. —Las cosas que he visto nadie en la tribu las conoce. Solo Arinotu. ¿Le han revelado a usted, los dioses de Borikén, el mismo futuro que me ha atormentado durante años?

—Si es el futuro, todavía está por verse, Guazei'ki'no —dice Agüeybaná tocando su guanín con la mirada a los bojios de los dioses blancos—. Pero hablemos de esto en el Caney donde no nos pueden escuchar. ¿Estás de acuerdo también, Arinotu?

—Es sabio. No queremos acusar a los dioses y arriesgarnos a que nos escuchen —dice el bojique.

—Entonces en el Caney hablaremos —dice Agüeybaná y los tres empezamos a caminar hacia su bojio y entramos por la apertura. En el interior, su asiento está como siempre en el medio, y a un lado se encuentra el lugar donde duerme con su esposa. El cacique se deja caer en el dujo y Arinotu y yo nos sentamos en el suelo frente a él—. Habla, pues, Guazei'ki'no. Dime una vez más lo que Arinotu me ha contado.

Miro fijamente los ojos de Agüeybaná que me devuelven la mirada adentrándose en mi espíritu. Me aclaro la garganta y comienzo a contarle lo que me atormenta. —Mi visión siempre ha sido la misma. Solían comenzar con las palabras de un hombre que hablaba nuestro idioma. Yo estaba en el suelo, incapaz de moverme por el dolor de una quemadura en el pecho. La voz decía que él era nuestro verdadero dios, pero mis ojos solo podían ver a Juracán rompiendo todo a mi alrededor.

—¿Estás queriendo decir que luchabas contra dos dioses en tu visión? ¿Nuestro verdadero dios y nuestro antiguo dios, Juracán?

—Puedo decirte que estaba luchando contra el dios que estaba hablando, pero, en la visión, no sentí que Juracán fuera mi enemigo, aunque podía escuchar sus gritos.

—Continúa, necesito escuchar más —dice Agüeybaná, mientras a mi lado Arinotu ha permanecido en silencio como si ni siquiera estuviera aquí.

—Pero esa visión es vieja. El día que llegaron los dioses. El día del Areyto, Arinotu me preparó una mezcla de cajobana que al respirarla me mostró la visión, pero esta vez pude ver aún más —digo mientras mi mente revive los recuerdos de esa noche—. Ví al dios que lucha contra mí. Él está ahora mismo con los dioses blancos, y ustedes también lo han visto estos últimos tres días. Es el dios de los ojos rojos que siempre está al lado de Guamikeni.

—Es como dijiste, Arinotu —dice el cacique pasándose una mano por su cara llena de sudor.

—Lo es. La visión es diferente, pero el significado es el mismo —dice el bojique.

—¿A qué te refieres, Arinotu? —Pregunto esperando respuestas, no quiero más acertijos —. Cacique, ¿qué has visto en la cueva de los dioses?

—Guazei —dice el cacique ocultando sus ojos con su mano derecha—. He visto la destrucción de nuestro pueblo. He visto la destrucción de Borikén. He visto nuestra tierra en cenizas mientras el dios de los ojos rojos lo quema todo. ¿Cómo lo logra? No lo sé.

Sé que es solo una visión, pero el miedo entra en mi cuerpo en silencio. Mientras Arinotu me mira fijamente y el cacique baja su mano para ver mis ojos, me quedo sin palabras. La visión de Agüeybaná es tan clara como el sol afuera en este mismo día. Si mi visión se hace realidad, también la del cacique. Si no logro detener al dios de los ojos rojos cuando llegue el momento, Borikén ardera. —Es una carga pesada para un solo hombre la tarea que los antiguos dioses me han dado —finalmente digo.

—Una carga que solo tú puedes llevar, Guazei —Arinotu me dice y el cacique asiente. Coloca ambas manos sobre las rodillas y se levanta.

—Te han elegido por una razón, como lo han hecho conmigo cuando fui llamado a ser un cacique —dice Agüeybaná mientras una sonrisa se forma en su rostro lleno de pintura roja—. ¿Fue una mera coincidencia que el bojique fuera tu amigo más cercano, o que tú siempre has sido uno de mis leales protectores? No, Guazei'ki'no. La pelea por Borikén entre ustedes dos ha sido planificada por los dioses desde antes que todos naciéramos. El día aún está lejos, eso claro está, pero cuando llegue el momento, la tribu estará a tu lado. Jamás lo dudes.

—E incluso si tuviera que luchar solo y sin los dioses a mi lado, lo haré si es para proteger a Borikén —digo poniéndome de pie.

—No estás solo, Guazei —dice Arinotu—. Siempre le pediré a los dioses que te acompañen, especialmente cuando llegue el día de la visión.

Asiento con la cabeza y el cacique comienza a hablar, pero se detiene cuando escuchamos un alboroto afuera y corremos a ver qué está pasando. Cuando salimos, las mujeres y los niños llegan con las manos llenas de comida y miran a los dioses que están por el yucayeque. —¿Bojio? ¿Sol? ¿Descansar? —Dice el cacique cuando vemos a los dioses cargando sacos llenos de los regalos y el oro que les dimos.

—Canoa —dice el líder de los dioses mientras los otros dioses esperan detrás de él.

Agüeybaná mira a Arinotu, quien le devuelve la mirada con aprobación. El cacique se para en el medio del batey y habla en voz alta para dirigirse a todos. —Parece que los dioses ya han estado suficiente tiempo con nosotros. Repiten la palabra canoa, que significa que se van en sus tres canoas gigantes al lugar de donde vinieron. Hemos celebrado su llegada y hoy celebraremos su partida. La suerte los trajo a nuestras playas para que pudiéramos aprender todo sobre ellos, pero deben irse. Porque no pertenecen a Borikén. Borikén es de los hijos del mar y de la tierra. No de los dioses blancos. Déjenlos irse en paz y que caminen hasta la playa donde sus canoas descansan. No los molestemos más —todos gritan de felicidad tras escuchar las palabras del cacique, y yo giro la mirada para ver al dios de los ojos rojos que parece molesto por alguna razón.

Guamikeni asiente por última vez lentamente mirando al cacique y comienza a caminar hacia el bosque con sus dioses siguiéndolo hasta el lugar donde se encuentran sus canoas. Esta vez toda la tribu camina detrás de ellos dejando el yucayeque vacío, una vez más. Hombres, mujeres y niños caminan lentamente por el bosque hasta que la arena está a nuestros pies y los dioses blancos comienzan a colocar los sacos en las pequeñas canoas. Se meten dentro y con palos largos comienzan a alejarse hacia las tres enormes canoas elaboradas con diseños similares a nuestras propias artesanías.

Una vez que llegan a sus grandes canoas, tardan mucho en comenzar a moverse, por lo que todos nos sentamos en el suelo. Me alejo del cacique y de Arinotu y me acerco a mi esposa y a mi hijo. —Te lo dije, Guazei —Aquiana dice sonriendo dulcemente alzando una ceja—. No había nada de qué preocuparse. Los dioses se unieron a nosotros para aprender más de las tribus de nuestra tierra y ahora se van en paz.

—¿Estabas preocupado, papá? —Pregunta Yocagua con la cabeza apoyada en el brazo de su madre. —Tienes razón, Aquiana —digo, aunque le miento para evitar que se preocupe. La nueva visión del cacique no ha hecho más que confirmar lo que está por suceder mañana, dentro de un mes o dentro de años—. Pues, claro que me preocupo, Yocagua. Es mi deber protegerlos a los dos, incluso de los dioses. Cuando algo nuevo sucede, observo que no sea un peligro. Siempre estoy listo para protegerte.

—Pero ya soy grande. Puedo protegerlos a los dos —dice, entrecerrando los ojos como si fuera un guerrero.

—Y de eso no tengo duda —digo mientras observo el agua que lentamente aleja las canoas de los dioses blancos—. Ambos lucharemos contra cualquier amenaza que llegue a Borikén. Es nuestra tierra; la tierra que nos han regalado los antiguos dioses. Es justo que lo mantengamos como está.

—Ya basta, ambos —dice Aquiana entre risas—. Estamos en un día lleno de paz y ustedes dos hablan de ir a la guerra. Mis dos fuertes guerreros... Miren el agua. Los dioses blancos ya nos han dejado.

—Parecerá que sí... —digo al ver las canoas hacerse más pequeñas cuando tocan el horizonte.

—Agüeybaná —digo cuando me siento en el suelo al lado del cacique que está tocando su instrumento mientras un nuevo Areyto está empezando. Han pasado horas desde que los dioses se fueron, la luna está en el cielo y todos están celebrando la oportunidad de haber conocido a los dioses blancos—. Los dos hemos visto lo que va a suceder con Borikén. ¿No crees que la tribu debería saber la verdad? En esta noche celebramos a los dioses que traerán la destrucción. Los recibimos con paz y regalos, pero en unos años seguro nos traicionarán y habrá que enfrentarlos.

—Guazei'ki'no —El cacique habla y coloca su instrumento en el suelo junto a sus pies—. En los años que tengo de vida he visto innumerables visiones de los dioses. Algunas se han cumplido, pero muchas han desaparecido y se han desvanecido como el humo. Mira a todos los que están en el batey. Ríen, cantan, viven en paz. Mañana algunos irán a cazar, otros a pescar, algunos trabajarán cultivando, ¿no es así como debe ser?

—Así es, Agüeybaná, pero no respondiste mi pregunta —digo mientras escucho en una canción una nueva historia de la llegada de los dioses blancos—. ¿No merecen la verdad?

—Han pasado treinta años desde que naciste Guazei, y eres sabio para tu edad, ¿pero no lo entiendes? —Dice Agüeybaná mientras sus ojos permanecen en la tribu, nunca en mí. Me quedo en silencio esperando una respuesta y finalmente me la ofrece—. La visión puede convertirse en una realidad mañana, o puede suceder en cuarenta años. Si les dijera la verdad, mañana no volverán a conocer la paz. Se prepararían para una guerra que aún no pueden ganar contra dioses que no conocemos. Y durante años solo sería eso, una espera eterna, olvidando nuestros caminos. No quiero que se conviertan solo en guerreros, quiero que permanezcan como son. Si llega el día, nos prepararemos, ¿pero no es lo correcto dejarlos en paz? ¿No es esta nuestra carga, Guazei'ki'no?

Miro a mi esposa y luego a Yocagua, mi hijo... Con solo diez años. Lo veo bailando y practicando sus canciones. Miro a sus amigos de la misma edad, a los niños un poco mayores que él, veo a mis amigos con los que crecí con sus familias. Yo sé lo que cada uno de ellos va a hacer mañana y si supieran la verdad… su mañana sería como los días que he vivido desde que la visión llegó a mi vida. El cacique habla sabiamente y por supuesto que lo hace. Él es nuestro guía. —Entiendo, Agüeybaná. Es difícil, no te voy a mentir. Pero su mañana será mejor que el nuestro. Si llega el día, que así sea. Estaré listo para enfrentarme al dios de los ojos rojos. Prometo protegerlos a todos, y aunque Juracán luche contra mí, tendré a Yocahú a mi lado.

El cacique se echa a reír y finalmente me mira. —Has entendido el deber de un cacique. Eres un poderoso protector y por eso Borikén te ha elegido. Juntos los protegeremos. Pero ya. Hemos hablado durante demasiado tiempo. Ve con la tribu y celebra la despedida de los dioses y los años de paz que están por venir.

—Eso sí puedo celebrar —digo levantándome con entusiasmo y corriendo hacia el batey donde todos bailan con sus instrumentos. Bailo, salto y canto dejando que mi mente se olvide de todo. Tres días he estado preocupado desde que llegaron los dioses blancos, pero esta noche celebro la paz que siento sin ellos.

1508

CAPÍTULO 6

QUINCE AÑOS DESPUÉS

Pongo el dedo sobre mis labios advirtiéndole a Yocagua que guarde silencio. Miro por el lado del árbol que me esconde, mientras docenas de dioses blancos caminan en silencio por el bosque. Me doy la vuelta y detrás de mí veo a las personas de las tribus de la tierra vecina, Higüey, esconderse detrás de más árboles. El silencio se siente como si estuviera en una de mis visiones. En una pesadilla. Los insectos no hablan, el viento no susurra y el sol se esconde con nosotros. El crujido que hacen las hojas al romperse me dice que los dioses blancos se están acercando. Sostengo mi macana mientras Yocagua sostiene su arco, pero en su rostro no veo miedo, solo determinación y eso me preocupa.

Pienso en los años en que creí que la paz duraría mucho tiempo, pero qué equivocado estaba; qué equivocado estaba, Agüeybaná. Los dioses regresaron hace seis años. Pero ignoraron a Borikén y en su lugar se fueron a Higüey. Mientras los años pasaban ignoraba los horrores de mis visiones, enfocándome en el bien del yucayeque hasta que supimos la verdad. Las tribus de Higüey habían ido a la guerra contra los dioses blancos. Los dioses reclamaron sus tierras para sí mismos. Querían sus recursos, querían esclavizarlos como hacían Los Carib. Pero las tribus de Higüey no se iban a rendir tan fácilmente. Se defendieron. Durante años fueron en contra de los dioses, pero fue inútil. Nos enteramos de la verdad cuando los sobrevivientes de la guerra llegaron a Borikén en busca de refugio. Hablaban de dioses blancos que llegaron pacíficos y años después vinieron a apoderarse de sus tierras. Y construían majestuosos bojios esclavizándolos. Agüeybaná y todos los caciques de Borikén les dieron un nuevo hogar, entendiendo que necesitaban ayuda. Pero los dioses vinieron a buscarlos. Su nuevo líder era un salvaje. Durante años hemos escondido y ayudado a los nuevos refugiados que llegan, pero hoy están más cerca que nunca de nuestro yucayeque.

El crujido se detiene y los dioses comienzan a hablar en su lengua. Estos cuatro años, desde que Higüey se perdió a manos de los dioses, los refugiados de la tierra nos han enseñado pequeñas palabras. Ellos empiezan a hablar y yo trato de entenderlos. —Esclavos, Isla, Pueblo... —Son pocas palabras que logro descifrar cuando su líder habla, pero hay muchas palabras que no puedo entender. Hablan de los prisioneros que han tomado de la tierra de Higüey y de un sitio que crean para descansar en cada lugar que visitan. Pero este líder es nuevo. Él no es Guamikeni. Este nuevo dios que llegó hace años es más cruel, no tiene compasión y solo viene a arrebatarnos todo. Y a su lado siempre está él. El dios de los ojos rojos.

El silencio sigue y todavía no hablamos. No nos atrevemos ni a respirar, solo escuchando, escondiéndonos detrás de los árboles evadiendo una pelea que no podemos ganar. Los dioses usan la palabra para irse, pero justo cuando se están apartando, detrás de mí escucho como una rama de un árbol se parte. Me doy la vuelta y un refugiado debe de haberse movido y eso pequeño sonido fue suficiente. Nos encontraron. Escucho los pasos de los dioses corriendo hacia nosotros y grito tan fuerte como puedo. —¡CORRAN! —Todos los hombres, mujeres y niños comienzan a dispersarse gritando mientras los dioses comienzan a acercarse y sus voces comienzan a sonar más fuertes. Me viro hacia Yocagua para salir corriendo con él fuera del bosque, pero ya es demasiado tarde—. ¡Yocagua, detente! Tenemos que irnos; No podemos luchar contra los dioses —pero no me escucha. Sigue disparando flechas a los dioses, aunque es inútil. Las puntas se rompen cuando tocan sus piezas de metal que cubren el pecho.

Miro a los dioses, mientras sacan sus macanas de plata que he aprendido su nombre correcto. Espadas. Se dirigen a Yocagua que sigue lanzándoles flechas, ganando tiempo para que escapen los refugiados. Corro hacia él mientras el líder de los dioses se queda atrás junto al dios de los ojos rojos, ambos sonriendo. Para ellos no somos nada, solo prisioneros tratando de defendernos.

Llego al lado de Yocagua justo a tiempo para detener, con mi macana, una de las espadas de plata de los dioses. —Yocagua, no sirve de nada, vámonos —empujo la espada y Yocagua patea al dios mientras cinco más se acercan con su arma en mano.

—¡Se han llevado a nuestra gente, papá! Se han apoderado de Higüey. No voy a dejar que nos quiten a Borikén —dice mi hijo mientras agarra su macana del suelo y comienza a pelear a mi lado.

—Nunca nos quitarán a Borikén. Pero hoy no es el día para pelear —digo chocando mi macana contra dos espadas y dando un paso atrás sosteniendo con fuerza a los dos dioses. Me muevo hacia un lado y los dioses blancos pierden el equilibrio y los golpeo, tan fuerte como puedo en sus espaldas, pero el metal que los cubre simplemente se dobla y como siempre sucede, no sangran. ¿Cómo podemos ganar si no podemos herir a estos dioses? ¿Como... si los dioses no mueren? —El yucayeque nos necesita a los dos. Pronto nos defenderemos, Yocagua, pero no aquí.

Yocagua comienza a correr a mi alrededor, moviéndose de árbol en árbol mientras se enfrenta a los dioses. Salta y ataca sus espadas, esquiva sus ataques y da golpes que no los dañan, pero aun así los hace retroceder. —¡Haré lo que digas papá, pero primero deben sentir miedo!

—¡Yocagua, te dije, detente! —Y antes de que pueda detenerlo, corre lejos de mí, pasando por entremedio de todos los dioses mientras lo tratan de acuchillar, pero las espadas pasan por encima de su cabeza y por debajo de sus pies hasta que se acerca al líder de los dioses y al dios de los ojos rojos. Gira, listo para golpear al nuevo líder de los dioses. El líder retrocede no esperando la velocidad de Yocagua y una sonrisa comienza a formarse en mi rostro, preguntándome si realmente va a lograrlo. Y antes de que pueda parpadear, el dios de los ojos rojos ya tiene su espada fuera de su cintura chocando con la macana de mi hijo que está a menos de un pie de la cara del líder de los dioses.

Al dios de los ojos rojos no parece molestarle. Mi hijo forcejea con ambas manos en su macana empujando para alcanzar al líder de los dioses, pero el dios de los ojos rojos está protegiéndolo con solo una mano extendida que sostiene su espada. Dice unas palabras que no entiendo y baja la macana de Yocagua sin esfuerzo, le golpea el cuello con la otra mano y, mientras mi hijo se agacha tratando de conseguir aire, le da una patada en el pecho. Empiezo a correr y la furia dentro de mí es incontrolable. Más dioses menores se interponen en mi camino y uso mi macana con tanta fuerza que empiezo a romper las espadas apartando a cada uno de ellos. Pero me detengo cuando estoy a unos pasos de mi hijo.

El dios de los ojos rojos coloca un pie en el cuello de Yocagua y acerca su espada a su pecho. Comienza a negar con la cabeza como si dijera —no hagas nada imprudente —no me muevo. Miro a mi hijo en el suelo, con los ojos llenos de rabia y las manos sosteniendo los pies del dios, tratando de levantarlo. Me quedo quieto, sin saber qué hacer. No soy lo suficientemente rápido para llegar ahí, pero si no hago algo, corro el riesgo de perder a mi hijo.

—Cacique —dice el líder de los dioses. Señala el bosque y vuelve a decir—. Cacique, yucayeque. Agüeybaná. —Me quedo en silencio, sorprendido. ¿Cómo conoce a Agüeybaná? Pero es obvio, llegó con el dios de los ojos rojos. Este dios estuvo aquí hace años cuando Agüeybaná los recibió con regalos.

—No —digo negando con la cabeza—. Nunca llegarás a nuestro yucayeque. No.

No dice nada. Mueve una mano señalándome mientras camina hacia atrás y de repente todos los dioses menores comienzan a correr hacia mí. Me resisto mientras me agarran tratando de empujarme hacia abajo, pero no me arriesgo a pelear ya que Yocagua todavía está en el suelo. Comienzan a amarrarme, me ponen las manos en la espalda y levantan a mi hijo y hacen lo mismo. —Papá... Lo siento —dice Yocagua mientras lo acercan a mí y veo su arrepentimiento. Mi hijo espera que esté enojado con él, pero nunca lo estaría. Quiere lo mismo que todas las tribus. Sacar a los dioses blancos de Borikén.

—No hace falta que pidas perdón. Estos dioses son los que nos han traicionado —digo, pero mis palabras se interrumpen cuando comienzan a empujarnos de nuevo. Nos patean para que nos movamos, y nos siguen empujando con la punta afilada de sus espadas en nuestra espalda. Me da temor pensar en lo quieren de nosotros, pero lo que me asusta en realidad es que están caminando en dirección a nuestro yucayeque.

—¡No te atrevas a patear a mi hijo otra vez! —Le grito a un dios menor cerca de su cara, incluso con las manos atadas en la espalda. Tan pronto como dejamos atrás los árboles y llegamos a la apertura del yucayeque, pateó a Yocagua detrás de sus rodillas, haciéndolo caer al suelo. El dios se echa a reír mirando hacia atrás buscando la aprobación de los demás, pero el dios de los ojos rojos se acerca lentamente, apartándolo con una mano y quedándose cara a cara conmigo. No dice una palabra y yo tampoco. En su rostro se forma una sonrisa que no llega a sus ojos mientras sigue observando mi espíritu, pero no muevo la vista. Si la razón por la que me enfrento contra este dios es para proteger a mi hijo, entonces no le mostraré miedo.

Frente al dios de ojos rojos el mundo se siente diferente. Cuando camina, el bosque se queda en silencio, el viento desaparece y los dioses antiguos parecen abandonarme. ¿Que tiene este dios tan diferente incluso al dios líder? Cuando estoy a punto de hablar cansado de este silencio, las palabras de Agüeybaná retumban a mis espaldas. —Quédate quieto, Guazei'ki'no. Los dioses nos han mostrado su verdadero rostro y no puedes luchar con los brazos atados —me doy la vuelta y veo su viejo rostro y mis ojos se alejan hacia el batey, hacia donde están los refugiados que hemos encontrado en los últimos meses y los nuevos que encontramos hoy. Agüeybaná sigue caminando, acercándose cada vez más y detrás veo a toda la tribu siguiéndolo, pero las mujeres se quedan en el batey protegiendo a los niños. En las manos de los hombres cada uno tiene un arco con flechas o una macana. La única mujer entre los hombres es Aquiana.

Aprovecho la oportunidad y trato de moverme al lado de Yocagua, pero dos dioses menores me agarran rápidamente mientras el dios de los ojos rojos se acerca al líder de los dioses. Miro a Yocagua, que se había levantado rápidamente tratando de escapar y ahora también está en manos de más dioses blancos. —Arinotu. Es hora de hablar con los dioses. ¿Estás seguro de que has dominado su lengua? —Pregunta el cacique al bojique que está a su lado. Aunque solo entiendo pocas palabras, en estos años Arinotu ha aprendido de los refugiados de Higüey la forma de hablar de los dioses blancos, o eso dice él.

—Dominarlo, llevará años —dice el bojique con una cara que expresa la tensión que siente. Un rostro igual al día que le hablé del dios que acaba con mi vida—. Pero puedo trabajar con lo que sé. Dime, Agüeybaná, qué he de comunicar a los dioses.

El cacique asiente con su cabeza y comienza a hablar —Hace quince años los recibimos con las manos abiertas. Les mostramos nuestra tierra, les dimos regalos e hicimos Areytos en su honor. Sin embargo, aquí están, después de destruir la tierra de nuestros vecinos durante cuatro años, siguiéndolos hasta Borikén, tratando de esclavizarlos, una vez trataron de esclavizarme a mí y hoy incluso amarras a dos de nuestros hombres. Guamikeni vino pacíficamente, pero tú, como un dios similar, vienes trayendo destrucción. ¿Qué es lo que realmente deseas?

Mientras el cacique hablaba la tribu permaneció en silencio y también los dioses antiguos y nuevos. Los animales al igual se mantuvieron callados, y el viento era la única evidencia de sonido, aparte de las palabras de Agüeybaná. Después de que termina, Arinotu se da la vuelta y comienza a decir sus palabras a los dioses en esa extraña lengua. Observo al dios de los ojos rojos y al líder de los dioses que escuchan mientras a veces se miran entre ellos. Cuando Arinotu termina, el líder de los dioses camina hacia el frente en donde esta Arinotu y le comienza a hablar. El bojique escucha sus palabras, como todos lo hacemos, pero solo él las entiende. Puede ser el orador sagrado de los dioses, pero ha perdido su reverencia a estos dioses blancos. Su cara, aunque tiene miedo también tiene el espíritu de un guerrero cansado de estos seres.

El dios termina y Arinotu mira a Agüeybaná, pero habla en voz alta para que todos podamos escuchar. —Los dioses me han dicho su propósito... ya no quieren regresar a Higüey. Están reclamando Borikén como suya. Reclaman a los refugiados como sus esclavos y los quieren de vuelta. Hablan de un Borikén mejor con hogares más duraderos que resistirán vientos más fuertes, hablan de poner orden en nuestras tierras y de darnos ropa que nos proteja del medio ambiente. Los ofendemos con nuestros dioses, y ellos quieren que sigamos los suyos. Si mantenemos sus reglas y mantenemos la paz, no esclavizarán a nuestra tribu, pero sólo a nuestra tribu. Porque todo lo que hay en Borikén al igual que las personas de Higüey son de su propiedad. Nos encontraron cuando vinieron del mar y nosotros somos suyos —donde una vez hubo silencio ahora se llenó de las voces alarmadas de la tribu y algunos incluso gritan 'NO'. Arinotu deja de hablar y nos mira a mí y a Yocagua.

—¡Habla, Arinotu! ¿Qué más cosas terribles te han dicho estos dioses? —Pregunta el cacique con una voz que sólo he oído salir de él en las guerras.

—El dios dice... que tomará a Yocagua y a Guazei'ki'no como ofrenda por los problemas que nuestra tribu les ha causado.

—Preferiría morir antes que ayudar a estos espíritus malignos —Yocagua grita tratando de liberarse del dios que lo sostiene. Permanezco en silencio mientras toda la tribu estalla en alboroto. En el caos de todos gritando, miro a mi esposa que tiene sus ojos puestos en mí. Esta seria. Demasiado seria. No necesita hablar para decirme lo que piensa. Ya la conozco. Asiento lentamente y ella hace lo mismo sin perder el contacto visual. El cacique habla con Arinotu gritando, tratando conseguir alguna solución, pero mis ojos están puestos en mi esposa. Camina alrededor de los hombres tocando los hombros de unos pocos y susurrando algunas palabras. Repite el proceso mientras va y habla de hombre en hombre. Tan pronto como terminan sus palabras, la persona que eligió de la tribu baja las manos. Comienzan a respirar lentamente y desaparecen entre la multitud.

Mantengo mis ojos en ella, pero luego mi mirada se va hacia Yocagua, que grita a mi lado tratando de liberarse. —Deja de luchar. Todo va a estar bien —le digo. Me mira y se pone de pie tranquilizándose, mostrando la confianza que tiene en mí.

Observo lentamente a la tribu y cuando encuentro a mi esposa y veo su mano, sé que está lista. Digo en un susurro —ahora —dejo que todo mi cuerpo caiga al suelo llevándome conmigo a los dos dioses que me sostienen. Ruedo hacia un lado parándome enseguida y veo a Aquiana corriendo, pasando por el lado de Agüeybaná. Los dioses comienzan a discutir y a señalarme, pero corro hacia ella, y mi esposa me corta las ataduras con la punta de una flecha y me entrega un arco con más flechas. Empiezo a prepararlas y cuando un dios se está acercando, ella se acerca a él y le coloca una punta de roca blanca en el cuello y se queda quieto—. ¡Hazlo! ¡Llévate a mi esposo y a mi hijo! ¡Hazlo y verás que incluso me enfrentaría a un dios por ellos! —Grita, y el líder de los dioses grita en respuesta, tratan de rodearla, pero ya estoy a su lado con tres flechas en mi arco apuntando hacia todos.

—¡Nos quieres como esclavos, entonces enfrenten a toda la tribu de Agüeybaná! —Grito aún más duro dando la señal y los hombres que mi esposa escogió comienzan a aparecer del bosque con arcos y macanas en mano rodeando a los dioses—. ¡Suelta a mi hijo! ¡Arinotu, diles eso!

—Guazei... —dice Arinotu mirando a los dioses con espadas en mano preparándose para una guerra contra nuestra tribu.

—¡DILES! —Vuelvo a gritar.

Arinotu mira al cacique que asiente con la cabeza sin dudarlo y el bojique comienza a hablar en su lengua al líder de los dioses y el dios de los ojos rojos le dice algo en respuesta. Mientras espero con las flechas en los dedos listas para salir libres hacia seres inmortales, el líder da una señal y uno de ellos empuja a Yocagua hacia Aquiana. Ella libera al dios menor, agarra las manos de Yocagua, corta las cuerdas y antes de que el dios menor pueda regresar, vuelve a llevar la piedra a su cuello.

Pero el líder de los dioses comienza a caminar lentamente con la cara en alto mientras las ropas de metal suenan a nuestro alrededor. A este dios parece no importarle que estemos a punto de luchar contra ellos. Y empieza a hablar y Arinotu traduce rápido.

—Tienes una peligrosa tribu, Agüeybaná —dice Arinotu interponiéndose entre Agüeybaná y los dioses. A nuestro alrededor, la tribu no suelta sus armas escuchando atentos. Nos hemos enfrentado a otras tribus antes, pero esto es una guerra contra dioses. Todo el mundo está preparado para cualquier cosa. ¿Prometimos dejarte vivir libre de esclavitud y así es como devuelves nuestra misericordia?

—Como tribu, nos mantenemos unidos. Somos uno, y si te llevas a dos de los nuestros, te llevas a la tribu —dice Agüeybaná hablando rápido y desafiante mientras Arinotu responde a los dioses.

—Conquistamos Higüey. Y conquistaremos Borikén. Si tu tribu va a ser un problema, puedo quemarla y que mi dios me perdone. Pero los salvajes no tienen cabida con él —el líder de los dioses dice a través de Arinotu.

—Tenemos dioses malignos; espíritus malignos y tú puede que seas lo peor a lo que nos enfrentemos así que hoy propongo una tregua a cambio de algo —dice Agüeybaná y cuando Arinotu termina de hablar el rostro del dios cambia. Se vuelve hacia el dios de los ojos rojos que no ha bajado su espada como si estuviera ansioso por comenzar a atacarnos. Ambos hablan y dicen una palabra que he llegado a entender sin Arinotu. La palabra que significa oro.

—El dios de los ojos rojos tiene razón. A cambio de la paz de mi tribu, te prometo todo el oro de nuestros ríos —dice Agüeybaná. Me parece imposible que ofrezca esto a los dioses blancos, pero si nuestro cacique cree que esto es correcto, entonces confío en él.

—Si lo que deseas es una tregua, que así sea. Tomaremos todo el oro que tengas para ofrecer, pero tu tribu trabajará para nosotros. Trabajarán los ríos y extraerán todo el oro que puedan. Nos darán la mitad de la comida que cultivan, y tu tribu no se entrometerá cuando empecemos a conquistar las otras tribus de Borikén... —Arinotu traduce, y su rostro expresa horror. Se queda un rato mirando al dios como si tratara de entender si lo que oyó es cierto y lo es. Se vuelve hacia Agüeybaná y vuelve a hablar—. ¿Agüeybaná aceptaras esto? —Pero Agüeybaná levanta la mano.

—Tenemos una tregua —dice el cacique, pero Arinotu no responde porque yo lo detengo.

—¡Has visto el futuro, Agüeybaná! —Le digo todavía con mis flechas apuntando a los dioses mientras protejo a Aquiana que sostiene la piedra en el cuello del dios—. Se está convirtiendo en una realidad. ¡Si hacemos una tregua con ellos, el dios de los ojos rojos quemará Borikén! Nos esclavizarán; Hablan palabras falsas, y tú eres sabio. Puedes entender su verdadero significado. Te lo ruego, cacique, encuentre otra manera.

Ahora es el dios de los ojos rojos quien comienza a hablar mientras señala a Arinotu. —El dios exige que traduzca lo que dice Guazei'ki'no —el bojique habla mirando a Agüeybaná.

Le entrego mi arco y mis flechas a Yocagua y él toma mi posición mientras me dirijo al cacique y a Arinotu. —Hoy está cerca el futuro que revelaron los antiguos dioses. Está en tus manos detenerlo.

El cacique me mira fijamente mientras el silencio se apodera alrededor nuestro. Los dioses blancos esperan las respuestas de Arinotu, pero él no habla. Espera las órdenes del cacique. Conozco a mi amigo. Y sé que él desea lo mismo que yo. Buscar una solución, pero me pregunto si la hay. Mi hijo y mi esposa se enfrentan a los dioses que no mueren. Mi tribu se rebela con arcos y flechas arriesgando su vida provocando la ira de los conquistadores de Higüey. Pero Agüeybaná me pone una mano en el hombro, sus ojos piden perdón cuando me aparta hacia un lado para ver a los dioses blancos y habla, —como tribu escucho las palabras de mi gente y sus preocupaciones. Acepto la tregua por el bien de ellos. Nuestro oro es tuyo; nuestra comida es tuya y al igual si Yocahú descendiera y pidiera que le devolvieran sus tierras, aceptamos que Borikén es tuyo.

Miro con horror a Agüeybaná que tiene su cara de guerrero, miro a Aquiana que baja sus manos con lágrimas en los ojos. Veo a Yocagua bajando su arco mientras mira al suelo y aprieta los dientes. El dios de los ojos rojos comienza a reír mientras Arinotu habla con voz temblorosa. Ya el silencio no existe. A nuestro alrededor la tribu murmura y los dioses blancos celebran. El líder de los dioses reconoce las palabras de Arinotu y comienza a caminar lentamente hacia Agüeybaná. Extiende su mano, y el cacique la agarra sellando la tregua.

Los dioses blancos han reclamado nuestra tierra y en este día las tribus de Borikén hemos perdido nuestra libertad... Que los dioses antiguos tengan piedad.

CAPÍTULO 7

LA CRUELDAD DE LOS DIOSES

Con la tregua sellada, los dioses entraron a nuestro yucayeque, pero no se quedaron. A través de sus palabras, Arinotu explicó que tenían planes para regresar a nosotros una vez que hubieran visitado los otros yucayeques de Borikén, pero necesitaban algo más de nosotros. —¡No pueden tenerte a ti también! ¡Eso no era parte de la tregua! —Grito una vez que escucho lo que exigen. Necesitaban a alguien que hablara por ellos a las otras tribus y solo un hombre habla su lengua.

—Y no quiero ir con ellos, Guazei, pero si eso va a ayudar a que nuestro yucayeque tenga paz, entonces lo haré —dice Arinotu al lado del dios.

—Puede ser por el bien del yucayeque, pero si no está en tu corazón, habla ahora Arinotu, para que pueda cambiar la tregua —dice el cacique caminando hacia él ignorando a los dioses que hablan a nuestro alrededor.

—Dicen que volveré con ellos. Es solo temporal. No deseo que se desate la ira de los dioses blancos. Es por eso que te pido que me permitas actuar a su favor por el momento —Arinotu dice, pero su voz habla palabras que son falsas. Sus ojos dicen la verdad, y dicen que teme.

Antes de que pueda tratar de convencerlo a cambiar de opinión, el cacique se da la vuelta y me pone una mano en el hombro. —El día de la visión aún está lejos, Guazei. Somos guerreros, no se puede negar, pero contra los dioses, nos falta fuerza. Déjalos ir mientras planificamos. Mientras pensamos. Pidamos a los antiguos dioses sabiduría y, si llega el momento, ayuda.

Miro a Arinotu, el arrepentimiento intenta apoderarse de mí, pero el sentimiento pasa rápido cuando mueve sus ojos más allá de mí, y sigo su vista entendiéndolo sin palabras. Está observando a mi hijo que se ha reunido con su esposa, Tayba. Mis ojos se mueven y pasan a la tribu. A los refugiados que ahora forman parte de nosotros. A los niños asustados que no entienden lo que está pasando. Y a sus padres sosteniéndolos, siempre dispuestos a protegerlos en caso de una batalla. Arinotu desea la paz, y yo debo aguantar para que la paz permanezca. Veo a Arinotu con sus ojos en mí suplicando que lo deje ir y sin nada más sonríe y habla con los dioses blancos.

Los dioses hablan entre ellos, se dan la vuelta y caminan hacia el bosque de cokí desapareciendo en la oscuridad. —Vete, Guazei —escucho al cacique decir detrás de mí. Me muevo hacia atrás para mirarlo, tratando de entender lo que quiere decir—. Síguelos como una sombra. Garantiza la seguridad de Arinotu, pero no luches contra ellos. Sus números son demasiados. Solo vigila y, si es necesario, escapa con él.

—Eso haré, Agüeybaná. ¿Y qué pasa si otra tribu necesita ayuda? —Le pregunto mientras le hago señas a Aquiana y ella viene cargando mi macana y me la entrega.

Una sombra crece en su rostro a medida que se revela una tristeza profunda. —Hoy no debemos interferir. Que los dioses antiguos los protejan.

Con tristeza en mi corazón, acepto lo dicho por el cacique y comienzo a perseguir a los dioses blancos.

Con los dioses frente a mí, el bosque parece no tener vida. Es como la primera vez que llegaron y hoy los cokí no cantan. Solo hay un silencio abrumador excepto por el crujido de sus pies. Mientras veo a los dioses blancos me acuerdo de la primera vez que llegaron, cuando eran docenas, pero hoy son cientos de docenas. Ellos caminan perturbando el bosque mientras yo me quedo lejos, no queriendo alertarlos de mi presencia. Una vez que se apartan lo suficiente, me muevo de árbol en árbol y el bosque cobra vida ante mis pasos. Los pájaros cantan, volando de rama en rama, escucho el susurro de la hierba llena de vida y los vientos me atraviesan con el olor de

Borikén. No entiendo la oscuridad que los dioses llevan dentro de sí, pero el bosque les teme.

Pensé que iban a seguir por el mismo sendero que los guiamos cuando Guamikeni nos visitó hace años, pero esta vez tomaron un camino diferente. Me acerco más tratando de entender por qué están haciendo esto y cuando miro a Arinotu todo se vuelve más claro. El dios de los ojos rojos camina a su lado y usa una mano para señalar en diferentes direcciones. Están usando a Arinotu para encontrar a las tribus que no los vieron en la primera visita. Pero eso no tiene sentido, ya que estos cuatro años todos en Borikén han escuchado las historias de los refugiados y la guerra de Higüey contra los dioses blancos.

Se vuelven a mover y esta vez lo hacen hacia la izquierda, alejándose más del camino y durante horas caminamos entre una espesa hierba que me llega al pecho. Para los dioses este puede no parecer un camino que tenga un final, pero sé a dónde conduce. Arinotu los está guiando a las tribus del norte. Desearía poder salir de mi escondite y detener a estos seres, pero pelear solo significa desperdiciar mi vida.

Frente a nosotros, el sol comienza a brillar aún más cuando llegamos a la pared del bosque que marca su final. Los dioses pasan a través de la abertura de los árboles, pero yo no los sigo. Me quedo dentro del bosque escondido y observando. Sé lo que está a punto de suceder y requerirá de mí, la más fuerte de las voluntades. Fuera del bosque se encuentra el yucayeque de uno de los caciques más sabios que conozco. Su tribu está especializada en la agricultura y no se preocupan por la caza tanto como nosotros. Hombres y mujeres trabajan la tierra, y los niños protegen las cosechas de los pájaros. Esa siempre ha sido su manera de hacer las cosas. Ojalá hubiera venido antes y les hubiera avisado, pero Borikén ha caído... Nadie está a salvo.

El yucayeque tiene un largo batey que se extiende hasta detenerse en las docenas de bojios. Miro más cerca de donde está el Caney, y veo al cacique hablando con su gente. Veo cuando su cara vieja se arruga mientras se ríe con ellos, mientras los niños practican con la pelota en los pies. Pero todo se detiene una vez que las personas comienzan a señalar a los dioses blancos que irrumpen en el yucayeque. Las dudas que no le permitían cruzar las rocas del batey han desaparecido de ellos. Pasan por encima sin temor y llenan la zona. Cientos de dioses, alrededor de la tribu de no más de trescientos.

El líder de los dioses mira a todos sin decir una palabra. Permanece en silencio, pero exigiendo autoridad. Y esta vez el dios de los ojos rojos se acerca al cacique que se encuentra cara a cara con él. Empiezo a moverme en el borde del yucayeque para ver más de cerca y escuchar lo que el dios está a punto de decir y comienza a hablar mientras Arinotu explica las palabras de este ser maligno —¿Sabes quiénes somos, cacique?

La pintura roja en el rostro del cacique se retuerce a medida que su rostro cambia. Como si estuviera comiendo algo agrio. —No somos ignorantes, si eso es lo que preguntas. Ustedes son los dioses blancos a los que la gente de Borikén abrió sus corazones y solo trajeron destrucción a nuestras tierras vecinas —dice el cacique desafiante. El hombre alegre de hace unos segundos ya no está en él. Detrás del cacique todos se quedan quietos, pero veo a algunos hombres con arco en mano.

El dios de los ojos rojos se ríe y vuelve a hablar a través de Arinotu. —¿Es esa la forma de hablar con tus dioses? Solo traemos sabiduría. La gente de Higüey vivía como animales y nosotros les trajimos cultura. ¿No merecen lo mismo las personas de Borikén?

—El único animal que veo está frente a mí con cientos más a su espalda —dice el cacique acercándose al dios—. ¡Deja esta tierra! Ya tenemos dioses que nos protegen. ¡No te necesitamos!

El dios de los ojos rojos se da la vuelta y ríe sarcásticamente mientras mira al líder que asiente. Se da la vuelta y con giro tan rápido que fue casi indetectable golpea en la cara al cacique haciendo que su cuerpo vuele hacia un lado, cayendo al suelo. El yucayeque cobra vida con los alborotes de todos los miembros de la tribu levantando sus arcos, listos para luchar contra los dioses e incluso yo estoy listo, la furia se acumula en mí ante semejante insulto. Trato de contenerme mientras aprieto mis dientes y agarro mi macana con tanta fuerza que podría romperla. El dios de los ojos rojos levanta la mano y por primera vez veo el arma que temen las tribus de Higüey. Largas y creadas con un material plateado cerradas con una abertura circular en su punta. Las giran hacia el cielo y cuando tiran de algo, explosiones con humo liberan bolas de plata.

Todos retroceden ante la explosión, pero no antes sin agarrar y cargar al cacique que se toca la cara donde el dios lo golpeó. —No me importa si eres un cacique o un guerrero. Somos los nuevos gobernantes de esta tierra. Harás lo que te diga... lo que nosotros te digamos. Hasta el último día de sus miserables vidas trabajaran para nosotros. Como te dije, los animales necesitan ser controlados. Los alimentaremos siempre y cuando hagan lo que se les diga. ¿No es ese el trabajo de un esclavo?

La gente de la tribu mira a Arinotu para luego ver al dios, con horror en sus rostros, algunos con lágrimas y otros con rabia. Pero los dioses tienen las armas de metal apuntando hacia ellos y, por lo tanto, están indefensos. De repente, el líder de los dioses pasa por delante del de ojos rojos y comienza a hablar con calma. —Y sobre todo hay algo importante que no deben olvidar. Si siguen a nuestro dios, los trataremos como humanos. Los vestiremos como humanos y actuarán como humanos. Pero deben saber esto, su libertad ya no es suya —mientras Arinotu intenta decirnos lo que el dios está diciendo, su voz sigue quebrándose. El líder de los dioses da una señal, y todos comienzan a correr, y la gente comienza a tratar de escapar. El cacique les grita que salgan del yucayeque; que lleven a los niños a un lugar seguro, pero no sirve de nada... Hay demasiados dioses. Necesitan ayuda.

Salgo corriendo fuera del bosque con mi macana en mano, listo para encontrar una manera de matar a estos dioses si es necesario. Corro y no parecen darse cuenta de quién soy durante el caos. Los dioses blancos corren, siguen a la gente de la tribu y luchan, pero los números los superan. Los dioses atacan sin piedad, sin importarles si son niños o mujeres. Lo único que les importa es cuántos pueden capturar para esclavizarlos. Escucho las explosiones de las armas y cuando me dirijo a atacar a uno de los dioses, una mano me aguanta. —¡NO PUEDES ESTAR AQUÍ! —Grita Arinotu sosteniéndome con los ojos llenos de lágrimas.

—¡No puedo abandonarlos! —Le grito en respuesta al liberar mi mano y siento agua golpeando mi pecho, aunque no veo lluvia. No me había dado cuenta de mis propias lágrimas.

—Y no lo harás —dice por encima de todos los gritos a nuestro alrededor—. El siguiente yucayeque es el de Mabodamaca. Adviértele. ¡Ayuda a su gente a escapar antes de que sea demasiado tarde! Por favor...

—¡No me pidas esto, Arinotu! —Suplico entre gritos mientras mi visión se vuelve borrosa—. No me pidas que abandone a las personas que nos han ayudado en nuestro momento de necesidad.

—¡SON INMORTALES! —Me grita mientras me empuja por primera vez en mi vida—. Este yucayeque ya está perdido. ¡No dejaré que sacrifiques tu vida! ¡Sal de aquí y ayuda a los demás!

Veo más allá de él como los dioses siguen capturando a más personas, mientras destruyen la casa del cacique. —Detendré esto. Lo juro —le digo sujetándole el hombro. Arinotu no habla. Se da la vuelta y corre hacía unos dioses que estaban atando al cacique.

Con mi espíritu roto me viro hacia el bosque y entro de nuevo en su oscuridad. Una vez que estoy lo suficientemente lejos, grito dejando que mi furia me consuma.

CAPÍTULO 8

EL YUCAYEQUE DE MABODAMACA

Corro por el bosque tratando de silenciar mi mente que me grita, que me ruega, que retroceda. Continuo por el borde del bosque mientras los gritos de la gente llenan cada rincón de mi camino, incluso a esta distancia. ¿Cómo puedo ignorar esto? ¿Cómo se supone que voy a vivir la esclavitud de mi pueblo sin hacer nada? Es insoportable saber que las otras tribus deben sufrir lo mismo que yo acabo de presenciar. Las palabras de Arinotu se repiten una y otra vez en mi mente, —adviérteles —y lo haré. Llegaré a tiempo.

Me sigo alejando del yucayeque, dejando atrás el bosque y corriendo por el espacio abierto que conduce a Mabodamaca. El follaje es bajo y eso me da la velocidad que necesito. Una velocidad que solo he utilizado para cazar. Mi corazón late como si mi presa se estuviera escapando, pero en este día mi gente es la verdadera presa. Y cada segundo que pierdo, significa un nuevo esclavo para los dioses blancos.

Llego al río cerca del yucayeque de Mabodamaca y lo atravieso corriendo ya que el agua solo me llega a los tobillos. Años de instintos de pesca me dice que me mueva despacio en el agua fría pero hoy no busco peces, hoy huyo de los dioses. Al pasar por el agua cristalina no puedo evitar ver el oro brillante. Si hubiera sabido que la obsesión de los dioses por esta roca traería tanto caos, lo habría arrojado todo dentro de alguna cueva sin fondo. Pero lo que está sucediendo no me fue revelado. Los dioses antiguos solo me hablaban de mi enfrentamiento contra el dios de los ojos rojos. Nada más...

Una vez que cruzo el río no me detengo hasta que estoy junto a los árboles que llegan al cielo brindando protección del viento al yucayeque de mi primo. Es difícil no dejar que mi mente reviva el pasado. Un recuerdo del día en que me presentaron a Mabodamaca siempre se escapa cuando paso por debajo de estos árboles. Con solo ocho años, intenté cazar en este bosque, pero no pasó mucho tiempo cuando me perdí. Para mi sorpresa encontré estos árboles que intentaban tocar el cielo y más allá encontré un yucayeque el doble en tamaño del mío con un batey que se extendía cien pies, bojios en cada esquina y los árboles a nuestro alrededor todos protegiéndolos. Pero mientras paso por aquí, hoy no hay tiempo para los recuerdos.

Cuando entro en el yucayeque tengo la suerte de que toda la tribu está aquí alrededor del batey. Están comiendo todo tipo de alimentos mientras ríen y cuentan historias sentados alrededor de las rocas aplaudiendo. Incluso sonriendo con ellos está el cacique Yaurodaca en su dujo y su hijo, Mabodamaca, a su lado.

No pierdo tiempo y voy directamente al cacique por el medio del batey. Las risas se detienen, pero yo no lo hago hasta que me paro frente al cacique. Mis ojos se dirigen a Mabodamaca que está a su lado, y le digo —¡Levántate! ¡Ya vienen!

Al escuchar la advertencia en mi voz, no cuestiona mis palabras y se pone de pie mientras el cacique hace lo mismo. La celebración que estaban teniendo ya no era el centro de atención ya que la gente comenzó a rodearnos para escuchar lo que tenía que decir —Guazei, respiras como si te estuvieran siguiendo, ¿qué te pasa? —Pregunta, Yaurodaca.

—¿Quién viene, primo? —añade, Mabodamaca con el rostro lleno de preocupación.

—Los dioses blancos. Han terminado de conquistar Higüey —digo, mis palabras saliendo demasiado rápido de mi boca, pero es necesario ya que el tiempo es corto—. Vienen a esclavizar a nuestro pueblo. Ya lo han hecho con nuestra tribu vecina. Y vienen por tu pueblo.

El cacique camina sin decir nada hasta que se dirige a su tribu. —Ha llegado el día de la guerra de Borikén. ¡Ármense con sus macanas y arcos! El día que le hemos prometido a los refugiados durante años es hoy.

—¡NO! —Le grito y el cacique se da la vuelta sorprendido—. Llevan las armas de plata que explotan. Arinotu me dijo que te advirtiera. Pero si luchamos hoy... Vamos a perder.

—Entonces, ¿qué sugieres, Guazei? —Mabodamaca pregunta al caminar para estar al lado de su padre.

—Manda a las mujeres y a los niños a nuestro yucayeque. Agüeybaná hizo una tregua con ellos. Para los dioses, todos somos iguales. No notarán la diferencia entre tu gente y la mía. De esa manera pueden estar seguros. Que nuestras tribus se unan. Deja que las mujeres de ambas tribus elaboren estrategias mientras protegen a los niños. Y que los hombres se preparen para una guerra que puede llegar antes de lo esperado —le digo a Yaurodaca, pero más a la tribu que está escuchándome.

—Es una decisión que los puede salvar, ¿pero si te equivocas? —pregunta el cacique—. ¿Qué pasaría si reconocieran a mi tribu en la tuya?

—Si tuviera tiempo, te respondería, pero están demasiado cerca. Tenemos que arriesgarnos... por nuestro pueblo.

—Padre, es un riesgo que la tribu tendrá que correr —dice Mabodamaca.

—Entonces ya está decidido —dice Yaurodaca y levanta una mano señalando hacia el otro lado del bosque—. Todos han escuchado a Guazei'ki'no. La guerra contra los dioses tendrá que esperar a otro día. Hoy debemos proteger el futuro de la tribu. Guíen a las mujeres y niños fuera del yucayeque y llévenlos al yucayeque de Agüeybaná.

Todos comienzan a dispersarse al aceptar las palabras del cacique. La mayoría de los hombres toman a su esposa e hijos y desaparecen fuera del yucayeque hacia el bosque, pero algunos se quedan, negándose a abandonar al cacique. Se despiden de su familia y los envían juntos con otros en grupo. Miro a mi alrededor, mientras el yucayeque comienza a verse desolado. Hace unos minutos era un lugar lleno de vida y ahora no hay evidencia de ella. ¿Es esto lo que realmente ofrecen los dioses blancos?

Mabodamaca me mira y me dice, —agradezco tu ayuda, pero tienes que irte.

Empiezo a cuestionarlo, pero el cacique habla primero, colocando una mano en medio de su pecho. —Igual que tú, Mabodamaca.

—¿Qué quieres decir, padre? —Pregunta y escucho la preocupación en su voz.

—La tribu estará en el yucayeque de Agüeybaná, pero todavía necesitan a su cacique —dice Yaurodaca quitándose la corona de plumas y el guanín—. Hoy resistiré a los dioses... solo. Pero si algo me llegara a suceder, nuestro pueblo necesitará un guía.

—¡No te voy a abandonar aquí! Nos mantendremos unidos como una tribu. Estos hombres... —dice Mabodamaca señalando a todos los que se quedaron atrás—. Estos hombres estarán contigo hasta el final y yo también. He visto lo que les hicieron a Los Carib. Estos dioses son monstruos, peores que Juracán. No te dejaré solo con ellos.

—Mabodamaca —dice su padre sujetándole la cara a su hijo con una mano—. Soy demasiado viejo y tú ya eres un hombre. Cuarenta y siete años he cuidado de la tribu y cuarenta y cinco he cuidado de ti. Hoy me quedo en el yucayeque, pero alguien debe ir con nuestra gente. Ahora eres su cacique. Tú eres el que luchará la guerra contra los dioses. —Antes de que Mabodamaca pueda protestar, el padre le coloca el guanín en el cuello, le coloca la corona de plumas en la cabeza y dice —los verdaderos dioses han sido testigos de la ascensión de un nuevo cacique. Hombres de la tribu. También han sido testigo del ascenso del cacique de este yucayeque. Ya no me siguen. Mi hijo los guiará a la libertad de Borikén. ¿Lo reconocen como su nuevo guía?

Los pocos hombres que quedan gritan el grito de la tribu y Mabodamaca dice entre lágrimas, —no negaré el honor de ser el cacique, padre, porque al hacerlo te deshonraría. Pero no puedes pensar que me voy a ir.

—Tu lealtad ya no está conmigo, hijo —dice el cacique sonriendo y agarrando un arco que estaba en el suelo al lado del dujo—. Es con tu gente. Encuéntralos en el bosque y guíalos a un lugar seguro. Yo era el cacique y sé cómo defenderme. Hombres... No me deben nada, pero ¿seguirán a su nuevo cacique?

Cada uno de ellos acepta, levantando un arco o una macana.

—Padre... Te amo —dice Mabodamaca con más lágrimas en los ojos. Agarra a su padre y lo abraza—. Haré lo mejor que pueda como cacique.

—Sé que lo harás. ¡Después de todo, eres el hijo mío! —dice Yaurodaca volviéndose hacia mí—. Guazei'ki'no, estoy en deuda contigo. Has salvado a mi tribu y por eso te lo debo todo.

—Un cacique no le debe nada a un guerrero —digo mirando al nuevo y al viejo cacique—. Los dioses blancos quieren apoderarse de nuestra tierra, esclavizar a nuestro pueblo, pero juntos podemos encontrar una manera de detenerlos. Una forma de liberar a las tribus, eso es todo lo que deseo.

—Hablas sabiamente, Guazei —dice el cacique caminando hacia el centro del batey—. Espero vivir lo suficiente para ver a los dioses derrotados tanto por Mabodamaca como por tu mano. Pero ve al bosque. El viento habla de su llegada. Es hora de quedarme solo.

Todos aceptamos la decisión del cacique y corremos hacia el bosque. Incluso Mabodamaca. Pero nos quedamos escondidos entre los árboles ya que Mabodamaca se niega a irse sin saber cuál será el destino de su padre. Respeto su decisión y permanezco en silencio con todos los hombres de su tribu a nuestro lado, escondidos detrás de los árboles anchos.

Y al poco tiempo llegan. El cacique aún permanece en el centro del batey con un viejo arco en la mano derecha y sus flechas en la izquierda. Los dioses comienzan a rodearlo y el dios de los ojos rojos se acerca con Arinotu a su lado. Empieza a hablar y Arinotu hace lo mismo. —Qué peculiar. Solo un 'taíno' para todo un yucayeque. ¿Y por qué?

—Solo yo pertenezco a esta tribu. Hace años perdí a mi gente. Y los dioses me condenaron a la soledad eterna —el cacique dice mintiendo, mientras Arinotu responde.

—Es la primera vez que escucho algo así en todos los años que llevo conociendo tribus de las islas. ¿Es esto cierto, Arinotu?

Y cuando habla con Arinotu, siento el nerviosismo en mi corazón cuando comienza a acelerarse. Me contengo una vez más, como lo he hecho mil veces este día, luchando contra el impulso de ir al lado de Arinotu. Por eso me quedo escuchando al lado de Mabodamaca. —Lo es —dice Arinotu sin duda en su voz.

—¿Y si es así? Entonces explícamelo —dice el dios de los ojos rojos y aún desde aquí puedo sentir al cacique complacido con la respuesta de Arinotu.

Y así, Arinotu vuelve a mentir para el cacique. —Nosotros no hablamos de este yucayeque. Los dioses rechazaron a este hombre por ser la causa de la pérdida de toda su tribu. Por esa razón, los dioses lo desterraron a la solicitud eterna en este lugar.

—Muy bien —dice el dios de los ojos rojos muy cerca de Arinotu mientras este repite sus palabras. El dios de nuevo se vuelve hacia el cacique y continúa hablando—. Venimos del otro lado del mar. Ponemos orden en sus caminos. Si haces lo que decimos, las cosas serán más fáciles.

—¡Y si las quiero por las malas! —Grita el cacique mientras coloca flechas en su arco y las dispara directamente al dios de los ojos rojos. Cortaron el viento de tal manera que estaba seguro de que el dios no podía hacer nada para protegerse, pero su espada de plata apareció aún más rápido y las flechas cayeron al suelo cortadas por la mitad.

—Entonces prepárate para sufrir —responde el dios de los ojos rojos con una sonrisa oscura mientras extiende su mano colocando su espada en el cuello del cacique. Pero no hace nada solo baja la espada y hace una señal a los dioses menores que comienzan a atacar al cacique tirándolo al suelo. Veo como Mabodamaca se prepara para ir al yucayeque a ayudar a su padre, pero lo sostengo mientras le cierro la boca con mi mano silenciando sus gritos. Los hombres vienen y me ayudan rápidamente, ya que incluso intenta atacarme para liberarme.

—Nuestro dios te da otra oportunidad —dice el líder de los dioses a través de Arinotu mientras se inclina en el suelo donde yace el cacique casi sin moverse—. Pronto lo entenderás. —Y con estas palabras lo atan y lo levantan, sacándolo del batey.

El segundo yucayeque ha caído...

CAPÍTULO 9

LAS NUEVAS REGLAS DE LOS DIOSES

Durante todo el día, uno a uno, fueron cayendo los yucayeques de Borikén. Algunas personas se rindieron voluntariamente, ya que sus caciques creían en la paz, pero otros lucharon dando la vida. Corrí detrás de los dioses blancos, siempre escondiéndome entre los árboles y observé sin poder hacer nada cómo destruían los yucayeques y esclavizaban a la gente de mi tierra. Mabodamaca dio a sus hombres la orden de ayudar a su tribu mientras él permanecía a mi lado, siendo también testigo de la ira de los dioses.

Pero hubo una tribu que se resistió a los dioses e incluso logró escapar. El yucayeque del cacique Urayoán. Mabodamaca sabía que eran feroces guerreros y después que los dioses blancos esclavizaron a otra tribu, se separó de mí para advertirle al cacique, intentando prepararlo para una guerra. Una vez advertidos hicieron lo mismo que en el yucayeque de Mabodamaca y evacuaron a las mujeres y a los niños. Los hombres se prepararon con macanas y arcos y esperaron a los dioses en el batey. La batalla fue feroz. Pero de todos modos fue inútil. Nuestra gente luchó duro, rompiendo las vestiduras metálicas de los dioses, pero eso fue todo lo que pudieron lograr. Las flechas rebotaban y tratar de hacerles daño no era una opción. Sabían que los dioses eran inmortales, pero se mantuvieron firmes y lucharon. Pero una vez que el cacique vio que no podían ganarles a los dioses blancos, huyó hacia el bosque, desapareciendo en el verde.

Durante la batalla, como no pude interferir, aproveché la oportunidad para ver de cerca al dios de los ojos rojos luchar y vi su verdadero poder, un poder como uno de los antiguos dioses. Tenía la velocidad de una flecha y la fuerza del viento. Pero lo que más me intrigó es que se estaba disfrutando la batalla. Los dioses menores parecían preocupados mientras luchaban, sin embargo, el dios de los ojos rojos tenía una sonrisa oscura todo el tiempo y se reía cada vez que uno de nuestros hombres caía. Verlo de esta manera solo me recordó su risa en la visión. Ese día en el que acaba con mi vida.

Pero todo esto es solo un recuerdo de hace días. Los dioses ya han terminado su conquista. El líder de los dioses, cuyo nombre he llegado a entender es 'De León', reclamó para sí una de las tierras lejanas y se quedó allí con la mitad de sus dioses. Los otros dioses blancos antes de todo terminar se habían dispersado en cada yucayeque que caía. Pero una vez que todo acabo, 'De León' envió al dios de los ojos rojos al yucayeque de Agüeybaná, con más de tres docenas de dioses menores.

Ahora, mientras le cuento todo esto a Yocagua y Aquiana, no puedo evitar odiar el sufrimiento que veo en sus caras cuando termino mis palabras. Odio cómo los ojos de ambos pasan de tristeza a rabia. No deseo que sufran y que carguen con lo que está sucediendo, pero no puedo negarles la verdad. Y no puedo negarles estas emociones que nacen cuando somos testigos de la caída de Borikén. Pero, aunque esta traición nos rompe el corazón los viejos dioses han estado con nosotros más tiempo que los dioses blancos, entonces... ¿qué hace que estos nuevos dioses sean dignos de tratarnos de esta manera?

—Está llamando a todos al batey —dice Mabodamaca entrando en nuestro bojio y refiriéndose al dios de los ojos rojos. Mi primo ya no trae puestas las vestiduras de un cacique, ahora es uno de nosotros, ocultando su identidad—. El bojique dice que el dios está a punto de decirnos las reglas a seguir si queremos mantener la tregua de Agüeybaná.

—Voy a buscar a Tayba —dice Yocagua cuando se levanta y está a punto de salir del bojio—. Pero estaré alerta. No confió en los dioses nuevos incluso con una tregua.

Aquiana se levanta y le da un beso en la frente. —Cuídate y recuerda que los dioses antiguos todavía están contigo.

Le sonríe a su madre y luego a mí y yo asiento con la cabeza. Mi hijo se va y nosotros salimos afuere justo detrás. El sol está en sus horas más brillantes y el batey ya está lleno de la tribu que ahora es más del doble de su tamaño original. Para un dios blanco es imposible saber la diferencia, pero al verlos a todos, sé dónde está mi tribu, la tribu de Mabodamaca y los refugiados de Higüey.

Mabodamaca y Aquiana caminan a mi lado mientras me acerco al frente del Caney, donde Agüeybaná está de pie junto a su dujo.

—¿Has tenido tiempo de pensar en las exigencias de los dioses? —El cacique me pregunta cuándo llegamos—. ¿Has pensado en su verdadero propósito?

—Cuando regresaron hace años, pensé que deseaban el oro de nuestros ríos, pero no podía entender por qué atacarnos por algo que les ofrecíamos libremente. Pero al verlos arrebatarnos nuestras tierras, comprendí su verdadero propósito —digo mirando a los dioses en el batey esperando que todos se unan.

—¿Y qué es eso, Guazei'ki'no? —Pregunta una vez más.

Quieren a Borikén para ellos al igual que Higüey. Nunca se irán. Vinieron a quedarse y a traer más dioses una vez que nos hayamos ido o que hayan acabado con nosotros. Ya Higüey es de los dioses blancos y ahora nosotros somos su único obstáculo en esta tierra.

—¿Crees que existan dioses tan crueles como para hacer esto, Guazei? —Aquiana pregunta a mi lado, pero no la miro. Mi atención está en el dios de los ojos rojos.

—Él habla con la verdad —dice Mabodamaca—. Sin embargo, la razón de dejarnos vivir es para que trabajemos para ellos.

—Eso es correcto —dice Agüeybaná—. Y hoy es el comienzo de todo lo que hemos hablado. Los años venideros serán duros, pero créanme cuando les digo que la tregua abrirá el camino hacia el futuro. Todos los que estamos en este momento juntos tendremos un papel que desempeñar en la liberación de Borikén. Incluso algunas personas que no se encuentran a mi lado —y su rostro se mueve hacia Yocagua que está al lado de su esposa cerca de su bojio. —Cuando llegue el día, espero que los antiguos dioses no se olviden de los hijos del mar y la tierra. Porque eso es lo que somos, no la palabra de 'gente buena' que nos han arrebatado y usado para tratar de cambiarla a una con desprecio —les digo.

—En lo correcto estas, Guazei'ki'no. Nos pueden llamar 'taínos', pero siempre seremos los hijos del mar y de la tierra.

—De León me ha otorgado el control total de este yucayeque —dice el dios de los ojos rojos moviéndose por el yucayeque, mientras coloca un pie delante del otro al borde de las rocas dentro del batey. Los dioses menores permanecen detrás de él con las espadas en la cintura y las armas que explotan en las manos—. Todavía no me he presentado. Y como vengo a vivir entre ustedes hasta que hayamos obtenido lo que deseemos y necesitemos de ustedes, creo que es justo decirles quién soy.

Hace una pausa mientras se vuelve hacia Arinotu, quien terminó sus palabras, y el dios camina hacia él. Le dice algo al bojique y luego se da la vuelta. —Mi nombre es... —dice Arinotu, y entonces el dios de los ojos rojos habla su nombre con su lengua, para que el bojique no lo diga—. Ignacio Gutiérrez. —Asiente con la cabeza a Arinotu, sonriendo con oscuridad y luego continúa hablando—. Se podría decir que soy un general. Pero tengo el mismo poder que aquel a quien se refieren como el líder de los dioses. Este líder hizo una tregua con su cacique, pero yo no soy él. Y él no está aquí. Harán lo que les diga, no cuestionarán mi autoridad, no pensarán en libertad. Nada de esto es de ustedes sin preguntarme primero. Sus únicas funciones aquí serán trabajar desde la mañana hasta la noche. Nada más. Si tienen tiempo para comer, me alegro, pero hasta que el sol no se esconda ningún hombre, mujer o niño tendrá ese privilegio.

En esas últimas palabras el yucayeque rompe el silencio y todos comienzan a protestar, pero Agüeybaná entra al batey y levanta la mano para pedir silencio. —Lo que usted menciona no era parte de la tregua. Describes el hambre destinada a mi pueblo. Deseas hacerlos trabajar sin descansar. Esto no es lo que 'De León' prometió.

Veo a Arinotu decir las palabras del cacique con temor y el dios de los ojos rojos camina lentamente hacia el cacique mientras sonríe —Agüeybaná. ¿No oíste? 'De León' no está aquí. Y no importa porque lo que yo diga él hace. ¿Tú y tu gente no siguen las reglas de los dioses sin cuestionarlas? Si Guabancex estuviera aquí parada, ¿no harías lo que ella te pidiera? ¿Por qué estás cuestionando a tu nuevo dios? —Empuja al cacique hacia atrás y yo me acerco a él con fuerza, sosteniéndolo, evitando que se caiga.

—Nuestros antiguos dioses son dignos de nuestra confianza, a diferencia de ti, Ignacio —digo mientras suelto al cacique y escucho a Arinotu decir mis pablaras.

—Ja. Siempre hay uno valiente en cada tribu —el dios de los ojos rojos dice sin moverse de donde está y Arinotu continúa hablando sus palabras—. Pero esos son los primeros en romperse. Por suerte para ti, hoy no tenemos tiempo para estas cosas. Ya estoy harto de estas tonterías y tenemos trabajo por hacer —dice el dios mientras se aleja de mí para mirar a todos en el yucayeque—. Estas nuevas reglas que estoy a punto de explicar son sagradas para ustedes. Todos vivirán de acuerdo con ellas. Síganlas y sus vidas serán más fácil. Rómpanlas y llegarán a experimentar nuestra ira.

Mientras habla, mis ojos se dirigen a Arinotu, que sigue repitiendo todo en nuestra lengua y puedo notar que no es el hombre de hace días. Su rostro está lleno de sufrimiento. Siento como cada palabra que abandona su cuerpo hiriere su espíritu. Me devuelve la mirada tratando de sonreír, pero no puede. El trabajo de un bojique es comunicarse con los dioses, pero esto no es como antes. Esto no es como hablarle a un dios justo como Yocahú o incluso a uno destructor como Juracán. Estos dioses blancos solo traen dolor y odio y Arinotu está en medio del caos. Tengo que encontrar una manera de liberarlo antes de perder a mi viejo amigo.

El bojique sigue hablando y empiezo a escuchar las nuevas reglas de Borikén. —Primero. En estas cajas a los pies de mis compañeros está la ropa que vestirán de hoy en adelante en el yucayeque. Están desnudos como animales. Solo unos pocos de ustedes tienen ropa y no cubren completamente el cuerpo. Lo que 'De León' les está dando, ocultará lo que debería estar oculto. Pero ustedes saben que no somos tan crueles —y en esta parte una sonrisa se le escapa mientras sus ojos dicen lo contrario a sus palabras—. Cuando trabajen pueden usar una de las prendas que tanto aman, que le cubren de la cintura para abajo. Pero cuando estén frente a nosotros en la noche, estarán completamente vestidos.

Veo que todos en el yucayeque se miran entre sí y susurran. Ellos no entienden como yo tampoco lo hago. Los dioses quieren que estemos cubiertos, pero siempre hemos vivido así. Es un misterio para nosotros por qué los dioses vinieron escondiendo sus cuerpos cuando es algo normal en todos los seres. Estar vestidos nos volverá lentos, nos haría visibles en el bosque mientras cazamos, incluso podría calentar nuestros cuerpos.

El dios camina hacia una de estas 'cajas' y una vez abierta saca lo que parece ser la prenda que llevan en la parte superior de su cuerpo y que cubre incluso sus brazos. Luego saca la ropa de abajo, larga de color blanco que cubre cada pierna. —Hay suficiente para todos —dice mientras los dioses menores pasan la ropa a nuestro alrededor—. Ahora, la segunda regla y mucho más importante... —Nos mira lentamente a cada uno de nosotros hasta detener los ojos en el cacique. —Ya no pueden hablar con sus dioses antiguos, no pueden adorarlos, no pueden hablar de sus historias, y nos entregarán todos los objetos llamados cemí donde creen que están atrapados los dioses de esta tierra.

—¡¿Nos pides que neguemos a nuestros dioses?! —Le grito acercándome furioso con esta última petición y espero que el bojique le explique mis palabras—. ¿Cómo te atreves a intentar quitarnos a nuestros verdaderos dioses? —Justo cuando estoy a unos pasos de él me detiene sacando su espada como antes y colocándola en mi pecho.

—Por supuesto que sí. ¿Tienes algún problema con eso? —Pregunta, y Arinotu imita su tono. Está esperando que le revele mi nombre, pero no lo hago. Me mantengo firme, sintiendo el frío de la espada en mi pecho mientras me corta lentamente. Miro de cerca los ojos rojos, pero cuando mi mirada se desvía hacia algo en su cintura mi espíritu se congela. Colgando de sus ropas está la empuñadura de la espada de la visión. La empuñadura dorada con líneas negras en espiral a su alrededor con tres cristales rojos en el centro y dos pequeños rojos en cada borde—. Parece que te asusté, Guazei'ki'no. —Veo la empuñadura y luego sus ojos, y no puedo controlar el miedo dentro de mí. El día de la visión está cerca —te he estado observando de cerca desde el día en que llegué, hace quince años. No causes ningún problema y nadie saldrá herido.

Me empuja con la espada, y me quedo paralizado después de ver la empuñadura dorada. Lentamente vuelvo a pararme al lado de Aquiana, y ella me mira preocupada. Me habla, pero no la oigo. Mi mente solo está viendo una vez más la visión. A pesar de que pensábamos que el día llegaría antes de lo esperado, nunca imaginé que iba a llegar tan rápido.

Mis pensamientos se ven interrumpidos por la última regla de los dioses. —Sus cosechas son nuestras. Todo lo que cultiven nos pertenece. Les daremos de comer, pero no habrá reservas, ni abundancia, nada de eso. Trabajarán y vivirán para nosotros. Le ofreceremos el privilegio del orden y no nos desafiarán. Ustedes no desean nuestra ira, y nosotros somos misericordiosos siempre y cuando ustedes sigan este pacto creado entre Agüeybaná y 'De León'. Disfruten de este día haciendo lo que prefieran porque mañana empezamos.

CAPÍTULO 10

EL ÚLTIMO DÍA DE LIBERTAD

—Papá... ¡Papá! —La voz de Yocagua suena a mi lado regresándome a la realidad. Veo que los peces que estaban a mis pies se alejan nadando hacia la parte profunda del río, ya es la quinta vez que se me escapan. Me viro hacia él, que sostiene un Dajao que ha capturado con una flecha que atraviesa su cuerpo escamoso. Coloco mi propia flecha, que estaba tensa en la línea de mi arco, de nuevo en el carcaj y Yocagua sigue hablando—. Ya era tuyo. ¿Qué pasó?

—Tal vez quieras intentarlo con una lanza, como hacen todos en la tribu —dice Bacui, un joven de la tribu, mientras balancea sus dos pies en la canoa con una lanza en mano. Sentados detrás de él más de una docena de nuestra gente lo observan—. Nunca entendí por qué ustedes dos usan arcos y flechas. Es el camino antiguo de la pesca de nuestros antepasados, no el nuestro.

—Porque nos ayuda a ser más precisos —digo tomando la flecha una vez más en mi mano y tensando el arco. Me enfoco cerca de su canoa y la dejo libre. La flecha desaparece dentro del agua y en pocos segundos se levanta otro Dajao, flotando con la flecha a través de su cuerpo amarillo—. Con todo lo que está sucediendo, tú también deberías practicar.

Todos en la canoa comienzan a reír mientras Bacui se sienta de nuevo a ayudar a los demás a mover la canoa a la orilla, —¿Realmente dudaste de Guazei? —Escucho decir a su padre, un viejo amigo mío, pero dejo que sigan su camino y vuelvo a mirar a Yocagua.

—Perdóname, hijo. Hay cosas en mi mente que aún no te he contado —le digo mientras escucho la canoa siendo arrastrada fuera del agua. Volteo mi mirada hacia donde está la de mi hijo y veo todos los peces que han capturado en este día y me doy cuenta de que esta noche va a haber un festín—. Pero lo importante es pasar este día juntos. Puede que sea el último que pesquemos como hombres libres.

—¡¿Y estás de acuerdo con eso?! —Dice Yocagua con furia en los ojos—. ¿Vamos a dejar que los dioses blancos nos quiten todo?

Siento cómo la mirada de todos se mueve hacia nosotros, pero los ignoro agarrando la mano de Yocagua y guiándolo hacia el bosque.

—Llegará el día en que recuperemos lo que nos quitan, per
hacemos las cosas mal y cometemos errores, perderemos.

—Pero ya perdimos, papá —dice Yocagua mientras agarra con más fuerza su arco. Tiene el espíritu de un guerrero en él, al igual que yo, pero en mis años de vida aprendí a controlarlo. Con el pasar del tiempo estoy seguro de que mi hijo aprenderá también, pero hoy es muy joven.

—El dios de los ojos rojos no es como ninguna tribu a la que nos hemos enfrentado. Es rápido, no se parece a nada que hayamos visto antes. Y ese dios no está solo. Los dioses blancos tienen las armas que explotan. Tenemos que ser fuertes, hijo. Nos van a poner a prueba en los días que están por venir, pero no estamos solos. Los dioses blancos pueden haber entrado en Borikén, pero este siempre será el hogar de los dioses antiguos.

Afloja el agarre de su arco y finalmente relaja los hombros cuando habla. —Nos los quieren quitar. Quieren que nos olvidemos de los verdaderos dioses.

—Que piensen que nos los han quitado. Pero te pregunto. ¿Cómo pueden arrebatarnos lo que vive a nuestro alrededor? ¿Cómo pueden llevarse lo que ha vivido en Borikén incluso antes que nos invadieran? —Le digo mientras le regalo una sonrisa a mi hijo para que se olvide de sus preocupaciones. Él me devuelve la sonrisa y yo agarro su saco con pescados que estaba en el suelo—. Unámonos con todos en el yucayeque. Tenemos que empezar a preparar la barbacoa para empezar el Bucán. —Yocagua asiente y regresamos al lado donde los hombres esperaban junto a la canoa por nosotros. Y así dejamos el [illegible] al yucayeque para alimentar a nuestra gente.

Ha caído la noche y la tensión en el yucayeque es innegable. Los dioses han vuelto a reclamar algunos de los bojios, pero no entran. En cambio, los dioses blancos se quedan mirándonos, mientras preparamos las barbacoas. Alrededor del batey, la tribu se ha separado en grupos, y hemos comenzado a ensamblar la madera, colocando siete palos largos uno al lado del otro y atándolos a un palo en el extremo izquierdo y otro en el derecho. Levantamos la construcción mientras otros dos hombres colocan cuatro palos largos de pie y nosotros colocamos lo ya amarrado encima, para que quede levantado. A continuación, me entregan la madera del árbol de guayaba, y la coloco debajo. Me acerco con mis palos delgados de Guácima, frotando hasta que comienza a salir humo y se enciende el fuego.

Retrocedo a medida que cada familia se acerca a una barbacoa y coloco el pescado que hemos dividido entre todo el yucayeque. —Me quieres decir que has pescado más que tu padre —escucho a la esposa de Yocagua decirle mientras se acercan. Me doy la vuelta y veo a Aquiana a su lado.

—¡Es verdad, Tayba! —dice entre risas—. No atrapó ninguno. Ni un solo pez. Dijo que estaba distraído, pero en realidad creo que tal vez yo me estoy volviendo mejor que él.

Ella se echa a reír y dice, —No sé por qué no te creo, Yocagua. Pero supongo que te amo, incluso con tus mentiras —ella lo besa y se siguen riendo.

—¿Alguna razón por la que te distrajiste? —Pregunta Aquiana levantando una ceja. La veo y me tomo el tiempo para admirarla en esta noche. Si lo que los dioses exigen se convierte en nuestra reali entonces esta noche es la última noche que veo a Aquiana po es. Temo por nosotros. Temo por el cambio que nos impondrán. La veo, libre, con su pelo largo y negro, sus líneas rojas en la cara que nunca faltan y en los brazos, sus pinturas blancas moviéndose por debajo del pecho y vestida solo con la tela que le cubre por debajo de la cintura. ¿Cuánto cambiará una vez que use la ropa de los dioses? ¿Cuánto vamos a cambiar nosotros?

Barbacoa en el yucayeque de Agüeybaná

Saco todo esto de mi mente por esta noche y le respondo. —El peso que estamos por cargar será fuerte, pero disfrutemos del bucán. Como tribu y como familia. Es un honor comer de lo que Yocagua ha capturado con su arduo trabajo.

—Aprendí del mejor, ¿no? Tal vez incluso te supere —dice Yocagua con una mano sobre el hombro de su esposa.

—Espero que lo hayas hecho. Y espero que continúes haciéndolo —le digo mientras me dirijo a la barbacoa y todos me siguen. A medida que me acerco, veo que el pescado ya está cocido, por un lado. Agarro su cola crujiente y le doy la vuelta para que el otro lado comience a quemarse. Huelo su aroma fresco, pero al ver el pescado, no puedo evitar mirar a lo lejos a uno de los bojios donde el dios de los ojos rojos está hablando con Agüeybaná. Trato de entender lo que dicen, pero están demasiado lejos y no puedo escuchar las palabras de Arinotu, quien se interpone entre ellos. Aquiana coloca una mano en mi hombro haciéndome saltar, pero sonríe.

—Que hablen, Guazei —dice y, en sus ojos, veo su corazón. El corazón amoroso y puro que me hizo amarla—. La noche es larga. Lo que discuten pronto lo sabrá la tribu. Es nuestra noche. Nuestra última noche con los dioses antiguos viéndonos por quienes somos. No lo desperdiciemos preocupándonos por los dioses blancos.

—Como siempre, tienes razón —le digo tomando su mano y acercándome a ella—. No podría pedir por una noche mejor a tu lado.

La noche nos dio su último regalo y lo disfrutamos como una tribu. El pez era tan grande como siempre lo ha sido, las canciones que se cantaron justo después eran tan buenas como las de los Areytos. Pero todos sabían que faltaba algo. Todavía había una cosa que necesitábamos este último día como hijos libres del mar y la tierra. Una cosa que todos deseábamos, pero no estábamos seguros de hacerlo. —Si no supiera lo que clama el corazón de mi pueblo, entonces no sería un cacique digno —dice Agüeybaná levantándose de su dujo después de la última canción—. Antes de empezar, a principios de la noche hable con Ignacio, y ha accedido a que tengamos un momento con los dioses antiguos. Pero solo por esta noche y el costo puede ser alto. Sin embargo, no tenemos otra opción.

—¿Cuál es el costo? —Pregunto cuando nadie se atreve a hablar.

—Una vez que terminemos... Le entregaremos a los dioses blancos nuestros cemís... Y nunca se los devolverán —dice el cacique, pero levanta la mano antes de que alguien pueda protestar—. Se los iban a quitar de todos modos. Por esa razón, comulguemos con los dioses antiguos por última vez. Pero hagámoslo en nuestros términos.

Estoy de acuerdo con el cacique y a mi alrededor todos parecen estarlo. Si los dioses desean que les demos los cemís, entonces en esta noche verán cómo nos comunicamos con los dioses antiguos. Verán cómo adoramos a los verdaderos dioses de Borikén.

—Si todos están listos, entonces vayan y busquen el cemí de uno de los dioses y entren al batey —las personas del yucayeque de Agüeybaná comienza a ponerse de pie, entrando a sus bojios y saliendo con un cemí en la mano. Los refugiados de Higüey con la tribu de Mabodamaca los acompañaron, pero ninguno regresó con algún dios en sus manos. Todas estas tribus escaparon y perdieron todo, incluso sus cemís. Y ahora nos toca a nosotros.

Veo a los dioses hechos de roca, hechos de oro, desde los más pequeños hasta los más grandes. Y Aquiana ya sostiene el cemí de

Boinayel, Yocagua sostiene a Bayamanaco, su esposa sostiene a Yamahu shiwawa, pero yo no sostengo a nadie, ya que estos tres son el cemí de mi familia. Permanezco a su lado y camino con ellos hasta el círculo de personas dentro del batey. Nos sentamos los cuatro una vez que el cacique se para en el medio y toda la tribu hace como nosotros. En su mano tiene dos cemís y reconozco uno. Juracán. Agüeybaná camina lentamente hacia mí y me pongo de pie mientras él extiende sus manos y me entrega el cemí. Se acerca a mi oído y susurra —Juracán siempre ha traído destrucción, pero en tu visión, puede ser tu aliado. Él yace adentro. Pregúntale cuál es su propósito en ese día y él te responderá.

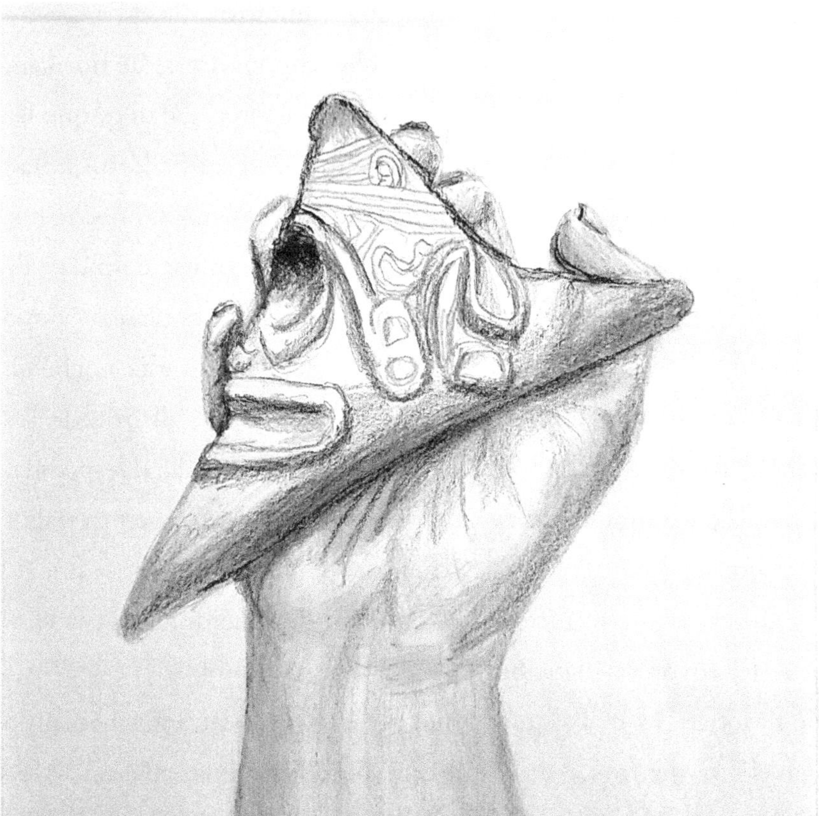

Cemí del dios Yocahú

Lo miro fijamente y le respondo, —lo haré Agüeybaná —vuelvo a sentarme cuando se aleja para volver a estar en el medio de todos nosotros—. En cada una de sus manos sostienen un dios antiguo. Ha sido capturado por un breve tiempo, y ahora está con ustedes. Los dioses blancos quieren quitarnos a nuestros dioses, pero no haremos lo que dicen. Esta noche hablen con los dioses de Borikén, pídanles que les cuenten una vez más su historia, pídanles que les hablen, pídanles que no los abandonen una vez que ustedes los hayan abandonado a ellos. Esta noche eso es lo que harán. Esta noche nos despedimos de los dioses, pero les pedimos que no se despidan de nosotros. Les pedimos que se escondan de los dioses blancos y que cuando llegue el día indicado regresen. Hablaremos esta noche en silencio y cuando todos terminen, cantaremos la historia de los verdaderos dioses en el batey. Esa será nuestra verdadera despedida. Una vez que termine el cántico, coloquen frente a mí el cemí del dios para que se los entreguemos a los dioses blancos al final de la noche.

Todos asienten, dicen que sí o están de acuerdo, a su manera, pero la mayoría de la tribu tiene lágrimas en los ojos... La mayoría de nosotros. Miro a Aquiana que tiene los ojos cerrados, hablando con el dios dentro del cemí que esta sobre sus palmas abiertas, y veo lágrimas cayendo por sus mejillas. A su lado Yocagua sosteniendo el cemí, igual que su madre. Su esposa, la persona a su lado y todos los que están alrededor del círculo hacen lo mismo. El cacique sigue en el centro con el cemí en la mano derecha extendida hacia el cielo oscuro, un cemí que solo él puede sostener, Maboya el espíritu maligno.

Es hora de hablarle a Juracán en mis manos. Cierro los ojos y empiezo a comulgar con él. —Te he visto, Juracán. No solo en mis visiones sino también en los tiempos que has venido a Borikén para destruir la vida que Yocahú creó. Eres un dios de destrucción, de ira. Tomas sin devolver. Ese es el dios que eres. Por eso no consigo entender lo que estoy por pedir. Pero lo voy a hacer. Cuando llegue el día. ¿Cuándo llegue el momento que me enfrente al dios de los ojos rojos estarás conmigo? Has tenido tus problemas con los dioses antiguos, pero yo no soy ellos. Soy un hombre que lucha por Borikén. Te pido que, si el día llega en realidad, no grites y traigas tu ira hacia mí, sino que la desates contra los dioses blancos. Desata esto contra el dios de los ojos rojos e ignora a mi pueblo. Esa es mi súplica para ti, Juracán, —término, abro los ojos y espero a que todos comiencen a cantar con el cacique.

En esta noche, no sacamos instrumentos. Cantamos una canción que no tiene celebración. Cantamos canciones de los dioses... pero es una despedida. Uno a uno se terminan los cánticos y las personas le dan su cemí al cacique. Todos cantan, y dan su cemí, cantan y renuncian a sus dioses, cantan, y pierden una parte de sí mismos, cantamos, y decimos adiós a lo que somos. Esta es la noche en la que decimos adiós a todo lo que creemos.

CAPÍTULO 11

LA ILUSIÓN DE UNA TREGUA

Escucho el cántico de los pájaros que llega antes del amanecer y me despierto sudando. No me he despertado de esta manera en años. No desde los días en que veía las visiones todas las noches. Después de que los dioses blancos se fueron con Guamikeni, las visiones desaparecieron con ellos, pero hoy han regresado. Nada cambió. Las imágenes no eran tan fuertes como cuando inhalé la cojoba, pero el dios de los ojos rojos estaba ahí de nuevo. Estaba de pie en un bosque y saliendo de mi pecho me quemaba la empuñadura hecha de oro con grietas negras y cristales rojos. Pero ahora estoy despierto en mi bojio y no en el bosque.

Me bajo de mi hamaca y me acerco a Aquiana, y está a salvo, respirando tranquilamente. Si pudiera, no la despertaría. Le ahorraría el sufrimiento que vamos a vivir hoy, pero tengo que hacerlo. Agüeybaná hizo una tregua y nosotros debemos cumplirla. ¿Por cuánto tiempo? Todavía no lo sé.

Decido dejarla un par de minutos de paz en sus sueños, y me siento junto a la abertura del bojio mientras miro el cielo lleno de luces blancas. El sol ya está saliendo lentamente y las luces están desapareciendo. Siempre es un alivio saber que vuelven. Algo que nunca cambiará.

Cuando los dioses blancos se fueron, hace quince años. Me hice creer que no volverían, que el dios de los ojos rojos no vendría a reclamar mi vida. Pero el cambio es inevitable. Los dioses antiguos me han mostrado los días que están por venir y no hay forma de cambiarlos.

Cuando los dioses regresaron a nuestras tierras vecinas, vinieron como el sol. Extinguiendo la luz de nuestros vecinos, pero una vez pasado el tiempo, la gente de Higüey no volvió como lo hace la luz en el cielo todas las noches. Se perdieron para siempre. Juro que no dejaré que eso suceda en Borikén. No nos harán desaparecer. Seguiremos las reglas que nos impongan, pero llegará el día en el que lucharemos. ¿Cómo mataremos a los dioses? Eso es algo que todavía no he descubierto. Pero si son inmortales, como dicen, entonces los haremos huir de Borikén. Eso lo juro.

—¿Por qué no me despertaste? —dice Aquiana detrás de mí. Me pasa la mano por los hombros y luego se sienta a mi lado.

—Ayer fue un día de pérdidas. Te mereces la paz que traen los sueños. Aunque solo sea por unos minutos —digo viendo sus ojos oscuros, cerca de los míos.

—Puede que haya sido un mal día, Guazei —responde con una sonrisa que me calma el espíritu—. Pero lo enfrentamos juntos como haremos siempre.

Le devuelvo la sonrisa y vuelvo a mirar el sol que se ha elevado por encima de los árboles. Aquiana apoya su cabeza en mi hombro y la abrazo con mi mano y no la suelto. Debería estar calmado, pero sus palabras me hacen pensar en el futuro. Siempre vamos a enfrentar lo que sea juntos, pero tarde o temprano, tendré que enfrentarme sin ella a mi destino. Tengo que morir a manos del dios de los ojos rojos y despedirme de mi esposa para siempre...

—Así es como todos ustedes trabajarán para nosotros, por el resto de sus vidas —dice el dios de los ojos rojos, mientras Arinotu habla a su lado—. Un tercio de los hombres deben capturar peces para nosotros y al día siguiente deben adentrarse en los bosques y cazar. La mitad de las mujeres van a trabajar la tierra con los niños como hemos visto que hacen eficientemente, la otra mitad de las mujeres con el restante de los hombres irán a trabajar los ríos que contienen el oro. Todo lo que se pesque, case, cultive y extraiga pertenece a 'De León'. Nada va a ir al yucayeque, ni al cacique, ni a la tribu —dice Ignacio y la sonrisa en su rostro habla por sí solo. Él disfruta de esto. Le gusta quitarnos todo.

—¿Y cómo esperas que trabajemos si nos dejas sin comida? —pregunto alzando la voz por encima de la multitud.

—Guazei'ki'no —dice acercándose a mí—. ¿No debería preocuparse por eso tu cacique? ¿Qué le importa a un simple ‹taíno› como tú?

—Guazei tiene el privilegio de hablar en mi nombre, como cualquier persona de mi tribu, si eso significa salvar a nuestro pueblo que está en peligro —Agüeybaná dice caminando para pararse frente al dios.

Ignacio se vuelve hacia él con una sonrisa falsa y le dice, —como quieras —vuelve de regreso al centro del batey y sigue hablando—. Una vez que termine el día, contaremos lo que hayan recolectado y les daremos una parte. Excepto por el oro. Eso pertenece a nuestro honorable líder. Rompan estas reglas... Solo una regla. Y ese día, ni una sola persona de la tribu come. ¿¡Entienden lo que digo!?

La tribu comienza a murmurar, y yo los observo en silencio. En los bordes del batey veo a los refugiados mezclados con nuestra gente, en el centro veo a la tribu de Mabodamaca y de pie junto a ellos él mismo, ahora su cacique, no se mueve. Mi primo mira al dios con ojos llenos de odio. Viro mi mirada a Arinotu que espera las palabras de Ignacio, y parece cansado. Como si no hubiera dormido en días.

—Excelente —dice Ignacio—. Si eso es todo, entonces, cacique. Dale a tu tribu las tareas y divídelas. Los seguiremos de cerca a cada uno de ustedes una vez que se dirijan a sus trabajos. Y antes de que se me olvide —el dios agarra con fuerza los brazos de Arinotu y lo empuja hacia nosotros. Cae al suelo golpeándose la cabeza y corro hacia él como la mayoría de las personas hacen para ayudarlo, pero el dios sigue hablando y Arinotu traduce su lengua—. Pueden quedarse con este hombre por el día, pero espero tenerlo de vuelta cuando termine sus trabajos. Lo quiero extrayendo oro.

Siento la rabia dentro de mí, siento la necesidad de agarrar mi macana y pararme contra el dios, pero Arinotu coloca una mano sobre la mía. —No lo hagas. No arriesgues a la tribu.

—¡Eres parte de nosotros! Eres de la tribu. Tú no eres su esclavo —le digo mientras lo ayude a ponerse de pie, pero está débil. ¿Cuándo fue la última vez que descanso?

—Los dioses antiguos tienen el día que lucharemos, Guazei. Hoy no... Aquí no —dice con un brazo sobre mi hombro y otro sobre Mabodamaca que vino corriendo a ayudar. Veo a Yocagua con su madre y su esposa mientras tratan de calmarlo.

—Entonces espero que el día llegue pronto. No voy a tolerar más de esto —digo llevándolo al Caney del cacique.

Yocagua nos contó que una vez que el dios de los ojos rojos se fue, el cacique llamó a la tribu y a los refugiados y los dividió para que cumplieran las tareas que les pedían los dioses blancos. Mientras ellos elegían quién trabajaría los ríos, la tierra y quién iba a pescar o cazar, Mabodamaca y yo aprovechamos la oportunidad para ayudar a Arinotu. Al principio, no hablaba. El miedo que Ignacio había sembrado en él durante los días que conquistó las tribus aún vivía en el bojique, incluso cuando no estaba en presencia del dios.

Me tomé la libertad de ofrecerle algo de la comida que el cacique tenía en su bojio a Arinotu. Conozco a Agüeybaná, y no se va a enfadar por esto. Al principio, Arinotu se negaba a aceptarla, pero luego comió lentamente y bebió agua. Y logré volver a estar calmado cuando se parecía más al amigo que yo conocía.

Después de comer, se retiró al lado del bojio y comenzó a descansar en el suelo negándose a usar la hamaca del cacique. Ha pasado demasiado tiempo desde que se fue a descansar, pero Mabodamaca y yo, en ese tiempo, hablamos con Yocagua, el cacique y Aquiana que llegaron poco después.

Nos pusimos de acuerdo y Yocagua se quedará con Aquiana cultivando mientras el cacique, Mabodamaca, Arinotu y yo extraemos el oro de los ríos. De esa manera podemos vigilar la salud de nuestro bojique.

—Arinotu —digo finalmente cerca del bojique que se había quedado dormido. Comienza a despertarse, pero cuando sus ojos se abren lo primero que veo es miedo—. Soy yo, amigo, estás a salvo. Aquí no hay dioses, solo nosotros, —me muevo a un lado para que nos pueda ver a todos en el bojio.

—Perdóname Guazei'ki'no —dice con su mirada en el suelo mientras el temor desaparece de sus ojos—. Los horrores que he vivido estos días. La forma en que tratan a los hijos e hijas de Borikén... No siento paz ni en mis sueños.

—Ya no tienes por qué preocuparte; estás bajo mi protección —dice el cacique cuando se acerca extendiéndole una mano a Arinotu y lo levanta del suelo. A pesar de que ha comido y recuperado algo de su fuerza, todavía se ve débil—. Pero todavía tenemos los trabajos. Todos nosotros. Hay que hacer estas tareas que pidieron para que se cumpla la tregua. Es un pequeño precio que pagar por la paz.

—¿Crees en esta paz? —El otro cacique en el bojio dice, Mabodamaca—. Parece que prometen paz, pero ¿no han torturado a este hombre? Un bojique es alguien sagrado que comulga con los dioses y, sin embargo, lo tratan como una herramienta que solo es capaz de hablar su lengua.

—Hablaré con ellos —dice Agüeybaná, pero en sus palabras percibo algo, duda—. La tregua era que ninguno de nosotros saldría herido. Y cuando veo a Arinotu entiendo que han fracasado en cumplirla. Esto no volverá a suceder.

—No te escucharán —dice Arinotu en voz baja—. Son dioses poderosos y egoístas. Y el dios de los ojos rojos esconde una maldad que no debería de existir. Habla con honor del líder de los dioses, pero tengo la sensación de que es más grande que él. Mucho más poderoso.

Me veo a mí mismo una vez más en los recuerdos de la visión. Frente al dios de los ojos rojos y no al líder que vino con él. Si las palabras del bojique son ciertas, entonces eso confirma lo que sucede en el futuro. —Deja estas preocupaciones lejos de ti Arinotu. Una vez que hable con ellos, te tratarán como debes ser tratado. De esto tienes la palabra de tu cacique —Agüeybaná dice y comienza a salir de su bojio, pero se detiene para hablar antes de irse—. El tiempo para descansar debe reanudarse por la noche. Es hora de comenzar los trabajos.

Miro a todos los que me rodean y aunque veo la duda en sus ojos todos están de acuerdo. Salimos del Caney y comenzamos a separarnos, yendo a los diferentes lugares donde se completarán las tareas alrededor de Borikén.

Una vez que llegamos al río, Mabodamaca nos deja atrás y se adentra en el agua donde sus hombres ya están extrayendo el oro. La orilla del río está llena de dioses blancos, cada uno con una espada o un arma que explota. Observan a las personas de la tribu que se encuentran agachados separando las rocas dejando solo las doradas que son su obsesión. En sus ojos y sonrisas puedo ver la oscuridad que nace en su interior alimentando sus deseos y ambición una vez que el oro es puesto a sus pies. Pero hay un dios que está a cargo de todos ellos observándolos. El dios de los ojos rojos, Ignacio. Se mueve de un lado a otro, cerca del agua. Como si amenazara a todos los de mi yucayeque diciendo sin palabras, 'deténganse y verán de lo que somos capaces.'

Tan pronto como Ignacio ve a Mabodamaca en el agua se da la vuelta y camina hacia donde estamos parados, y no pierdo tiempo.

—Es imposible para Arinotu extraer oro en este estado en el que lo dejaron. Deberá observar desde la base de uno de los árboles hasta que recupere sus fuerzas —le digo antes de que lo haga el cacique.

Arinotu me mira sin saber si decirle al dios mis palabras. Asiento con la cabeza, dándole una mirada que ha llegado a conocer muy bien en mí. El bojique acepta lo que dije y pasa mis palabras al dios de los ojos rojos, quien a su vez le contesta —¿No deje claro que no hay excepciones? Incluso este hombre tiene que hacer su parte por la tregua. ¿O es el cacique un hombre de falsas promesas? —Se vuelve hacia Agüeybaná, cuyos ojos llenos de furia ya están en el dios, mostrando el espíritu de un cacique que haría temer a un hombre normal.

—Nunca he traicionado con mi palabra como tú lo has hecho —dice Agüeybaná parado frente a Ignacio—. Te comprometiste a no lastimar a mi pueblo y me devuelves a mi bojique apenas vivo. No le diste de comer; Le negaste el agua. Ahora pregunto: ¿quién ha roto la tregua? ¡Arinotu no trabajara durante días! Es tu culpa y solo tuya, y no hablaré más del tema.

El dios de los ojos rojos no se mueve, sino que se echa a reír, —me sorprendes cada vez más cacique. Pero supongo que es mi culpa por tratar a este esclavo como un esclavo. Vayan. Colóquenlo donde quieran y comiencen su trabajo, esclavos.

El cacique permanece en silencio y mueve la cabeza señalando cerca del río donde hay algunos árboles. Hago como me dice y camino hacia donde las hojas tapan el sol tratando de contener el sentimiento que se ha convertido en lo normal desde que llegaron los dioses, furia. Escuchar a un dios hablar de esta manera a nuestro cacique es una declaración de guerra. Pero estamos con las manos atadas. Hoy no hay forma de que podamos enfrentar a los dioses blancos.

Coloco a Arinotu en el suelo con la espalda apoyada en el árbol. El bojique respira hondo cerrando los ojos y le digo, —volveremos una vez que hayamos terminado. Quédate aquí.

—Aprovecha esta oportunidad, ya que no habrá muchas más por venir —dice Agüeybaná y se aleja entrando en el río.

—Y mientras estés aquí, habla con los dioses antiguos para ver si estos días oscuros pueden terminar pronto —le digo a mi amigo. Asiente lentamente y me alejo de él para comenzar la extracción de oro.

Nunca habíamos extraído oro por tantas horas en los ríos. Y para mí el proceso es peor. La cantidad de oro que extraía no era nada comparado con lo que cada persona lograba reunir. Toda mi vida he sabido que no estoy hecho para esta tarea y hacerlo durante horas me lo ha confirmado. Es imposible.

Cuando el sol comenzó a ponerse, los dioses blancos nos hicieron señas con sus manos para que saliéramos del agua y eso hicimos. Colocamos las últimas piedras de oro que quedaban a sus pies, y terminamos el primer día de esclavitud o eso pensábamos. El dios de los ojos rojos grito mi nombre y movió su mano señalando a Arinotu. Levanté a mi amigo, colocando su brazo sobre mi hombro y caminé con él de nuevo hacia el dios. Y comenzó a hablar. —¿Creen que han terminado? ¿Ven todo este oro que colocaron dentro de los sacos que les dimos? Ahora hay que llevarlos hasta el yucayeque. Si todos los hombres cargan dos sacos, llegaremos antes de que caiga la noche. Así que, muévanse y no pierdan tiempo.

Sin fuerzas para discutir, le pasé a las manos del cacique a Arinotu y agarré dos sacos que apenas se levantaban del suelo ya que el peso era casi el de un hombre. Con las manos adoloridas y los brazos en fuego en ese instante nos movimos con la tribu de regreso al yucayeque.

Ahora llevamos tiempo caminando, pero me alegro de que ante mí pueda ver los bojios. Los sacos llenos de oro amenazan con caerse de mis manos que ya no pueden sostenerlas. Solo unos pies más y llegaremos.

Una vez que entro al yucayeque veo al resto de la tribu colocando sacos similares a las que cargamos, frente a los bojios que los dioses han reclamado. Cuando algunos sacos caen al suelo, su interior revela todos los peces que se han capturado. Incluso desde la distancia puedo diferenciar todo lo que se ha capturado en los ríos, desde el Macabí y el Dajao hasta la Barracuda y la Guabina. Mientras busco a Yocagua y Aquiana entre la multitud veo otros sacos llenos de Yucca, Achiote, Tobako y todo lo que se ha cultivado. Finalmente, veo a mi familia caminando juntos hacia el batey.

Me abro paso hacia los bojios de los dioses, coloco los dos sacos llenos de oro y regreso al batey. Me paro al lado de mi esposa y mi hijo que está con Tayba, pero antes de que pueda hablar con ellos, las voces del cacique y de Ignacio llenan el yucayeque. —Hemos hecho lo que su líder ha pedido. Es hora de que compartan de lo que les hemos dado.

—Por supuesto —dice el dios de los ojos rojos con Arinotu todavía al lado del cacique—. ¿No he demostrado ser misericordioso? —Comienza a caminar y de las docenas de sacos llenos de comida y pescado, agarra solo uno. Se lo pasa por encima del hombro y camina de regreso hacia el cacique—. Come —el dios arroja el saco a sus pies y el pez se derrama.

—¡¿Cómo te atreves?! —Agüeybaná dice en voz alta, con la ira desbordada—. Somos cientos. Esto no alimentará a nuestra tribu. Te hemos dado suficiente para más de una semana.

—Acordamos alimentarlos —dice el dios sonriente pero lleno de oscuridad—. ¿Pero esperaban comer como reyes? Esto será más que suficiente para todos los esclavos. Ustedes pueden discutir, por supuesto, y nosotros podemos acabar con la tregua si así lo desean. Tal vez un mes sin comer te haga recapacitar, Agüeybaná.

El cacique se queda callado. Por primera vez en mi vida, veo una ira diferente en él. Nos hemos enfrentado a diferentes tribus, y el cacique ha tenido el espíritu de un guerrero feroz, pero esto. Esto es una ira que está mucho más allá de él. Camina lentamente acercándose al dios y habla con la autoridad de un poderoso líder, —nunca has visto la ira de un cacique, Ignacio. Tenemos una tregua. Y no la hice contigo, todo fue con tu líder. ¡Por esa razón, le darás más comida a nuestro pueblo!

—Ya no tienes poder en Borikén, cacique. Ahora sus tierras nos pertenecen. Y si digo que esta es tu comida, entonces esta es tu comida —Ignacio dice acercándose tanto a la cara de Agüeybaná que casi se tocan las narices—. Y si el castigo de un mes sin comer no es lo suficientemente aterrador, entonces siempre puedo llevarme a una persona de tu tribu. Y créeme nunca los volverás a ver. —Arinotu pronuncia las palabras del dios con dolor en su voz mientras Ignacio ríe—. Te lo pregunto una vez más cacique. ¿Es suficiente esta comida para ti?

Agüeybaná permanece en silencio mientras toda la tribu no habla y sorprendentemente tampoco los dioses blancos. El silencio a nuestro alrededor arde en nuestros oídos mientras el viento susurra y los insectos parecen haber desaparecido. Veo el rostro de Agüeybaná a la luz de la luna. Tuerce la boca, con la cara aún llena de odio, y recoge la bolsa del suelo, alejándose y dando el grito que nos llama hacia él. —Buena elección —dice el dios de los ojos rojos, volviéndose hacia mí y Arinotu habla también—. Asegúrate de que tu cacique siga las reglas Guazei'ki'no. He visto que se preocupa por ti y si hace algo que no me gusta, serás el primero que le causaré sufrimiento.

Miro a Arinotu con sorpresa, no esperando estas palabras del dios, pero me recupero rápidamente y le respondo mientras camino hacia el bojique y coloco su brazo sobre mí para poder llevarlo al cacique que se acerca al Caney, —no te temo, Ignacio. Mientras los dioses estén conmigo, no le temo a nadie.

Empieza a reír de nuevo mientras me alejo de él con Arinotu, e Ignacio habla y el bojique dice sus últimas palabras en mi oído para que solo yo pueda escucharlas. —Pero ya te han abandonado Guazei'ki'no. Sino, ¿cómo llegamos aquí?

CAPÍTULO 12

SEIS MESES DE ESCLAVITUD

Me muevo en silencio por la oscuridad, como he llegado a hacer todas las noches desde que los dioses nos quitaron la libertad. Camino como un ladrón en mi propio yucayeque, pero no vengo a quitarle a las personas lo que no me pertenece. En cambio, traigo lo que los dioses blancos le niegan a mi pueblo, comida. Han pasado demasiados días desde que la tregua fue aceptada. Demasiadas noches, cuando después de trabajar durante horas, volvíamos a comer solo sobras de lo que cultivamos o cazamos. No había pasado más de una semana de la tregua cuando Agüeybaná nos llamó y nos ofreció una solución. Una forma de detener el hambre de la tribu.

Dos líderes fueron elegidos para recolectar comida en secreto. Un líder para cazar y otro para cosechar. De esta manera en esos días cuando la noche estaba en su punto más oscuro, los dos líderes reunían a un grupo y los guiaban en silencio para recolectar comida. Fui seleccionado para cazar. El cacique me eligió por tener experiencia pescando sin canoas y con solo un arco. Me dijo que incluso podía entrenar a las personas a dominar los arcos y las flechas en silencio.

El segundo líder fue Yocagua. Como uno de los más jóvenes, tiene experiencia en cosechar lo que produce la tierra. Mi hijo aceptó, pero pidió que Mabodamaca estuviera a su lado, para que ambos pudieran proteger a las personas que cultivaban, en caso de que las cosas se pusieran mal si eran descubiertos. Agüeybaná accedió y esa noche se decidió. Así era la única forma de mantener la tregua.

Durante meses, cuando el sol estaba alto en el cielo, trabajábamos como lo había ordenado el dios de los ojos rojos. Siempre a la vista, siempre haciendo lo que nos decían. Todos los días era lo mismo. Nos miraban con disgusto y no ocultaban el por qué. Odiaban cómo trabajamos siendo nosotros mismos, algunos con ropa y otros sin esa carga. Pero cuando terminaba el día, y llegábamos al yucayeque, teníamos que usar las vestimentas que nos proporcionaban. No había excepciones ni siquiera para el cacique. Siempre seguimos esta instrucción como parte de la tregua. Eso era hasta que nos íbamos silenciosamente en las noches. En ese momento volvíamos a ser 'taínos'. Nos quitábamos la ropa que nos daban los dioses y éramos nuevamente parte de Borikén.

'Taínos'... Una palabra que solíamos odiar en los primeros días de la esclavitud. Estos dioses cambiaron nuestra palabra que significaba 'buena gente' y la usaron para llamarnos por ese nombre. 'Taínos'. Pero han pasado muchos días y muchas noches. La palabra se ha convertido en nuestra naturaleza. Algunos se han adaptado. Algunos, sin embargo, aún se resisten. Cuanto más pasa el tiempo, más nos olvidamos de llamarnos hijos del mar y de la tierra, y nos sentimos más como 'taínos'.

Pero eso ya no importa. Si los dioses blancos quieren llamarnos taínos, entonces seremos taínos. No es un insulto. Significa que somos buenas personas. Pero nunca deben olvidar una cosa. Los taínos somos buenas personas, pero también somos guerreros. Guerreros de Borikén. Hasta el último de nosotros. No solo mi tribu, sino todos los hijos de Borikén. Y llegará el día que los hijos de esta tierra reclamaremos lo que los verdaderos dioses nos regalaron.

Mientras sigo caminando en silencio, pasando por delante de los bojios de los dioses blancos, miro hacia atrás para ver si las personas que elegí para ayudarme esta noche están conmigo. Y lo están, pero me siguen como si no lo estuvieran. No hay ruido en sus pasos, pero están detrás de mí. Cada uno con un saco lleno de lo que hemos logrado cazar. Vuelvo a mirar al frente, mis pasos lentamente tocando el piso helado y me dirijo a los bojios de la tribu. Yocagua ya llegó al yucayeque, y él y su gente van colocando en cada abertura de los bojios, comida que sacan de los sacos que cargan.

Es una noche oscura, ya que la luna nos ha abandonado durante las próximas noches. Por esa razón, no puedo distinguir lo que están tomando de los sacos, pero no importa. Las noches oscuras son mejores para esconderse y doy gracias a los dioses antiguos por una noche como esta. Continúo caminando en silencio, mientras veo a Yocagua alejarse y desaparecer cuando entra a su bojio donde seguramente lo espera su esposa.

Ver a Yocagua y mencionar a los dioses antiguos me hace pensar en cómo se debe estar sintiendo mi hijo. Hablo con los dioses y pienso en ellos en secreto. Antes de dormir repito sus historias en mi mente, para no olvidarlas jamás. Me ayuda que siempre he hablado con ellos en mi mente y para mí es suficiente. Pero Yocagua es más como su madre. Ambos siempre han tenido un cemí cerca. A ambos le encantan los Areytos y sentir la presencia de los dioses durante los cánticos... durante los bailes cuando respiran el aire de Borikén con los dioses a su alrededor.

Esos días han desaparecido. Ignacio, este dios de los ojos rojos, nos ha arrebatado todo. No hay un solo cemí en el yucayeque. Llevamos meses sin Areytos. Y está afectando a mi esposa y a mi hijo. Hay noches en las que tengo que calmar a Aquiana. Llora inconsolablemente preguntándome por qué nos han quitado a los dioses antiguos. Sus llantos llenan el bojio cuando me dice que los extraña. Hay veces que la logro consolar, pero Yocagua debe estar sintiéndose igual que ella. Mi hijo a perdido parte de su sonrisa. Solo cuando ayuda a la tribu lo veo alegre, pero temo que lo estoy perdiendo. Creció amando los Areytos. Se sabe de memoria todas las historias, todos los bailes, y cuando tuvo edad suficiente, habló con ellos cuando el bojique le dio la bebida que los une.

Yocagua ha perdido parte de sí mismo, al igual que Aquiana. Toda la tribu ha perdido lo que nos hacía hijos de esta tierra. Agüeybaná ha encontrado una solución para la comida pero que somos los taínos sin nuestros dioses antiguos. Me pregunto si esta es la razón por la que Juracán destruye a Borikén en la visión. Si seguimos ignorando a los dioses seguro se ofenderán y vendrán a destruirnos. ¿Será por esto que Yocahú lo deja entrar a Borikén?

Es demasiado pronto para tener todas estas respuestas. Por ahora, lo único que importa es alimentar a nuestra gente. Mientras mi mente se preguntaba todas estas cosas, terminé de colocar toda la comida en los bojios de la tribu y ya es hora de volver a Aquiana. Paso por encima de mi hombro el saco con la comida restante para nuestro bojio y corro dando pasos ligeros para que los dioses blancos no se despierten. Entro a mi bojio y finalmente respiro permitiéndome relajarme. Otra noche a salvo. Otra noche sin la ira de los dioses blancos.

—Guazei'ki'no —escucho y sobresalto, ya que no es la voz de Aquiana, pero mi cuerpo se relaja una vez reconozco a quien me espera en las sombras.

—Mabodamaca, ¿qué haces aquí? —Pregunto colocando el saco en el suelo y lo veo de pie junto a Aquiana. Debe de haber estado dormida porque su cabello cubre gran parte de su cara.

—Tiene que decirte algo importante sobre los dioses —Aquiana responde y mientras me acerco veo su preocupación.

—Ya la noche ha pasado el momento más oscuro, Mabodamaca. Si hablamos, corremos el riesgo de despertar a los dioses. ¿Qué puede ser tan importante para arriesgar la seguridad de la tribu? —Le pregunto y me sorprendo cuando camina hacia mí y le veo la cara. La rabia es lo primero que noto. Lo segundo es que está empapado en sudor.

—Los dioses no le hacen nada a esta tribu gracias a la tregua... pero no puedo decir lo mismo del resto de Borikén —pronuncia estas palabras mientras tuerce la boca. Está furioso.

—Explícame entonces. ¿Qué está pasando afuera de nuestro yucayeque? —Le pregunto, aunque dentro de mí sé lo que va a decir y, sin embargo, ruego a los dioses que me diga algo diferente.

—Esta noche no acompañé a Yocagua. En cambio, durante el día desaparecí en el bosque. Viaje hacia las tribus más cercanas durante horas y acabo de llegar —dice acercándose aún más y colocando una mano en mi hombro. Mabodamaca me mira fijamente a los ojos y su rabia se convierte en tristeza—. Los dioses blancos están destruyendo los yucayeques y a las personas dentro, Guazei. Son salvajes. Son seres oscuros y malvados. No son dignos de ser llamados dioses.

—Mabodamaca, cálmate —digo mientras mi respiración se acelera y mi corazón late con fuerza en mis oídos—. ¿Qué has visto? ¿Qué han hecho los dioses? —Pregunto innecesariamente porque aún recuerdo los horrores del día en que conquistaron a las tribus. Tenía la esperanza que los estuvieran tratando mejor que a nosotros. Pensé que el dios de los ojos rojos era el problema más grande. ¿Estuve equivocado durante tantos meses?

—Este yucayeque tiene la bendición de tener al cacique Agüeybaná, Guazei. El día en que tu cacique accedió a hacer una tregua con los dioses blancos me enfureció, pero salvó a tu pueblo. Agüeybaná salvó a este yucayeque —dice Mabodamaca, mientras sus lágrimas caen al suelo—. Tratan a los otros taínos peor que a un esclavo. No les dan de comer, les hacen daño si no cumplen con sus tareas. Tienen que estar vestidos a todas horas, lo que los hace trabajar más lentos y luego los castigan por esa misma razón.

Siento el horror dentro de mí. Mientras habla, siento confusión, odio y tristeza. Llevamos seis meses viviendo con miedo a los dioses blancos. Pensando que la forma en que nos tratan es mala, ¡pero

Mabodamaca dice que las otras tribus están siendo tratadas incluso peor! Miro por encima del hombro de Mabodamaca y veo a Aquiana con una mano sobre su boca mientras silencia sus llantos. —Muéstrame —digo con una furia que se derrama con mis palabras—. Llévame a los yucayeques y muéstrame lo que han hecho los dioses.

Mabodamaca con las lágrimas reemplazadas con determinación asiente, pero Aquiana se acerca a mí y me dice —Guazei, si desapareces, el dios de los ojos rojos se dará cuenta. Él siempre te observa. El dios odia a todos los taínos, pero tú eres diferente para él —Veo sus ojos, mientras me ruega que me quede con ella. Rogándome que no me vaya. Y tiene razón, como siempre. Las mujeres de la tribu son las más sabias y Aquiana es la más inteligente de ellas. Pero esto es algo que tengo que ver.

—Prometo volver pronto, Aquiana —paso por el lado de Mabodamaca y me dirijo a ella.

Antes de que pueda alcanzarla, corre hacia mí y me abraza. —Estoy asustada, Guazei. Todos los días desde la tregua tengo miedo de lo que los dioses blancos les harán a ti y a Yocagua si hacen algo que no les gusta. Los dos siempre son tan impredecibles, y me encanta que ambos tengan espíritus de guerreros, pero estos dioses no perdonan.

—Todo va a salir bien, Aquiana —digo con ella todavía en mis brazos—. Pero no puedo dormir ni descansar sabiendo que la gente de Borikén está sufriendo. ¿No es egoísta de nuestra parte vivir en paz mientras sufre Borikén? ¿No va eso en contra de lo que somos? ¿Es ese nuestro destino? ¿No sentir amor como los dioses blancos?

Sus brazos sueltan mi cuerpo y con lágrimas en sus ojos me dirige una mirada feroz, — ¡Jamás!

Sonrío y la beso. Me muevo hacia atrás y le digo, —entonces acompañaré a Mabodamaca para ver qué han hecho los dioses. Crea un plan con Arinotu para explicar si alguien pregunta por qué no estoy extrayendo oro. Te conozco y estoy seguro de que a los dos se les ocurrirá algo. Regresaré antes de que pase un día.

—Hablaré con él. Y te esperaré. Tu palabra nunca me ha fallado, Guazei. Confío en que nos veremos mañana —dice.

Asiento y miro a Mabodamaca. —Guíame y te seguiré.

Mabodamaca, sin decir una palabra, se dirige a la entrada y sale de mi bojio.

Miro a Aquiana por última vez y veo su espíritu desafiante que se niega a usar la ropa de los dioses dentro nuestro bojio. Observo su pelo largo color negro que cubre su cuerpo pintado de rojo y blanco incluyendo su cara y no puedo evitar sonreírle. —Regresaré pronto —y con esas palabras desaparezco una vez más en la oscuridad de la noche.

CAPÍTULO 13

LA VERDAD DE LOS DIOSES SINIESTROS

El bosque a nuestras espaldas permanece, tan oscuro, como cuando entramos en él. Las luces del cielo sin la luna no son lo suficientemente fuertes como para mostrarnos los árboles, pero eso es lo que nos ayuda a escondernos. Frente a nosotros todo es diferente. Hemos llegado a un yucayeque que está lleno de la luz creada por el fuego de los dioses. Intento encontrar a la gente de la tribu, pero solo veo dioses blancos sentados cerca de los bojios con antorchas saliendo del suelo. Y en el centro algunos dioses están en el batey hablando entre ellos. Mabodamaca sigue a mi lado, en silencio, y no le hablo. En cambio, me muevo detrás de los árboles tratando de observar mejor a los bojios que están sin luz donde sé que atrás hay un río. Una vez cerca, veo el agua oscura, pero no encuentro a ningún taíno

—No los encontrarás ahí, Guazei —dice Mabodamaca susurrando a mi lado—. El yucayeque ahora le pertenece a los dioses. Los taínos deben de estar escondidos en los bojios después del día de trabajo. Esa es la única forma en que logran evitar los castigos en la noche.

—Dijiste que me ibas a mostrar los horrores de los dioses. ¿Debemos esperar hasta que el sol salga para presenciarlo por mí mismo o es posible hablar con alguien de la tribu sin alertar a los dioses?

—Te he traído para mostrarte la verdad, ¿no es así? —dice, y espero a que se explique, pero no habla más. Mabodamaca comienza a caminar encorvado para evitar hacer ruido y yo lo sigo de cerca, dejando atrás los árboles y entrando en el lugar donde están los bojios al lado del río. Seguimos pasando por más bojios donde adentro solo se distinguen sombras de hamacas y aunque pensaba que íbamos a entrar a alguno de ellos Mabodamaca no se detiene. Se mueve más y más lejos hasta que señala con la mano a uno casi invisible en la oscuridad. Miramos a nuestro alrededor en busca de los dioses, pero sus risas suenan lejos, están distraídos. Aprovechando esto tomamos la oportunidad para adentrarnos en la oscuridad de este bojio.

—¿Quién anda ahí? —Escucho decir a una voz débil tan pronto como entramos. Y sus palabras son detenidas por la tos que le sigue.

La oscuridad es absoluta aquí adentro y por esa razón permanezco en silencio hasta que mis ojos se acostumbran y logro ver en la oscuridad. A mi alrededor el bojio es similar a cualquier otro y hay tres hamacas colgadas, pero vacías. Muevo mis ojos al suelo donde veo a alguien tirado con una mujer y un niño inclinados cerca de él. En su cabeza tiene la corona de plumas, en su cuerpo collares hechos de conchas marinas y un guanín. —Tú eres el cacique de este yucayeque. Te he visto antes, eres Arasibo —digo mientras su rostro finalmente es revelado ante mí. El cacique Arasibo, el espíritu alegre del oeste. En los años de vida que lleva como cacique nunca ha ido contra una tribu. Siempre ha sido el único que prefiere resolver las cosas con una buena comida bajo la vela de los dioses de Borikén.

—Ayana, estoy demasiado cansado para abrir los ojos, dime de quien es la voz que escucho —el cacique le dice a la mujer que está a su lado. Su esposa.

Pero Mabodamaca habla delante de ella primero. —Soy yo, Mabodamaca y Guazei'ki'no de la tribu de Agüeybaná.

—Agüeybaná... —dice el Arasibo en tono pensativo—. Alguna vez confiamos en ese cacique. ¡Era el cacique sobre todos los caciques del oeste, pero nos abandonó! Nos traicionó entregándonos a los dioses blancos.

—Shhh, recuerda mi amor, los dioses están afuera —lo apacigua la mujer todavía sosteniendo su brazo mientras el niño sigue mirándome.

—Tienes razón —el cacique dice aclarando su garganta, pero su voz ronca no cambia—. ¿Qué desean? ¿Por qué venir a un yucayeque lleno de sufrimiento cuando habitan uno bendecido por los dioses crueles?

—Yo... —empiezo a hablar, pero Mabodamaca me lo impide levantando la mano.

—Como cacique, he venido a mostrarle la verdad de los dioses a mi primo —Mabodamaca habla en voz baja, pero con autoridad—.

Sí. Puede que pienses que Agüeybaná traicionó a todo Borikén, pero yo estoy aquí como un hombre que ha visto tanto el horror de una tribu con y sin tregua. A ambos se les han arrebatado muchas cosas, y no he venido aquí a defender a nadie. Vine solo para escuchar lo que los dioses blancos le han hecho a este yucayeque.

El cacique en el suelo comienza a reírse sin levantarse. Al principio, pensé que mis oídos me engañaban, pero la risa del cacique ya no es la alegre que escuché cientos de veces en el pasado. En cambio, está llena de sarcasmo y odio. —¿Quieres saber cómo nos tratan? ¿No te has preguntado por qué permanezco en el suelo, por qué no he abierto los ojos para ver sus rostros? Los dioses golpean a mi pueblo a diario. Si no cosechamos lo suficiente, nos castigan; Si cosechamos demasiado y se derrumban los sacos, nos castigan. Si hablamos, nos silencian. A mis hombres les tiran piedras por diversión. Nos golpean con leña hasta que nuestros huesos se rinden. Nos hacen jugar Batú para su diversión y los perdedores no comen durante una semana. ¿Y sabes por qué no importa perder, Guazei primo de Mabodamaca? Nadie en la tribu tiene permitido comer todos los días, solo tres veces a la semana. Nos mantienen hambrientos para prevenir rebeliones. Hoy trataron de hacerle daño a mi hijo —dice el cacique sosteniendo la mano del niño—. Trató de esconder comida para llevársela a su madre y lo iban a castigar. Pero yo soy el cacique de esta tribu. Tengo límites. Protegí a mi hijo, pero el castigo.... como lo disfrutaron. Con la parte de atrás de sus armas, docenas y docenas de dioses me rompieron. Esa es la razón por la que no me pararé frente a ustedes hoy. La razón por la que mis ojos no se abren. Esto es lo que han traído los dioses que Agüeybaná recibió hace años.

Arasibo se queda callado, pero escucho los llantos a su lado. El llanto de su esposa. Verlos de esta manera me llena de rabia. Una vez más, siento que el fuego se enciende en mi corazón, mientras arde suplicando por venganza. Mis manos se convierten en puños y mi pecho se mueve de arriba hacia abajo, como si mi cuerpo estuviera corriendo. Mi mente me pide que salga de este bojio y que acabe con la vida de los dioses, pero no es posible. Esto le causaría más problemas de los que tiene. —Tienes que entender. Ninguno de nosotros sabe lo que está sucediendo fuera de nuestro yucayeque.

—No había forma de saberlo —dice Mabodamaca añadiendo a mis palabras.

—Entonces díganme esto, Mabodamaca y Guazei'ki'no —dice el cacique, tratando de levantarse, pero su cabeza cae sobre la mano de su esposa—. Ahora que saben por lo que está pasando mi tribu. ¿Cómo cambiarán las cosas? ¿Tu tribu vendrá aquí para ayudarnos a luchar contra estos seres inmortales del mar?

—Tenemos un método para encontrar comida. Nosotros podemos enseñarles —Digo sabiendo que no es lo que desea escuchar.

—Ja. Lárguense de mi Caney... ¡Ambos! —Grita con la voz llena de ira—. ¡Ambos han traicionado a Borikén y a sus tribus!

Mi espíritu se quiebra ante las palabras de este cacique que alguna vez fue el hombre más alegre de nuestras tierras. Lo miro por última vez, destrozado en el suelo, pero no me salen más palabras y Mabodamaca también se queda en silencio. Nos levantamos y salimos por donde entramos.

Una vez en el bosque, Mabodamaca vuelve a hablar. —Lo que has oído aquí es la verdad. Ayer vi cómo los trataron.

—Arasibo está perdido. Se ha perdido a sí mismo. Lo que han hecho los dioses blancos... —Digo—. No merecen perdón. Si no fueran inmortales...

—Siento tu rabia, pero todos los yucayeques de Borikén sufren lo mismo, excepto el de tu cacique —dice Mabodamaca.

—Necesito ver otros yucayeques —digo, mientras mi mente trata de encontrar una solución para terminar con esto. Debe de haber una manera de salvarlos. Quizás en otro yucayeque podamos conseguirla.

—Sé lo que estás pensando y antes de acudir a ti, intenté algo y fracasé —dice luciendo desafiante—. Intenté unir a las tribus para luchar contra los dioses, para rebelarnos. Por supuesto, no ahora mismo. Primero deberíamos elaborar una estrategia para luchar contra ellos, para acabar con su inmortalidad. Traté de encontrar una manera de ayudarlos, pero el temor los controla.

—No me rendiré con la gente de Borikén. Llévame a un yucayeque que aún no has visitado. No importa lo lejos que esté.

—Eso haré. Pero llegaremos allí dentro de unas horas cuando el sol esté en el medio del cielo.

—Entonces, no perdamos tiempo —digo y comenzamos a correr por el bosque una vez más.

Tal y como había dicho Mabodamaca, llegamos cuando el sol estaba en medio del cielo. El yucayeque al que hemos llegado está en la base de una colina llena de árboles. Solo he estado aquí una vez, el día que seguí a Arinotu, cuando el dios de los ojos rojos ayudó a conquistar

Borikén. Mientras muevo hacia el lado la hierba frente a mí que alcanza mi pecho, veo que los bojios todavía tienen las cicatrices de ese día. La mayoría de ellos han perdido las paredes y los tejados, dejando su interior completamente expuesto. Pero no todos son así, algunos bojios son como deben ser. Puedo deducir que estos están siendo utilizados por los dioses.

Cerca de los bojios por todos lados las hamacas están en el suelo y el batey apenas existe. Las rocas que lo forman se han esparcido por todo el yucayeque, como si hubieran sido arrojadas lejos a propósito. Más allá, en el lado izquierdo del yucayeque, hay un río empinado en sus orillas, la corriente se mueve por las rocas haciendo que sea demasiado peligroso para alguien estar allí, pero puedo ver mujeres, hombres y niños extrayendo oro.

—Cuando estaba fuera de control anoche, me calmaste, Guazei —dice Mabodamaca moviéndose a través de la hierba alta fuera de la entrada del yucayeque—. Ahora te pido que, sea lo que sea que veas, mantengas la calma. No debemos intervenir. Sino, los dioses castigarán aún más a esta tribu.

Lo que mi primo me pide es algo difícil, pero confío en sus palabras y asiento con la cabeza. Y, sin embargo, lo que me pregunto es si seré capaz de darle la espalda a una tribu que pide ayuda a gritos.

Sigo corriendo lentamente detrás de él hasta que dejamos atrás la hierba y llegamos cerca del río que tiene algunos árboles para esconderse. Por primera vez desde la llegada de los dioses blancos, los veo con algo en sus manos que no son sus armas. En su lugar, sostienen gruesos palos de madera. Y al instante me ponen a prueba. Oigo a uno de los dioses gritarle a un hombre que coloca un saco lleno de oro a sus pies y al instante, con el palo en la mano, golpea la espalda del hombre. El taíno, que parece no haber comido hace mucho, cae al suelo y el dios comienza a reír mientras los demás hacen lo mismo. Luego, el dios blanco le da una patada en el pecho y cae al agua.

Siento el impulso dentro de mí y cuando estoy listo para ponerme de pie y luchar contra este dios, la mano de Mabodamaca me sostiene. Lo miro, pero veo a mi primo apretando la mandíbula mientras sus ojos se enrojecen por el dolor en su espíritu. Él niega con la cabeza y señala para que yo siga mirando. Regreso mi mirada al río una vez más cuando un hombre no menor que Yocagua está ayudando a este taíno herido a levantarse del agua. Los dioses blancos comienzan a gritar de nuevo, esta vez levantando los palos y con ira en sus rostros. Y escucho la voz del joven —¡Se iba a ahogar! —Pero los dioses siguen gritando y comienzan a golpearlos a ambos con los palos.

Pongo mis manos en la raíz de un árbol, y halo con todas mis fuerzas tratando de contenerme, mientras veo cómo los golpean hasta que no pueden levantarse. Agarro con más fuerza cuando escucho los gritos de las mujeres y los niños presenciando esta injusticia. Más miembros de la tribu intentan ayudar al joven, pero hay demasiados dioses y siguen golpeando a cualquiera que intente ayudar. Quiero gritar. Siento que se me rompe la garganta de tanto contener mis gritos. Miro a Mabodamaca, cuya cara parece como si fuera a romperse de tanto morder y negar sus gritos silenciosos, iguales a los míos.

¡Ya no puedo ver esto! Pero si salgo de aquí, ¿qué les pasará a estas personas una vez que me haya ido? No puedo protegerlos para siempre. De repente escucho una voz que drena todo el color de la cara de Mabodamaca y la mía. Me doy vuelta lentamente y veo a un anciano delgado casi en los huesos gritando con una voz poderosa.

—¡Han matado al cacique de esta tribu! Pero un cacique todavía camina por estas tierras. Aunque le he pasado ese honor a mi hijo, ¡un cacique es un cacique toda su vida! —Antes de que los dioses puedan reaccionar, el anciano golpea con una macana en el pecho de uno de ellos, y luego a un segundo haciéndolos volar hacia atrás. Y, comienza a luchar contra los dioses.

A mi lado veo a Mabodamaca levantarse y correr hacia el anciano y comprendo que no hay forma de evitar que interfiramos esta vez. Suelto la raíz que sostenía y lo sigo. Sigo a Mabodamaca que corre a ayudar a su padre a luchar contra los dioses.

Yaurodaca, el Padre de Mabodamaca, ha sobrevivido de alguna manera todos estos meses. Todavía tiene la fuerza y el espíritu de un cacique, aunque su cuerpo ya no sea el mismo. Incluso si no es el hombre que vi hace meses. Está demasiado delgado por la falta de comida. Está luchando, pero ha perdido su fuerza y velocidad rápidamente, —son inmortales, padre —Mabodamaca grita cuando llega a su lado, pero sin detenerse salta encima de un dios haciéndolo caer y se levanta rápido—. Tenemos que huir.

Los ojos del previo cacique se iluminan al ver a su hijo, pero su sonrisa es débil. —No tengo fuerzas para huir —dice—. Y no abandonaré este yucayeque.

A nuestro alrededor comenzó a estallar el caos. La gente ya no trabaja y en su lugar comienzan a correr hacia el bosque y algunos incluso toman armas y se enfrentan a los dioses. —Se están defendiendo, pero tú no puedes hacerlo en tu estado. Debemos irnos antes de que lleguen más dioses —digo mientras Mabodamaca me pasa una macana y golpeo el pecho de plata de dos dioses.

—Apenas puedo moverme, Guazei'ki'no —dice el viejo cacique por encima de todos los gritos a nuestro alrededor.

—Entonces te cargaré. ¡Ayúdame, Mabodamaca! —Grito pasándole la macana mientras levanto el cuerpo del cacique con mis dos manos. ¡No pesa nada como si fuera un niño! —¡Protégenos! —Empiezo a correr hacia el bosque mientras Mabodamaca se ocupa de los dioses que se interponen en mi camino. Corro y los dioses me atacan con sus espadas, pero Mabodamaca los detiene a tiempo, golpeando su pecho metálico, enviándolos al suelo.

—Subiendo la montaña, Guazei... —dice Yaurodaca mientras comienza a quedarse inconsciente—. Encuentra un aliado en la montaña. —Sigo corriendo entre los árboles y escucho los pasos de Mabodamaca detrás de mí. Giro para mirar hacia la montaña verde que se pierde en la cima eterna. Sigo corriendo, sin parar, a pesar de que lo que empiezo a escuchar comienza a romperme el corazón. Siento que mi espíritu se quiebra aún más cuando el sonido de las explosiones de las armas de los dioses invade nuestro alrededor al igual que los gritos de los taínos.

CAPÍTULO 14

EL YUCAYEQUE EN LA MONTAÑA

He corrido sin parar durante más de una hora. Subiendo por esta empinada colina... por esta montaña. Yaurodaca sigue en mis manos, y aún no ha despertado. Mabodamaca no se ha ido de mi lado, y lo veo la mayor parte del tiempo mirando a su padre y en sus ojos, solo está el miedo de perder lo que acaba de recuperar. Pero el cacique está vivo. Siento su respiración en mis manos, ya que su pecho se mueve con cada aliento.

Ascendemos confiando en las palabras del cacique, en busca de un yucayeque del que nunca hemos oído hablar. Un yucayeque en una montaña, que cuando le pregunté a Mabodamaca, me confirmó lo mismo que yo sabía. Que algo así no existe. Pero las cosas son diferentes. Desde que llegaron los dioses blancos todo ha cambiado. Por esa razón, seguimos corriendo por este empinado camino.

Sigue pasando el tiempo y cuando levanto la cabeza, veo lo cerca que estamos de la cima de la montaña verde y sin embargo no hay nada que parezca un yucayeque. No hay bojios, ni batey, ni barbacoas. Solo está la tierra de Borikén, llena del verde de los árboles y las montañas más pequeñas que nos rodean. Mientras continúo subiendo, mi cuerpo comienza a cansarse, me concentro en el sonido de mis pies sobre la hierba, en los cánticos de los pájaros y en la voz del viento, para tratar de distraerme incluso cuando mi mente me lleva de regreso a mi yucayeque... a Aquiana. Recuerdo mis palabras hacia ella y la promesa que dudo que pueda cumplir. Viendo el sol me doy cuenta de que tal vez no llegaré a tiempo al yucayeque.

Le prometí que no me tardaría más de un día, pero aquí estamos, buscando un lugar que no existe. Depositando nuestra confianza en las palabras del cacique. Si llegamos con Yaurodaca a mi tribu, el dios de los ojos rojos se dará cuenta de quién es. No puedo arriesgarme a romper la tregua. Por esa razón, sigo corriendo... sin parar.

El sol sigue moviéndose, amenazando con traer la noche y Mabodamaca ahora tiene a su padre en sus manos. Me ha entregado la macana por si algún dios logró seguirnos, pero estamos solos. Los dioses se quedaron atrás. Deben estar castigando a la tribu que luchó contra ellos y no hay nada que podamos hacer... hoy no. Me quiebra el espíritu ignorar lo que está sucediendo en mi tierra, negar la ayuda que mi pueblo necesita. Prometo que esto terminará pronto. Encontraremos la manera de pelear. Tenemos que hacerlo.

—¡Mabodamaca! —Le grito para que se detenga cuando llegamos a una abertura cerca de la cima con hierba que sólo nos llega a los tobillos y nada de árboles—. ¿Escuchas a esos cokí?

Se detiene y veo su cara llena de sudor cuando se gira para mirarme. Él permanece en silencio y escuchamos a nuestro alrededor los cánticos del cokí en este lugar circular donde solo hay árboles en los bordes por donde desciende el camino. Estamos muy cerca de la cima donde el camino continúa a nuestra izquierda, pero aún tenemos que correr por varios minutos para llegar. —Los escucho, Guazei. ¿Cuál es el problema?

—He pasado años en el bosque del cokí y esos no son cokí —digo levantando mi macana y acercándome a Mabodamaca—. ¡Quédate a mis espaldas y siempre detrás de mí!

Mabodamaca hace lo que le digo, y se acerca mientras su padre permanece dormido en sus manos. A mi alrededor, el cántico de este cokí sin vida comienza a sonar más fuerte. Un cokí sin espíritu. Sigo dando vueltas tratando de ver más allá de los árboles, de la hierba que los cubre y del follaje espeso desde donde el sonido se hace más fuerte, pero no veo nada. No veo a ningún hombre o criatura que imite al cokí. Solo puedo mantenerme alerta a la espera de lo que salga de su escondite. El sonido se hace cada vez más fuerte. Hasta que se revelan.

Encorvados y escondidos entre los árboles de Borikén los veo. Hombres de una tribu. En la cara y el cuerpo, tienen la pintura blanca y roja con puntos, líneas y diseños creados con rocas ceremoniales. En sus manos sostienen macanas y arcos con flechas apuntándonos. ¿No han visto que no somos dioses blancos? ¿Hemos llegado a cambiar tanto que no reconocen a los hijos del mar y la tierra?

Muevo mis ojos a través de esta tribu que está frente a mí, detrás e incluso bloqueando el camino hacia la cima de la montaña donde más de ellos se mueven lentamente hacia abajo. Y al fin logro conseguir lo que estaba buscando. El cacique de esta tribu. Tiene el cuerpo de un guerrero fuerte, grande y poderoso. Tiene la corona de plumas, su larga nagua, el pelo negro que le llega a la espalda y su pecho desnudo lleno de dibujos de pintura roja. Y sus ojos... sus ojos parecen no tener compasión. Hablan de ira, furia, rabia y venganza.

Camina lentamente delante de mí, y tiene en la espalda su arco y en su mano con un fuerte agarre sostiene una macana. No me muevo mientras protejo a Mabodamaca y a su padre que se quedan detrás de mí. Sin embargo, bajo mi arma para mostrarle paz, pero permanezco alerta por si él no la desea. Él se acerca observando como si me conociera, pero yo también lo conozco a él. Urayoán. El primer cacique que resistió a los dioses y huyó al bosque.

—Guazei'ki'no, del yucayeque de Agüeybaná —dice con voz áspera y fuerte—. Amigo de los dioses que nos han esclavizado. No tienes lugar aquí.

Mabodamaca comienza a hablar, pero yo levanto la mano sin apartar la mirada de los ojos del cacique que tengo delante. —No confundas la amistad con la supervivencia, Urayoán. Me llamas por mi nombre, pero yo también te conozco. Nuestros caminos se han cruzado antes. Me acuerdo de ti como un aliado de Agüeybaná. Un cacique fuerte que se enfrentó a los dioses y escapó al bosque. Yo estaba allí ese día protegiendo a un amigo de la oscuridad de los dioses blancos.

Se le escapa una risa burlona y vuelve a hablar —¿El bojique que habla en nombre de los dioses, Arinotu? Nosotros también lo conocemos. Pero eso no cambia nada. Sigues siendo una vergüenza para Borikén.

No dejo que sus palabras me afecten, ya que sé que son falsas. Todos estamos furiosos con los dioses blancos, pero es más fácil enfadarse con un ser normal que con un dios. —Puede que lo sea, Urayoán, pero si lo soy, ¿no eres tú igual que yo? No ayudé a la gente de Borikén porque no sabía la verdad, pero aquí estás tú, escondido en una montaña, —y veo que se pone furioso y sigo hablando antes de que él lo haga—. Déjame preguntarte algo. ¿Quién es el verdadero enemigo? Los dioses blancos están esclavizando a nuestro pueblo y aquí estamos discutiendo como niños. Venimos en busca de ayuda. No para nosotros, sino para él. —Me hago a un lado y Mabodamaca camina al frente con el cacique aún en sus manos.

—Yaurodaca... —dice, Urayoán, y su actitud desaparece por unos segundos. Ambos se conocen.

—Yo soy su hijo y el nuevo cacique de su tribu —Mabodamaca dice haciéndose oír sobre toda la tribu que nos rodea—. Mi padre dijo que encontraríamos un aliado en la montaña. Dime, Urayoán. ¿Eres tú, ese aliado? ¿Nuestro aliado? ¿Acaso los dioses blancos no nos han quitado bastante? Que no nos quiten una amistad que hemos tenido durante años.

Urayoán permanece en silencio durante mucho tiempo. Mira fijamente a sus hombres que ahora tienen sus armas mirando hacia el suelo después de las palabras de Mabodamaca y el cacique sigue sus pasos. Me mira fijamente y yo, a él, hasta que al fin libera sus palabras. —Hemos vivido tiempos oscuros, Guazei'ki'no, Mabodamaca. No confío en ninguno de ustedes dos, pero su padre protegió a mi tribu de Los Carib a lo largo de los años. Tiene mi respeto y mi confianza.

Fue elegido por los verdaderos dioses de Borikén y por tal razón les concedo el paso a mi yucayeque. Hombres. Asegúrense de que ningún dios blanco los haya seguido. Y ustedes dos vengan conmigo.

Miro fijamente a Mabodamaca y él hace lo mismo, pero no decimos una palabra más. Comenzamos a seguir a Urayoán a través de la última parte de la colina para llegar a la cima de la montaña.

No puedo negar la sorpresa que sentí cuando llegué a la montaña. Cuando pisamos la cima, no vimos a ninguna tribu ni yucayeque. Parecía que solo había árboles en una formación circular alrededor de la montaña del doble del tamaño de donde estábamos antes. Y, sin embargo, estos árboles no se parecían a nada que yo hubiera visto en mi vida en Borikén. De arriba hacia abajo, estaban llenos de hojas gruesas y las hojas conectaban a los árboles cercanos. Era similar a diez bojios juntos hechos de hojas.

Cuando seguimos a Urayoán, el cacique estiró su brazo y apartó la pared de hojas y reveló lo que había dentro.

En el interior del bojio de hojas estaban todas las personas de su tribu. Los niños corrían adentro mientras jugaban Batú y sus madres parecían estar creando estrategias con los hombres ya que los vi en el suelo dibujando sobre la tierra y colocando piedras en diferentes posiciones. Algunos estaban cocinando y otros descansando a nuestro alrededor. No había un bojio para cada familia ni un batey. En cambio, las hamacas estaban en el suelo en áreas cubiertas de hojas. Y la luz provenía de aberturas en la parte superior del bojio de hojas.

Urayoán nos guio hasta que llegamos a un lugar lleno de más hamacas donde nos dijo que podíamos dejar que Yaurodaca continuara recuperándose. Nos dijo que iba a mandar a su bojique para ver el estado en que los dioses habían dejado al antiguo cacique. Una vez que se fue, Mabodamaca se quedó a solas con su padre, y yo me alejé a un lado para ver este yucayeque y esto es algo que ningún taíno se podría imaginar. Un yucayeque libre de dioses blancos.

—Está respirando como debería —dice Mabodamaca apareciendo a mi lado.

—Entonces es hora de hablar con Urayoán —le respondo, y comenzamos a caminar hacia un espacio donde veo al cacique sentado en su dujo mientras un hombre y una mujer le hablan.

—Todavía estamos tratando de averiguar si pueden respirar bajo el agua —escucho decir al joven cuando llegamos frente al cacique.

Urayoán nos ignora y sigue escuchando a una joven que corta las palabras que el hombre estaba diciendo. —Y te repito, Gutey, por supuesto que pueden respirar bajo el agua. Qué parte de dioses no te queda claro.

—Atuaya, es nuestro deber demostrar si realmente son dioses —dice el joven levantando las cejas, como pidiéndole que entienda.

—¿No eres el que está próximo a convertirse en bojique, Gutey? ¿No deberías poder decirnos si son dioses de verdad? —le pregunta la mujer al hombre.

—Basta —dice Urayoán levantando una mano—. Los he elegido a los dos porque confío en sus instintos. Hablaremos más tarde.

Ambos asienten y se alejan discutiendo entre ellos, dejándonos solo a nosotros tres. —Hablas de ahogar a los dioses blancos para demostrar que no son dioses reales. Pero vienen del mar y su poder es diferente. ¿No es prueba suficiente de quiénes son? —Pregunto y por primera vez, cuestiono algo que creía imposible.

—Es solo una de las muchas cosas que trato de averiguar. No lo pienses mucho, ya que es algo que no se podrá probar en mucho tiempo —dice el cacique y se levanta. Urayoán camina hacia al frente de Mabodamaca y mío, pone sus manos sobre nuestros hombres y continúa hablando—. Les pido perdón a los dos. Si el cacique Yaurodaca confía en Guazei'ki'no, entonces me corresponde a mí hacer lo mismo. Pero espero que comprendan. Agüeybaná es visto entre nosotros como un líder caído que hizo un pacto con los dioses blancos. Como alguien que le dio la espalda a Borikén.

—Puede que pienses que así es como sucedieron las cosas, pero nos tratan tan mal como a otras tribus —le digo—. Solo nos dejan comer una vez al día, nos tienen trabajando a todas horas, nos hacen usar su ropa. La única diferencia que existe es que no hay castigo para mi pueblo. No nos atacan sin razón, como he visto con otras tribus.

—Comprendo —dice Urayoán soltando su agarre sobre nosotros—. Los dioses blancos son el verdadero enemigo. Durante días y noches, he pedido a los verdaderos dioses que ayuden a Borikén, pero han dejado de responder. Ignoran hasta las palabras del bojique. Y hoy me pregunto. ¿Están aquí porque los dioses antiguos así lo desean? ¿Son ustedes la respuesta...? Aliados.

—Somos aliados, de eso no hay dudas, Urayoán —dice Mabodamaca—. Pero aún somos demasiado débiles y muy pocos para ser la salvación de Borikén que pediste a los dioses.

—Lo sé —dice dándose la vuelta como si hubiera algo detrás de él donde solo está su dujo—. Y no arriesgaría a mi gente por una rebelión. Todavía no. En unos años, quizás, pero es demasiado pronto. Si nos enfrentamos a los dioses hoy, lo perderemos todo.

—¿Cómo podemos esperar años haciendo lo que los dioses blancos piden con lo que hoy he presenciado? —Pregunto mirando a Mabodamaca y luego a Urayoán que se vuelve hacia mí—. Durante meses creí que la crueldad de los dioses consistía únicamente en impedirnos comer. Hoy cuando regrese a mi yucayeque sabré la verdad. Los dioses están haciéndole daño a las personas de Borikén.

—Es una verdad con la que he vivido durante meses, Guazei'ki'no —dice Urayoán—. Pero hacemos lo que podemos. Mi tribu es de guerreros y aunque no podamos luchar, salimos por la noche e intentamos rescatar a las personas que parece que más lo necesitan. Este yucayeque no es lo suficientemente grande para darle un hogar a miles, pero ayudamos a quien podemos.

—Te agradezco por ayudar a la gente de Borikén y te pido que nunca te detengas. Y, sin embargo, te pediré una cosa más —le digo.

Mabodamaca y el cacique me miran fijamente hasta que dice, —pregunta, Guazei'ki'no.

—Llegará un día en que me enfrentaré al verdadero líder de los dioses blancos. Temo que ese día mi tribu también se enfrentará a los dioses menores. Si ese día fuese a llegar, ¿lucharás junto a nosotros por el futuro de Borikén?

Me observa por un largo tiempo como si quisiera ver a través de mí hasta que rompe el silencio, —tienes mi palabra de que ese día las personas de mi yucayeque estarán al lado de tu gente, pero solo con una condición —me quedo en silencio esperando, y él continúa—. El día que pelees debe de ser uno muy lejano al de mañana. Les explique que aún no estamos preparados. Si me llamas mañana, no te responderé, pero si el día está lejos, estaré contigo.

—Espero que sea uno lejano entonces y, si está en mi poder, lo retrasaré hasta que estemos preparados. Pero entiende que no me corresponde a mí decidirlo, solo los dioses antiguos pueden decir cuándo —le digo y él asiente lentamente, sellando el acuerdo.

—Guazei... —dice Mabodamaca cuando terminamos de hablar—. No volveré contigo hoy. Tengo que esperar a que mi padre despierte.

—Y nunca te pediría que te fueras de su lado —le respondo—. Cuando estés listo, regresa a mi tribu y a la tuya. Te esperamos con los brazos abiertos. El dios de los ojos rojos solo me observa a mí. No se dará cuenta si desapareces un par de días.

Mabodamaca asiente con una débil sonrisa y me aparto mientras comienza a hablar con Urayoán. Salgo de la pared de hojas y me doy cuenta de que el anochecer está cerca. Empiezo a correr porque sé que cuando llegue a mi yucayeque ya estará completamente oscuro.

CAPÍTULO 15

LA ESPADA DE FUEGO

Al ver las antorchas de fuego frente a todos los bojios, se me escapa un suspiro mientras mi cuerpo se relaja. Falta mucho para que la noche se acabe y Aquiana no tendrá que pasar las horas de descanso preocupándose por mí… algo anda mal. Cuanto más me acerco más noto a la gente reunida frente al Caney de Agüeybaná. Es la mitad de la noche y, sin embargo, escucho la voz de mi gente fuerte y las voces de los dioses blancos más fuertes, pero no entiendo por qué.

Corro lo más rápido posible, dejando el bosque atrás y en ese preciso momento todos despejan el frente del Caney, y veo el cuerpo de Yocagua volando por el yucayeque y aterrizando con fuerza en medio del batey. Detrás de él, el dios de los ojos rojos camina furioso a gran velocidad. Grita palabras que no entiendo, pero mientras corro, escucho la voz de Arinotu. —¡Te dije que no más dioses! ¡TE DIJE QUE NO MÁS CEMÍ!

Trato de llegar a mi hijo, pero no soy lo suficientemente rápido. Veo a Yocagua levantando su cuerpo lentamente, pero el dios no se lo permite. Le da una patada en la cabeza y lo hace caer hacia atrás. Y al fin cerca de él me tiro al suelo agarrándole el cuello evitando justo a tiempo que su cabeza le dé a una piedra. Mi mente todavía está tratando de entender lo que está pasando. Los gritos de mi pueblo me rompen la mente, al igual que las voces de los dioses que celebran. De repente me volteo hacia el lado cuando llega Aquiana y toma a Yocagua en sus brazos. Sin pensarlo me levanto y con ambas manos empujo al dios de los ojos rojos lejos de mi familia. Se tambalea hacia atrás, pero me mira con curiosidad y comienza a reírse. —Guazei'ki'no. ¿Acabas de intentar herir a tu dios? —Dice a través de Arinotu.

—Me arrebataron a mis verdaderos dioses hace meses. Ante mí solo se encuentra un líder cruel y oscuro —digo y miro a Arinotu mientras espero que pronuncie mis palabras—. He visto lo que les han hecho a todas las tribus de Borikén. No hay nada de un dios en ti. Solo el mal. ¡Y si intentas lastimar a mi hijo, acabaré contigo, aunque digan ser inmortal!

—¡Basta! —Grita Agüeybaná cuando llega corriendo y lo veo agarrándose el brazo derecho como si estuviera lastimado. Parece roto—. No le hagas daño a mi pueblo. Fue mi culpa y solo mía.

—Agüeybaná, ¿qué está pasando? —pregunto todavía con los ojos en el dios. Pero en lugar de que Agüeybaná responda, el dios comienza a hablar, y también lo hace Arinotu.

—¿El cacique de este yucayeque desea que lo castigue sólo a él...? Pero rompiste la tregua, Agüeybaná. La tregua afecta a todo tu pueblo, no solo a ti. Permítanme explicarles a todos los que están mirando —dice el dios de los ojos rojos estirando las manos hacia los lados con las palmas abiertas mientras se mueve mirando a todos alrededor del batey—. Su cacique y el hombre que yace en el suelo han roto una regla. Una simple regla. Han adorado a los dioses de estas tierras. Durante días se han reunido en el bohío frente a nosotros pidiéndole ayuda a los dioses. Pidieron ser guiados. Les pidieron que se deshicieran de nosotros. Les pidieron que ayudaran a esta tierra. Y les dieron las gracias por todo lo demás

Me muevo hacia atrás para ver a Yocagua en las manos de Aquiana que tiene sus ojos puestos en mí mientras lucha por moverse. Él me mira fijamente, tratando de actuar sin temor y remordimiento, pero yo conozco a mi hijo. Tiene arrepentimiento en sus ojos. Teme lo que sucederá ahora por lo que ha hecho. Mi mirada se va a Agüeybaná que está a mi lado, fuerte y sin miedo, tratando de penetrar el espíritu del dios de los ojos rojos. El cacique no habla, deja que el silencio nos ahogue, hasta que el dios de los ojos rojos vuelve a hablar. —La regla era simple. Dejen atrás a los viejos dioses de ustedes y la tregua se mantendrá. ¡Pero has roto la tregua! No fue culpa nuestra, sino de Agüeybaná. Guazei'ki'no. Sé dónde has estado. No puedes engañarme. Dile a todo el mundo lo que es vivir sin tregua.

Permanezco en silencio. Alrededor del yucayeque los ojos de mi tribu, de los dioses blancos, de los refugiados y de todos los demás están puestos en mí, pero no digo una palabra. No le daré el placer a este dios. —¡DÍLES! —grita a través de Arinotu.

—No sigo tus reglas, Ignacio —le respondo acercándome más a él—. No soy tu esclavo. Yo pertenezco a Borikén y sólo a Borikén.

Cuando Arinotu habla en voz alta diciendo mis palabras, el dios de los ojos rojos comienza a reír. Se ríe hasta que su risa se convierte en rabia. —Entonces en esta noche te liberaré... y a tu hijo... y al cacique. Hoy morirán ustedes tres.

Mi espíritu se vuelve frío. No por sus palabras, sino porque Arinotu no fue quien dijo eso. El dios de los ojos rojos habló perfectamente nuestra lengua. Pronunció las palabras de un taíno. Siento cómo todos los que nos rodean experimentan lo mismo cuando el silencio nos invade. Arinotu retrocede lejos del dios, sin palabras, mientras el cacique hace lo mismo. Me quedo en el mismo lugar, pero el miedo ha comenzado a apoderarse de mí. Un miedo que desapareció el día que los dioses se fueron. Un miedo que regresó hace solo un par de días cuando la visión regresó esa noche. Sigue empeorando. El miedo sigue aumentando cuando el dios de los ojos rojos saca de su espalda una empuñadura dorada con líneas negras a su alrededor. Y en su centro, tres cristales rojos la adornan. El dios presiona el cristal superior y desde la empuñadura explota el fuego creando mi pesadilla. La espada que me quita la vida. La espada de fuego de mi visión.

Escucho los gritos de todos a mi alrededor. La gente de mi tribu grita y de un lado de mis ojos veo a los dioses blancos dar pasos atrás llenos de temor. Ha llegado el día. El día que pierdo mi vida. El día que me enfrento al dios de los ojos rojos. El día que Juracán arrasa con Borikén.

El dios comienza a moverse lentamente con una sonrisa oscura en su rostro. Disfrutando del miedo que se apoderó de mí. A medida que se acerca, escucho el grito de una persona. Una mujer que me regresa a la realidad. —¡GUAZEI! —Me doy la vuelta y veo a Aquiana lanzándome una macana. Veo a Yocagua levantándose, agarrando un arco, preparándose para correr hacia mí. Mis dedos envuelven a mi arma en el aire y mientras siento el calor del sol en mi espalda, giro chocando mi macana con la espada de fuego justo a tiempo.

Con ambas manos sostengo mi macana contra la espada de fuego del dios. Siento el calor en mi cara, en mis manos y en mi cuerpo y las palabras se escapan de mi boca, —Bayamanaco —el nombre de uno de los dioses antiguos. El nombre de nuestro dios del fuego.

Veo la sonrisa del dios en su rostro y los ojos rojos iluminados por su espada. Y una vez más habla la lengua de los taínos. —Había olvidado ese nombre.

Antes de que pueda responder, una flecha pasa cerca de mi oído directamente a la cara del dios, pero él inclina la cabeza evadiéndola. Da un paso atrás, separando mi macana de su espada y yo salto para pararme al lado de Yocagua. —Papá, ¿es realmente él? ¿Es Bayamanaco?

—No lo sé, hijo. Pero él controla el fuego. Y solo hay un dios que hace eso —digo mientras observo mi macana y en el lugar donde chocó con la espada de fuego está derretida. La macana tiene una mancha negra deformada—. Nuestras armas son inútiles contra él.

Me vuelvo hacia donde estaba Aquiana, pero ya escapó y está lejos. Está fuera del batey con el cacique y Arinotu. Toda la gente de la tribu y los dioses blancos se han marchado, dejando el batey solo para nosotros tres. —¿Cómo vamos a ganar?

—No pueden —dice el dios riéndose—. Esta no es una batalla que se pueda ganar.

Lo miro fijamente mientras recuerdo mi visión. Ese día no estaba luchando solo. Los dioses antiguos estaban a mi lado. Debe de haber una manera de derrotar a este dios. Debemos luchar hasta que los verdaderos dioses desciendan a Borikén. —Mi hijo y yo no luchamos solos. Los dioses antiguos están aquí, observando. Y por su mano y por la nuestra caerás.

Yocagua me mira serio sin decir nada y luego detiene su mirada en el dios. Mi hijo dobla las rodillas y yo sé lo que está a punto de suceder. La batalla por nuestra libertad va a comenzar. —Enfréntate a mí entonces, Guazei'ki'no. Muéstrame el poder de tus dioses —dice Bayamanaco levantando su espada de fuego con sus ojos llenos de ansias.

Yocagua comienza a correr hacia el lado derecho y yo corro directamente hacia el dios de los ojos rojos. Veo las flechas que mi hijo liberó, volar hacia su pecho, piernas y cabeza, pero crea un círculo con su espada desintegrándolas instantáneamente convirtiéndolas en humo. Aprovecho esta distracción para dirigir mi macana a su cara con el impulso de mi velocidad. Los ojos del dios se detienen en mí cuando estoy casi en su cabeza y sin moverse de donde él está, Bayamanaco levanta la espada y detiene mi ataque con facilidad. —Incluso con cien de tu gente, no rosarías mi piel —dice el dios, pero Yocagua ya está a sus espaldas.

—No necesitamos más taínos. ¡Mi hijo y yo somos suficientes! —Grito mientras empujo mi arma contra su espada, pero mi atención está puesta en Yocagua donde dos de las flechas cortan el aire directamente hacia la espalda del dios.

Me aferro, esperando a que las flechas lleguen a su destino, pero cuando el fuego ilumina el rostro del dios, lo veo sonriendo y antes de que lo atraviesen, salta hacia atrás girando, evadiéndolas. Aterriza lejos de mí, pero pierdo la concentración cuando la sensación de dolor invade mi brazo derecho. Una de las flechas me cortó, pero afortunadamente no entró en mi brazo.

Esta vez el dios de los ojos rojos no nos espera. Sin previo aviso, comienza a correr hacia Yocagua. —¡El arco! —Grito y sin dudarlo mi hijo tira su arco con las flechas, y le envío la macana que tiene varias áreas derretidas. Salto agarrando el arco y veo a Yocagua con la macana en la mano chocando contra el dios. Tenso la cuerda con la flecha cerca de mi oreja, corriendo mientras Yocagua intenta luchar contra la espada de fuego, pero cada vez que las dos armas se encuentran, mi hijo pierde el equilibrio retrocediendo un paso más.

Las manos del dios se mueven a una velocidad increíble y Yocagua está tratando de seguirle el ritmo, pero parece imposible. Detiene el fuego de la espada que intenta quemar su piel, pero solo se defiende a sí mismo. No está luchando, está sobreviviendo.

Envío flecha tras flecha como lo he hecho mil veces cazando, pero esta vez fallo cada vez. Este dios es demasiado poderoso. Cuando mis flechas están a punto de entrar en su cuerpo, coloca su espada en la posición correcta, para que se quemen. Es como si tuviera ojos en la espalda. Se enfrenta a Yocagua y a su macana, pero también se está enfrentando a mí sin verme. Cada vez que vuelan las manos de Yocagua por los impactos del fuego, Bayamanaco se da la vuelta y quema las flechas.

No paro de correr ni siquiera mientras libero las flechas. Necesito acercarme a este dios. Necesito enfrentarlo con la macana mientras Yocagua pelea desde una distancia segura. Cuanto más tiempo paso en esta batalla, más me doy cuenta de que Yocagua necesita estar lejos de aquí. Esta lucha es mía y solo mía. No puedo arriesgar su vida mientras peleo contra un dios que no puede morir.

Ahora me paro a unos pies de ellos, y veo que la macana en la mano de mi hijo apenas le queda algo. Si recibe un golpe más, se partirá en dos. Antes de que el dios y Yocagua tengan la oportunidad de chocar armas una vez más, salto para tratar de golpear al dios con el arco, pero él se da la vuelta a tiempo y me patea en el pecho con una fuerza que nunca antes había sentido. Un ataque que se siente como el de diez hombres.

Empiezo a rodar por la tierra, por el centro del batey y con las manos intento detenerme. Lo logro, pero veo a Yocagua luchando con el arco que cayó cuando el dios me atacó. Yocagua usa el arco sin flechas como si estuviera usando una macana. Chocan varias veces y el fuego ilumina todo a nuestro alrededor hasta que el arco comienza a arder, y a través del crujido del arco que se rompe, escucho la voz de mi hijo. —Nunca serás como uno de los verdaderos dioses. Tú no eres Bayamanaco, eres un dios sin poder. Ustedes usan el miedo, pero nosotros estamos cansados de los dioses falsos.

—¿Eso crees, taíno? —responde el dios sonriendo. Da un paso atrás, moviéndose lentamente, dándole espacio a Yocagua y eso me da el tiempo suficiente para llegar al lado de mi hijo. Busco la macana, pero está demasiado cerca del borde del batey, detrás del dios. Y aunque pudiera alcanzarla, ya no es una macana. Está completamente quemada con solo la empuñadura visible—. Estoy siendo un buen dios. Soy un dios misericordioso. Aún no les he mostrado mi verdadero poder, pero si insisten, puedo darles una pequeña demostración.

El dios de los ojos rojos extiende su mano con la espada hacia un lado, presiona el cristal en el medio, gira completamente con gran velocidad, y un círculo de fuego explota a su alrededor moviéndose directamente hacia nosotros. Reacciono a tiempo saltando hacia Yocagua, tirándolo al suelo y el fuego pasa por encima de nosotros como una ola. Escucho el grito de mi gente y hasta el de los dioses blancos, pero el fuego se detiene en la orilla del batey.

Mientras el fuego desaparece, la espada vuelve a la normalidad en las manos del dios de los ojos rojos. Yocagua y yo nos levantamos, aunque no tengamos armas. Me quedo mirando a mi hijo, que comparte mi determinación. Tiene las manos cerradas en puños esperando enfrentarse al dios sin arcos ni macana. Pero no puedo permitírselo y arriesgar su vida. Estoy a punto de decirle que me abandone, que me deje luchar solo, cuando escucho algo que me ilumina el espíritu, que me llena de esperanza. Escucho los tambores del cacique rompiendo el sonido de la noche. Escucho la voz de mi gente cantando, llamando a los verdaderos dioses y escucho el sonido de algo cayendo dentro del batey. Yocagua y yo nos damos la vuelta y detrás de nosotros el piso está lleno de macanas. Un regalo de mi pueblo. Mis ojos se dirigen al cacique que canta junto a mi esposa y la esposa de Yocagua y a todos. Con un gesto de aprobación nos dicen que sigamos luchando. —Qué inspirador —dice el dios burlándose de nosotros—. Están demasiado asustados para luchar. Entonces, les dan sus armas para que lo hagan por ellos. Permitiré esto solo para mostrarles cuán misericordioso soy. Adelante. Recójanlas.

—¿Listo, hijo? —pregunto mirando a Yocagua que asiente con una sonrisa por primera vez desde que empezamos a pelear. Corro agarrando la primera macana cerca de mis pies y sin parar voy directo hacia el dios. Él espera con su espada de fuego extendida hacia un lado, su cuerpo iluminado por una luz roja aún más intensa y cuando me preparo para atacar, siento algo diferente. El calor de su espada se siente más fuerte.

Ignoro esto y voy directamente a romperle la cara, pero él mueve su espada para chocar contra mi macana, y sucede lo que no esperaba. Al instante, tengo que desplazarme hacia un lado casi cayendo porque la macana se derritió sin resistencia cuando tocó el fuego. Yocagua me sigue y ataca, pero pasa lo mismo. Su fuego arde diez veces más que antes. Yocagua iba con tal velocidad que tuvo que dar vueltas por el suelo para detener su cuerpo cuando la macana no logró chocar.

—¿Sorprendidos? ¿No querías ver el poder de un verdadero dios Yocagua? —dice Bayamanaco.

—Eres uno solo y los dioses antiguos están con nosotros —digo corriendo hacia otra macana y esta vez atacando su pecho, pero una vez más se derrite cuando la espada de fuego la espera en el medio. Lucho y Yocagua también, ambos atacando al mismo tiempo por ambos lados, por delante y por detrás, pero el dios tiene una velocidad que no es de un hombre. Gira y se mueve deteniendo y derritiendo macanas sin problema.

Corremos a su alrededor tratando de distraer al dios mientras uno de nosotros ataca, pero se siente inútil. Ha quemado más de una docena de macanas y por la forma en que se mueve el pecho de mi hijo ya está cansado. Yocagua se mueve despacio y yo también.

—Papá... la tribu confía en nosotros... pero su espada; Su fuego —dice Yocagua a mi lado mientras el dios espera frente a nosotros un ataque que no le hará nada.

—Lo sé, Yocagua. Pero no podemos rendirnos. La forma en que nos tratarán si el dios de los ojos rojos sobrevive. Va a doler diez veces más que esta pelea.

—Diez veces no es nada —dice el dios sonriendo mientras comienza a correr y antes de que podamos levantar nuestras macanas apaga su espada y nos agarra a los dos por el cuello y nos tira contra el suelo.

No nos suelta el cuello incluso en el suelo y agarro su mano tratando de romperla. Escucho los gritos de Aquiana detrás de mí mientras dice —¡No te atrevas a detenerme!

—Yo tampoco los abandonaré —escucho a Agüeybaná responder y antes de darme cuenta, veo encima de mí a Aquiana con una macana en la mano y a su lado al cacique haciendo lo mismo. Atacando al dios.

Una vez más el dios usa su velocidad para soltar nuestros cuellos y agarra las macanas que casi lo golpean. —Esta tribu es realmente única —dice el dios riéndose—. Arriesgan su vida por estos taínos comunes. Permítanme ponerlos a prueba, entonces. Tal vez todos ustedes sean dignos de 'él'—. Termina sus palabras, y arrebata de las manos de Aquiana y Agüeybaná las macanas, tira contra el suelo a mi esposa y al cacique y le sujeta la cara empujando mientras luchan por moverse. La rabia me invade y esta vez soy yo quien usa la velocidad ya que me levanto más rápido que Yocagua, pero aun así no soy lo suficientemente rápido. El dios, con la fuerza que tiene, levanta a mi esposa y a Agüeybaná y los golpea contra el suelo. Y comienza el caos.

A mi alrededor los taínos explotan gritando por lo que el dios le ha hecho al cacique. Pierdo el control y no agarré una macana, si no que con mi puño golpeo la cara del dios haciéndolo tropezar hacia atrás mientras suelta a Aquiana. —¡No te atrevas a tocar a mi esposa otra vez! —Se toca la cara con una mano y sus ojos están llenos de sorpresa por lo que he hecho. Y eso fue suficiente para darle a la tribu el coraje para comenzar a contraatacar. Agarran macanas y se enfrentan a los dioses menores mientras algunos se acercan para comprobar que mi esposa y el cacique están bien. Me quedo mirando al dios mientras su sorpresa se convierte en rabia y cuando Yocagua salta contra él, el dios agarra su cuerpo y lo tira al suelo. Corro, pero el dios se mueve rápido y comienza a golpear a Yocagua dejándolo inconsciente.

Agarro la mano del dios por la muñeca antes de que vuelva a golpear a mi hijo y él se da la vuelta y me golpea con todas sus fuerzas con la otra mano y caigo hacia atrás. Antes de poder levantarme el dios cae encima de mí y me comienza a dar golpe tras golpe. Escucho a la tribu a mi alrededor pelear y me golpea de nuevo. Escucho las palabras de Aquiana al dios para que se detenga y me golpea de nuevo. Trato de levantar las manos para protegerme, pero él me da puños en las manos adormeciéndolas y me sigue golpeando la cara. Veo a los taínos llegar y tratar de sostener al dios, pero él se levanta y comienza a luchar contra ellos. Toma sus macanas y los golpea con ellas.

Y entonces grita. —¡SUFICIENTE! —Vuelve a agarrar la empuñadura y la levanta por encima de su cabeza y presiona un cristal de su espada para encenderla una vez más. Lo miro desde el suelo, apenas consciente. Muevo la cabeza y veo a Yocagua en el suelo respirando, pero sin moverse. Está con Aquiana, con Tayba y con algunos taínos que lo arrastran a un lugar seguro—. ¡DIJE SUFICIENTE! —Y el dios apunta con la espada a mi esposa— ¡Aléjate del muchacho! Aléjate de él o mi espada atravesará el pecho de tu marido.

Mi visión cada vez es más borrosa, pero veo las lágrimas de mi esposa. No suelta a Yocagua, pero desea ayudarme. Quiere salvarme. Sus ojos se mueven hacia mí, y yo muevo mi cabeza lentamente diciéndole que no abandone a nuestro hijo. Con lágrimas en los ojos, ella asiente.

—Sáquenla de su lado —tuvo que decir el dios en la lengua de los dioses porque los dioses menores alejan a la esposa de Yocagua y a Aquiana de mi hijo. Utilizo mis fuerzas que no tengo, busco en mí, todo lo que me queda para mover mi cuerpo tratando de levantarme, pero apenas estoy despierto—. Y tú, cacique. Un movimiento más de ti, y quemaré este yucayeque al instante. —El dios mueve sus ojos hacia mí mientras coloco mis dos manos en el suelo tratando de levantarme. —Guazei'ki'no... No te preocupes, no le haré daño a tu hijo. Lo que ha sucedido en esta noche me ha traído curiosidad. Eres el primer hombre en tocar mi cara. Tal vez tu gente no sea completamente inútil.

—¿Qué... vas... hacer? —Logro decir levantando el pecho del suelo.

—Voy a llevar a tu hijo a un lugar que nuestro líder está creando, lejos de aquí. Quién sabe. Tal vez lo vuelvas a ver en un par de años.

—¡No te lo vas a llevar a ninguna parte! —Grito con mi voz sonando ronca mientras trato de levantarme, pero no me da la oportunidad. Bayamanaco me da una patada en las costillas y caigo una vez más sosteniéndome donde el dios me golpeo

—Se supone que los dioses están aquí... Yo los vi... ¡Se suponía que debían luchar a nuestro lado!

—Guazei —dice el dios de los ojos rojos cuando se inclina cerca de mí—. Tus dioses te abandonaron hace mucho tiempo. —Con esas últimas palabras siento como mi cuerpo me traiciona a medida que empiezo a perderme en la oscuridad. Veo al dios de los ojos rojos agarrar a Yocagua. Escucho el grito de todos los de la tribu y del Tayba y de Aquiana. Trato de moverme, trato de luchar, de ir en contra de mi cuerpo, cuando la oscuridad se apodera de mí. A medida que me desvanezco, me doy cuenta de que los dioses antiguos realmente han abandonado Borikén.

CAPÍTULO 16

LA SÚPLICA DE AQUIANA

—¡Yo soy el verdadero dios de los taínos!

—¡Yo soy tu dios!

—¡¿Te atreves a desafiarme?!

Esas palabras. Una vez más se repiten... pero esta vez hay algo diferente. No veo a Juracán. Solo oscuridad. Respiro profundamente, y el aire no se mueve a mis pulmones. Mis ojos tratan de encontrar algo de luz, sin embargo, solo existe esta oscuridad que me rodea con las palabras que siguen repitiéndose, rompiendo mis oídos. Palabras que he escuchado suficientes veces para saber que estoy en la visión.

La visión... Bayamanaco, Ignacio, el dios de los ojos rojos... ¡Me estaba enfrentando a él!

Siento como mi respiración se acelera y finalmente llega a mi pecho en esta eterna visión oscura. Recuerdo la pelea. Me acuerdo de que estaba perdiendo contra el dios de los ojos rojos. Mi hijo estaba conmigo. Yocagua... ¡Se llevó Yocagua! Necesito despertar de esta visión, necesito...

—¡Guazei! —Alguien grita, regresándome al mundo real. La misma voz que siempre está ahí después de la pelea. Arinotu. Levanto mi cuerpo del piso rápido y siento cada músculo en llamas. Empiezo a mirar a mi alrededor, pero tan pronto giro mi cabeza me caigo hacia al frente. Por suerte, Aquiana agarra mi cuerpo, sosteniéndome.

—Se llevó a nuestro hijo, Guazei. Se lo llevaron lejos, al este de Borikén, donde vive el líder de los dioses, —dice Aquiana, con su voz llena de un sufrimiento y miedo que nunca he escuchado en ella. Y esas palabras son suficiente para finalmente despertarme por completo.

—¿En qué parte del este? —pregunto con rabia en mi voz mientras mis ojos se detienen en Agüeybaná que está frente a nosotros junto a Arinotu que se movió a su lado.

—Cerca del yucayeque de Guaynabo. Arinotu escuchó a los dioses hablar de este lugar cuando abandonaron nuestro yucayeque —dice Agüeybaná, sin moverse de la apertura del bojio.

Antes de que pregunte por qué los dioses se han ido, Arinotu habla, —De León está creando un yucayeque para él. Un yucayeque similar al lugar de donde provienen todos los dioses blancos. Se han llevado gente de todas partes de Borikén para crear este lugar. Los he oído hablar de esto varias veces. Lo llaman Caparra.

—¿Se llevaron a Yocagua para Caparra? —pregunto, soltando a Aquiana mientras mi mente vuelve a la normalidad, pero mi vista no. Uno de mis ojos está cerrado. Los golpes del dios debieron hincharlo.

—Sí, Guazei. Bayamanaco se lo llevó inconsciente. Sin la tregua, y después de la pelea, tengo miedo de lo que le van a hacer a nuestro hijo, —a Aquiana se le quiebra la voz y cuando veo sus ojos están llenos de lágrimas—. Voy a ir por él. Voy a salvar a nuestro hijo.

Miro a mi esposa, no con sorpresa, sino con orgullo por el coraje que hay en su corazón, incluso cuando está llena de preocupación. Y sé que Aquiana siente lo que yo estoy sintiendo, una rabia contra el dios de los ojos rojos, demasiado grande para dejar espacio para cualquier otra cosa que se parezca al miedo. Desde el día en que elegí a Aquiana para que estuviera conmigo el resto de mi vida, supe lo valiente que era. Su fuerte espíritu me hizo querer estar una eternidad a su lado, pero en esta noche, no puedo dejar que ponga su vida en riesgo —Solo hay una persona que puede salvarlo. Le traeré de vuel-

—No lo permitiré —dice Agüeybaná interrumpiendo mis palabras—. Te has enfrentado al dios de los ojos rojos y has sobrevivido por la voluntad de los dioses antiguos. Tus pies no pueden sostener tu cuerpo, incluso en este momento, Guazei'ki'no. Déjame enviar a algunos de los hombres más fuertes de la tribu. Puedes elegirlos a mi lado si eso ayuda a calmar tu mente.

Cuando el cacique termina de hablar, me mira fijamente esperando una respuesta que no le doy. Empiezo a caminar lentamente hacia él y me doy cuenta de lo que me acaba de decir. Con cada paso mi cuerpo se siente como si se rompiera. Pero camino incluso con dolor. Me paro frente a Agüeybaná y aún con un ojo cerrado miro al cacique. —He seguido todas tus reglas a lo largo de mi vida, Agüeybaná... Perdóname, pero hoy no puedo seguir esta. Si envías a los hombres de la tribu, no ganarán esta guerra, los perderás. Solo yo puedo enfrentarme a este dios. Los dioses antiguos nos han mostrado la verdad durante años. Y aunque me abandonaron en esta pelea, en mi visión, están a mi lado. Por esa razón no pondré en riesgo la vida de más personas.

—Si tú arriesgas tu vida, entonces yo debo arriesgar la mía —dice Aquiana rompiendo su silencio—. Es nuestro hijo. Nuestro. Yo te acompañaré. Siempre enfrentamos todo juntos.

—¡Alto! —Agüeybaná grita—. Hablan de actos heroicos, pero piensan caminar hacia un yucayeque de dioses, lleno de dioses. Ambos están hablando sin pensar. Necesitan una tribu de cientos de hombres para despejar el camino dentro de Caparra. Si un hombre se enfrenta a cientos de dioses, entonces ese hombre no sobrevivirá. Y Yocagua seguirá siendo un esclavo para siempre.

Cuando voy a contestarle al cacique Aquiana se para delante de mí y le grita —Entonces, ¿qué esperas que hagamos? ¿Quieres esperar aquí durante días? ¿Durante semanas? ¿Años? ¿Esperamos hasta que podamos pedir ayuda a todas las tribus de Borikén y enfrentarnos juntos a los dioses? ¿No has oído lo que Mabodamaca vio afuera de este yucayeque? ¿La razón por la que Guazei se había ido?

Pongo una mano en el hombro de Aquiana, y ella se vuelve para mirar mis ojos, y veo desesperación y lágrimas. No le quito la mano cuando comienzo a hablarle a Agüeybaná que no la observa con ira sino con compresión. —He pasado el último día con Mabodamaca viendo cómo las tribus viven sin una tregua y los dioses las están torturando. Los tratan mal; No les dan de comer y los castigan. Las tribus están muy débiles para rebelarse y si les pedimos ayuda, no podrán luchar... excepto por una.

Aquiana me mira fijamente a los ojos, mientras pronuncia esas últimas palabras, pero es Agüeybaná quien pregunta. —¿Una tribu puede luchar?

—El cacique Urayoán ha creado un nuevo yucayeque en la cima de una montaña. Yace escondido entre las hojas de los árboles. Viven en paz, pero en secreto. Mabodamaca está ahí con su padre que logró sobrevivir durante todos estos meses. Urayoán me dijo que era demasiado pronto para pedirle ayuda. Que, si mañana llamaba, no me contestaría. Por esa razón, ninguna tribu de Borikén puede ayudarnos a enfrentarnos a los dioses —cuando termino esa explicación, una idea nace en mi mente. Una idea que ni siquiera debería considerar, pero que con pocas esperanzas dejo que se convirtiera en una posibilidad. Mi hijo me necesita y si esta es la única solución, entonces sacrificaré todo para hacerlo.

—Entonces estamos perdidos —el cacique dice con sus ojos en Aquiana.

—Si nadie va conmigo, iré sola. Incluso sin ti, Guazei.

Vuelvo a mirar fijamente a mi esposa, mientras mi mente sigue gritándome esa posibilidad. Esa única solución que ningún taíno se atrevería a pensar. —No irás sola, porque solo hay una manera de salvar a nuestro hijo. Y para eso necesitaré la ayuda de la tribu, incluyéndote a ti Aquiana y a Arinotu.

El cacique parece confundido al igual que Arinotu, pero Aquiana está llena de esperanza. —¿Qué estás pensando, Guazei'ki'no? —pregunta Agüeybaná.

—Necesito a Aquiana y Arinotu para encontrar a Mabodamaca. Ella le explicará todo lo que ha sucedido. Y cuando termine se dirigirán a través del bosque hasta Caparra —le digo, pero cuando veo el rostro del cacique lleno de horror le hablo antes de que él pueda detenerme—. Aquiana, necesito que me prometas que me esperarás antes de entrar a este yucayeque de los dioses. E incluso cuando regrese, tú, Mabodamaca y Arinotu tendrán una tarea diferente.

—¿No vas a estar a nuestro lado, Guazei? —pregunta con la esperanza que no ha abandonado sus ojos.

—Antes de que te diga porque no los voy a acompañar, tienes que saber lo que van a hacer. Ustedes tres estarán esperando a Yocagua. Yo lo sacaré de Caparra, y tú tendrás que escapar sin mirar a atrás. Pase lo que pase, Aquiana, tendrás que abandonarme si es necesario. Nuestro hijo es lo que importa y solo eso. Incluso si me enfrento al líder de los dioses y al dios del fuego, no puedes ayudarme.

—¿Ir sin ayuda a este yucayeque? ¿Esa es tu solución? —Agüeybaná dice mientras su enojo invade su voz—. ¿No te he dicho ya que no sobrevivirás solo? No desperdiciare tu vida, Guazei'ki'no.

—No estaré solo, Agüeybaná —le digo virándome de nuevo hacia él mientras me preparo para pronunciar las palabras que temo

—¿Mabodamaca, Arinotu y Aquiana? ¿Planeas llevarlos a enfrentar a los dioses blancos?

—No —digo, y me mantengo firme para liberar las palabras que nunca esperé que salieran de la boca de un taíno—. Voy a buscar un nuevo aliado. Atravesaré el mar para encontrar a un grupo de tribus diferentes. Le pediré ayuda a Los Carib.

La esperanza que sentía Aquiana se convirtió en horror, al igual que el rostro de Agüeybaná y Arinotu. El bojio se quedó en silencio hasta que el susurro del cacique se sintió como un grito en mis oídos.

—¿Los Carib? ¡Los saqueadores que durante años nos han arrebatado, no solo nuestra comida, sino también a nuestra gente!

—Los dioses blancos una vez los atacaron. Si odian a los dioses tanto como nosotros, entonces son la única esperanza que tengo para salvar a mi hijo —digo sin moverme mientras el cacique estalla de ira.

—¡¿Estás loco?! ¡Son igual de malos que los dioses blancos! ¡Tan pronto como llegues a sus costas, tu vida acabará!

—No lo hará —digo seguro de mis palabras—. Sobreviviré por mi hijo. Por mi hijo regresaré a Borikén con un nuevo aliado que me ayudara a rescatarlo. Cruzaré el bosque con mi enemigo a mi lado para enfrentarme a los seres oscuros que han tocado nuestra tierra. Y con su ayuda salvaré a mi hijo. Lucharán, robarán a los dioses y, en todo el caos, sacaré a Yocagua y se lo entregaré a Aquiana.

Espero que alguien me detenga y no los culparía si lo hicieran, pero la habitación permanece en silencio. El pecho de Agüeybaná se mueve arriba y abajo, Arinotu camina a nuestro alrededor, como siempre lo hace al pensar, pero Aquiana no me quita los ojos de encima ni por un segundo. El horror de la palabra Carib se ha desvanecido y ahora solo queda la misma esperanza. —Confío en lo que vas a intentar hacer. Iré a donde me digas, y haré lo que me mandes. ¿Dónde está Mabodamaca, para que pueda encontrarlo y explicarle todo?

—Esperen —dice el cacique y levanta un brazo deteniéndonos—. Los dos harán algo de lo que tal vez no regresen. Como cacique, debería detener sus acciones en este momento. Pero los antiguos y los nuevos dioses nos han puesto a prueba. Todos los que están delante de mí son más que gente normal de mi tribu que siguen mis órdenes ciegamente... Guazei'ki'no, haz lo que debas para salvar a tu hijo. Les rogaré a los dioses antiguos que te protejan cuando te encuentres con Los Carib.

Escucho las palabras de Agüeybaná y asiento con la cabeza aceptándolas. Mis ojos regresan a Aquiana para explicarle rápido ya que el viaje por el mar me llevará tiempo que no tenemos. —Encuentra el yucayeque del cacique Arasibo. Luego continúa hacia el oeste hasta que encuentres una tribu destruida que está cerca de un río. Sube la colina y no te detengas hasta llegar a la montaña. Una vez allí, Urayoán te encontrará a ti.

—Haré lo que me pides, Guazei, pero prométeme que regresaras a mí. Prométeme que, si Los Carib niegan su ayuda, escaparás y volverás con nosotros. No puedo... No puedo perderte — dice Aquiana y sus lágrimas regresan mientras me agarra las manos.

—Si fracaso. Si tengo que escapar de Los Carib y luchar solo contra todos los dioses de Caparra para rescatar a Yocagua, lo haré —le digo liberando mis manos y tocando su cara suavemente para que vea mis ojos—. Aquiana, te prometo regresar. Prometo liberar a nuestro hijo.

—Gracias... —dice y sus manos me rodean cuando se despide abrazándome—. No perderé más tiempo, Yocagua nos necesita. Adiós Guazei.

—Si es hora de irte, entonces haré que los mejores hombres de nuestra tribu te acompañen —Agüeybaná dice a punto de salir por la apertura del bojio, pero se da la vuelta antes de irse—. ¿Y qué hay de ti Guazei? Arinotu ha curado todo lo que ha podido de tus heridas, pero tú sigues lastimado. ¿Irás esta noche al mar en busca de Los Carib?

Observo a los tres taínos frente a mí. El cacique está preocupado, pero no ha dejado que su fuerte espíritu desaparezca. Aquiana está decidida a hacer algo imposible para salvar a nuestro hijo y Arinotu todavía carga con la culpa de ayudar a los dioses blancos. Un bojique en busca de redención. Están cansados como yo, pero todos tenemos un propósito, encontrar a mi hijo. —Un bojique puede curar heridas externas, pero mi corazón y mi espíritu piden a gritos algo más. Cuando Yocagua está aquí con nosotros... en ese día me sentaré para descansar o sanar. En esta noche, me dirijo al mar. Dejaré que los dioses antiguos me guíen hacia mi destino. Que en esta noche me guíen a donde esté la salvación a mi hijo.

CAPÍTULO 17

AL OTRO LADO DEL MAR

Se siente como si me hubiera enfrentado al dios de los ojos rojos hace días y, sin embargo, solo han pasado horas. El sol no ha salido y frente a mí el mar sigue negro. El cielo está completamente cubierto por nubes similares a las que aparecen los días en que Juracán visita Borikén. Pero no está cerca, sus gritos no se escuchan a mi alrededor y hace mucho que no toca nuestra tierra. Observo como las olas rompen en la arena cerca de mi canoa, cerca de mis pies como si esperaran mis primeros pasos. Esperando a que yo cruce el mar como lo hicieron los antepasados de mi pueblo hace tantos años.

He escuchado sus historias en Areytos. La historia de los Arauacos. Las primeras tribus que cruzaron todas las tierras rodeadas por el mar. Guiaron sus canoas a través de las aguas desconocidas sin saber si algo los esperaba al otro lado. Y, sin embargo, se movieron a través del mar para llegar al verdadero hogar de los futuros taínos. Borikén.

Hoy sigo el camino que tomaron los Arauacos hace tantos años. Pero a mi lado no hay tribu que me acompañe en este camino. Nadie cruzará el mar conmigo. Atravesaré estas aguas solo. Y me pregunto si realmente estoy solo. Los dioses antiguos nunca me han abandonado. En la pelea con Bayamanaco pensé que lo habían hecho, pero entiendo por qué no descendieron a ayudar. No podían interferir ya que no era la hora de la verdadera pelea por nuestra tierra. Cuando llegue el día, sé que los verdaderos dioses estarán a mi lado.

Otra ola rompe cerca de mis pies y me doy cuenta de que estoy tratando de ganar tiempo. Tiempo, que no tengo. Aquiana, Arinotu y los hombres de la tribu van camino a buscar a Mabodamaca. Dentro de uno o dos días me estarán esperando afuera de Caparra. Por eso no puedo perder más tiempo. Tengo que dejar atrás a Borikén y encontrar la tierra de Los Carib.

Levemente levanto la canoa con la mano derecha y empiezo a arrastrarla hacia aguas más profundas. Las olas me golpean el pecho haciendo que sea más difícil entrar al agua, pero continúo hasta que la canoa está flotando estable y luego me levanto, empujándome hacia adentro. Coloco en mis pies mi arco con las flechas y una macana nueva que me regaló el cacique antes de irme. Extiendo mi mano agarrando uno de los remos de madera que usamos para empujar la canoa. Lo coloco en el mar oscuro a mi derecha y empiezo a empujar el agua. Con ambas manos empujo hacia atrás de izquierda a derecha mientras la canoa comienza a luchar contra las olas que ahora parecen ser pequeñas. Gano más y más velocidad a medida que mis músculos comienzan a sentir la carga de la lucha con el dios. Cada vez que levanto el remo para pasarlo a uno de mis costados, me arden las costillas, pero ignoro el dolor. Esta es la única manera de salvar a mi hijo y ni siquiera el sufrimiento de mi cuerpo me hará detenerme.

Decir que conozco el camino a la tierra de Los Carib sería una mentira. Me estoy moviendo por estas aguas con toda la velocidad que mi cuerpo es capaz de crear, pero estoy dejando que el agua me guíe, a ver si me enseña, dónde está esta tierra que ningún taíno ha visitado. Y aunque el mar se niegue a llevarme allí, no me voy completamente ciego.

Antes de irme, el cacique me dio un último regalo. Dijo que, si quería encontrar a Los Carib, tenía que guiar a mi canoa a través de las aguas con Borikén a mi izquierda. Y cuando llegara el momento que Borikén me abandona, entonces tendría que despedirme como un viejo amigo y seguir mi camino hacia las aguas desconocidas. Una vez que eso sucediera, entonces encontraría a Los Carib.

Y eso es lo que haré. A pesar de que estoy lejos de Borikén, todavía puedo ver su sombra gigante a mi izquierda. Me observa a lo lejos pidiéndome que vuelva, pero no lo haré. No hasta que tenga los aliados que necesito. Y, sin embargo, si no fuera por la sombra de Borikén, estaría perdido en esta oscuridad.

Continúo empujando el agua con mi remo mientras giro mi cuerpo moviéndome más rápido hacia ambos lados, pero mi cuerpo está cansado. Sin la luna o las luces del cielo es difícil saber cuánto tiempo paso aquí. Siento como los minutos se convierten en horas. Las costas cercanas a mi yucayeque desaparecieron hace una eternidad y en la distancia no reconozco esta parte de Borikén. Sé que he viajado por horas ya que el sol finalmente está regresando, pero no ilumina mi camino por que las nubes continúan cubriendo el cielo. Cuando entré al agua, tenía la esperanza de que las nubes desaparecieran con la noche. Esa esperanza ha desaparecido ya que el aire a mi alrededor es cada vez más frío y la lluvia me ataca sin piedad.

¿Me pregunto si la tierra a mi izquierda llora mi partida? ¿O si es que los dioses antiguos me advierten que vuelva? ¿Será que este día oscuro me grita que Los Carib me van a traicionar, que voy a caer por sus manos y no por la mano del dios de los ojos rojos?

Saber la respuesta de todas estas preguntas sería imposible ya que no soy un bojique ni un cacique. Solo ellos pueden hablar con los dioses directamente. No soy bendecido de esta manera, sino que fui elegido para salvar a Borikén del fuego, y solo del fuego.

Pasan más horas y las olas se han vuelto más fuertes. En el momento en que decidí descansar, las olas comenzaron a golpear mi canoa y tuve que seguir moviéndome para mantener el equilibrio. A mi izquierda Borikén ha comenzado a abandonarme. Veo los últimos rasgos de su tierra verde y frente a mí el mar se extiende eternamente, excepto por algunos pequeños pedazos de tierra. Pero no son mi destino. Son el hogar de más tribus de taínos que decidieron vivir cerca de Borikén.

Ahora que me muevo a través de estas aguas sin tierra a la vista, no tengo tiempo para dejar que mi mente me distraiga. Solo necesito buscar el hogar de Los Carib, pero parece imposible. Los vientos golpean la canoa de un lado a otro mientras las olas ayudan a tratar de tirarme fuera. La lluvia cae sobre mi cuerpo intentando detenerme con sus manos frías, pero no me detendré. Permanezco sentado, moviendo ambos brazos de izquierda a derecha, empujando el mar lejos de mí mientras la canoa se mueve más rápido. Las olas me hacen bajar, como si estuviera descendiendo una montaña para luego llevarme a su cima. Otras olas invaden mi canoa y me atacan con agua blanca y salada, pero me defiendo tensando cada músculo de mi cuerpo para permanecer en mi asiento. Cuando me golpean, agarro con las dos manos los lados de la canoa y resisto hasta que desaparecen.

A medida que pasa el tiempo y el sol sigue abandonándome de nuevo en esta lucha contra el mar, grito. Grito a los dioses una vez más, a un dios que una vez fue el padre del mar. —¡Yaya! ¡No me abandones ahora! ¡Pídele a tu hijo que me ayude a salvar al mío! ¡Yayael, te pido que detengas esta ira que desciende contra mí, porque solo deseo salvar a Yocagua! Pido a todos los dioses que por favor me guíen a la tierra de Los Carib, ¡muéstrenme dónde viven! ¡Borikén necesita a sus dioses, y yo no soy más que un taíno! No puedo continuar esta lucha solo... ¡Se lo ruego a todos ustedes, a todos los dioses de Borikén! —Pero no responden. Las olas siguen intentando romper la canoa. Atacan como espíritus malignos, y yo los resisto como un hijo del mar y de la tierra.

La oscuridad ha llegado de nuevo, pero no igual que la primera noche. En esta noche el cielo lucha contra mi viaje. Muevo mi remo cada vez más rápido de ola en ola y a mi alrededor el cielo rompe contra el mar con destellos de luz blanca. Ya no siento mis brazos y, sin embargo, sigo moviéndome más rápido. No he perdido la fe en los dioses. Están creando todo esto para probarme y ver si estoy listo para lo que está por venir. Es la única explicación. Pero me están rompiendo el espíritu. El frío de la noche con el frío de la lluvia y el frío del viento están rompiendo todo dentro de mí. ¿Cuándo terminará esta prueba? ¿Cuándo encontraré sus tierras?

Levanto las manos para colocar el remo a mi izquierda cuando una ola choca directamente contra mi pecho haciéndome caer con fuerza contra la madera de la canoa y el remo sale volando de mis manos. Me levanto para tratar de encontrarlo, pero es demasiado tarde. Ha caído al mar. Al principio, la desesperación se apodera de mí. Luego el miedo de perderme en el mar para siempre y no volver nunca más a Aquiana y a Yocagua. Pero al final, me resigno a la voluntad de los dioses. Mientras las olas continúan sacudiéndome de un lado a otro y las luces rompen el agua a mi alrededor, coloco mi espalda en el suelo de la canoa y hablo con los dioses por última vez. —Ya no puedo controlar hacia dónde voy. He perdido la única manera de conseguir ayuda para salvar a mi hijo. Para salvar a Borikén. Ahora te pido solo una cosa, Yocahú y cualquier otro dios que ame la tierra de Borikén. Guíenme a través de estos mares violentos hasta la tierra de Los Carib, guíenme hacia a los enemigos de los taínos. Solo pido eso. No pediré protección una vez que esté allí, porque si perezco por su mano, es solo mi culpa. Solo pido que me guíen para que pueda sobrevivir hasta el día de la visión.

Terminadas estas palabras, cierro los ojos, sin dejar de sentir que la canoa intenta romperse debajo de mí. Escucho las explosiones contra las olas. El agua fría y salada sigue entrando a la canoa y el agua de la lluvia me limpia la cara. Y a medida que el mar ruge a mi alrededor, empiezo a recordar algunos de los días que disfruté con Aquiana y Yocagua. Jugando batú, bailando en Areytos, cocinando para mi hijo cuando era pequeño... Esto es por lo que estoy luchando. En esta noche descansaré, pero una vez que mi cuerpo se recupere, encontraré esa tierra. Aunque tenga que cruzar el mar sin la canoa.

Me despierto con el sol quemando mi piel. Abro el ojo y me doy cuenta de que mi otro ojo ha comenzado a sanar y puedo ver a través de él. Me levanto y miro hacia atrás y solo puedo ver el agua azul del oscuro mar, —al menos los dioses me alejaron de la furia del cielo y del mar —me digo, mientras me doy la vuelta y mi corazón da un salto. Detrás de mí puedo ver una tierra desconocida y enorme que nunca había presenciado. Todavía está lejos, pero ahí está. Si es el hogar de Los Carib, no lo sé, pero le pedí a los dioses que me guiaran y aquí estoy.

La canoa sin el remo es inútil, por esa razón no hay más que una forma de llegar allí. Agarro mi macana, mi arco, las flechas, salto a las aguas cristalinas y empiezo a nadar. Me duelen los brazos por todo el esfuerzo de ayer, pero sigo nadando, alejándome más de las profundidades. A medida que la tierra se acerca, busco cualquier signo de vida. Busco cualquier rastro de Los Carib, pero las arenas blancas parecen estar vacías y justo detrás hay un bosque, que no revela lo que hay dentro, pero lo averiguaré pronto.

Al final, las pequeñas olas me dan el empujón que necesito para tocar la arena y mientras salgo del mar empiezo a respirar. Pero no hay tiempo para descansar. Es hora de ver si este pedazo de tierra es el lugar que estaba buscando...

Una flecha cae cerca de mis pies. Luego dos, luego cinco, luego veinte, a mi alrededor. No me muevo. Abro las manos soltando la macana y el arco dejándolos caer en la arena. Escucho voces que vienen del bosque y me quedo quieto. Poco a poco empiezan a salir y sé que encontré lo que estaba buscando. Frente a mí, decenas y decenas de Los Carib se acercan a ver al extraño que llegó a sus orillas. Vienen a ver al primer taíno que toca su tierra.

CAPÍTULO 18

LOS CARIB

En los años que los dioses me han dado de vida, nunca he visto tantos Carib juntos, como los veo hoy. Me he enfrentado a ellos en batalla, tribu contra tribu, pero ni una sola vez he estado rodeado por ellos de esta manera.

Cuando me encontraron en la playa, Los Carib hablaban entre ellos y sonreían mientras decían como uno de los míos llegó libremente a ser un esclavo. Un hombre de Los Carib se acercó a mí y me dijo, —Estará feliz de verte —y no tuve la oportunidad de preguntar de quién hablaba antes de que me empujaran hacia el interior del bosque.

Ahora me están guiando por estos senderos a algún lugar profundo dentro de esta tierra con árboles y pequeñas montañas similares a Borikén, pero diferentes en su manera. Los pájaros no cantan los mismos cánticos, y los animales no son los de mi tierra. Realmente estoy lejos de mi hogar y de mi gente.

A mi lado derecho tengo a dos de estas personas con arcos tan grandes como sus cuerpos apuntando a mi cabeza. A mi izquierda sucede lo mismo con dos más de Los Carib y en mi espalda, si me muevo lentamente, puedo sentir la punta de una flecha tratando de perforar mi piel. A mi alrededor, cientos de Los Carib gritan y ríen como si hubieran ganado una guerra. ¿Son tan ignorantes que no perciben los peligros fuera de su tierra? Actúan como si los dioses blancos no vendrán tras ellos cuando Borikén caiga. Ahora que los vuelvo a ver después de tanto, me pregunto si vale la pena pedirles ayuda a un enemigo al que me he enfrentado innumerables veces y que nunca he aceptado una tregua ya que solo pelean y no escuchan. Su único propósito siempre ha sido robar lo que es nuestro, pero hoy espero cambiar eso.

Hoy haré aliados de estos enemigos. No sé lo que están pensando. Es la primera vez que un taíno pisa sus tierras libremente y no sé si ven esto como una oportunidad para un nuevo esclavo. Solo puedo esperar hasta el momento en que pueda hablar con el líder de esta tribu que me ha encontrado.

Mientras me muevo por este extraño bosque lleno de árboles espesos y con hierba tan alta como mi cintura, la sorpresa se apodera de mí. Más allá de los árboles veo algo que se extiende hacia arriba, parecido a un bojio de nuestro yucayeque, pero este es más largo, abierto en el frente mostrando hamacas colgando de palos de madera largos y resistentes que sostienen el techo. Trato de ver si he llegado a un yucayeque, pero estos bojíos están esparcidos por todo el bosque. Nosotros, los taínos, vivimos entre nosotros como una tribu unida, pero Los Carib parecen vivir separados. Todos estos bojíos están alejados unos de otros.

Paso cerca de más de bojíos largos y cientos de hombres con arcos gritan de una manera que se siente más como una canción. Las mujeres y los niños, que están a sus lados, se unen a ellos, respondiendo a este llamado. Veo cómo los peces que cargaban caen al suelo una vez que corren a verme, un prisionero que llegó libre. Cada vez son más los que se unen a mi alrededor, dejando que la comida recogida caiga a sus pies y me doy cuenta de algo que ni siquiera había pensado en años. Son similares a nosotros, a las tribus de Borikén. Ellos cultivan al igual que los taínos. Ellos pescan como nosotros, y cazan de la misma manera. Nuestros enemigos son similares a los taínos de Borikén. y eso me da esperanza. Espero poder razonar con los enemigos de mi pueblo. Agüeybaná fue sabio advirtiéndome sobre ellos, de sus caminos salvajes, pero son mi única esperanza. Viven como si los dioses blancos nunca los hubieran visitado, aunque sé que lo han hecho. Han pasado tantos años y me pregunto si los habrán olvidado.

Seguimos avanzando por el bosque y Los Carib que antes eran cientos se han convertido en miles. Tengo cientos de flechas apuntando a mi cuerpo, pero eso no me importa. Vengo solo por Yocagua. Hablaré con su líder y si se niega a ayudarme, lucharé contra todas estas personas y regresaré al mar, pidiéndole a los verdaderos dioses que me guíen una vez más para llegar a Borikén. Y si eso sucediera, entonces rescataría a Yocagua solo.

El sol continúa atravesando el cielo velozmente y la desesperación amenaza por controlarme. Nos estamos tardando demasiado en llegar al lugar donde su líder seguro me espera. Es hora de hablar con Los Carib. —¿Quién es el cacique a cargo de la tribu de esta tierra? —le pregunto al hombre que me guía. Tiene pintura negra por todo su cuerpo desnudo como todos Los Carib, pero sus líneas negras le llegan a las manos y a los pies con palabras que no entiendo. En su rostro detrás del pelo, ha dibujado el animal que viene de noche y vive en las cuevas, el murciélago.

—No puedes preguntar su nombre. Los de tu clase no pueden preguntarnos nada. Agradece que soy curioso, y te he concedido el permiso de hablar con nuestro líder —dice sin darse la vuelta con su voz áspera y entrecortada—. En un día normal te habría puesto a trabajar al instante. Todo es difícil desde que dejamos de invadir sus tierras y de quitarles el alimento que necesitábamos. Nos empeoraron la vida desde que dejaron que los dioses blancos esclavizaran a tu pueblo.

—¿Les temes? —le pregunto aprovechando la oportunidad para ver si existe alguna manera de lograr aliarnos—. ¿Es por eso que han dejado de atacar a nuestras tribus?

—¡No le tememos a nadie! —Grita dándose la vuelta, colocando una flecha en mi cuello y mostrando sus dientes como una criatura tratando de contenerse para no morderme—. Los dioses descendieron una vez contra los Kalinago, y perdimos más hombres de los que podemos contar. No vamos a arriesgar a más de nuestra gente solo para quitarles el alimento a las tribus que han perdido su libertad. —Me quita la flecha del cuello, vuelve a pararse hacia al frente y comienza a caminar. Los demás Carib continúan a los lados y detrás, pero ahora lo hacen en silencio. Sigo a este hombre mientras pienso en las palabras que ha hablado, y me ha revelado la verdad. Lo veo en sus ojos como lo veo en los ojos de mi pueblo. Lo que los dioses les hicieron hace años todavía vive dentro de Los Carib. Si el miedo es lo que se necesitó para que me ayuden a salvar a Yocagua, entonces les recordaré el miedo que se esconde en lo más profundo de sus corazones.

—Entra primero y dile lo que hemos encontrado —dice el hombre con la pintura del murciélago a un Carib que está a su lado y que en su cabeza tiene dibujado un animal diferente. El hombre asiente y entra en el bojio frente a mí.

Después de caminar por el bosque, llegamos a una pequeña colina que terminaba con un bojio completamente diferente a los que ya había visto en esta tierra. Este es tres veces más grande que los demás y está completamente cerrado con solo una pequeña abertura en el medio. A su alrededor, está rodeada de árboles tan altos como el bojio y detrás de él, el borde de la pequeña montana donde estamos cae en una cueva de color verde.

—Si tu líder está dentro del bojio, entonces llévame a él. No tengo tiempo que perder —digo de pie frente a este Carib, pero cuando me muevo, cientos de los otros hombres se acercan con sus arcos.

—Cada segundo siento más curiosidad por saber por qué arriesgas tu vida viniendo aquí —dice más cerca de mi cara—. Pero ten paciencia hijo de Borikén. Una vez que reciba la señal, entrarás y tal vez desees haberte quedado en tu tierra.

No hablo. Me quedo en silencio no queriendo arriesgar la única oportunidad de que sean mis aliados. Doy unos pasos hacia atrás para crear distancia entre nosotros y espero. Espero hasta que escucho un grito saliendo del interior del bojio que llama a alguien, —¡KAKETU! —Muevo mis ojos hacia el hombre que actuó con valentía todo este tiempo. Salta y por primera vez veo miedo en sus ojos.

Intenta seguir actuando firme y sin temor como lo ha hecho todo este tiempo, pero puedo ver que ha cambiado. No dice una palabra. Solo mueve su mano diciéndole a todos que lo sigan mientras me empuja dentro del bojio. Camino los últimos escalones de esta montaña y una vez que entro, veo a mi alrededor este lugar amplio con palos largos tan gruesos como los árboles, que sostienen el techo y de ellos cuelgan las hamacas. En el otro extremo, cerca de la pared frente a mí, veo un asiento de madera similar a un dujo, pero más grande. Miro los lados de esta silla y mis ojos se detienen en algo que yace en el suelo. Trato de ver si mis ojos me engañan, pero mi cuerpo se enfría. A la izquierda y a la derecha yacen huesos de cuerpos antiguos sentados de una manera que miran fijamente la entrada que acabo de pasar. Trato de entender lo que esto significa, pero el hombre grande y fuerte que corre directamente hacia nosotros con furia en sus ojos detiene mis pensamientos.

Si tengo que enfrentarme a este enemigo ahora para poder hablar con él más tarde, eso haré. Sin arco ni macana me preparo para pelear solo con mis manos, pero cuando se acerca, cambia la dirección de sus pies y agarra al hombre que me guio por el bosque y con ambas manos firmes en sus brazos lo lanza al otro lado del bojio chocándolo con unos palos gruesos. Lo levanta del suelo y con una mano le presiona el pecho.

—¡Le dije a todos los Kalinago que podían hacer lo que quisieran, excepto una cosa, Kaketu! —Dice el fuerte guerrero mientras sostiene al hombre que no se mueve—. ¡Crees que estás por encima de mí para romper esa única regla!

—No lo entiendes —dice entre suspiros—. Él vino a nosotros.

—¡MENTIRAS! —Grita, agarrándolo de las manos y nuevamente lanzándolo al otro lado del bojio—. Nunca han descubierto nuestras tierras. Solo puede estar aquí si alguien lo trajo —Se da la vuelta mirando la habitación que está llena de Los Carib y luego sigue hablando, —¡Los hijos del mar y de la tierra están malditos! Los dioses blancos son sus nuevos líderes. ¡La tierra está perdida, como lo están ellos! Los Kalinago lo saben, ¿no es así?

Miro a todos los que asienten. El hombre con el murciélago en la frente comienza a levantarse y el líder de esta tribu se acerca a él y vuelve a gritar. —Nosotros jamás volveremos a entrar en esa tierra. ¡Nunca más! Los dioses blancos son su problema y si empezamos a traerlos aquí, los dioses los seguirán. Perdimos más tribus de las que podemos contar ese día. Perdimos a las personas que amábamos. Nosotros. Perdimos. ¡Todo! Ahora te pregunto, Kaketu ¿por qué fuiste a la tierra de los dioses blancos para traer a este esclavo?

—No soy un esclavo —digo hablando antes de que pueda hacerlo el hombre que intenta sobrevivir la furia de su líder. Comienzo a caminar hacia él, aunque todos Los Carib me apuntan con flechas. El líder mueve una mano y todos bajan los arcos—. El hombre al que llamas Kaketu dice la verdad. Vengo del otro lado del mar. Yaya me guio y me trajo hasta aquí.

—Si tus palabras han de ser creíbles, entonces explícame —dice cuando me alcanza en el medio del bojio—. ¿Por qué un hijo del mar y de la tierra viene a donde habitan sus enemigos? ¿Por qué venir aquí cuando sabes que no volverás a tu tierra?

—Porque no tengo elección. Vengo en busca de ayuda —digo esperando las risas de Los Carib, pero solo me rodea el silencio. El líder de la tribu permanece callado todavía esperando que me explique—. Como has dicho antes, los dioses blancos han invadido nuestra tierra. Han esclavizado a todas las tribus y rompen el espíritu de nuestro pueblo día y noche. Se llevan todo lo que es nuestro y no nos dejan nada para sobrevivir. Algunos hemos resistido y otros han caído en el intento.

—¿Y por qué vienes a pedir ayuda a tus enemigos después de tanto tiempo? —pregunta el hombre con sus ojos todavía en mí—. ¿No somos semejantes a estos dioses? ¿Acaso no hemos luchado contra ti y hemos hecho prisioneros a personas de tu pueblo?

—Lo han hecho... —respondo mientras mi mente se acuerda de las veces que Los Carib nos invadieron. Un enemigo feroz. Pero los dioses blancos son el peor enemigo—. Sin embargo, en este día, nos enfrentamos a un enemigo que destruirá a mi pueblo y a Los Carib. Están reduciendo nuestros números. Golpean a hombres, mujeres o niños sin control. Quieren esclavos, quieren comida y quieren nuestra tierra. Y me temo que llegará un día en que quemarán a Borikén. Un día en el que acabarán con todos los taínos.

—Hablas de ellos como enemigos, pero te llamas a ti mismo como ellos los nombraron, 'taíno'. Pides nuestra ayuda, y sigues llamándonos Los Carib y no nuestro verdadero nombre, los Kalinago —dice el líder y se aleja de mí para sentarse en su asiento junto a los huesos—. ¿Por qué no deberíamos aprovechar esta oportunidad para dejar que los dioses acaben con nuestros enemigos de una vez por todas?

—Porque vendrán por ustedes cuando terminen con nosotros —digo y el silencio de la habitación ahora es de murmullos—. Los dioses tienen un líder, pero yo me he enfrentado al verdadero dios que los controla. Antes de llegar aquí, me enfrenté a Bayamanaco. Sus llamas invadieron mi yucayeque. Me enfrenté a su arma hecha de fuego. Quemó mi macana y luego todas las macanas que usé contra él. Uno de los dioses antiguos guía a los dioses blancos. Y cuando llegue el momento, este dios vendrá por tu tierra. Te quitará todo, como me ha quitado a mi hijo.

A mi alrededor estallan las voces y esta vez no en susurros. Escucho a la gente decir palabras de preocupación... de miedo. Ellos están comenzando a creer lo que les estoy diciendo e incluso el hombre que fue golpeado por ser un mentiroso se ha acercado al líder de la tribu y comienza a hablar. —Waimorou, parece como si estuviera diciendo la verdad. Tenemos su canoa y vino sin ayuda atravesando el mar. Solo un dios puede mostrarle el camino.

—Si él dice la verdad y Bayamanaco está con los dioses blancos, entonces corremos peligro. El dios del fuego conoce esta tierra. Si caen los hijos del mar y de la tierra, entonces, como este hombre mencionó, nosotros caeremos después —dice Waimorou susurrando por encima de la gente—. ¡Silencio! —Grita, y la habitación vuelve a quedarse como si estuviera vacía—. Dime tu nombre.

—Guazei'ki'no de la tribu de Agüeybaná —le digo acercándome a su asiento.

—Un cacique feroz está en tu yucayeque, Guazei'ki'no. —dice levantándose de su asiento—. Y frente a mí está un hombre valiente que se enfrentó a un dios antiguo y sobrevivió. Un hombre que cruzó el mar para encontrar a sus enemigos y pedirles ayuda. Te has ganado el privilegio de hacerme una petición. No aceptaré, pero lo consideraré. Dime, Guazei'ki'no, qué es lo que has venido a preguntar en realidad.

—Bayamanaco ha tomado a mi hijo como esclavo. Lo ha llevado a un yucayeque creado por los dioses —digo mientras trato de encontrar el espíritu de este hombre en sus ojos—. Vengo a pedir tu ayuda para recuperarlo.

Primero me mira en silencio y luego mira al lado de los huesos que se sientan en fila con él. —Un taíno nunca podría entender esto, pero dime, ¿qué pasa por tu cabeza cuando ves estos huesos que observan la única forma de entrar y salir?

—Si sus ojos apuntan en esa dirección, entonces deben ser vigilantes. Los restos de los espíritus que protegen a este bojio —digo, sorprendido por una pregunta tan extraña.

—Te equivocas, Guazei'ki'no —dice abriendo las manos—. Con ellos a mi lado, los antiguos líderes de esta tribu velan por nuestro pueblo. Observan la salida que nunca podrán cruzar, pero aun así la observan porque incluso cuando se han ido, sus espíritus permanecen protegiéndonos. Es un honor sentarse donde lo hacen, una vez que su vida ha terminado. Pero si yo te ayudo, entonces no tengo lugar entre ellos. Si caigo en Borikén protegiendo a los taínos, entonces no soy digno de estar con ellos.

—Tienes razón, Waimorou —le digo mirándolo fijamente—. Las costumbres de tu pueblo, no me han sido enseñadas por los dioses antiguos. Cuando perdemos a alguien, lo recordamos y dejamos que Borikén guarde su descanso mientras pasan a Coabey. Pero algo está claro. Una vez que los dioses blancos vengan por tu pueblo. Una vez que te los arrebaten y no te quede ninguna tribu. ¿Seguirás siendo digno de sentarte entre tus antepasados? —Veo en sus ojos cómo se llena de furia, así que arreglo mis palabras para que entienda mejor, —no malinterpretes todo lo que te he dicho. No te estoy llamando cobarde, pero te pido que vengas conmigo para que veas por ti mismo que los dioses blancos pueden ser desafiados. No pelees si así lo deseas, pero ayúdame a distraerlos. Roba toda su comida, todo su oro y yo les robaré a mi hijo. Muéstrales a estos ancestros que los Kalinago desafían incluso a los dioses blancos.

—Con la verdad intentas manipularme... —dice el líder de esta tribu, pero escucho su voz diferente. Pensativo—. Estás desesperado porque temes perder a tu hijo. Así como tú tratas de manipularme, yo lo haré contigo entonces. Si voy a tu tierra, si le robo a los dioses y eso te ayuda a distraerlos, ¿qué le ofrecerás a mi tribu?

—Te ofrezco todo lo que logres robar —digo mientras la esperanza finalmente se acumula en mi interior—. El yucayeque que están construyendo debe de estar suficientemente lleno para alimentarte durante meses.

—Eso ya será mío, Guazei'ki'no, —dice, y una sonrisa aparece en su rostro—. Te pregunto una vez más. qué me vas a ofrecer a cambio de la vida del hijo que te vamos a ayudar a salvar. ¿Qué está dispuesto a hacer un taíno por alguien que ama?

Lo miro furioso. Veo al hombre que aprovecha la oportunidad de mi sufrimiento para ganar algo a cambio, pero la gente que me rodea siempre ha sido enemiga de mi tribu. Vine en busca de ayuda y si dar algo a cambio lo logra, que así sea. —Te ayudaré a robarle a todos los dioses blancos durante un año. Puedes buscarme en mi yucayeque y pedirme que te acompañe cualquier día durante un año.

Me iré sin preguntas, y no me iré hasta que todo lo robado esté en una canoa que se dirija a tu tierra.

Por primera vez desde que llegué, se echa a reír. El hombre con el murciélago en la cara hace lo mismo y a mi alrededor la gente grita como lo hacían antes. —Dos años —dice apoyándose en su asiento—. Lo mismo que ofreciste, pero por dos años.

Sin opciones y sin tiempo, asiento con la cabeza. —Dos años ayudando a los Kalinago.

—Entonces nos vamos de inmediato —dice levantándose y caminando junto a mí hasta la puerta—. La vida de tu hijo es parte de este acuerdo. Nos vamos ahora.

—Guíame a través de las aguas y yo te seguiré —digo caminando detrás de él sin cuestionar nada más. Yocagua me necesita y lo encontraré, aunque luego me arrepienta de este acuerdo.

CAPÍTULO 19

CAPARRA

Atravesamos el mar y esta vez las aguas permanecieron quietas. Los taínos hemos pescado en el mar toda nuestra vida, pero nunca hemos cruzado más allá de Borikén. De esta manera, los Kalinago son diferentes a nosotros. Después de dejar su tierra atrás empezaron a moverse por las aguas y lo hacían siempre con la mirada al frente, como si el camino estuviera revelado solo para ellos. No se detuvieron ni dudaron hacia donde ir en ningún momento. Sabían cuál era su destino. Los Kalinago conocen el mar como un taíno conoce a Borikén. De la misma manera que puedo caminar en los bosques incluso con los ojos cerrados, hoy estoy seguro de que mis aliados pueden hacer lo mismo en el mar. Le agradezco a los dioses por haberme traído a ellos.

Las canoas que nos llevaron de regreso eran similares a la más pequeña que tomé de mi tribu, pero la diferencia principal era el tamaño. Al regresar a Borikén viajamos en estas canoas que estaban llenas de más de cincuenta hombres y cada uno tenía un remo de madera que nos empujaba por las aguas a una velocidad increíble. Los Kalinago eran tan rápidos como cualquier pez de mi tierra, y por esa razón, en solo un día estábamos tocando las arenas blancas del este de Borikén al anochecer.

Ahora, mientras corro por el bosque en la oscuridad, guío a la tribu de Waimorou que me sigue a mi lado y su tribu por igual a mi espalda. Más de quinientos Kalinago atraviesan el bosque, pero sus pies son silenciosos como los míos... otra similitud a los taínos. Me sigo dando cuenta de lo similares que son a nosotros, y veo cómo el bosque no se esconde cuando escucho cantar a los cokí. Siempre que hay un enemigo la vida que nos rodea se queda en silencio como sucede cuando los dioses blancos caminan entre nosotros, pero esta noche Borikén acepta a los Kalinago como aliados.

Mientras mis pies pisan la hierba fría, corro sin parar extendiendo mis manos, sintiendo los árboles, respirando el aire fresco, y viendo las montañas incluso en la oscuridad. Y eso es suficiente para darme fuerzas. Una fuerza que solo se encuentra aquí, en Borikén. Una fuerza que necesitaré cuando lleguemos a Caparra.

Seguimos nuestro camino en silencio y Waimorou no ha puesto en duda a dónde lo llevo. Sabe que la palabra de un taíno es tan importante como nuestra confianza en nuestros dioses. Todos los

Kalinago entienden el honor del taíno. Por esa razón, hoy siguen a un enemigo convertido en aliado. Un aliado que estará con ellos durante dos años ayudándoles a robar a los dioses blancos. Me pregunto qué pensará Agüeybaná de esto. Pero no importa, ya que era una decisión que tenía que tomar. Por mi hijo y por Borikén haría cualquier cosa.

La oscuridad de la noche aumenta y a medida que bajamos por las colinas, no podemos evitar pasar por yucayeques llenos de dioses y taínos. Corremos por los lados, escondiéndonos y con dolor continúo mi camino incluso cuando los gritos del sufrimiento de mi pueblo me ruegan que los ayude. Me detengo un segundo, y escucho en silencio. Waimorou me mira con curiosidad, tal vez esperando que entre a ese yucayeque, pero me doy la vuelta y desaparezco en el bosque oscuro una vez más.

Estas personas me necesitan, pero mi hijo también. Llegará un momento en que salvaré a todos los taínos de esta tierra. He estado pensándolo y si debo ayudar durante dos años entonces usaré ese tiempo con los Kalinago para rescatar a algunos taínos cuando termine de robarle a los dioses blancos. Podría llevarlos con Urayoán, y él no les negaría la ayuda que necesitan. Eso es lo que dijo que hará hasta que llegue el momento de enfrentarnos a los dioses. Todas las tribus de Borikén se enfrentarán a los dioses blancos algún día, pero eso podría ser dentro de años. En esta noche solo importa Yocagua.

Pasan más horas y decido subir por las colinas más altas. Esta es la única forma de encontrar Caparra ya que nunca la he visto. Paso a través de las colinas llenas de árboles buscando en la oscuridad mientras Borikén se extiende sobre mí. Detrás de la montaña en la que estoy, puedo ver el mar a lo lejos; de mi lado veo descender el camino por el que vinimos, y al frente la montaña desciende una vez más y baja con el mar a su lado. Pero a lo lejos veo algo. Algo que es difícil de entender pero que parece diferente.

Veo luces de fuego en bojios que no son nuestros. Están rotos o no están terminados. Al lado derecho de los bojios está la orilla del mar y sombras gigantes en el agua. Si me acerco, sé que puedo entender lo que son, así que empiezo a descender y los Kalinago, me siguen. Desciendo de la montaña lo más rápido posible evadiendo los árboles que se interponen en mi camino, y entro de nuevo en el bosque.

Cuando llego a la base de la montaña, cruzo un pequeño río saltando entre las anchas rocas y ante mí se eleva una pequeña colina. La subo y encuentro lo que estaba buscando. Abajo frente a mí todo se abre. En el centro del lugar que tengo delante mío no hay árboles, semejante a donde hay un batey en nuestros yucayeques, pero la diferencia está en que no hay rocas con los diseños de nuestros dioses. Alrededor de esta área, en los lados y en la parte de atrás, están los bojios rotos que vi, pero estos no son bojios, son algo... diferente. Las paredes parecen estar hechas de rocas lisas formando cuadrados perfectos incompletos en la parte superior. Algunos bojios tienen un techo hecho de paja, pero la mayoría no.

Miro más allá de este lugar y veo un bojio diferente alzándose sobre los demás. Cuatro veces el tamaño de uno regular y se divide en la parte inferior y la parte superior. La parte inferior es rectangular hecha de la misma roca lisa pero completamente blanca y la parte superior es más pequeña utilizando el mismo material.

Más allá de los bojios de los dioses, en el lado derecho, puedo ver el mar y los puentes de madera en el agua y las sombras cobran sentido. Estas son las Canoas de los dioses. Extendiéndose a lo alto similar al día en que llegaron a Borikén por primera vez.

Esto es Caparra, pero está incompleto. Los dioses no han terminado de crear su yucayeque como dijo Arinotu. Es por eso que seguirán llevándose a nuestra gente, para construir su nuevo hogar. Muevo mis ojos a través de Caparra, y se detienen en un bojio que brilla desde adentro con una fuerte luz roja. Del techo sin terminar sale humo negro y de las paredes incompletas veo taínos. A estas horas deberían estar descansando, sin embargo, se están moviendo de este bojio al centro de Caparra colocando más rocas lisas en el suelo. Trato de ver si puedo encontrar a Yocagua, pero desde esta distancia sería imposible, solo veo algo que estaba ignorando. Los dioses blancos están por todas partes. Puedo ver sus ropas de plata brillando con el fuego mientras vigilan a los taínos. Pero eso no importa, para eso le pedí ayuda a los Kalinago.

—Este es el yucayeque de los dioses —le susurro a Waimorou que ha estado a mi lado todo este tiempo. Muy cerca de nosotros, se encuentra Kaketu con los cientos de hombres que esperan nuestras órdenes—. Ha llegado el momento. Necesito bajar a buscar a mi hijo. ¿Tus hombres están listos para empezar a robarles a todos los bojios extraños y crear la distracción?

—Cuando miro hacia abajo, no entiendo cómo accedí a tal acuerdo —Waimorou dice mientras sus ojos revelan algo. Algo que aparece cuando vives una pesadilla más de una vez—. En ese yucayeque están los dioses blancos que lo destruyeron todo, y voy a arriesgar a todos estos hombres por tu hijo.

Espero en silencio. Mirando y viendo si los Kalinago rompen el acuerdo por miedo. ¿fue una pérdida de tiempo todo el esfuerzo de conseguirlos? No importa, no le daré a Waimorou la oportunidad de romperlo. —No es solo por mi hijo. Podrás alimentar a los Kalinago durante meses. Y cuando yo te ayude durante estos dos años, vivirás como cuando le robabas a mi pueblo.

Sus ojos se detienen en mí después de mirar el yucayeque durante demasiado tiempo y me pregunta, —el acuerdo es que nos ayudas hasta que todo lo que hemos robado esté fuera de Borikén. ¿Cómo harás esto cuando rescates a tu hijo?

Sin dudarlo empiezo a moverme y solo digo, —mi esposa y un cacique con algunos hombres deben de estar al otro lado esperándome. Cuando le devuelva a mi hijo, me reuniré contigo de nuevo.

—Entonces mostremos a los dioses que los Kalinago aún no están muertos —dice sonriendo y corriendo en la dirección contraria.

Paso mi mano a través de la pared de la roca lisa del bojio que vi con la luz rojo en su interior y se siente dura, más fuerte que el material de un bojio normal. Acerco mi cara y no parece estar hecha de roca como pensaba. Parece tierra seca que se usó de una manera para convertirla en roca. En mi mente pensé que sería prudente romper estos bojio ya que creí que serían similar a uno normal, pero eso no será posible.

Tendré que entrar por la única abertura que tiene. Mientras espero detrás de este bojio veo a los Kalinago moverse por todo Caparra dividiéndose a lo largo de todos los bojios extraños. Los dioses blancos van y vienen, entrando y saliendo. La mayoría de las veces siguen a mi gente observando su trabajo que consiste en colocar más de las rocas rectangulares lisas en el centro del yucayeque mientras otros las recogen y las llevan dentro de algunos bojios o a las canoas del mar. Y durante todo este tiempo no he visto a Yocagua ni una sola vez. No entiendo dónde puede estar, pero buscaré en cada bojio si es necesario, si eso me ayuda a encontrarlo. Empezaré por este que tiene el extraño rojo en su interior y el humo.

Continúo esperando mientras veo que algunos de los Kalinago retroceden desapareciendo en el bosque y mis ojos se dirigen a Waimorou que se encuentra al lado del bojio más grande, sin ningún hombre a su lado. Levanta la mano moviendo sus ojos de dios blanco a dios blanco y luego la golpea contra el suelo y comienza la distracción. Los gritos se oyen en todas direcciones en el bosque. Los gritos de guerra de los Kalinago.

La oscuridad de la noche nos esconde mientras nos mantenemos cerca de los bojios. Mientras tanto, los gritos siguen llegando desde el bosque. Los dioses blancos se ponen alerta e ignoran a los taínos que estaban trabajando y que se han detenido, al reconocer estos gritos. Los dioses comienzan a hablar en su lengua y señalan con sus manos al bosque. Decenas de ellos toman sus armas y corren hacia adentro, desapareciendo entre los árboles. Los que estaban dentro de los bojios salen corriendo, algunos con armas que explotan, y otros solo con sus espadas. Ven lo que está sucediendo y siguen a los demás dioses blancos fuera del yucayeque.

Me quedo mirando a Waimorou que asiente y entra en el gran bojio. Empiezo a correr y paso por la abertura de este bojio mientras la luz me ciega en el instante en que entro. Mi visión comienza a ajustarse, pero en el fondo de mi mente me pregunto por qué todos los dioses se irían. ¿No tienen miedo de que estos taínos se escapen?

Pero mi pensamiento se pierde una vez que veo al final del bojio un enorme objeto negro. Parece un Cemí con fuego en la boca y de su cabeza sale el humo negro que atraviesa el techo. Ignoro esta cosa parecida a una criatura de fuego y busco alrededor de la habitación solo para ver a taínos asustados sacando de la boca y del fuego las rocas lisas. —¡Huyan! Corran al bosque mientras puedan, pero tengan cuidado con los dioses blancos —les grito y no me cuestionan. Comienzan a irse, pero agarro a un hombre delgado que estaba a punto de salir—. Estoy buscando un joven similar a mí. ¿Lo has visto?

—Un joven de espíritu fuerte llegó hace unos días —dice el taíno, tratando de correr y yo lo sostengo casi suplicándole que continúe—. De León trató de quebrarlo, pero él es fuerte. Descansa en el hogar frente a nosotros. —Dejo ir al hombre y desaparece en la noche. Sigo a todos los que están escapando, cruzo el centro de Caparra y entro en el bojio que tengo delante.

—¡Yocagua! —Grito. Sin importarme si los dioses regresan y me escuchan. Miro hacia los lados y en el suelo veo a mi hijo boca abajo. Corro a donde él, que aún no se mueve cuando lo llamo. Llego a su lado y veo su cuerpo con cortes de espada, pero no son profundos. Lo giro para que me mire y se despierta saltando, pero sostengo su cuerpo agarrándolo en un abrazo—. Estás a salvo, Yocagua.

—P-Papá... —dice cuando lo suelto y lo veo borroso por las lágrimas de alivio en mis ojos—. N-No es seguro, tienes que irte.

—No me voy sin ti. Nos iremos juntos —le digo agarrándolo del brazo y ayudándolo a levantarse, pero se le hace difícil. Está herido y necesita las medicinas de Arinotu de inmediato.

—Caparra está llena de dioses. No podemos escapar —dice mientras coloca su brazo sobre mi hombro y comienzo a ayudarlo a caminar.

—Traje ayuda, pero te contaré toda cuando estemos fuera de este yucayeque —le digo dejando el bojio atrás y cargando con el peso de Yocagua caminando en la dirección contraria al gran bojio blanco. Y cuando veo que algo se mueve detrás de los árboles empiezo a reír de alegría—. Aquiana ha llegado, mira.

Siento en mis manos el cuerpo de Yocagua relajándose, pero algo rompe el silencio que se creó cuando los dioses se fueron. Me doy la vuelta con Yocagua mientras se escuchan gritos en la lengua de los dioses. Mis ojos buscan en las puertas de madera del gran bojio, de donde venían los gritos, pero están cerradas y cuando miro la parte superior mi corazón se detiene.

En la parte superior sin terminar, el dios de los ojos rojos está de pie con su espada de fuego extendida a su derecha. —¡Mabodamaca! —Grito y escucho los pasos detrás de mí, pero no me doy la vuelta. Mantengo mis ojos en Bayamanaco—. Yocagua, te vas a ir de aquí con Mabodamaca y Aquiana, ¿Entiendes lo que te digo?

—¿Qué...? No te voy a dejar solo —dice mientras miro fijamente al dios que no se mueve como si esperara algo.

—Te seguiré enseguida; Ya te dije que no estoy solo. Traje ayuda —pero el yucayeque está vacío, los Kalinago ya deben de haberse ido.

—Guazei, mis hombres pueden proteger a Yocagua y a Aquiana. No dejaré que te enfrentes solo a este dios —dice Mabodamaca parándose a mi lado con dos macanas en sus manos.

—Y no me atrevería a enfrentarme a él de nuevo en este momento —digo cuando Aquiana toma de mis manos a Yocagua—. Necesito un guerrero fuerte que garantice la seguridad de mi familia. Te necesito a ti como su protector, primo. Distraeré al dios durante el tiempo suficiente y luego los seguiré.

Mabodamaca asiente y dice, —huiré, pero no llegaré lejos. Te estaré esperando.

Miro al dios de los ojos rojos, y todavía sigue quieto. Nos sigue mirando con su espada iluminando su cuerpo. —Está herido; tenemos que llevarte con Arinotu —escucho decir a Aquiana, pero cuando estoy a punto de hablarle, las puertas del gran bojio se abren de golpe y veo a dos hombres peleando. Un dios, que se mueve rápido, y a un Kalinago que lucha por protegerse con una macana. Waimorou todavía está aquí, y está luchando contra el líder de los dioses.

—¡Crees que le temo a los dioses blancos! —Grita mientras De León lo empuja con una patada haciéndolo caer al suelo. El dios comienza a caminar lentamente. En la cabeza lleva algo plateado que cubre su cabello marrón y, en la barbilla, por encima de los labios, tiene el pelo liso. Sus coloridas ropas cubren su cuerpo a excepción de su pecho donde descansa la plata que protege a todos los dioses. Camina con la gracia de un dios y, con su mano extendida sostiene una espada larga y delgada.

Me paro al frente de Mabodamaca, Yocagua y Aquiana y les digo, —el líder de los Kalinago necesita mi ayuda. Saquen a Yocagua de aquí. Acuérdate de la promesa que me hiciste, Aquiana.

Me mira con tristeza, pero luego con determinación. —Confío en que volverás, mi amor.

Yocagua comienza a protestar, pero yo lo detengo. —Todavía tenemos a los dioses de Borikén que nos protegen y nos guían. Por esa razón, no voy a caer hoy, hijo. Confía en mí como siempre lo has hecho.

El rostro de Yocagua cambia y veo una vez más el espíritu guerrero dentro de él cuándo dice, —confío en ti papá.

Sonrío al verlo de esta manera otra vez y le digo a mi primo, —protégelos con tu vida Mabodamaca.

—Lo haré, Guazei. Pero corre si tienes que hacerlo. Ningún hombre puede enfrentarse a dos dioses con tanto poder —dice entregándome una macana y yo asiento aceptando sus palabras. Todos comienzan a correr y juntos se alejan perdiéndose en el bosque.

Me viro para a buscar al dios de los ojos rojos, para ver si se ha unido a su líder, pero sigue donde ha estado todo este tiempo. Él observa, disfrutando de la forma en que rescatamos a Yocagua y la pelea entre el líder de los dioses y Waimorou. No entiendo lo que quiere, pero no me importa. Hoy me enfrento al nuevo líder de los dioses para salvar a un hombre que una vez fue mi enemigo. Hoy un taíno se rebela contra De León.

CAPÍTULO 20

EL CONQUISTADOR DE BORIKÉN

—¡Levántate, Waimorou! —Grito, mientras corro hasta que estoy cerca de 'De León'. Ataco al líder de los dioses sin pensarlo dos veces, pero con su delgada espada mueve mi macana a un lado. Trato de voltearme para golpearlo en el giro, pero levanta la espada extendiéndola hacia el frente intentando pasarla por mi cuerpo, y casi lo logra ya que la plata apenas me roza el pecho cuando me muevo hacia mi izquierda devolviéndole el ataque con la macana, aunque la detiene al instante—. ¡Aléjate del yucayeque! —Le vuelvo a gritar al líder de los Kalinago cuando creo distancia entre De León y yo, y al fin veo a Waimorou levantándose.

—No huiré como un cobarde asustado por este dios blanco, —dice finalmente con una macana en la mano izquierda—. Los Kalinago no se van hasta que la batalla ha terminado.

De León comienza a hablar, pero lo ignoro porque no entiendo lo que dice, —¿Se te olvido que no hemos venido a pelear? Mi hijo está a salvo, y tu gente ya se fue con lo que robaron —le trato de acordar retrocediendo con mi macana levantada apuntando al dios que se mueve lentamente hacia mí.

—Lo recuerdo bien. Pero este dios me ha desafiado y si me voy corriendo como un cobarde, no seré bienvenido con mi tribu. Hasta mis antepasados no querrán nada de mí —me dice cuando pasa corriendo a mi lado y aunque trato de detenerlo ataca a De León con su macana.

Waimorou ataca con una ferocidad que pertenece a los Kalinago. Utiliza todo su cuerpo con cada ataque de su arma. Pero con la fuerza, como suele suceder, sacrifica su velocidad. Cuando su macana sube para intentar golpear la cabeza del dios, De León simplemente se mueve hacia un lado evadiéndola. Waimorou arrastra la macana por el suelo, elevándola de nuevo, creando un arco y De León aprovecha para saltar a un lado, haciéndole perder el tiempo. Y con una estocada de su delgada espada, corta la piel en las costillas del Kalinago.

Waimorou grita, con rabia, pero no se detiene. Sigue lanzando ataque tras ataque que dependen solo de la fuerza. Ataques que no tocan a De León en ningún momento. Necesito detener a este hombre antes de que el líder de los dioses deje de jugar con él y lo lastime.

Si Waimorou cae aquí, el acuerdo desaparecerá con él, y su gente buscará venganza contra mi tribu. Y, sin embargo, siento como si los dioses me hubieran atado las manos. El dios de los ojos rojos sigue mirando con una sonrisa que alcanza sus ojos. Su rostro detrás de su cabello está iluminado por la espada que tiene en la mano y me mira fijamente diciéndome que me una a la pelea, desafiándome a hacerlo. Espera con ansias una excusa para unirse a esta batalla, y no se la daré.

—Esclavo... irrespetuoso... educarte... —son pocas de las palabras que logro descifrar de la lengua de los dioses cuando De León sigue hablando. Veo a Waimorou luchar furioso y sin control, no está pensando, solo atacando mientras el odio lo guía. Y noto cómo el líder de los dioses se está cansando de estos juegos cuando muestra su verdadero poder. Le devuelve los ataques a la macana, haciendo que ambas armas choquen hasta que el dios empuja su espada para comenzar a atacar el cuerpo de Waimorou cortando su piel. La espada se desliza a través de las manos del Kalinago cortándolo, pero no lo suficientemente profundo como para detener esta pelea de una vez por todas. De León sigue alargando este momento, lastimándolo, pero no acabando con él.

Veo que esta batalla sin sentido dura demasiado tiempo y me canso de esperar que suceda algo que después no tendrá remedio. Si el dios de los ojos rojos decide descender, que así sea, pero no abandonaré a este hombre. Puedo ver a través del líder de los dioses, y él está preparando a Waimorou para el momento de dar el golpe final.

Mientras otro ataque de la espada delgada se dirige hacia la cara de Waimorou, lo empujo hacia un lado y detengo el golpe con mi propia macana. —¡Borikén no es tuyo, dios blanco, y estoy cansado de que crean que lo es! —Le grito a De León, aunque sé que no comprende mis palabras—. ¡Y tú, Waimorou! ¡Te dije que te fueras de aquí! —De León, enfadado por la forma en que le grité, comienza a mover su espada para intentar perforar mi piel en diferentes lugares como lo hizo con el Kalinago, pero yo soy un taíno que lucha con el espíritu de los dioses. Y si va a tratar de hacer lo mismo, entonces solo puede intentarlo porque no voy a permitir que me toque.

Escucho su espada cortar el viento y bloqueo el ataque que va a mi pecho, él lleva su espada a sí mismo y luego la baja a mis pies y mi macana lo espera ahí, protegiéndome. Le sonrío desafiante, y esto lo enfurece y lo hace mostrar su poder una vez más. Empieza a caminar y a atacar con el viento, hablando con cada ataque. Bloqueo todos los golpes de su espada y sé que, si uno solo lograra tocarme, me costaría la vida.

El líder de los dioses tiene velocidad, una velocidad que nunca he visto en un guerrero normal, pero carece de la fuerza que tiene mi macana. El dios sigue pronunciando palabras que no entiendo mientras intenta acabar conmigo, pero, en su furia, me da una oportunidad y con todas mis fuerzas utilizo mi cuerpo para mover ambas manos de mi lado al frente dándole un golpe en su pecho de plata. Y De León se desliza hacia atrás y escucho cómo tose mientras vuelve a hablar lleno de odio.

Ignoro sus extrañas palabras aprovechando este momento para decirle a Waimorou que es hora de irnos, pero cuando lo busco, ya ha desaparecido. Mientras yo peleaba con De León, él debió huir. Mi mirada se mueve hacia el líder de los dioses que vuelve a caminar hacia mí, pero no perderé más tiempo con él. Necesito escapar de Caparra.

Me preparo para correr hacia el bosque, pero la oportunidad se va tan pronto como llegó cuando vuelvo a escuchar gritos. Los gritos de guerra de los Kalinago a mi alrededor. —No... Waimorou. ¡AHORA NO! —Grito cuando los hombres de Waimorou salen del bosque. Todos con arcos listos para luchar contra el líder de los dioses.

—No escaparé cuando esta tan cerca de suplicar por su vida —Waimorou grita cuando aparece moviéndose a través de sus hombres. Miro a De León y por primera vez, aunque sea por un momento, creo ver el miedo en los ojos de un dios.

—¿No has visto quién está encima del bojio? ¡Tenemos que escapar ahora! —Le grito, pero es demasiado tarde. El fuego explota frente a donde estamos parados, separándonos de De León en una línea de fuego que cruza Caparra y llega hasta el cielo. Mis ojos buscan al líder de los dioses desde el otro lado de las llamas y a su lado veo los ojos rojos del dios con una sonrisa en su rostro—. ¿Q-Qué has hecho...? —Susurro dando pasos hacia atrás cuando siento mi corazón llenarse de temor. Waimorou también retrocede y el verdadero miedo se le escapa.

La línea de fuego sigue ardiendo brillante y caliente como si el sol estuviera frente a mí y Bayamanaco comienza a caminar. Con su espada en la mano, camina hacia el fuego que, al estar cerca de él, se abre para dejarlo pasar. A través del fuego veo a De León caminar hacia el bojio gigante. Sabe que la pelea ha terminado y que Bayamanaco acabará con todos en unos momentos. —¡Dile a tus hombres que se vayan! Su espada quema todas las armas. No hay forma de defenderse.

—Yo... Bayamanaco... —Waimorou dice entre murmullos, pero luego vuelve a ser el mismo—. ¡Huyan al bosque! ¡El dios del fuego está delante de nosotros, y no podemos vencerlo! —Y con esas palabras todos comienzan a salir corriendo del yucayeque y Waimorou y yo comenzamos a correr hacia los árboles más cercanos mientras las risas del dios suenan a nuestras espaldas.

—¡Nos encontraremos por donde entramos a Borikén! —Le grito sobre el ruido de nuestros pasos por el bosque mientras escucho a alguien siguiéndonos. El dios de los ojos rojos está ignorando a los Kalinago... viene por mí.

—No, Guazei'ki'no —dice Waimorou casi gritando del miedo en su voz—. Hoy has cumplido. Escapa hacia tu tribu y los Kalinago nos iremos a nuestra tierra sin ti. —Sin más palabras vira a la derecha, y no lo vuelvo a ver ya que no paro de correr.

Dejo caer mi macana para ganar más velocidad, pero incluso mientras corro, puedo escuchar los pasos que hace el dios. Rompen el bosque y la voz de los animales desaparece. Saben quién está adentro del bosque, saben la oscuridad que me sigue. Salto sobre un boquete en la tierra y caigo cerca del agua de un pequeño río y los pasos desaparecen. Aprovecho para esconderme detrás de un árbol y respirar durante unos segundos.

Respiro tratando de hacerlo en silencio mientras mi pecho se mueve demasiado rápido. Y cuando trato de oír algo, lo siento... el calor del sol cerca de mi cara. Antes de que pueda darme la vuelta, desde atrás del árbol aparece el dios de los ojos rojos y me agarra por el cuello. Me empuja contra el árbol y comienza a levantarme. —Eres algo único, Guazei'ki'no. ¿Quién iba a decir que llegaría el día en que vería a los Kalinago y a los taínos trabajando juntos? —dice riendo mientras lucho por respirar agarrando sus manos—. Pensé que tu gente era inútil, que no valía la pena dedicarles mi tiempo... o el tiempo de 'el'. Pero si todos son como tú, entonces tal vez tu gente sea lo que estaba buscando. —El dios sigue levantándome y coloca su espada cerca de mí en mi cara, —eres libre Guazei'ki'no. Tú y tu tribu ya no serán molestados por los dioses, pero no puedo prometer lo mismo para todas las tribus de Borikén. Vivirás libre sabiendo que yo tengo poder sobre todos los taínos.

Cuando estoy a punto de perderme en la oscuridad, me deja caer y finalmente respiro. — No lo permitiré... —empiezo a decir, pero él me detiene dándome patadas en el pecho y dejando su pie sobre mí.

—No me permitirás, ¿qué? ¿Dejarme esclavizar a Borikén? Mira a tu alrededor —dice sonriendo—. Ya lo he hecho —vuelve a poner el pie en el suelo y se aleja mientras toso tratando de encontrar el aire que perdí. Pero antes de irse, susurra algo, —tal vez en unos años... Tal vez entonces, estarán listos para 'él'—. Y con eso desaparece el dios de los ojos rojos dejándome con vida. No entiendo por qué y tal vez nunca lo haga, pero la próxima vez que vea al dios de los ojos rojos puede ser el día de la visión.

EL PRECIO DE LA PAZ

Ha pasado un día, y después de caminar solo y dormir en el bosque veo el yucayeque de Agüeybaná. Salgo de la hierba alta al claro dónde está la tribu, y esperándome, veo a Aquiana cuya cara de preocupación desaparece al verme. Corre a mis brazos y la sostengo. —Estaba tan asustada. Sé que dijiste que confiara en ti, pero siempre me preocupo.

—Nunca te abandonaría, Aquiana. Y ni los verdaderos dioses abandonarían al marido de una mujer que confía en ellos con todo su corazón —digo al tocarle la cara donde las lágrimas caen. La miro fijamente y siento paz después de todos estos días. No debería dejar que mi mente piense en eso cuando los dioses blancos todavía están en Borikén, pero merezco este momento después de lo que ha sucedido—. ¿Dónde está Yocagua?

—Está con Tayba, en el bojio de Arinotu. Llegamos hace unas horas y lo está curando —dice mientras caminamos juntos por el medio del batey y noto que todos los taínos me miran de manera diferente. ¿Qué está sucediendo?

Seguimos nuestro camino hasta llegar al bojio y al frente me espera Mabodamaca, —me alegra verte bien, Guazei.

—Y a mí también verte aquí —le digo mientras pongo mi mano sobre su hombro—. Te agradezco por venir cuando te necesitaba.

—Y siempre estaré ahí cuando me llames, pero es hora de irme —dice, y comienza a alejarse del bojio—. Debo volver con mi padre para contarle a él y a Urayoán lo que ha sucedido. Pero volveré pronto. Mi pueblo sigue necesitando a su cacique.

—Entiendo, ve con cuidado en las sombras —le digo y se va.

Aquiana y yo entramos en el bojio y encontramos a Yocagua en una hamaca descansando y veo sus heridas cerradas con las hojas que Arinotu usa para curarnos. A su lado, Tayba está hablando con él. Me dirijo a dónde está mi hijo, pero Agüeybaná, que estaba sentado en el suelo, se levanta y da un paso adelante. —Guazei, sé que deseas estar con Yocagua, pero necesito entender lo que sucedió durante estos días. ¿En realidad te ayudaron los Kalinago, como dijeron Mabodamaca y Aquiana?

Le cuento todo lo que hice desde el momento en que salí de Borikén, cuando estuve en el mar, y las horas en Caparra. Espero que él hable, pero como no lo hace, digo lo que no he dicho hasta ahora. —He hecho un trato con ellos y por eso me ayudaron a salvar a Yocagua. Sin los Kalinago, todavía estaría en Caparra siendo esclavo de 'De León' y Bayamanaco.

—Todos en la tribu han oído hablar de tu valentía, pero todavía piensan que usar la ayuda de los Kalinago es algo muy peligroso —dice Agüeybaná con preocupación en su rostro—. Necesito preguntarte una cosa más. Tu hijo ha vuelto, pero ¿te seguirá el dios de los ojos rojos? ¿No se desatará su ira contra nosotros?

—Se enfrentó a mí en el bosque cuando escapé de Caparra —digo y Aquiana, Yocagua y Tayba me miran a punto de decir algo, pero hablo rápido tranquilizándolos—. Por alguna razón dijo que yo estaba libre a partir de ese día. Que nuestra tribu es libre. Ningún dios blanco nos seguirá. Pero solo nosotros. Las otras tribus de Borikén siguen siendo sus esclavos.

—Entonces, ¿no solo has hecho un trato con Los Carib, sino también con el dios de los ojos rojos? —pregunta Agüeybaná mientras su tono se vuelve feroz.

—Con el dios de los ojos rojos jamás. No pienso quedarme sin hacer nada mientras arde Borikén, pero con los Kalinago si hice un acuerdo —le digo mientras camino por delante del cacique buscando a Arinotu, pero no está, así que me dirijo al lado de Yocagua—. Durante dos años les ayudaré a robarle a los dioses blancos. Y en esos dos años tengo planificado rescatar a tantos taínos como pueda. Los llevaré a Urayoán.

—Andas por senderos peligrosos, Guazei'ki'no —Agüeybaná me advierte—. Estás demasiado cerca de un fuego que no entendemos. Sé que te preocupas por todos los taínos, pero recuerda siempre tu deber con tu tribu.

—Y nunca lo olvidaría —digo afirmando sus palabras—. Pero si puedo ayudar mientras cumplo con mi acuerdo, entonces no me quedaré sin hacer nada.

—Palabras sabias, pero peligrosas —Agüeybaná me dice acercándose y colocando una mano firme en mi hombro—. Como cacique, haré todo lo que esté a mi alcance para ayudarte. Si deseas salvar a Borikén, no me interpondré en tu camino. Estaré a tu lado, como estoy seguro de que lo estará la tribu. Disfruta de esta paz con tu familia, Guazei, te la has ganado. —Termina de hablar y sale del bojio dejándonos solos.

Me doy la vuelta y Yocagua ya se está de pie. Tayba no lo suelta revisando sus heridas, asegurándose de que las hojas estén en su lugar y Aquiana a su lado sonríe incluso después de las palabras de Agüeybaná. Se queda mirándome y me acerco a ella. —Tuve los peores días de mi vida —le digo a Aquiana—. Pero volvería a repetir todo lo que he sucedido si me da la paz que siento al verlos aquí, a salvo.

Ella sonríe y dice —No tendrás que volver a hacer todo eso. Nada nos separará. Te lo prometo —Sonrío y miro a Yocagua y a su esposa y confío en las palabras de Aquiana. Incluso si los dioses me muestran de nuevo la visión del dios de los ojos rojos quitándome la vida, no confiaré en que sucederá. Si llega el día, encontraré una manera de sobrevivir, pero nunca habrá otro dios que nos separe. Nunca más—. Y yo te prometo lo mismo a ti, Aquiana.

1511

CAPÍTULO 22

TRES AÑOS FUGACES

El tiempo ha pasado en un abrir y cerrar de ojos. Es difícil creer que han pasado tres años desde la última vez que me enfrente al dios de los ojos rojos. Los dos años del acuerdo de los Kalinago ya se cumplieron, pero hace un año decidí continuar a su lado sin ser obligado.

Cada vez que le robo a los dioses blancos junto a los Kalinago no puedo evitar recordar los tiempos en los que eran nuestros enemigos. Es como si hubiera sido en una vida diferente. Cuando nos sentamos en el yucayeque de Agüeybaná compartiendo lo que robamos y comiendo juntos, es difícil creer que nos odiábamos. Ahora son parte de nosotros. Enemigos que se convirtieron en aliados para ser parte de nuestras tribus.

En el yucayeque siempre son recibidos con los brazos abiertos. Al principio, Agüeybaná mantuvo su distancia por la falta de confianza, al igual que la tribu, los refugiados y la gente de Mabodamaca. Pero las cosas cambiaron a medida que pasaban los años. Los Kalinago nos comenzaron a ofrecer parte de la comida robada, ayudaban a salvar a los taínos de ser esclavos y conversaban con las personas antes de regresar a sus tierras. No recuerdo en qué momento sucedió, pero los corazones de todos cambiaron.

Sin embargo, nuestra relación con los Kalinago no es lo único que ha cambiado. Algunos de los dioses blancos han comenzado a aprender nuestra lengua. La mayoría de los que han aprendido son dioses blancos similares a nuestro bojique. Estos dioses blancos hablan con los pueblos cuando están esclavizados. Les hacen creer que sus caminos son verdaderos. Que nuestros antiguos dioses son falsos y que solo el dios arriba de los dioses blancos es digno de seguir... Y algunos taínos les creen.

Ha habido ocasiones en las que voy a rescatar a algunos de los esclavos y se niegan a huir. Hablan de un dios nuevo, y dicen que no se irán. Que son felices. Y con dolor en mi corazón, los abandono con la esperanza de que cuando logremos que los dioses blancos se vayan de Borikén estos taínos vuelvan a ser los de antes.

A medida que los dioses blancos se acostumbran aún más a los taínos, piensan que están calmando nuestro espíritu rebelde. Hace unos años, un dios blanco llegó a nuestro yucayeque. A pesar de que Bayamanaco dijo que ningún dios nos visitaría, uno vino a hablar con Agüeybaná. Un dios blanco con un nombre que sonaba similar a 'Soto'. Llegó con unos pocos cientos de hombres y actuó de manera pacífica. Usando a uno de sus dioses menores que había aprendido nuestra forma de hablar, nos explicó que deseaba construir un yucayeque de dioses cerca de nuestra tierra. Dijo que eso era lo único que quería. Que no buscaba ser nuestro enemigo.

Pero nadie en la tribu confía en los dioses. Hablaban de paz, pero una vez otro dios hizo lo mismo, De León. Ese día Urayoán estaba conmigo en el yucayeque y Agüeybaná le pidió al dios que esperara. Desde hace muchos meses Urayoán nos visita para buscar y dar refugio a los esclavos que salvamos. Pero también se ha convertido en un compañero de guerra. Mabodamaca, Agüeybaná, Urayoán y yo elaboramos estrategias para salvar a Borikén y liberar nuestra tierra de los dioses blancos. Desde aquellos días hemos intentado conseguir alguna solución que nos ayude a devolverlos al mar y Urayoán no dejaba de pensar en algo. Algo que escuché de él hace años. Urayoán estaba seguro de que los dioses no eran inmortales, creía que nos estaban engañando. Que los dioses blancos eran en realidad hombres de diferentes tierras que habían llegado aquí como lo habían hecho los arauacos cientos de años atrás.

Por eso, cuando el dios Soto pidió estar cerca de nuestro yucayeque, los cuatro decidimos aceptar. Urayoán dijo que los vigilaríamos de cerca. Que un día demostraríamos que no eran dioses. Y en los pocos años que pasaron construyeron su yucayeque similar a Caparra. Un yucayeque que aún utilizaba a los taínos como esclavos. Un yucayeque que demostró que ningún dios blanco es diferente.

Con el paso de los años, seguí robándole a los dioses con los Kalinago mientras los caciques observaban a Soto y a su gente, pero hasta el día de hoy no han demostrado que son simples hombres. Nuestro cacique, Mabodamaca y Urayoán siguen esperando alguna oportunidad para ver si estos dioses muestran sus debilidades. A ver si son como nosotros, pero parecen igual de poderosos.

Y, sin embargo, no somos los únicos que hemos estado planificando en secreto. He oído hablar de taínos y caciques que han tratado de defenderse. Del oeste lucharon Aymamón, Guarionex, Caguana y otros, pero al igual que nosotros, perdieron sus batallas. Desde el este Guacabo, Aramano, Caguas y muchos más intentaron invadir a Caparra. Pero el yucayeque de los dioses ya está terminado y fueron detenidos incluso antes de que pudieran entraran.

Tres años y mi pueblo sigue siendo esclavo. Tres años estos caciques estuvieron luchando contra dioses inmortales y siempre perdieron. Espero y le ruego a los verdaderos dioses de Borikén que esto se detenga. Les pido que llegue el día de la visión para poder salvar a los taínos.

—Enfócate en Guazei —dice Waimorou a mi lado. Estamos parados detrás de uno de los bojios de un yucayeque esclavizado. La noche comenzó hace un par de horas y la luna nos ilumina con su brillo amarillo. A nuestro alrededor hay más de cincuenta bojios, pero la mayoría están vacíos. La tribu llena de vida que vivió aquí antes de la conquista ha perdido demasiados taínos. Los dioses blancos, que caminan a nuestro alrededor, se ríen mientras hacen que las personas que quedan vivas cocinen para ellos en unas barbacoas—. Solo hay treinta dioses.

Asiento con la cabeza y digo, —como siempre. Las mujeres y los niños primero —Waimorou accede con una mirada y corre hacia el otro lado de este bojio. Oigo los pies casi silenciosos del Kalinago desaparecer detrás y espero. La noche es silenciosa y solo el viento habla suavemente, silenciado por la risa de los dioses. Y lo escucho, el golpe en el suelo y el grito de guerra de los Kalinago que proviene del bosque. Empiezo a correr de bojio en bojio y encuentro a los esclavos. Algunos con manos atadas y otros demasiado asustados para moverse—. Tienen que irse; Venimos a ayudar —les digo calmando el tono de mi voz para que no se asusten. Han sido esclavos durante más de tres años. Estos taínos solo conocen el terror de los dioses blancos.

Después de desatarlos, los ayudo a salir de los bojios y los envío al bosque para poder continuar, ayudando a más personas. Corro y repito lo que ya he hecho una y otra vez durante todos estos años. Veo alrededor del yucayeque a los Kalinago corriendo con los sacos de comida y oro, pero algunos de ellos se detienen a ayudar a las personas de la tribu y los ponen a salvo.

Comienzo a correr y sigo buscando a más esclavos hasta que llego a un bojio y me detengo cuando encuentro a un dios blanco dentro. Sostiene una espada contra el cuello de una taína. Comienza a hablar de una manera extraña, pero por la forma en que actúa, entiendo lo que quiere. —Déjala. Ir —digo levantando mi macana. Vuelve a hablar en su lengua y aleja la espada del cuello de la mujer y me señala. Aprovecho para atacarlo haciendo que su espada vuele de sus manos. El dios empieza a gritar de furia corriendo con una mano levantada para abofetearme y yo muevo mi macana contra su pecho con todas mis fuerzas. Mi arma está cerca de tocar su ropa de plata, a punto de enviar al dios por los aires hacia atrás, pero se mueve de repente, agachándose. La macana golpea su cabeza por debajo de la plata que usan para cubrir su cabello y por primera vez sucede algo que nunca había visto.

El dios blanco cae inconsciente. —Corre mientras puedas —le digo a la mujer mientras me acerco al dios, y de su frente veo salir algo rojo. Toco al dios blanco con mi macana, y veo que está respirando, pero... sangra el mismo rojo que cualquier taíno. Un dios blanco está inconsciente y sangrando frente a mí.

—Guazei, los dioses blancos están regresando, es hora de... —dice Waimorou entrando al bojio, pero se detiene a mi lado—. Imposible. Esto... Esto no es posible. Guazei. ¡¿Mataste a un dios blanco?!

—T-Todavía respira —digo y apenas mis palabras salen. Y de pronto todas las palabras de Urayoán cobran sentido—. Pero está sangrando e inconsciente.

—Los dioses no sangran como nosotros, Guazei'ki'no. —Waimorou dice inclinándose al lado del dios y tocando su cabeza de donde sale la sangre.

—Urayoán tenía razón... Los dioses nunca descendieron a Borikén. Hemos sido esclavizadas por hombres comunes —digo, mientras siento el corazón en la garganta, y el aire abandonarme. Todo era mentira. La plata los protegía, los hacía parecer inmortales, pero su piel es su debilidad.

—¿Intentamos ver si vuelve después de perder la vida? —Waimorou dice sugiriendo acabar con él mientras está inconsciente.

—No, tenemos que irnos. Tenemos que hablar con los caciques —digo y Waimorou asiente. Salimos corriendo del bojio y desaparecemos en el bosque. Necesito llegar al yucayeque y hablar con los caciques antes de que Urayoán regrese a su yucayeque.

CAPÍTULO 23

EN BUSCA DE LA VERDAD

Encuentro a Urayoán y Agüeybaná hablando en voz alta dentro del Caney. Miro a Mabodamaca que solo observa mientras los dos caciques parecen estar discutiendo. —Dile a Aymamón que no está pensando con claridad. No puede guiar a su tribu para enfrentarse a los dioses blancos. No sabemos si son mortales como tú crees.

—No hay manera de persuadirlo, Agüeybaná —dice Urayoán volteándose hacia mí y luego mirando a Waimorou que está a mi lado. El cacique nos ignora y sigue hablando—. Sus palabras fueron precisas. Únete a mí para acabar con la vida de los dioses blancos o iré solo, aunque perezcamos.

Agüeybaná se da la vuelta justo cuando está a punto de tirar al suelo la macana que sostiene, y me ve. —Guazei'ki'no, Waimorou, ¿qué ha pasado? Sus rostros intentan decirme algo que no puedo entender.

—Los dioses blancos... Nunca han sido verdaderos dioses. Son hombres, como nosotros —digo entre respiros después de correr sin descanso durante horas.

—Guazei, ¿qué quieres decir? —Mabodamaca pregunta con alarma en su voz, pero Urayoán lo interrumpe.

—¡Explícate! —Grita con autoridad, pero veo esperanza en él.

Agüeybaná asiente y empiezo. —Hoy me enfrenté a un dios blanco. Intentó atacarme, pero en su propia rabia movió mi macana provocando que le golpeara la cabeza. El dios cayó inconsciente, pero en el lugar que mi arma tocó su rostro, la sangre comenzó a salir. La misma sangre roja que cualquier taíno o Kalinago lleva dentro de sí. La sangre de los hombres.

—¿Y no fue tu sangre la que cayó por accidente en el cuerpo del dios? —Agüeybaná pregunta, pero esta vez Waimorou responde.

—Toqué la herida del dios, y después de limpia, salió más sangre. No hay razón para dudar las palabras de Guazei'ki'no.

—Un dios que sangra —murmura Mabodamaca pensativo mientras Agüeybaná comienza a caminar por el Caney.

—Creo que eso demuestra lo innegable. A los taínos les han mentido como sospechábamos. Simples hombres vinieron de otra tierra, actuaron como dioses y robaron lo que pertenece a las tribus —dice Urayoán con furia en su voz—. Creer que caímos en sus trucos.

Hombres con ropa que protegen su cuerpo y armas más fuertes que las nuestras. Solo hombres y no dioses.

Agüeybaná sigue atravesando el Caney lentamente, con los ojos hacia el suelo en silencio, por lo que Mabodamaca decide hablar

—¿Qué vamos a hacer? Sus armas son más fuertes, pero sabemos que podemos acabar con sus vidas. Por lo que dijiste, su debilidad es su piel. ¿Estoy en lo cierto, Guazei?

—Lo estas, Mabodamaca —digo, acercándome a ellos y parándome entremedio de él y Urayoán—. La plata es su única protección. Cualquier otra cosa, una macana puede romper y una flecha perforar.

—¿Y si regresan a la vida? —pregunta Agüeybaná luego de estar minutos en silencio—. Sabemos que dañaremos sus cuerpos; Sabemos que es posible acabar con sus vidas, pero por cuánto tiempo. ¿No fue Yayael, un dios, quien perdió su vida y se convirtió en el mar y los peces? ¿Qué pasaría si algo similar sucediera con uno de los dioses blancos? ¿Qué pasaría si le quitáramos la vida y regresaran peor y llenos de ira?

—No hay pruebas de que eso sucederá —dice Urayoán enderezándose para estar a la altura del cacique—. Guazei lastimó a uno y no se levantó al instante con más fuerza. Los verdaderos dioses nos han regalado una gran oportunidad Agüeybaná. Aymamón se va a enfrentar a los dioses blancos con o sin nosotros. Con esto que hemos aprendido hoy tenemos la oportunidad de liberar a Borikén. No pienso perderla. Si no te unes a Aymamón, mi gente lo hará.

—Hacer las cosas sin pensarlas podría poner en peligro a todas las tribus de Borikén. Necesitamos tiempo para pensar. Debemos pedir a los dioses antiguos que nos guíen, que nos muestren la verdad —dice Agüeybaná volviendo a sentarse en su dujo.

—Las tribus están sufriendo —dice Mabodamaca hablando por encima de ellos—. Nuestros números han disminuido. Los dioses blancos han arrebatado muchas vidas. No les importa a quién lastimen siempre y cuando sean taínos. Para ellos no somos más que objetos que les ayudan a conseguir lo que desean. Si tenemos una oportunidad, quiero aprovecharla.

Agüeybaná permanece en silencio por mucho tiempo. Esperamos una respuesta sin decir nada, no interrumpiendo sus pensamientos. Siempre hemos sabido que se toma su tiempo para pensar cuando Borikén está en riesgo. Por esa razón, esperamos pacientemente hasta que habla. —Siempre has deseado demostrar si son inmortales, Urayoán.

—Eso es correcto —dice aceptando con la cabeza las palabras del cacique—. Algo que mi gente y yo hemos planificado durante años.

—Ha llegado el momento de que tomes acción. Haz lo que nunca pudiste y, si funciona, mi tribu peleara al lado de Aymamón contra los dioses blancos —dice Agüeybaná sin mirar a Urayoán. El cacique se queda mirando el suelo con los ojos perdidos en sus pensamientos.

—Eso acabaría para siempre con las dudas —dice Mabodamaca asintiendo.

—¿De qué hablan? —Waimorou pregunta a mi lado, y recuerdo que no ha estado creando estrategias con nosotros.

—Durante años, Urayoán ha buscado posibles formas de demostrar que los dioses eran solo hombres —le digo mientras todos los caciques me observan—. Vamos a atraer a un dios blanco a un río y lo vamos a ahogar.

—Tribu de Agüeybaná, tribu de Mabodamaca, tribus de Higüey, Kalinago —dice Urayoán caminando alrededor del batey. Todos en el yucayeque están en silencio escuchando las palabras de un cacique de otra tribu, esperando oír si los rumores son ciertos. Si los dioses que nos esclavizaron no son dioses. A mi lado siento la ansiedad de Aquiana y de Yocagua, al otro lado veo a Waimorou, Kaketu y los Kalinago con sonrisas en sus rostros y cerca del Caney están Arinotu, Agüeybaná y Mabodamaca con sus ojos puestos al cacique—. Lo que han oído es verdad. Un taíno de este yucayeque se enfrentó a un dios y lo hizo sangrar. Sangró una sangre parecida a la nuestra. Pero los verdaderos dioses no sangran. Los dioses de Borikén no son débiles. Los dioses de Borikén son reales, mientras que los dioses que vinieron del otro lado del mar son solo hombres. Hombres débiles y cobardes que actuaron como dioses para esclavizarnos, para apoderarse de nuestras tierras.

Los murmullos se convierten en voces fuertes que claman venganza, guerra, una pelea que le quitaría a los dioses, Borikén, pero Agüeybaná alza la voz por encima de todos. —¡Urayoán! Termina tus palabras.

Urayoán asiente a Agüeybaná y continúa hablando. —No vamos a atacar. Ni hoy ni mañana. El cacique Agüeybaná teme que si no demostramos su mortalidad es posible que los dioses vuelvan con más rabia y destruyan a Borikén. No sabemos qué pasará después de que mueran, pero lo averiguaremos —el cacique espera a ver si alguien habla, pero en el yucayeque solo los pájaros comparten sus palabras. Todas las tribus tienen sus ojos puestos en Urayoán, esperando por escuchar la forma en que finalmente descubriremos la verdad—. Hablaré con uno de los dioses, ofreciéndole oro, tanto oro que no podrá resistir acompañarme, lo llevaré a un río donde creerá que esta el oro y en ese momento dos de mis hombres demostrarán si es inmortal. Durante tres días esperaremos al lado de su cuerpo. Durante tres días no le quitaré los ojos de encima.

—¿Y qué hará este cacique si el dios vuelve a la vida en busca de venganza? —pregunta Kaketu con una sonrisa, pero con curiosidad.

—Entonces daré mi vida para proteger a las tribus de su ira. Pelearé con todo mi espíritu tratando de detenerlo, si es necesario, pero todos necesitan comprender esto. Si no regresa a la vida... comenzará una guerra en Borikén. Enviaré a mis hombres por toda la tierra para que digan la verdad a cada tribu que existe. Nos rebelaremos contra los dioses blancos y recuperaremos lo que es nuestro. Un cacique ya está planeando una guerra. Aymamón tiene a sus hombres listos y en este momento los está preparando para enfrentarse a estos seres sin saber si pueden morir. Pero es nuestro deber averiguarlo. Pronto lo sabremos.

Cuando Urayoán termina de hablar, los Kalinago parecen satisfechos y todos ellos gritan el grito de guerra. Ese grito hace que todos los taínos devuelvan el grito sonando más como una celebración, pero Urayoán levanta la mano para decir algo más. —Guazei'ki'no, estarás a mi lado cuando demostremos la mortalidad de los dioses. Has demostrado ser un guerrero feroz y un enemigo al que los dioses temen. Por eso, me acompañarás —siento la mano de Aquiana detrás de mí empujándome hacia el centro del batey y camino hacia el cacique—. Si el dios muere, Guazei'ki'no les advertirá a todos los que están aquí, y la guerra comenzará, pero si el dios vuelve a la vida, deberá avisarle a Agüeybaná.

—Si el dios muere ese mismo día, destruiremos el yucayeque más cercano al nuestro —dice Agüeybaná entrando al batey—. El dios Soto ha esclavizado a muchos taínos cercanos a nosotros. Actúa de manera pacífica, pero si trajera la paz, ¿usaría a nuestro pueblo para hacer su trabajo? ¡Claro que no! Todo taíno debe estar preparado. El tiempo de los dioses blancos se está acabando, pero... si nos equivocamos el tiempo de los taínos se acabará aún más rápido.

—¡Pero eso no sucederá, no pereceremos! —Grita Mabodamaca uniéndose a los caciques—. Estos dioses piensan que no valemos nada. Los dioses blancos creen que pueden esclavizarnos. Nos tratan como objetos, pero estamos a punto de mostrarles que somos taínos. ¡Les mostraremos el significado de ser hijos de Borikén!

Las tribus gritan más fuerte esta vez, y siento cómo responde nuestra tierra. El viento atraviesa con fuerza el yucayeque, los pájaros cantan alrededor nuestro, los animales responden desde más allá del bosque y el sol brilla ante los hijos del mar y la tierra. Los dioses de Borikén nos han bendecido. Una bendición que han negado a los dioses blancos desde el día en que llegaron. No son bienvenidos. Ni la tierra ni los dioses los quieren aquí. A medida que las tribus continúan con sus gritos veo a Urayoán llamar a uno de sus hombres y escucho cuando le dice, —corre hacia Aymamón. Dile lo que ha sucedido y pídele que espere. Que me dé unos días —el hombre asiente y desaparece entre la multitud.

—Urayoán —le digo cuando la gente ya se calmó—. Me pregunto al igual que deben de estar haciéndolo las tribus. ¿Cuándo va a suceder esto? ¿En qué día se ahogará el dios?

Urayoán me mira fijamente y dice, —mañana por la mañana.

CAPÍTULO 24

NO MÁS DIOSES

Tuve mis dudas cuando Urayoán dijo que el dios blanco iba a ser ahogado tan pronto. Pensé que ningún dios se atrevería a acompañar, solo, a un taíno por el bosque, pero la ambición de ellos por el oro es cegadora. Urayoán tardó solo unos minutos en convencer a este dios. Vi a través de la hierba alta cuando Arinotu y el cacique hablaban con un dios blanco llamado 'Salcedo'. Desde mi escondite, no podía oír sus palabras, pero el dios les creyó rápidamente, ya que en poco tiempo habían salido del yucayeque.

El dios blanco entró en silencio a un bojio que, pude deducir, era suyo y salió con más de cinco sacos. Se los entregó a Arinotu y a Urayoán, pero el cacique le negó con la cabeza. Solo Urayoán, tomando en sus manos los sacos, mientras Arinotu regresaba al bosque. Y en ese momento el bojique llegó a donde mí y me explicó que todo había funcionado. Salcedo les había creído.

Durante la noche, el cacique caminó por el bosque. Siempre con el dios blanco siguiendo sus pasos a sus espaldas. De cerca los seguía, corriendo en silencio con otros dos hombres de Urayoán que él había elegido para lo que se tenía que hacer. La noche se convirtió en mañana en un abrir y cerrar de ojos y en poco tiempo habíamos llegado.

Ahora espero de pie, escondido. En el silencio de la mañana, escucho las palabras del dios mientras señala el río. —Oro.

—Oro —Urayoán repite asintiendo. Mientras hablan, escucho mi corazón en mis oídos y lo siento en mi boca. Late y no es por las últimas horas que no he parado de correr. Reconozco que temo por lo que está por suceder. Si no temiera sería un tonto. Durante años, mi pueblo ha sido esclavizado por dioses misteriosos, y estamos cerca de conocer la verdad. Tan cerca y, sin embargo, ¿qué sucederá si resulta que estábamos equivocados? He luchado contra Bayamanaco y no tengo dudas de que es un verdadero dios. La forma en que usa el fuego, los ojos rojos como el cristal de su espada y la oscuridad en su corazón son cosas que muestran quién es realmente. Pero hay algo diferente con los otros dioses.

Cuando me enfrenté a De León, su velocidad era inigualable, pero la diferencia con Bayamanaco era notable, su líder se sentía como un hombre. Un hombre que podía manejar la espada con precisión y velocidad, pero no con el poder de un verdadero dios. Pero ¿y si me equivoco? ¿Y si Salcedo es un dios similar al de los ojos rojos? ¿Y si los dos taínos que están detrás de mí perecen cuando intenten ahogarlo? Miro hacia atrás para observarlos, y son de la misma edad que Yocagua. Niños enfrentando sus miedos. Luchando por la libertad. Veo el terror que están cargando, pero su lealtad a Urayoán es mucho más fuerte. Espero que esa lealtad sea suficiente. Y, sin embargo, me pregunto si cambiarán una vez que agarren a este dios y tomen una vida.

Los taínos somos justos. La forma en que vamos a arrebatar una vida hoy va en contra de todo lo que creemos. Quitar una vida es algo que hay que hacer cuando no quedan opciones. Pero los dioses blancos perdieron el privilegio del perdón. Han torturado a los hijos del mar y de la tierra durante demasiado tiempo. Si tomar esta vida salva a Borikén, entonces seré testigo de lo que sucederá hoy. Y si estoy haciendo algo que no es digno de un taíno, entonces asumiré la culpa si eso significa que mi pueblo vivirá en paz.

Me vuelvo a virar hacia el cacique y escucho a los dos jóvenes pasar silenciosamente a mi lado cuando Urayoán mueve sus manos ligeramente dando la orden. El dios ha entrado en el río con el cacique a su lado y el agua les llega hasta las rodillas. —el Oro está ahí, acércate —dice Urayoán señalando con una mano al fondo del rio. Y aunque Salcedo no entiende nuestra lengua, comienza a acerca su rostro al agua, buscando la roca brillante.

El dios blanco sigue mirando mientras Urayoán comienza a retroceder y cuando el dios se da la vuelta es demasiado tarde para él. Comienza a gritar cuando los dos hombres le agarran las manos. El dios blanco grita con furia en su voz, pero es inútil. Un dios falso no puede luchar contra tres taínos. —Terminen con esto. Salvemos a Borikén —son las únicas palabras que dice Urayoán, y los hombres comienzan.

El dios trata de defenderse, empujando y moviéndose su cuerpo para todas partes, luchando por alejarse del agua, pero los taínos son más fuertes. Llevan su cuerpo por debajo de la superficie del río. Salgo corriendo para estar al lado de Urayoán mientras las burbujas se elevan desde el fondo del agua cristalina. Y de pronto el dios, peleando por su vida, arrastra a uno de los hombres hacia él mismo y logra sacar la cabeza del agua por un segundo para gritar, —¡DE LEÓN! —Pero el otro taíno lo empuja de nuevo. El hombre que había caído en el agua se recupera y juntos sostienen al dios blanco, uno empujando su cabeza y el otro sosteniéndole los brazos. La paz del rio se interrumpe cuando el dios comienza a patear en un último intento por escapar, pero es inútil y en cuestión de segundos se acaba.

Salcedo deja de moverse y los hombres lo sacan del agua, colocándolo en la orilla llena de rocas. Me quedo mirando el cuerpo blanco sin vida al igual que hace Urayoán y los taínos a mi lado. Y cuanto más lo miro, más deja de parecerse a un dios. —Dios falso —dice el cacique, sin quitarle los ojos de encima—. Es difícil creer que uno de los dioses que ha esclavizado a nuestro pueblo ha muerto a manos de los taínos. Pero esta es la verdad. La verdad de los dioses falsos.

—Todavía no esto no ha acabado —digo hablando en nombre de Agüeybaná.

—Lo que mis ojos ven en este momento es suficiente —dice pateando al dios para ver si se mueve, pero sigue quieto en las piedras—. Si fuera un dios real, habría mostrado su verdadero poder en el agua y, sin embargo, sus últimas palabras fueron gritos llamando a su líder.

—Yo también creo que su vida ha terminado y que frente a mí no hay ningún dios, pero confío en la sabiduría de Agüeybaná. No me arriesgaré a traer la ira de este dios como lo hice con Bayamanaco.

—Ustedes dos —dice Urayoán mirando fijamente a sus hombres—. Uno hablará de esto con Aymamón y le dirá que espere tres días. El otro, ira a Agüeybaná para hacerle saber que en tres días le demostraremos que los dioses blancos ya no existen. —Los hombres asienten y, sin hablar, regresan al bosque.

—Vamos a arrastrarlo lejos del agua. No queremos perder su cuerpo si el río crece —digo agarrando la mano fría y húmeda del dios blanco.

—Hagámoslo. Y si quieres descansar, hazlo, pero no habrá descanso para mí. En las próximas noches no perderé de vista su cuerpo. Tres días y tres noches esperaré como tu cacique quiere que haga. Tómate tu tiempo para hablar con los verdaderos dioses, Guazei'ki'no. Durante años hemos dejado que un falso dios nos esclavizara y los dioses de Borikén deben estar furiosos por esto.

—¿Te refieres a que están furiosos con los falsos dioses? —pregunto mientras arrastramos a Salcedo por el bosque.

—No, Guazei'ki'no. Me temo que una vez que saquemos a los dioses blancos de Borikén, la ira de los verdaderos dioses caerá sobre nosotros. Y enviarán al que destruye cuando los hacemos enojar. A Juracán.

Ya es la noche del primer día y no ha pasado nada. Encendí una fogata y ahora estoy comenzando a cocinar unos cuantos peces que pesqué en el río, pero Urayoán no se ha movido. No deja de mirar el cuerpo del dios que se ha puesto más pálido.

Pensé que los taínos de todas las tribus vendrían corriendo una vez que les llegara la noticia de lo que habíamos hecho, pero la noche está tan silenciosa como cuando los dos hombres se fueron.

Agarro un pez y se lo ofrezco a Urayoán que lo toma y me agradece en silencio solo con un movimiento de cabeza. Saco uno del fuego para mí y mientras muerdo su piel escamosa me quedo mirando los árboles y veo Iguacas, Guaraguaos, Guatibiris y otras aves que, para mi sorpresa, no desean mi comida. Sus ojos están puestos en el dios.

Miro más de cerca la hierba a mi alrededor y veo insectos, animales e incluso el cokí observando. Y no me lleva mucho tiempo entender lo que está pasando. Borikén es testigo de lo que hemos hecho. Los animales, al igual que el bosque, esperan con Urayoán. Quieren saber la verdad. Quieren ver si temían a dioses falsos. Durante demasiado han sido silenciados con su presencia y esta noche buscan contestar una simple pregunta. ¿Estaban equivocados como nosotros? Quieren saber si el dios blanco volverá a la vida. —Te diste cuenta —dice Urayoán después de que termino de comer mi pescado.

—Sí. En esta noche Borikén busca respuestas. Ellos esperan junto a nosotros. Junto a sus hijos.

`—Puedo sentir lo que tú sientes, Guazei. Lo que hemos hecho corrompe nuestro espíritu, aunque haya sido solo por un momento. Quitarle la vida a alguien que no se está defendiendo no es digno de nosotros. Pero que no se te olvide Guazei'ki'no. Estos hombres no son inocentes. Hemos sido testigos de lo que han hecho y si no acabamos con eso, en años los taínos ya no existiremos.

—Entiendo lo que dices Urayoán y tampoco te juzgo —le digo mientras mis ojos se quedan en los pájaros que no se mueven—. Y si Borikén está con nosotros, significa que estamos más cerca de salvar nuestra tierra. Estamos demasiado cerca y, sin embargo, en la guerra que se aproxima perderemos a muchas de las personas que amamos.

—Puede que así sea... pero darán su vida siendo libres. Lucharán como hijos del mar y de la tierra y no como esclavos. Hemos perdido a muchos a causa del hambre o por culpa de los trabajos que exigen demasiado de sus cuerpos. Es nuestro deber permitirles luchar por su libertad.

—Entonces, vivimos como esclavos, o perdemos nuestras vidas como hombres libres... —digo dejando que mi mente me lleva hacia el problema que aún existe, el dios de los ojos rojos—. ¿Y qué sucederá con Bayamanaco?

—Sin sus hombres blancos podremos enfrentarnos a él. Puede ser un dios, pero no puede retar a todas las tribus. Pero preocupémonos primero por este dios... —señala a Salcedo y dice, —duerme, Guazei'ki'no, tenemos el privilegio de que Borikén está cuidando de nosotros esta noche.

—Lo haré, pero llegara el momento en que necesitarás descansar —digo acostando mi cuerpo sobre la hierba fría.

—Así es, Guazei'ki'no. Cuando no quede un solo dios blanco en Borikén, me sentaré en mi dujo celebrando en el Areyto más grande que se haya hecho mientras mi gente cuenta la historia de los taínos que hicieron huir a los falsos dioses —me muevo para ver su cara cuando escucho una risa que sale de él—. Tal vez algún día canten sobre ti.

—Quizás... pero deseo estar allí cuando suceda y no solo ser una leyenda en un Areyto — cierro los ojos y dejo que la paz del viento a mi alrededor me lleve.

Los días seguían pasando y, lo que sospechaba Urayoán se cumplía, el cuerpo no se movía. Durante dos días y dos noches más el cacique no apartó los ojos del dios blanco, ni siquiera cuando hablaba conmigo. A lo largo de todos estos días solo comíamos pescados que le entregaba cuando observaba al dios. El cacique trató de insistirme en que fuera al bosque a buscar algo más, pero si el dios regresaba a la vida, no iba a dejar que Urayoán luchara solo. Pero esto nunca sucedió.

El dios blanco se había ido. No se movía, ni respiraba, ni hablaba. Su cuerpo permanecía frío y cuando terminó la última noche nada cambió. Ayudé a Urayoán a enterrar el cuerpo a pesar de que el cacique pensaba que no se merecía semejante misericordia, pero Borikén seguía mirando. Así como Urayoán permaneció vigilante todos estos días, así lo hizo nuestra tierra. No fue hasta que el cuerpo fue enterrado que los pájaros abandonaron los árboles y los otros animales regresaron al bosque.

—Guazei'ki'no. No hay dioses caminando entre nosotros. Solo hombres —dice Urayoán mirando en la dirección que esta el yucayeque de Agüeybaná—. Está demostrado. La guerra ha comenzado. El momento de retomar a Borikén comienza hoy.

—Que los verdaderos dioses nos guíen en la batalla que estamos a punto de vivir —le digo mientras levanto mi arco del suelo—. Hemos sido esclavos durante demasiados años, pero hoy los hijos del mar y de la tierra volverán a ser libres. ¡Hoy Borikén les pertenece a los taínos!

—¡HOY LIBERAMOS A BORIKÉN! —Urayoán grita corriendo hacia el bosque, y yo lo sigo. Ya no hay dioses en nuestra tierra. Mi pueblo va a volver a ser libre. El sufrimiento finalmente ha terminado...

CAPÍTULO 25

LA CAÍDA DE LOS HOMBRES BLANCOS

Entramos en el yucayeque corriendo directamente al Caney de Agüeybaná. Cuando las tribus nos ven, comienzan a perseguirnos, buscando respuestas sobre lo que ha sucedido y en segundos, en la entrada, tanto Urayoán como yo, nos vemos rodeados por ellos. Agüeybaná, como si hubiese estado esperándonos, sale de su bojio moviendo a la gente que bloqueaba la entrada. —Si ustedes están frente a mí, vivos y sanos, entonces es verdad. Los dioses blancos no son dioses, son hombres.

—Esperamos tres días, y el dios pereció como cualquier taíno —le digo, pero Urayoán me interrumpe levantando su macana y moviéndose mientras habla con todos.

—¡Los conquistadores que nos esclavizaron, son dioses falsos! ¡Y si no son dioses, pueden caer por la mano de los taínos! El día de la venganza ha comenzado. Agüeybaná —dice Urayoán deteniéndose y conectando su mirada con la del cacique—. ¿Te unirás hoy a Aymamón para liberar un yucayeque?

—Esas fueron mis palabras, y no las traicionare —Agüeybaná dice acercándose a Urayoán—. Hoy caerán los hombres blancos. Todas las tribus se unirán al lado del cacique Aymamón.

—¡Ya es muy tarde para eso! —Un taíno grita pasando a toda prisa junto a la gente. Se mueve casi sin aliento. Su cuerpo está cubierto de sudor y cuando se acerca, lo reconozco. Es el taíno de la tribu de Urayoán que ayudó a ahogar al hombre blanco. El que fue a decirle al otro cacique que esperara—. Aymamón no esperó tres días como le pediste Urayoán. Fue a la guerra para liberar a los yucayeque. Y se fue solo con sus hombres.

—¡Qué estás diciendo! —Grita Urayoán—. ¿Perdimos al cacique y a su gente? ¡¿Se ha ido el espíritu de Aymamón de Borikén hacia Coabey?!

—No me estas entendiendo, cacique —dice el hombre mientras las tribus guardan silencio y hasta Agüeybaná tiene sus ojos puestos en él esperando escuchar que Aymamón ya no está con nosotros—. Ganó. El cacique liberó al yucayeque, y no sobrevivió un solo dios. Soy testigo de cuando las macanas rompieron los cuerpos de los dioses falsos y cuando las flechas los hicieron caer. Aymamón ganó la batalla solo con su tribu.

—Los dioses blancos no solo eran falsos... Son débiles —dice Agüeybaná y después de dieciocho años vuelvo a ver esperanza en su corazón—. ¡En este día no descansaremos! Si un cacique fue lo suficientemente valiente como para enfrentarse a los hombres blancos y sobrevivir, entonces ¿qué puede hacer este yucayeque con múltiples tribus?

Todas las personas a mi alrededor gritan y una esperanza que se había perdido llena el aire. Veo a Waimorou sonriendo con su arma en mano mientras su gente se prepara para la guerra. Veo a Mabodamaca con las manos cruzadas y aunque trata de ocultar lo que siente, su rostro lo traiciona, siente la esperanza. Veo a Yocagua con su esposa en sus brazos mientras la abraza por detrás y siento una mano que se pasa por mi espalda y cuando me doy la vuelta, veo los ojos de Aquiana. No habla, solo sonríe. Una sonrisa que había creído perdida hace años.

—¿Y te pregunto qué vas a hacer tu ahora, Agüeybaná? —pregunta Urayoán cuando las voces comienzan a desaparecer.

—Ha llegado el día de deshacernos de los hombres blancos cerca de nuestro yucayeque. Es hora de liberar a los esclavos que viven tan cerca de la libertad. ¡Y lo haremos ahora! —Grita Agüeybaná acercándose a su dujo y agarrando su macana—. Caciques. Únanse a mí para detener a estos falsos dioses. Con sus hombres, síganme a la batalla. ¡Y cuando llegue la noche, nos sentaremos aquí como verdaderos hombres libres!

Mabodamaca asiente al igual que Urayoán y el líder de los Kalinago grita mientras sus hombres hacen lo mismo. —Todo el mundo síganme. Liberemos a Borikén. ¡Hoy los verdaderos dioses están a nuestro lado observándonos con orgullo! —Agüeybaná grita corriendo hacia el interior del bosque en dirección al yucayeque donde Soto tiene a nuestra gente. Todos los hombres con arcos y macanas corren detrás de él e incluso Yocagua lo sigue, pero cuando trato de moverme, Aquiana me detiene. —Vuelve a mí y no te olvides de nuestro hijo. Es impredecible como su padre.

—Siempre volveré. Pero no te preocupes. Lo peor ha pasado y hoy los dioses les sonríen a los taínos. Hoy verán cómo recuperamos la tierra que nos regalaron —suelto su mano y, sin mirar atrás, entro en el bosque.

Mientras corro a toda velocidad para alcanzar a Agüeybaná, no puedo evitar sentirme esperanzado. A mi alrededor, todos los taínos corren de una manera que no lo habían hecho en años. Cientos de ellos se atraviesan por el bosque, sin las cadenas de los dioses falsos. A mi lado gritan de alegría. Pasan por los lados de los árboles sin restricciones como si la guerra ya estuviera ganada. Veo a los Kalinago junto a mi gente. Es algo que hubiera sido imposible hace años. Y, sin embargo, hoy son parte de nosotros. Aumentan nuestro número por más de mil. Y todos tenemos el mismo propósito. Acabar con la conquista de los hombres blancos.

Finalmente, después de dejar el bosque atrás pasamos la apertura de árboles, moviéndonos a través de pequeños ríos y subiendo colinas. Y alcanzo a Agüeybaná que a su izquierda está Urayoán y a su derecha Mabodamaca. Los tres caciques no paran en ningún momento. Tienen su destino claro. Tres poderosos caciques a punto de enfrentar lo que los taínos anhelaron durante años. El tiempo del temor ha terminado. Aymamón ya ha hecho lo que era imposible. Ahora nos toca a nosotros. Liberaremos a estos taínos y después de este día, seguiremos haciéndolo con todos los yucayeques hasta que quede un solo hombre. El dios de los ojos rojos. Ya sea dios u hombre no puede enfrentar a los miles de taínos de Borikén. Huirá de nuestra tierra, o perecerá en estas tierras. No hay otra opción.

—¡NO SE DETENGAN! —Grita Agüeybaná cuando llegamos al borde del yucayeque de Soto—. NO LO DUDEN. ¡NOS ENFRENTAMOS A DIOSES FALSOS, A HOMBRES MÁS DÉBILES QUE NOSOTROS! —Y las tribus hacen lo que les dice el cacique. Entramos al yucayeque con el grito de los taínos y los gritos de los Kalinago.

El yucayeque está lleno de cientos de hombres blancos que les gritaban a los taínos ordenes, pero esta será la última vez que lo hagan. Se voltean y, en sus ojos, veo miedo. Un hombre blanco grita algo mientras saca su espada. ¡Es Soto! Él está con ellos y sus palabras por sí solas son suficientes para hacer que todos los hombres blancos agarren sus armas. Pero solo sacan espadas. No tienen consigo las armas que explotan. ¡Los dioses nos han favorecido en este día!

Los miles de taínos chocan con los cientos de hombres blancos. Las macanas comienzan a conectarse con las espadas. Y las flechas vuelan por encima de todos. No tuve tiempo de agarrar una macana en el yucayeque, así que me quedo moviéndome alrededor de todos protegiendo a mi gente con mi arco y flechas. Veo cuando Agüeybaná es el primero en golpear a un hombre blanco en el cuello haciéndolo caer hacia atrás. El cacique se olvida de que está en la batalla por un segundo mirando mientras el hombre no se levanta. Agüeybaná grita con fuerza y se dirige a un lugar específico en dirección a un hombre blanco. Hacia Soto.

Dejo volar flecha tras flecha cuando veo una espada a punto de cortar a un taíno de la tribu de Mabodamaca. Las flechas se insertan en las manos del hombre blanco haciéndolo gritar y sangrar y eso le da la oportunidad a un taíno de asestar un golpe que lo hace caer para no volver a despertar nunca más. Miro a través del yucayeque y mi corazón siente alivio cuando todavía ningún dios falso ha podido quitarle la vida a un taíno. Mi pueblo está luchando ferozmente. Su velocidad y su fuerza son únicas. Algunos intentan detener los ataques, pero las tribus son demasiado fuertes para ellos. Una vez que la macana toca la espada, se rompe convirtiéndose en pedazos de plata.

En una esquina veo a Yocagua peleando junto a Mabodamaca. Los dos están enfrentándose a más de doce dioses a la vez, pero lo hacen sin problema. Mi hijo y mi primo pelean como verdaderos guerreros y aun así no dejaré esto a la suerte. Me acerco pasando por la multitud en guerra y cuando Yocagua golpea la cabeza de un dios dejo volar dos flechas al cuello de dos hombres blancos, atraviesan el viento, entran en su objetivo y los hombres caen.

Mabodamaca sigue atacando a más dioses falsos, pero con mis flechas y con la ayuda de mi hijo termina esa batalla en segundos.

—Papá, ya casi se acaba. Somos más que ellos.

—Sí, pero mantente enfocado. La guerra no ha terminado. No podemos permitir que ni un dios escape —le digo a mi hijo mientras lanzo tres flechas a la vez cuando vi que tres dioses estaban a punto de atacar a un Kalinago por la espalda. Y en segundos caen sin vida.

—Tienes razón Guazei, pero, aunque muchos dioses han caído, y algunos están tratando de huir. Tenemos suerte de que los taínos con arcos no se lo permiten —Mabodamaca dice, mirando la cima de una colina donde está su tribu con arcos en mano, tan grandes como ellos, que siguen tirando flechas.

—La batalla terminará antes de lo esperado —digo asintiendo. Muevo mi vista alrededor del yucayeque y veo más taínos y Kalinago ganando. El suelo está lleno de hombres blancos y todos los taínos siguen en pie. Ganaremos esta batalla y todos regresaremos a casa—. Necesitamos encontrar a Agüeybaná y a Urayoán. No los veo desde que comenzó el caos.

—Míralo ahí —Grita Yocagua por encima del ruido de las peleas. Señala con su macana al otro extremo del batey y veo a Urayoán golpeando, dios tras dios. Les golpea el pecho, luego, cuando se levantan, va a por el metal en su cabeza y finalmente su macana toca su piel para acabar con ellos. Urayoán está jugando con los falsos dioses antes de quitarles la vida.

—Pero ¿dónde está Agüeybaná? Lo vi perseguir a Soto —digo buscando y todo lo que veo son taínos y unos cuantos dioses tratando de ganar una batalla que ya han perdido.

`—¡En el bosque, mira! —Mabodamaca grita y lo veo. Agüeybaná arrastrando a Soto de sus ropas. El cacique tiene sangre en la cara, pero no sé si es de él o de los hombres blancos. El cacique voltea a Soto para que vea cómo los últimos taínos y los Kalinago acaban con su pueblo. Una vez que termina, lo empuja, y puedo ver que el hombre tiene el brazo derecho roto.

—Arinotu, ven aquí —Agüeybaná grita y veo al bojique salir de su escondite desde una roca cerca del borde del yucayeque—. Hablemos con el dios falso.

Me acerco pegándome a la gente que comienza a formar un círculo alrededor del cacique, Arinotu y Soto. Cuando estoy lo suficientemente cerca de Agüeybaná lo escucho decir, —¿Cómo hemos derrotado, nosotros, los taínos, a los dioses? —pregunta y

Arinotu habla la lengua de los hombres blancos—. Seres inmortales han caído por nuestras manos. Dinos la verdad y te dejaremos huir hacia tu líder.

Soto comienza a hablar y Arinotu también. —¡No tengo nada que hablar contigo, esclavo! Cuando De León se entere de lo que has hecho, no habrá lugar seguro para un taíno en esta isla.

—No te tememos, dios falso. Los verdaderos dioses están con nosotros —Agüeybaná dice en voz alta para que todos puedan escuchar.

—Si no nos temes, déjame volver a Caparra. Le contaré todo lo que han hecho los esclavos a nuestro gobernante y luego veremos si temes —Soto dice a su manera y Arinotu vuelve a explicar.

Agüeybaná lo mira fijamente por unos segundos y luego se da la vuelta mirando a cada taíno hasta que se detiene en mí. —Guazei'ki'no. Acércate a mí.

No cuestiono al cacique y sin dudarlo paso por el lado de Soto que esta de rodillas en el suelo. —Valoro tu opinión, y te pido que hables en nombre de la tribu. Si estuvieras en mi posición de cacique, ¿qué harías?

Lo miró fijamente a los ojos tratando de encontrarle sentido a tan extraña pregunta, pero le respondo con la verdad. —Muchos taínos han caído bajo su mano. Muchos más caerán si no se detiene aquí. Los falsos dioses tomaron esa decisión por sí mismos hace mucho tiempo. Si yo fuera un cacique, me enfrentaría a él yo mismo para que caiga en batalla.

Agüeybaná me observa y me dice, —los tiempos difíciles te han vuelto sabio. Dame tu arco y tus flechas —se las entrego y él vuelve a hablar, pero esta vez a Soto—. Vete, cobarde. Dile a tu líder que los taínos vienen a reclamar Borikén.

—¿¡Estás loco!? —Grita Urayoán caminando dentro del círculo, pero el cacique lo mira con una oscuridad en sus ojos que nunca había visto. Levanta una mano y para mi sorpresa Urayoán se queda paralizado. Cuando Arinotu, le dice a Soto, lo que dijo Agüeybaná comienza a reírse. Se levanta y empieza a caminar cuando los taínos le abren el paso, para que pueda salir por el bosque.

Lentamente se acerca, cojeando, pero siempre riendo. Lo miro fijamente, mientras está a punto de escapar. Veo como un hombre que no merecía ganar, se va con una sonrisa en la cara, pero de repente escucho el viento y una flecha atraviesa la espalda de Soto. Mis ojos se detienen en Agüeybaná que tiene el arco alzado. Toma otra flecha en sus manos y mientras el hombre intenta moverse arrastrándose por el suelo, Agüeybaná grita, —De la misma manera que hoy confiaste en mí, yo confié en Guamikeni una vez. Así es como se siente la traición —Agüeybaná suelta otra flecha y Soto deja de moverse antes de que Arinotu tenga tiempo de hablar su lengua.

El yucayeque enmudece. Ni siquiera Urayoán se atreve a hablar. Por primera vez hemos sido testigos de la ira de Agüeybaná. El caique se da la vuelta para mirarnos mientras dice, —los dioses blancos nos traicionaron, y yo devuelvo lo que me han dado. Pero nosotros no somos como ellos. Somos justos y estamos siendo vigilados por los verdaderos dioses. Nos prueban en este momento. Por esa razón, este yucayeque se convertirá en el lugar donde descansarán los hombres blancos. Todos, caven un lugar para cada uno de los dioses falsos, pero el que ponga a descansar a Soto... No guardes sus pies en el suelo. No merece encontrar el camino a la tierra de los muertos.

CAPÍTULO 26

EL FUEGO INVADE EL YUCAYEQUE

Tardamos más horas de las esperadas en enterrar a los hombres blancos, pero al caer la noche, ya habíamos llegado a descansar en nuestro yucayeque. Algunos esperaban un Areyto hasta que Agüeybaná dijo que habrá un momento para celebrar, pero no en esta noche. Dijo que debíamos festejar con nuestras barbacoas y proporcionar comida a los hombres, mujeres y niños que acabábamos de liberar. Y la tribu aceptó sin dudarlo.

Camino por el yucayeque esperando por Aquiana que está preparando pan de casaba con Tayba. Mientras tanto, Yocagua prepara nuestra barbacoa. Quise ayudarlo, pero él insistió en hacerlo solo. Me dijo que debía descansar. Que me fui por tres días y que necesitaba algo de tiempo para disfrutar de la paz. Y cuando mi hijo insiste, lo escucho. Es una forma de dejarlo ganar. Lo he hecho desde que era pequeño y, aunque sea un hombre, sigue siendo mi niño.

Paso por el lado de familias que parecen felices. Escucho risas y veo ojos iluminados de alegría y no miedo. Extrañaba esto. Desde que llegaron los dioses falsos, se había perdido la vida del yucayeque, pero ha vuelto. La gente sabe que no hay dioses en nuestra tierra. Solo crueles mentirosos. Hombres que se aprovecharon de los taínos, pero como les mostró Agüeybaná, se arrepentirán de habernos engañado.

Me detengo frente a Mabodamaca que ya está cocinando un pescado y para mi sorpresa me encuentro con alguien que no esperaba. —Cacique Yaurodaca. Es un honor que nos visites. No sabía que habías llegado.

—Guazei'ki'no, ya no soy un cacique —dice mientras me da unas palmaditas en el hombro y sonríe—. Pero cuando escuché lo que sucedió tenía que venir y verlo con mis propios ojos. Una vez te dije que deseaba ver el día en que cayeran los dioses blancos, y lo han hecho. Mi último deseo es verlos fuera de Borikén para siempre.

—Y estamos más cerca que nunca de eso, padre —dice Mabodamaca, dejando atrás su pescado en la Barbacoa que estaba rotando para cocinar el otro lado—. Hoy hemos ganado una de las batallas más importantes y mañana ganaremos aún más.

—Tu hijo dice la verdad —le digo a este hombre que en mis ojos sigue siendo un cacique—. Los hombres blancos no tienen poder sobre nosotros. Somos más feroces y fuertes; Borikén ya es nuestro.

—...Me gusta tu confianza, Guazei'ki'no, pero la guerra no ha terminado —Yaurodaca dice con sus ojos sabios no pronunciando palabras que esconde—. No celebres una batalla ganada si hay docenas por venir.

—Vamos, padre —dice Mabodamaca colocando una mano en su espalda y acercándolo a la Barbacoa—. Que la tribu celebre. Somos libres por una noche. También hay que celebrar.

Me muevo de nuevo, pero puedo sentir algo dentro de mí después de esas palabras. Hay algo de cierto en lo que ha dicho el cacique anterior. Se ha ganado una batalla, pero hay otra que aún no ha comenzado. Una que será por Borikén y por mi vida. La visión todavía está dentro de mi corazón. Todavía atormenta mi mente si se lo permito. Pero como he llegado a hacer, la ignoro. El dios de los ojos rojos no sabe lo que ha pasado. Y para cuando le llegue la noticia, ya será demasiado tarde. Miles de taínos lucharán contra él y no tendrá más remedio que rendirse.

Sigo dándole la vuelta al yucayeque y busco a los Kalinago, pero es inútil. Se han ido. Waimorou dijo que su tribu regresaría a su tierra, y yo esperaba que se quedaran al menos por la noche... parece que eso no sucedió. En estos años he llegado a ser amigo del líder de los Kalinago. Sé casi todo sobre él y su gente y una cosa que no tienen es paciencia. Pueden quedarse en Borikén si tienen que hacer algo que los mantenga ocupados, pero tan pronto como termina, regresan a sus tierras. Hoy es uno de esos días y los extrañare, pero no se irán por mucho tiempo.

Me detengo frente del Caney donde Agüeybaná y Urayoán conversan con más de una docena de taínos. —Correrán tan rápido como puedan. Cada uno de ustedes alcanzará el yucayeque que se le ha encomendado. Les contarán a los caciques lo que ha sucedido. Háblenle de los falsos dioses, de sus debilidades y no olviden, si es necesario, luchen junto a ellos —dice Agüeybaná entregándoles un arco a cada uno de ellos.

—No dejen que ningún hombre blanco escuche sus palabras —Urayoán dice—. Que crean que tienen poder sobre nosotros. Ahora es el momento de sorprenderlos. —Los hombres asienten con la cabeza y comienzan a correr hacia el borde del yucayeque—. Guazei, es agradable ve-

Mis oídos explotan mientras mis ojos se quedan ciegos. Mi cuerpo vuela por el aire mientras mi espalda se estrella contra una roca fuera del batey. Todo está blanco, mi vista está perdida, y poco a poco mis ojos comienzan a adaptarse mientras que mis oídos regresan a escuchar lentamente el sonido. Pero lo que escucho y lo que veo me llena de un miedo diez veces peor.

El yucayeque está rodeado de fuego. Un círculo de llamas crea una frontera que no dejará salir a nadie. Veo a todos los taínos en el suelo tratando de levantarse después de la explosión. Y algunos retroceden cuando ven lo cerca que están de las llamas naranjas. Mis oídos siguen zumbando, pero la voz es demasiado clara para ignorarla. —¡¿NO FUI UN DIOS MISERICORDIOSO?! ¡¡TE DEJO TU YUCAYEQUE!! ¡¡TE REGALO LA PAZ!! ¡Y TÚ, GUAZEI›KI›NO CON TUS CACIQUES MATAN A LOS ESPAÑOLES! —Siento el fuego en mi cara y veo la espada cerca de mis ojos—. Debería matarte. Debería enseñarle a tu gente a comportarse como lo deben de hacer los esclavos, —dice el dios de los ojos rojos, y esta vez no veo ninguna sonrisa en su rostro, solo una rabia retorcida—. Pero no aprenderán. No puedes enseñarles a los esclavos nuevos trucos... O tal vez sí... —dice moviendo sus ojos rojos hacia el interior del batey.

Muevo la cabeza hacia un lado y veo lo que está mirando. Urayoán en la explosión cayó cerca de mí, pero Agüeybaná había aterrizado dentro del batey. Se pone de pie y está solo. —¡No te atrevas! —Grito y el dios me pone un pie en el pecho.

—Claro que me atreveré —dice, cuando su sonrisa regresa a su rostro, pero en sus ojos rojos la furia sigue ahí.

Bayamanaco saca su pie de encima de mí y pasa por las rocas del batey y en ese momento cerca de mi cara explotan unas columnas de fuego como antes, y vuelvo a volar aterrizando cerca del Caney. Mis oídos comienzan a zumbar de nuevo mientras mi visión regresa del blanco y el verdadero miedo se apodera de mí. El batey se ha convertido en otro círculo de fuego. Donde una vez estuvieron las rocas, no queda nada más que ceniza. La barrera del batey ahora está creada por llamas y en su interior el dios sostiene en su mano la espada de fuego frente a Agüeybaná.

—No te temo, dios falso. Sin tu arma no eres nada —dice Agüeybaná agachándose y agarrando una macana que estaba cerca de él—. Si mueres aquí, los 'españoles', como los llamaste, huirán y Borikén quedará libre.

—Me he enfrentado a verdaderos guerreros, cacique, pero tú no eres uno de ellos. Estoy cansado de tu gente. Lucha con todo tu corazón, taíno, porque cuando esto termine, quemaré Borikén con todas las tribus y hasta los españoles arderán.

—Aunque la luna sea testigo de mi caída, Borikén siempre estará protegida por taínos y caciques. Incluso tu fuego no podrá destruirnos a todos —dice Agüeybaná acercando la macana a su cara mientras el fuego lo ilumina—. Es hora de que te enfrentes a un cacique, cobarde.

—¡TAÍNOS! —Grita el dios de los ojos rojos—. Sean testigo de la caída de su líder.

Agüeybaná ataca con su macana al dios, pero la espada de fuego ya lo está esperando para recibir el golpe. Mientras ambos sostienen sus armas contra el otro miro las manos de Bayamanaco y me doy cuenta de que solo uno de los cristales rojos de su espada ha sido presionado. El momento en que presione dos, como lo hizo mientras luchaba conmigo, la macana se derretirá al instante. —¡A todas las tribus! ¡Agarren sus arcos y dispárenle al dios de los ojos rojos! —Grito por encima del sonido del fuego mientras el cacique y el dios se enfrentan dentro del batey—. ¡Tenemos que proteger al cacique!

Agarro un arco que había caído al suelo cuando uno de los hombres salió volando en la explosión y con unas cuantas flechas empiezo a tensar mi arco liberándolas, intentando pasarlas a través del muro de fuego. Escucho a mi alrededor el viento hablando cuando cientos de flechas vuelan a través de mi lado. Y la esperanza de ayudar a Agüeybaná muere cuando cada una de las flechas se convierte en cenizas al instante que tocan las llamas.

—Pensé que eras más listo, Guazei'ki'no —dice entre risas el dios mientras dirige su espada contra la cabeza de Agüeybaná, pero el cacique lo evade y mueve el fuego a un lado, y Bayamanaco contraataca. Agüeybaná con ambas manos sobre su arma bloquea de nuevo la espada, pero la macana ha comenzado a derretirse y el ataque le quema la parte superior de la mano haciendo que su macana caiga al suelo.

El cacique salta hacia atrás para mirar su piel que esta negra donde el fuego la tocó y el dios se ríe y sigue lanzando sus golpes al cacique con más fuerza. —No tienes el derecho de hablarle a mi tribu. Concéntrate en mí, cobarde —Agüeybaná dice mientras las llamas de la espada de oro pasan cerca de su cuerpo, pero las evade a tiempo. No tiene un arma para protegerse y el dios usa su espada de fuego tratando de atravesar al cacique, pero evita ser quemado usando una velocidad que nunca había visto en él. La espada está cada vez más cerca del cuerpo de Agüeybaná, pasa por la cabeza hasta los brazos, cerca de su pecho, mientras el cacique sigue deslizándose por todo el batey.

—¡No se detengan! —Le grito a todos los taínos que siguen disparando flechas, pero ninguno puede perforar la pared de fuego—. Que sus flechas vuelen por encima de la pared. Hagan que caigan sobre el dios.

Las tribus hacen lo que les digo y Bayamanaco se vira para mirarme fijamente, ignorando su batalla con Agüeybaná. —Por favor, Guazei'ki'no, permíteme acabar con la vida de tu cacique —la pared explota una vez más y el fuego crece dos veces más en altura, y las flechas vuelven a arder. Pero, aunque las flechas no funcionaron, al menos el dios se distrajo. Agüeybaná recupera su macana casi derretida y mientras el dios se volvía a mirarlo, él aprovechó la oportunidad.

Con la fuerza de un cacique, dirige su golpe hacia el pecho de Bayamanaco y su macana consigue su destino. El dios no pudo hacer nada. Y el golpe lo hace volar hacia atrás deslizándose por el batey. Y con la ropa que lleva el dios sin la protección de la plata, al menos algo debe haberse roto. —¡Los dioses nunca acabaran con los taínos! —Grita Agüeybaná mientras todos dejan de lanzar flechas y comienzan a gritar, gritos de alegría al ver como nuestro cacique hirió al peor dios de todos.

Pero la celebración se detiene sustituida por un frio que proviene de nuestro interior. Una risa siniestra comienza a salir del dios de los ojos rojos. Aparta su cabello negro de su rostro y dirige sus ojos al cacique. —¿Es ese realmente el poder de los taínos? Eso apenas me hizo un rasguño —comienza a correr con una velocidad que no es natural en ningún ser vivo y con el lado de oro y negro de la espada golpea a Agüeybaná tomándolo desprevenido.

El cacique cae al suelo y el dios salta detrás de él con las manos en su espada dirigiéndolas hacia abajo para quemarle la espalda. Agüeybaná rueda por el suelo del batey con su macana en la mano derecha mientras el dios sigue lanzando sus ataques, quemando el suelo cerca de Agüeybaná, pero el cacique sigue rodando y evadiendo hasta que finalmente se levanta de nuevo. Se enfrenta con el dios, pero trata de no tocar la espada de fuego durante más de un segundo. Ataca y se desliza hacia los lados tratando de golpear al dios como logro hacer solo una vez. Agüeybaná sabe que su macana no durará mucho. Tiene agujeros derretidos a su alrededor y en cualquier segundo puede romperse.

—¡Agarren todas las macanas que puedan! —Vuelvo a Gritar dirigiéndome a todos los que están a mi lado—. Mojen la tierra y cubran las macanas con el lodo. Y lancen las armas adentro del batey. ¡Si no le damos una macana a Agüeybaná, lo perderemos! —Y en esas últimas palabras noto en mi voz desesperación. Mientras todos comienzan a correr y a hacer lo que les dije, veo en sus ojos lo mismo que en mí. Yocagua, Aquiana, Tayba, Mabodamaca, Arinotu, mi tribu, las de Higüey, y todas las demás agarran sus macanas y tiran agua al suelo y comienza a protegerlas cubriéndolas. Urayoán y su gente hacen lo mismo que Mabodamaca con su padre.

Todos están tratando de salvar al cacique mientras lucha contra este dios. Volteo para ver a Agüeybaná, y él lucha como un cacique. El dios se ríe mostrándonos el guerrero que realmente es. Un guerrero al que le encantan las batallas. Un dios despiadado que solo desea destruir y, sin embargo, confío en mi cacique. Confío en el poder de los taínos... aunque el miedo me diga que este puede ser el último día de Agüeybaná.

—¡Guazei! —Escucho a Arinotu gritar detrás de mí, y me arroja una macana totalmente marrón cubierta de lodo. La agarro, y el bojique me hace una súplica—. Sálvalo, por favor.

—Lo intentaré —digo y me pongo frente al batey de fuego. Echo la mano hacia atrás y con todas mis fuerzas tiro el arma liberando un grito. Vuela, rompiendo el viento, yendo directamente en dirección a Agüeybaná. Miro conteniendo mi aliento mientras el arma se acerca a las llamas y cuando toca el fuego desaparece convertida en humo. No funcionó. A mi lado veo cientos de macanas volando, chocando con el muro de fuego y convirtiéndose en humo al instante. Más siguen volando y desapareciendo hasta que el humo cubre el batey y no podemos ver nada.

Sigo escuchando la risa del dios y la voz de guerra de Agüeybaná. Escucho cómo el fuego corta el viento para encontrarse con la macana. Y escucho cómo después de todo este tiempo la macana se parte en dos como me pasó a mí. El humo sigue subiendo y desde el otro lado de las llamas veo al dios cuando se detiene cerca de Agüeybaná, y dice, —la batalla se acabó cacique. No tienes armas y ni siquiera con mil de ellas puedes matar a un dios.

—Mis verdaderos dioses están conmigo en esta batalla. ¡No necesito un arma para acabar con tu vida! —Grita el cacique cuando comienza a correr hacia el dios del fuego. La espada pasa cerca de su pecho y Agüeybaná, alerta y prediciendo esto mismo, gira en la dirección contraria haciendo que no lo alcance. Se acerca lo suficiente a Bayamanaco y alza su puño dirigiéndolo a su cara, pero el dios usa sus codos para bloquear los golpes del cacique. Con su primer intento fallido se desliza hacia atrás y se mueve alrededor del dios atacando solo con las manos, y aun sonriendo, su enemigo no lo pierde de vista. El cacique intenta e intenta lastimarlo, pero no lo logra ya que sus golpes son detenidos sin esfuerzo.

—Hora de morir, Agüeybaná —dice Bayamanaco cuando deja de reír y lo observa con una mirada oscura para comenzar a atacar mientras habla—. Podrías haber vivido para siempre—. Le Quema una línea a través del brazo del cacique mientras se movía tratando de conectar al menos un puño. —Podrías haber salvado a Borikén —y el dios le quema parte de los pies haciéndolo caer de rodillas—. Pero tenías que ser valiente. Agüeybaná el Bravo.

—¡No, no, no, NO! —Empiezo a grito mientras intento correr hacia el fuego y alguien me agarra—. ¡No hagas esto! —Trato de soltarme de las manos de quien me tiene agarrado y siento otros brazos que me sujetan y luego más se unen.

—Papá, el fuego te quemaría como a las flechas —dice Yocagua, siendo la persona que me sostiene por la cintura.

—Tu vida es demasiado importante, no dejaré que la desperdicies —Oigo a Mabodamaca cerca de mí agarrando mi brazo derecho.

—Lo hemos intentado todo —escucho la voz de Urayoán a mi izquierda.

—¡NO! ¡No podemos abandonarlo, no puede terminar así! —Les grito tratando de liberarme de nuevo.

—No sufras, Guazei'ki'no... Tu cacique ya está muerto —dice el dios de los ojos rojos volviéndose hacia mí con su sonrisa oscura. Mueve su mano hacia atrás con el fuego extendido y veo los ojos de Agüeybaná desafiantes ante el dios. Bayamanaco con una última risa que llena el yucayeque arrastra su brazo hacia adelante y la espada de fuego atraviesa el pecho de Agüeybaná mientras los gritos del cacique quiebran mi espíritu.

—¡¡Te mataré!! —Utilizo todas mis fuerzas para soltarme y empezar a correr, pero Agüeybaná vira su rostro hacia mí con el fuego aún en el pecho.

Mis pies se detienen solos cuando escucho su débil voz atravesando las paredes de fuego —Protege a nuestra tribu... Guazei. P-Por favor... Q-Que este hombre... No dejes que gane. Tú... y solo tú... fuiste elegido por los verdaderos dioses —Bayamanaco arranca la espada de su pecho y con un último grito Agüeybaná cae hacia adelante. Sus ojos ya no están en mí, pero con su último aliento escucho como dice—. Guazei... Ha llegado el día.

No puedo moverme. Me quedo mirando su cuerpo... Siento que se me rompe el espíritu y el cuerpo. Los gritos de todos los que me rodean son más fuertes que el fuego y mis gritos de rabia son tan fuertes como los de ellos. Veo al cacique en el suelo que no se mueve. Se ha ido y no sé qué hacer con lo que siento. La rabia me da fuerzas, pero perderlo me las quita. —Guazei'ki'no. Esto es tu culpa y solo tuya. Pero no llores. No vivirás lo suficiente como para echarlo de menos.

—¡CÁLLATE! Haz desaparecer estas paredes de fuego y enfréntate a mí, cobarde —le grito a este espíritu maligno tratando de alejar la tristeza que trata de derribarme—. ¿¡¿Me temes?!?

—Confundes el miedo con la curiosidad. —Me dice caminando hasta que está cerca de las llamas que nos separan—. Pero quiero ver si eres el verdadero cobarde, taíno. En tres días desataré el fuego sobre Borikén convirtiendo tu tierra en cenizas con todo lo que vive en ella. Ningún taíno, Kalinago o español sobrevivirá, pero yo soy misericordioso, Guazei'ki'no. Te esperaré en el punto más alto de esta tierra. Enfréntate a mí en Yuke, el hogar de tu dios más poderoso. Deseo enfrentarme solo a ti, y para asegurarme de que nadie te acompañe, ese mismo día los españoles destruirán todos los yucayeques. Tu pueblo tendrá que defenderlos y solo tú me enfrentarás.

—¡Enfréntame hoy! ¡Acabemos con esto de una vez por todas en esta noche! —Me acerco al fuego estando cara a cara con él, y siento como mi piel arde.

—Ten paciencia, pronto te encontrarás con tus dioses —dice el dios de los ojos rojos y comienza a caminar en la dirección contraía. Con una luz cegadora el fuego desaparece y el dios también. Me olvido de él y empiezo a correr hacia Agüeybaná. Todo el mundo hace lo mismo, pero yo agarro su cuerpo. Escucho todos los sollozos a mi alrededor. Arinotu, Yocagua, Aquiana, Urayoán, Mabodamaca, Tayba, Yaurodaca y todos los taínos.

—Por favor, despierta —le susurro y mis lágrimas caen sobre su cuerpo—. La tribu necesita que su cacique los guíe. Por favor... no nos dejes así... —Siento a Aquiana abrazando mi espalda y estallo, sin poder contenerme más—. Agüeybaná... Ruego a todos los dioses... Por favor, tráiganlo de vuelta... Por favor... No nos dejes... ¡POR FAVOR!

CAPÍTULO 27

LA DESPEDIDA DE LOS TAÍNOS

Lo que se suponía que iba a tomar días, se hizo en una noche. Arinotu cuidó el cuerpo de Agüeybaná y lo preparó para su viaje a Coabey, hacia la tierra de Soraya. El bojique pasó la noche en este proceso mientras yo observaba al yucayeque junto a su bojio, esperando mientras los demás taínos buscaban fuerzas para despedirse de nuestro cacique.

Pasar de esta vida a la otra es un honor entre los taínos. Cuando la vida se acaba, no termina, sino que te vas a vivir para siempre a la tierra de Soraya y en las noches tu espíritu puede volver a Borikén para darse un festín de guayaba. Es el destino de todos los taínos cuyo cuerpo descansa por la eternidad mientras su espíritu sigue adelante, pero toda mi vida lo he visto diferente. Siento que mi espíritu pierde parte de sí mismo cada vez que uno de los nuestros va a Coabey.

Me acuerdo cuando era joven y buscaba por las noches a aquellos que había perdido y que habían pasado a Soraya. Esperaba cerca de los árboles de guayaba para ver una vez más a los que amaba. Siempre mis ojos estaban alertas ya que no sabía si volverían en el cuerpo de un taíno sin ombligo, como las historias dicen, o en forma de otra criatura. Pero nunca he visto un opia. Un espíritu que ha regresado de Coabey.

Por eso me duele tanto que haya llegado la hora de Agüeybaná de ir a donde no lo puedo seguir. Sé que, aunque espere mil noches, nunca veré su opia. Nunca más volveré a ver a nuestro cacique. Se ha ido y, en este día, llegará a la tierra con la que todos los taínos sueñan y una vez que llegue... Se habrá ido para siempre.

—Está listo —Arinotu me dice cuando sale del bojio, pero no me mira. Su cara esta hacia el suelo.

No tengo palabras para él, así que permanezco en silencio. Solo muevo mis ojos a Mabodamaca que está de pie junto a las cenizas que una vez fueron rocas del batey. Él asiente y se acerca, pero no lo espero. Entro al bojio y en el medio, sobre una tela grande que está atada a un palo grueso y largo, veo al cacique. Aprieto los dientes aguantando el dolor que siento al verlo aquí sin vida. Sigo moviéndome hasta que me paro cerca de un extremo del palo de madera que nos ayudará a cargarlo.

Mabodamaca entra y se para en el otro extremo y lo agarra como lo hago yo mientras Arinotu habla, sosteniendo su instrumento. —

El dolor nos rompe el corazón, pero también debemos alegrarnos. Nuestro cacique irá a Coabey en Soraya en este día. Todos nuestros caciques anteriores le darán la bienvenida —comienza a agitar su instrumento levemente creando una música suave y esa es la señal para sacar a Agüeybaná del bojio.

Mabodamaca y yo levantamos el palo con la tela que sujeta el cuerpo de nuestro cacique y nos dirigimos a la salida del bojio. Miro al bojique cuando paso por su lado y veo en su rostro cubierto de pintura roja y blanca, lágrimas. Canta cuando pasamos por la entrada, pero su voz se quiebra de vez en cuando.

Una vez fuera, cientos de personas de todas las tribus ya nos esperan. Veo a mi familia y veo tribus que no son las nuestras. Pero todos ellos sostienen instrumentos o se unen al cántico de Arinotu. Mabodamaca sigue caminando delante de mí y yo, detrás, mientras nos abrimos paso por el lado del bojio alrededor del yucayeque. La gente nos comienza a seguir mientras Arinotu nos guía hasta el lugar donde descansará el cuerpo de Agüeybaná.

Las personas cantan con fuerza, mueven sus instrumentos como en los días que hicimos Areytos. Siento como intentan estar alegres por el viaje que está haciendo Agüeybaná, pero el dolor que sentimos no se puede ocultar. Arinotu nos guía fuera del yucayeque y hacia el bosque y mientras veo a la gente, siempre noto los rostros cubiertos de lágrimas. Escucho los gritos que se combinan con las canciones. Canciones que hablan de lo que Agüeybaná hizo a lo largo de los años. Sus batallas ganadas, sus logros, sus fracasos y lo que se aprendió de esto. Hoy no ocultamos nada.

A medida que mis pies continúan rompiendo las hojas que cubren el suelo, esta sensación me da consuelo. El bosque calma mi mente furiosa y a veces una sonrisa aparece en mi cara cuando escucho a mi tribu. Durante unos segundos calman la tristeza, pero las lágrimas no paran. Los cuentos de nuestro cacique me dan paz, pero me hacen extrañarlo aún más. Y todo me hace odiar más al dios de los ojos rojos. No es así como se suponía que debían terminar las cosas. Habíamos ganado y, en pocas horas, lo perdimos todo... En días lo perderemos todo.

Mi tristeza se convierte en rabia y luego en miedo. Veo a todas las tribus a mi alrededor, y no puedo evitar pensar que en tres días estaremos todos en Coabey. Borikén arderá pronto. El dios de los ojos rojos lo dejó claro y, en mis manos, está el futuro de la gente de mi tierra y, sin embargo. ¿Quién los protegerá? Los españoles vendrán por las tribus. Tratarán de acabar con los hijos del mar y de la tierra sin saber que ellos serán los próximos en caer a manos de uno de sus líderes.

Una vez que el cuerpo de Agüeybaná descanse, tendré que dejarlos solos. Tendré que despedirme de mi hijo y de mi esposa. Tal vez para siempre, para poder enfrentarme al día que más temía, el día de la visión. Un día en el que dos dioses lucharan contra Borikén, no uno. —Su última acción como cacique fue protegernos —Arinotu dice cuando llegamos a un claro circular donde poca hierba crece y en el medio, se ha cavado un hoyo donde pueden caber al menos dos hombres—. Sus últimas palabras no fueron de dolor, sino de súplica. Una súplica a uno de sus hombres más leales, y a un amigo.

Las palabras de Arinotu me traen de vuelta a este doloroso día y mi espíritu se rompe más a medida que las lágrimas salen de mí. —Le pidió a Guazei'ki'no que protegiera a su pueblo — dice Urayoán desde el lugar donde se sentó con su tribu a su lado. Y todos comienzan a sentarse alrededor del lugar excavado.

Mabodamaca y yo nos acercamos, y desde afuera colocamos suavemente a Agüeybaná dentro del agujero mientras la tela se abre para que podamos verlo por última vez. Me quedo mirando al cacique que parece estar en un sueño donde encontró la paz. Arinotu salta dentro del agujero y comienza a acomodar su cuerpo. Coloca al cacique en la posición en la que todos nacemos. De esa manera podrá despertar en Coabey. —El viaje a la otra tierra puede ser largo o puede ser corto. No lo sabemos. Nunca hemos recorrido ese camino. A los que les hice el pedido acérquense y denme el alimento para el viaje de Agüeybaná.

Algunos comienzan a levantarse con algo en las manos y le dan al bojique, comida, pescado cocido, agua fresca, cemís y arcos con flechas y una macana. Arinotu los acomoda cerca del cacique y la gente a nuestro alrededor comienza a cantar. Mabodamaca regresa con su pueblo junto a su padre y yo me siento con mi tribu y Aquiana. Arinotu comienza a cantar más fuerte. Bebe algo negro y dice palabras que solo los dioses antiguos pueden entender. Canto con el corazón mientras mi esposa a mi lado hace lo mismo. Cantamos la canción de la partida. Una canción que dejará que el cacique se vaya en paz y que nos dé un último adiós.

El bojique sigue hablando la lengua de los dioses antiguos mientras enciende los extremos de algunas plantas y mueve el humo alrededor de Agüeybaná. El cacique nos dejará pronto. Siento que el dolor aumenta. Siento la necesidad de correr hacia su cuerpo y rogarle que se quede con nosotros. Quiero pedirle que pelee la última batalla de Borikén a nuestro lado. Pero se ha ido. Arinotu cae al suelo, casi sin aliento con la pintura de su rostro poco visible por el sudor y las lágrimas.

A mi alrededor, todas las tribus lloran juntos. Gritamos la pérdida de nuestro cacique y su pronta partida. Aquiana me abraza como nunca lo ha hecho. Llora como nunca la he visto hacer y yo hago lo mismo. A nuestro alrededor, toda la tribu se quiebra hasta que Arinotu se levanta y da su grito de bojique. Un grito que nos confirma que Agüeybaná ha llegado sano y salvo a Coabey. Las tribus se levantan haciendo oír sus instrumentos y durante horas le dedicamos los cánticos a nuestro cacique.

A medida que pasa el tiempo, la tristeza desaparece dentro de nuestros corazones y las tribus celebran el viaje seguro de Agüeybaná a la otra tierra. Hablan entre ellos y algunos incluso ríen con alivio. Algunos hablan de historias de sus antepasados y de cómo ellos también pasaron a Coabey. Pero yo sigo observándolo. —El cacique está con los dioses —escucho decir a Aquiana cuando la veo cerca de Yocagua y su esposa—. Él siempre nos cuidará en las noches.

—Lo sé mamá, pero todavía duele —escucho decir a Yocagua.

Miro a todas las tribus, pero no siento alegría. Aunque el cacique esté en un viaje que es necesario hacer, lo perdimos. Fue asesinado por un dios de una manera cruel.

Tal vez mis pensamientos se calmen estando solo por unas horas. Empiezo a alejarme de las tribus, pero Urayoán se para frente a mí. —Tu cacique ha recibido el mayor de los honores que alguien puede recibir. ¿Por qué abandonas tu tribu?

—Mi corazón siente la alegría del viaje de Agüeybaná, pero mi tristeza por perderlo es más grande. El cacique se fue, no por la voluntad de los dioses antiguos, sino por la mano y el fuego del dios de los ojos rojos —le digo esperando que me deje pasar, pero no lo hace.

—Está hecho. Nada cambiará la forma en que se fue. Pero el cacique confiaba en ti, Guazei'ki'no. Tu pueblo se quedó sin un guía en una guerra que destruirá Borikén en tres días — dice Urayoán agarrándome del hombro de manera reconfortante, y cuando miro su rostro está lleno de simpatía—. Soy un cacique, pero tu tribu necesita a alguien a quien conozcan. A alguien en quien confíen.

—Y estaré ahí para ellos, pero no puedo guiarlos mientras me enfrento al dios de los ojos rojos en Yuke —le digo, mirándolo, esperando que me dé una solución que no llega—. Habla con Arinotu y Mabodamaca. Diles que volveré en la noche. Haz planes para proteger a los yucayeques durante el momento que yo me enfrente al dios de los ojos rojos... y haz un plan en caso de que no regrese.

—Ve. Despeja tu mente, Guazei. Y recuerda. Perder ante este dios no es algo que puedes permitirte. Todas las tribus confían en ti como yo lo hago —dice soltando mi hombro y escucho que alguien comienza a seguirme cuando me voy.

—Y yo confío aún más en ti —dice Aquiana su voz sonando ronca después de tanto llorar—. No te voy a dejar solo mientras aclaras tus pensamientos. Le dije a Yocagua que voy a estar contigo hasta el anochecer. Quiero una última noche a tu lado antes de que vengan los españoles a atacar el yucayeque.

Asiento y ella me agarra con su mano fría. Aquiana comienza a halarme camino en dirección al río. Y cuando estamos lejos, me detengo al escuchar a Urayoán hablar en voz alta. —La verdadera guerra de Borikén está por comenzar. Enterremos el cuerpo de Agüeybaná. Digamos adiós a un cacique que se enfrentó sin miedo en su espíritu a un dios. Y aunque este dios lo llamo Bravo, para tratar de humillarlo. En algo no se equivocó. Este cacique era el más valiente y el más Bravo de todos los taínos. Y será recordado por siempre como Agüeybaná el Bravo.

CAPÍTULO 28

AQUIANA Y GUAZEI'KI'NO

Mientras Aquiana me guía lentamente por el bosque, no tiene que decirme a dónde vamos. Desde el día en que Guamikeni llegó con los hombres blancos, este lugar se ha convertido en el origen de la caída de mi pueblo.

Nos detenemos cuando pisamos el suelo de rocas cerca de la orilla del río. Al frente de nosotros el agua se mueve suavemente empujada por un viento calmado. Busco en su superficie transparente e iluminada por el sol algo que sé que le falta. Algo que se perdió hace años... el oro. Nosotros se los entregamos cuando creímos sus mentiras y el resto fue robado por ellos. Un río que antes brillaba como el sol ahora es como el mar, oscuro.

Aunque han pasado años, recuerdo el día en que los hombres blancos vieron este río. Recuerdo su codicia tan clara como el sol que brilla en lo más alto del cielo. Qué ciegos estábamos... Qué ciegos estuvimos hasta hace un par de días. Sólo pensábamos en complacer a los dioses que llegaban del mar, pero no veíamos qué efecto tendrían sus ambiciones oscuras en lo más profundo de su corazón. Se apoderaron de nuestras tierras, esclavizaron a nuestras tribus, robaron nuestra comida y solo por esa roca que brilla en el sol. Por el oro. Una roca que no tiene ningún valor si la comparas con la vida de cada persona que ahora está en las costas de Coabey.

—Solía ser tan hermoso —dice Aquiana como si acabara de leer mi mente. Observo su mirada puesta en el río, y no la interrumpo mientras ella sigue hablando—. Amaba nadar con todas las luces amarillas que salían del fondo mientras los peces me seguían. Y te acuerdas que no era necesario atraparlos. Había suficiente para las tribus. Los dioses blancos... perdón, quiero decir, los hombres blancos, se llevaron todo lo que le daba vida. El río se siente vacío.

—Le hicieron daño a Borikén. A sus hijos, a los animales y a la vida de los bosques —digo mientras entramos al agua fría caminando hacia lo profundo—. Pero pronto dejarán de destruir todo lo que tocan y la tierra sanará con la ayuda de los verdaderos dioses, Aquiana.

—¿Y si ganan los españoles, Guazei? —Mi esposa pregunta, mientras sus lágrimas comienzan a caer en el río—. Perdimos a Agüeybaná y estoy feliz de que esté en Coabey, pero lo necesitamos para pelear. Y-Y tú tienes que pelear contra el dios, sin ayuda. Guazei, te amo demasiado. No puedo dejar que pelees contra él sin mí. P-Por favor, déjame estar a tu lado. Te protegeré con mi arco escondida entre los árboles de Yuke.

—Aquiana... —Le digo, pasando mi mano por su cara, y levantando su barbilla suavemente para que nuestros ojos se encuentren—. Los verdaderos dioses me eligieron para proteger a Borikén del dios de los ojos rojos. Y me eligieron para que lo enfrentara solo. Te acuerdas de todas esas noches en las que me despertaban las visiones. Los dioses de Borikén me estaban preparando para este momento.

—Pero ¡qué sucede realmente en esta visión, Guazei! —Grita Aquiana desesperada—. Sabes que me puedes decir lo que sea. Confió en ti con toda mi vida, pero nunca me has dicho toda la verdad. Porque te levantabas gritando. Por favor, antes de que lo perdamos todo. Dime la verdad. Dime si vuelves con la tribu cuando todo se acaba. Dime si vuelves a mí.

Escucho algo caer al agua y veo que solo es una hicotea nadando a unos pies de nosotros. El pez nada sin nada de preocupación de lo que está por venir. Ojalá pudiéramos ser como ellos. ¿Qué pasaría si ignoráramos todo lo que está sucediendo? ¿Podríamos vivir escondiendo la verdad? ¿Valdría la pena vivir de esa manera? Cierro los ojos para ver la visión en mi mente una vez más. Recordando lo que me hace despertar gritando en las noches... mi muerte. Abro los ojos para ver a Aquiana con sus ojos que brillan como las luces del cielo en las noches. Busco una sonrisa en su boca y no la consigo. Esta vez quiere toda la verdad. Mi esposa se queda atenta esperando, pero temo que si le digo la verdad de la visión no me dejará pelear contra el dios. Y, sin embargo, si le miento, puede ser lo último que le diga.

—Siéntate, Aquiana —le digo halando su brazo suavemente. Ella se deja arrastrar mientras flota y juntos nos sentamos en el suelo de rocas del rio con el agua que nos llega al pecho—. Tienes razón, nunca te he contado con detalles la visión. La primera vez que la vi no entendía lo que estaba pasando, y cuando pude ver más, Agüeybaná me pidió que no le dijera a nadie. Pero, también oculté la verdad porque, temo que la verdad romperá no solo tu espíritu, sino tu corazón.

—Aunque duela, Guazei, tenemos que enfrentarlo juntos. En unos días daremos nuestra vida por Borikén y si caemos... si somos recibidos por los dioses en Coabey, no quiero que ningún secreto se vaya con nosotros —dice Aquiana, mientras su cabello negro cae sobre sus ojos. Los ojos llenos de luz que siempre me consuelan incluso en los momentos más oscuros. En días como estos que la esperanza ha desaparecido después de perder a Agüeybaná.

Intento alargar el tiempo, disfrutando de este último día con ella, sin dejar que ni un solo detalle se me escape. Y no puedo evitar notar que ya no somos tan jóvenes como lo recuerdo, pero, aunque hayamos envejecido juntos, sigue siendo la misma taína de la que me enamoré hace tanto tiempo. La misma taína a la que prometí no mentirle jamás.

—Esta es la verdad —le digo mientras respiro hondo y mi esposa asiente con sus ojos todavía en mi—. El día que llegaron los dioses blancos tuve una visión. Una más fuerte de lo normal que me reveló al dios al que me enfrentaba. El dios de los ojos rojos. En la visión estoy en un bosque que no he visitado en años, pero ayer todo fue revelado. El bosque de mi visión es Yuke.

—El hogar de Yukiyu... —Aquiana susurra y yo asiento.

—Sí. Y en la visión, algo está pasando a mi alrededor. El viento habla, pero su voz es despiadada. Las hojas vuelan, las raíces de los árboles los sostienen mientras son empujados de un lado a otro casi cayendo al suelo. Los pájaros gritan mientras se esconden en las aperturas de los árboles cuando quedan atrapados en este viento, incapaces de huir. Y en medio de todo, me encuentro cara a cara con el dios de los ojos rojos —le digo y veo la preocupación en ella mientras trata de ocultarla—. En mi mano puedo sentir la macana cuando me abandona y en mi pecho un gran dolor me invade. Un ardor tan fuerte que ningún fuego sería capaz de crearlo.

Detengo mis palabras cuando veo que Aquiana abre los ojos llenos de temor. Veo su pecho subiendo y bajando, mientras su respiración se acelera. Intenta comenzar a decirme algo, pero sé lo que está a punto de decir, así que la detengo.

—Sí. Aquiana. En la visión, el dios de los ojos rojos esta con su espada de fuego. Sus manos sostienen la misma espada que me atraviesa el centro del pecho... —Aquiana mueve el agua con las manos mirando hacia abajo, pero le sostengo una. Me vuelve a mirar y puedo ver sus lágrimas caer de nuevo—. La razón por la que Agüeybaná no quería que nadie supiera la verdad es porque ese día pierdo la vida. Y mi muerte marca el fin de Borikén.

—El viento que describes —dice Aquiana entre sollozos tratando de evadir mis ojos una vez más—. ¿Está Juracán contigo?

—Lo está. El dios antiguo grita y arrasa con Yuke mientras peleo. Si es un aliado o un enemigo, aun no lo sé —le digo tratando de ver algo más de los recuerdos de la visión, pero eso es todo que me ha sido revelado.

—Juracán es uno de los verdaderos dioses, Guazei. ¡Por supuesto que es tu aliado! —Y escucho la esperanza en su voz—. Los dioses antiguos siempre han estado con nosotros. Nos crearon, nos guiaron e incluso nos mostraron la verdad de los falsos dioses. ¿No me digas que se te olvido cómo te guiaron por el mar para encontrar a los Kalinago?

—No, nunca lo olvidaré —le respondo y me saca las manos del agua sosteniéndolas juntas.

—Entonces confía en tus dioses... Sé el hombre que iría ciegamente a la batalla porque sabía que los dioses estaban con él. Si te caes, pídeles que te levanten, si estás herido pídeles que te curen, si Borikén arde... —dice y de repente se detiene al darse cuenta de sus palabras.

—Pídele a Juracán que apague los fuegos... —digo terminando lo que jamás había pensado y siento la mente despejarse. La miro fijamente entendiendo por qué se detuvo.

—Tu visión... ¡Juracán llega en tres días, y viene a proteger a Borikén del fuego, Guazei! —Aquiana dice casi saltando—. Todos estos años entendiste las cosas mal. Los dioses no te van a dejar morir. Te llevan advirtiendo, diciéndote que estarán con los taínos si el dios de los ojos rojos se atreve a tocar a Borikén.

—Pero Aquiana. He visto la espada de fuego en mi pecho. Siento el dolor de las llamas que me consumen. Nunca logro levantarme —le digo, pero ella me pone una mano en la boca.

—Detente, Guazei'ki'no. Abre los ojos porque pareces estar ciego. Te han elegido a ti. Durante años te prepararon para enfrentarte a un enemigo desconocido. ¿Y crees que te han dado visiones durante todo este tiempo para que pierdas tu vida en un bosque sagrado? —dice Aquiana con una sonrisa en su rostro—. Te amo, pero necesito que me prometas algo.

—Lo intentaré —digo sabiendo lo que me va a pedir. Siento la esperanza de mi esposa pasar a través de mí, pero temo que, si la dejo entrar y fracaso el dolor será mayor.

—Prométeme que volverás a mí. Prométemelo mil veces si eso hará que te lo creas —dice, sin apartar de mí esos ojos oscuros que brillan como el cielo nocturno—. Los dioses de Borikén van a pelear junto a nosotros. Pelearan a tu lado contra el dios de los ojos rojos. Así que, prométeme que aceptaras su ayuda. Que si llega el momento en que no puedes más los llamaras. Sé que responderán. Confío en ellos. Somos los hijos e hijas de su tierra. Somos parte de ellos como ellos son parte de nosotros. Prométeme esto, Guazei'ki'no como una vez me prometiste estar por el resto de nuestras vidas juntos... y como en secreto me prometiste que incluso en Coabey no te apartarías de mí.

Siento como las cadenas que me han atado durante años comienzan a soltarme. Siento como una sonrisa me invade después de sus palabras. Pensé que en este día de dolor la esperanza sería más que un recuerdo lejano, pero ha regresado. Mi corazón se acelera al ver la luz de sus ojos y cuando siento su confianza en los dioses antiguos y en mí. Mi mente trata de manipularme acordándome la visión y el dolor, pero lo que dice Aquiana es cierto. Los verdaderos dioses van a estar ahí conmigo. Siempre lo han estado. En el mar, en cada batalla, e incluso en las pequeñas cosas como cuando pesco y cultivo. Esta es su tierra. Borikén. Este no es lugar para falsos dioses. Ni siquiera el dios de los ojos rojos es digno de nuestra tierra. —Aquiana. Te prometo que después de que el dios de los ojos rojos muera, volveré a ti. Siempre volveré a ti, hasta en Coabey.

Aquiana se ríe y la alegría de su corazón irradia todo su cuerpo. Se levanta y brinca para abrazarme y hace que los dos caigamos completamente sumergidos en el agua. Pero no subo de nuevo a la superficie y ella tampoco. El agua de los ríos es parte del regalo de los dioses. El silencio y la paz que trae y la comida que nos provee. Aquiana encima de mí me da un beso dentro del agua, uno que yo le devuelvo. Volvemos a salir y Aquiana se aparta unos pocos pies de mí y se ríe como cuando éramos jóvenes.

Después de horas disfrutando nuestro último día juntos antes de la guerra, el sol nos abandonó y decidimos regresar al yucayeque. A esta hora de la noche todas las personas deben de haber vuelto, y los caciques seguramente nos estarán esperando. Todos en la tribu deben estar planificando estrategias y algunos deben haber ido a avisar a todos los yucayeques de Borikén de lo que está por venir. Espero que algunos taínos estén en camino para contarles lo que le ha pasado a Agüeybaná a los Kalinago. Espero que lleguen a tiempo para ayudarnos.

Camino con mi esposa a través de los árboles, llegando a la apertura donde se abre el yucayeque y veo fogatas encendidas por todos lados. Pero nadie está sentado alrededor del fuego. En cambio, todos están parados con los ojos puestos en la dirección de dónde venimos. Frente a ellos están Arinotu, Mabodamaca y Urayoán. Arinotu sostiene el envase con la pintura que usamos para la guerra y en la otra mano rocas que crean los diseños. Mabodamaca tiene en una mano un guanín y Urayoán sostiene una corona de plumas.

—Por fin llegan, Aquiana y Guazei'ki'no —dice Urayoán acercándose—. La tribu ha hablado y nosotros también lo hemos hecho entre nosotros. Ha llegado la hora de que asciendas, cacique.

CAPÍTULO 29

EL PROTECTOR DE BORIKÉN

Las palabras de Urayoán siguen pasando por mi mente mientras trato de entender lo que acabo de escuchar. La noche está llena de vida a mi alrededor. El bosque junto al viento hablan con los insectos que cantan, y la madera que se quema en los fuegos, silencia los susurros de las tribus. Muevo mis ojos a través de cada persona que me observa y encuentro a Yocagua. Mi hijo abre los ojos queriéndome decir que le responda al cacique, pero se siente imposible.

Urayoán me llamó cacique y Arinotu ha preparado todo para la ceremonia de ascensión de un nuevo guía para el yucayeque. El guanín, la corona, las pinturas y la aprobación de la tribu. No es mi primera vez en una ascensión de un cacique y por eso sé que está a punto de comenzar la ceremonia. Pero no puedo permitir que suceda. Escucho el aliento de Aquiana que sigue a mi lado, pero las palabras que no pronuncia dicen más. Ella está tan sorprendida como yo. —No puedo aceptar este honor —digo después de unos minutos de silencio.

—Nos has mostrado tu valentía más veces que cualquier taíno —Mabodamaca dice caminando hacia adelante, para pararse al lado de Urayoán—. Desde el primer día que llegaron los dioses blancos, los has observado con cuidado. Nunca confiando en ellos, mientras las tribus recibían a los falsos dioses con los brazos abiertos. —Algunas personas asienten ante las palabras del cacique, y él continúa hablando, —pusiste en riesgo tu vida y la vida de tu hijo para ayudar a los refugiados de Higüey, innumerables veces. Me ayudaste a rescatar a mi padre de los hombres blancos y lograste convertir a nuestros enemigos más feroces en aliados y amigos.

—Todo lo que he hecho es por el bien de las tribus y por el bien de nuestra tierra. Ni una vez he deseado estar parado donde Agüeybaná una vez estuvo —les digo a todos cuando siento el dolor en mi corazón. Siempre nos hemos tardado días en hablar con los dioses y en elegir a un nuevo cacique... es muy pronto. Agüeybaná está empezando su viaje por Coabey y aquí estamos nosotros, eligiendo la persona que estará en su lugar.

—Y es por eso que solo tú puedes ser el cacique, Guazei'ki'no —dice Arinotu uniéndose a los dos caciques al frente mío. En sus manos sigue moviendo en círculos la pintura, evitando que se seque—. No codicias el poder. Te preocupas por las personas y la tribu sabe todo lo que has hecho durante los años de la esclavitud. Y no solo nuestra tribu sabe la verdad, sino todo Borikén. El bosque te da la bienvenida cuando pisas su suelo, los pájaros cantan cuando te enfrentas a hombres blancos, los cokí no huyen cuando estas cerca... y los dioses antiguos te eligieron a ti—. Esta última parte la susurra para que solo yo pueda escucharlo

—Guazei'ki'no —dice Urayoán todavía sosteniendo la corona de plumas en su mano—. La guerra ha llegado. Este yucayeque no está seguro. No hay un yucayeque en Borikén listo para lo que se avecina. En solo unos días, todos los taínos que ves detrás de mí estarán luchando por su vida. Se enfrentarán a hombres blancos. Hemos visto que nuestros enemigos pueden caer. Usamos sus debilidades para acabar con sus vidas, pero este yucayeque siempre tenía a alguien que los guiaba. El hombre que destruyó el yucayeque de Soto ya no está. Me duele decirlo, pero Agüeybaná ya no está con nosotros. Por eso te pregunto. ¿Podrá este yucayeque sobrevivir a la pelea que se avecina sin su cacique?

—Delante de mí veo a los guerreros más feroces de diferentes tribus —digo moviendo mis ojos a través de todos ellos—. No tengo duda en mi corazón que pueden enfrentarse a los hombres blancos y ganar... Pero sin un cacique las tribus pelean perdidos. Sin embargo, no nos faltan caciques. Estás aquí, Urayoán, también Mabodamaca, e incluso uno que sigue siéndolo ante mis ojos. —Y miro a Yaurodaca a lo lejos, detrás de la multitud.

—No lucharemos aquí, Guazei'ki'no —dice Urayoán y la confusión me invade, pero el cacique habla antes de que proteste—.

No me malinterpreten. Vamos a estar en otro lugar protegiendo a este yucayeque. Porque este lugar será el hogar de los niños y de las mujeres de las tribus que estarán peleando en la guerra. Si los hombres blancos vienen por nuestras tribus, entonces los esperaremos en otra parte. Mabodamaca y yo guiaremos a todos los hombres de nuestras tribus lejos, a un lugar por donde los falsos dioses tendrán que pasar para llegar aquí. Lucharemos en el Valle de los Dioses. Ahí los enfrentaremos.

—Es un plan peligroso —le digo acercándome a ellos—. Si algo sucediera. Si todos los caciques cayeran ante los españoles dejarían a los yucayeque y las personas solos. Dejaríamos sin protección lo que más importa.

—No estarán solos —una voz detrás de ellos dice, y veo a mi hijo caminando hacia nosotros—. Estaré aquí con la tribu. Me enfrentaré a cualquier hombre blanco que pase por este yucayeque mientras espero que vuelvas, cacique. —Lo miro y mi preocupación crece con el temor. Yocagua se pondrá en peligro para proteger el yucayeque. Arriesgara su vida por la tribu y no puedo evitar que el orgullo que siento del hombre en que se ha convertido le gane al temor de perderlo. Pero en mi corazón siento algo más. Cuando dijo la palabra cacique lo sentí. Veo a mi tribu entre las demás, y ellos responden a las palabras de mi hijo. Vuelven a asentir una vez más aceptándome como su cacique. Miro hacia mi lado, donde Aquiana ha estado demasiado callada, y veo en ella una gran sonrisa. Sus ojos están detenidos en los míos, hablando sin palabras. Ella también cree que puedo ser el nuevo cacique.

Mi mente me lleva de regreso a las últimas palabras de Agüeybaná. A su petición. Su último aliento lo uso para asegurar el bien de la tribu. Sabía que su vida había llegado a su fin y con las pocas fuerzas que le quedaban me pidió que protegiera a nuestro pueblo. Pero me pregunto si él quería esto de mí. Yo puedo guiar a mi tribu, pero ser cacique, ser como Agüeybaná... Siento que estaría aprovechándome de todos después de su muerte. Pero si le doy la espalda a este honor, entonces perderé a las personas por las que he luchado durante todos estos años para salvar.

—Agüeybaná fue nuestro cacique y para mí siempre lo será —digo hablándole no a los caciques, sino a las tribus—. Era un amigo... nuestro amigo. Fuerte, sabio y valiente. Todos ustedes han decidido que necesitamos un nuevo cacique. La voz de los taínos se unió para elegir y, sin embargo, falta una persona por tomar esta decisión. Yo. Nunca seré como Agüeybaná. Ningún cacique en Borikén puede ser como él, pero al menos podemos intentarlo.

—¿Cuál es tu decisión, Guazei'ki'no? —pregunta Urayoán su voz sonando más alta que mis palabras—. ¿Ascenderás o la tribu de Agüeybaná se enfrentará a los hombres blancos sin un protector?

—En esta noche, yo, Guazei'ki'no, hijo de Borikén, hijo del mar y de la tierra, acepto lo que la tribu de Agüeybaná ha pedido de mí. Protegeré a todos del fuego que amenaza nuestra tierra. Los protegeré de los falsos dioses que intentaron aprovecharse de nuestra bondad. Y si fracaso incluso en eso, los guiaré a un lugar seguro donde podremos vivir libres de la esclavitud. Por los dioses que nos cuidan en esta noche haré todo lo posible para proteger mi tribu y a todas las tribus de Borikén e Higüey.

Arinotu comienza a caminar lentamente hacia mí con una sonrisa en su rostro, pero con lágrimas en sus ojos. —Nadie puede reemplazarlo, Guazei y no te estamos pidiendo que lo hagas. Pero confío en que lucharas todos los días para ser mejor —asiento y él levanta las manos—. Guazei'ki'no ha aceptado el llamado de los dioses. Hoy asciende un nuevo cacique.

Escucho pasos a mi lado y Aquiana se aleja de mí para unirse a la tribu, Yocagua hace lo mismo dejando a los caciques y a Arinotu frente a mí. Y empiezan las canciones. A nuestro alrededor, la gente toma en sus manos los instrumentos que usaron en la ceremonia de despedida de Agüeybaná, y comienzan a tocarlos. Comienzan a cantar la canción de la ascensión, Arinotu habla en privado cerca de Mabodamaca y Urayoán mientras los tres miran la luna en el cielo. Están hablando con los dioses.

Las tribus siguen cantando más fuerte y ahora forman un círculo a nuestro alrededor. Cantan y unos pocos saltan, en lugar de caminar. Algunas veces veo a Yocagua y a Aquiana. Mi esposa no tiene instrumento, solo usa su voz en esta ceremonia, pero Yocagua sigue tocando el güiro. —¡Ha llegado el momento! Los verdaderos dioses están con nosotros —Arinotu grita haciendo que su voz se escuche por encima de los cánticos. Y sus palabras son ciertas. Los dioses están aquí. El frío que solo se encuentra en la cueva de los dioses está recorriendo el yucayeque—. Hoy un taíno tomará la decisión de proteger a su tribu más allá de lo que es requerido. ¡Y los dioses aprueban esta decisión!

...Silencio. Un segundo está el sonido de la celebración y al otro puro silencio. Las personas dejan de moverse y se quedan parados donde están para observarme. Arinotu pasa sobre el suelo lleno de cenizas donde una vez estuvieron las rocas del batey, para estar cara a cara conmigo. Se queda quieto y no habla. El bojique deja caer al suelo el pequeño palo que movía el interior del embace que no había dejado de mover y con los dedos toca la pintura roja. Cierro los ojos como es la tradición y siento sus dedos pintando sobre mis dos ojos, luego mueve líneas por debajo de ellos cerca de mi nariz que atraviesan mis mejillas. Los abro y veo a Aquiana acercándose con una piedra blanca en las manos.

Arinotu le da el embace y se retira hacia un lado diciendo, —yo, el bojique de esta tribu he limpiado los ojos del futuro cacique. Tu vista y espíritu siempre serán protegidos cuando andes por senderos donde los espíritus oscuros traten de atormentarte. No verás sus falsas ilusiones mientras seas un cacique —se detiene por un segundo y con su mano apunta a Aquiana —. Ahora la mujer que elegiste para que te acompañara por toda la eternidad protegerá tu corazón de las tinieblas—. Aquiana sumerge la roca en la pintura. Hace lo que Arinotu le dice y cuando la saca, veo que la piedra blanca está llena de diseños rojos. Líneas conectan círculos creando algo similar a las olas.

—Yo, una hija del mar y de la tierra, que te elegí para protegerme en los momentos más oscuros, pongo mi corazón en tu corazón una vez más en este viaje que los dioses han elegido para ti. Te enfrentarás a muchos enemigos e incluso a espíritus malignos, pero siempre estaré a tu lado protegiendo tu corazón —Aquiana dice acercando la roca a mí y colocándola sobre mi piel, en medio de mi pecho donde mi corazón late por ella y por mi tribu. Vuelve a separar la roca y se aleja dejando marcada en mi piel la promesa de la esposa de un cacique.

Veo a Yocagua pasando por el lado de su madre y cargando el embace de pintura roja. — El hijo de un cacique —Arinotu dice—. Una versión más joven de sí mismo, pero con diferentes decisiones que tomar. Yocagua cuidará de su padre, asegurándose de que el corazón que su madre ofreció al cacique guíe las manos del elegido por los dioses.

—Yo, el hijo de Guazei'ki'no, siempre vigilaré las manos de mi padre. Su macana y su arco siempre serán usados para el bien de Borikén. Lo acompañare durante toda mi vida asegurándome de que siempre busque el bien de la tribu y de nuestros dioses —Yocagua coloca sus dedos dentro del embace y comienza a dibujar líneas que conectan con el diseño que hizo Aquiana. Las líneas se alejan de mi corazón y comienzan a rodear mis dos brazos hasta llegar a las palmas de mis manos. Sin más palabras se va y Mabodamaca camina hacia mí.

—Yo, Mabodamaca, un cacique que ha peleado junto al futuro cacique, confirmo que es digno de ser como nosotros. Ha demostrado guiar a las personas, no solo de su tribu, sino también de la mía. Por eso te doy el símbolo de un cacique, un guanín —me pasa por el cuello el collar que carga el oro y retrocede unos pasos para mirarme—. Protege a Borikén incluso en estos tiempos oscuros. Ese es tu deber ahora, cacique.

Mientras Mabodamaca se va, Urayoán se acerca a mí. —No tengo palabras como las han tenido todos los que han hablado antes que yo, pero solo puedo decir esto. Frente a mí está un taíno que ha sido cacique durante años. Has hecho por Borikén y por las tribus más de lo que se le debería pedir a cualquier taíno —se acerca, levanta en sus manos la corona con varias plumas de varios colores y la coloca sobre mi cabeza—. Pero hoy eres un verdadero cacique, Guazei'ki'no. Lucha contra el dios de los ojos rojos, lucha contra los hombres blancos y salva a Borikén. Eso es lo que tu cacique anterior deseaba. Eso es por lo que murió, Agüeybaná. — Asiento mirando sus ojos oscuros y se aleja.

A mi alrededor un viento más frío que el de la cueva de los dioses nos recorre y desaparece en segundos. Arinotu vuelve a hablar cerca de mí, y veo que tiene algo en la mano. —Ha ascendido un nuevo cacique. Los dioses han vuelto a su tierra satisfechos con la decisión de esta tribu. Aquiana, esposa de Guazei'ki'no, ven —Aquiana hace lo que él le dice, y el bojique le entrega la tela que sostenía en sus manos—. Culmina la ceremonia entregando las vestiduras de un cacique. —Mi esposa se acerca y despliega un paño largo que revela ser la nagua de un cacique. La coloca alrededor de la parte inferior de mi cuerpo y me mira con una sonrisa, pero no dice nada, —hoy todos somos la tribu de Guazei'ki'no. Perdimos, lloramos y celebramos el viaje que dará Agüeybaná. ¡En esta noche tienen un nuevo cacique! Es hora de que la tribu prometa su lealtad. Todos los que quieran, tomen de la pintura blanca que he colocado cerca de ustedes y marquen el cuerpo de su nuevo cacique.

Con esas últimas palabras las personas comienzan a celebrar, a bailar y cantar mientras que otros se paran frente a mí con un embace diferente. Empiezan a pintar círculos debajo de mi pecho hasta donde empieza la nagua. Algunos dibujan líneas que se mueven de manera similar a las olas desde los lados de los círculos y las esconden detrás de mis brazos.

Una vez que terminan con los diseños de mi cuerpo, Aquiana corre a mi saltando y me abraza.

Durante la noche dejé que la tribu celebrara unas horas olvidándose de la guerra que está por comenzar, pero el tiempo se nos acaba. No podemos celebrar hasta la mañana. —¡Tribu! — grito, por encima de los cánticos. Me levanto de mi dujo y veo los ojos de cada uno de ellos en mí—. En otros tiempos podríamos haber celebrado durante días como lo hemos hecho antes. Pero hoy no tenemos ese privilegio. Los hombres blancos nos invadirán en un par de días. Vienen a destruir los yucayeques. —Tan pronto como digo esas palabras, el silencio se apodera de ellos —todos ustedes lo saben, pero debo acordárselos, aunque me duela. Cuando llegue el momento no estaré aquí. Ustedes escucharon las palabras de Bayamanaco. Me esperará en Yuke antes de que su fuego acabe con Borikén. Mientras todos los hombres blancos estén enfrentándose a ustedes en los yucayeques, yo estaré en el bosque sagrado peleando contra este dios por última vez.

—Pero no estarán solos —dice, Yocagua, cerca de mí—. Aunque los caciques estén con sus tribus tratando de impedir que lleguen a este yucayeque, yo estaré aquí con la tribu de Guazei'ki'no con arco y macana en mano. Listo para defenderlos.

—¿Y cuándo te vas a ir cacique? —Escucho a una mujer preguntar y muchas voces preguntan lo mismo. Pero no están enfadados, en sus ojos solo veo preocupación.

—Antes de que termine la noche —les respondo y cuando salen las palabras de mi boca el dolor es tan profundo que llega a mi espíritu. Siento como si estuviera abandonándolos. Pero es lo que debo hacer, sino, todo Borikén arderá en dos días. Podemos ganar la guerra contra los hombres blancos, y cuando termine, en segundos el fuego lo consumirá todo—. El camino a Yuke está lejos. Tendré que subir por las montañas y atravesar los ríos mientras me escondo de los falsos dioses. Así que debo irme antes. El bojique me ha aconsejado pedirle ayuda a los dioses antes de la batalla. Por esa razón, iré a la cueva de los dioses para hablar con ellos, para que se unan a mí el día que me enfrente al dios de los ojos rojos.

—Para sobrevivir una batalla con un dios, nuestro cacique necesitará de los verdaderos dioses —añade Arinotu acercándose y entregándome algo que he llegado a conocer muy bien, el inhalador de cojoba—. Ya tiene la semilla del árbol de cajobana adentro, pero esta vez colócala en tu nariz e inhala profundamente. La conexión con los dioses será aún más fuerte. Asiento, aceptando el inhalador de madera que me ofrece y él vuelve a retroceder para estar cerca de la tribu.

—Aunque hoy no estaré con ustedes, los caciques se quedarán unas horas más para crear estrategias en caso de que fracasen en el Valle de los Dioses. Hagan caso a sus palabras, confíen en ellos como lo hemos hecho durante años, y en unos días cuando mis pies toquen este yucayeque, seremos tribus libres —veo que el peso que todos cargaban se alivia después de mis palabras, pero aún no he terminado—. Es hora de que empiecen a prepararse para lo que viene. Hablen con la tribu que está a su lado y hablen con los caciques porque llegó la hora de rebelarse contra los hombres blancos.

Todos comienzan a correr por el yucayeque haciendo lo que les dije sin cuestionarlo. Empiezan a preparar sus arcos, sus macanas y sus flechas. Veo a los taínos sentarse en el suelo uniéndose a las diferentes tribus, y veo a los caciques instruyendo a grandes multitudes. Y mientras miro todo esto algo capta mi atención. Un niño me trae mi macana y mi arco y luego sale corriendo. —No perdieron el tiempo —escucho la voz de Aquiana decir a mi lado y cuando me viro veo a Yocagua con su esposa a su lado.

—Por eso confío en que lograran sobrevivir —les digo y regresa el dolor que había desaparecido. El dolor de dejarlos atrás. Sé que pueden defenderse. Yocagua es un guerrero fuerte y Aquiana y Tayba son de las mejores estrategas de la tribu y, sin embargo, temo por mi familia.

—Y tú también papá... sé que volverás a nosotros —dice, con esa confianza que nunca lo abandona—. Un dios no puede enfrentar a un cacique que pelea junto a los dioses de Borikén.

Le sonrío, pero no respondo porque los recuerdos de la visión intentan atormentarme. —Tengo que irme... —digo casi en un susurro con la tristeza creciendo cada segundo. Tal vez mi corazón todavía sufre por Agüeybaná o tal vez solo deseo estar con ellos, protegiendo a todos los que amo.

—Lo sabemos —dice Aquiana mientras sus ojos comienzan a llenarse de lágrimas. Me toca la cara y lentamente me da un beso. Nos separamos y veo que las lágrimas corren por sus mejillas—. Cumple tu promesa, Guazei'ki'no.

Asiento mientras mis ojos comienzan a ver borroso y Yocagua camina hacia mí y me agarra en un abrazo que le devuelvo. —Estaré esperando aquí, aunque tardes años en regresar. Nunca me iré. Sé que volverás.

—Jamás te abandonaría, hijo. Confía en los dioses como siempre lo has hecho. Me traerán de vuelta a ti —digo abrazando más fuerte a mi hijo y me río mientras se me escapan las lágrimas. Que mucho a crecido mi niño. Todavía lo recuerdo cuando no era más grande que mi pierna y que pensaba que podía vencer a cualquier tribu en batú. Y aquí está un hombre a punto de enfrentarse a cualquier hombre o dios para proteger a la tribu.

Yocagua se separa de mí, y puedo ver las lágrimas en sus ojos, coloco una mano en su hombro y le digo, —protege a tu madre y a tu esposa hasta que vuelva. Dentro de unos días estarás cantando en un Areyto los recuerdos de este día.

—Lo prometo —me responde con determinación. Asiento y él comienza a irse hacia la tribu mientras toma la mano de su esposa. Creo que tarde demasiado tiempo en ver que mi niño ya es un hombre. Le ruego a los dioses que realmente se unan a mí para que pueda seguir viéndolo crecer.

Mis ojos regresan a Aquiana que todavía está a mi lado. —Tengo que irme —le vuelvo a decir, pero creo que lo estoy repitiendo para buscar las fuerzas para hacerlo.

—Lo sé... pero no quiero que te vayas... —dice ella, llorando sin ocultar su sufrimiento.

—Es mi deber no solo como un cacique, sino como un hijo de Borikén —le digo regalándole una última sonrisa. Me abraza con la misma fuerza que Yocagua; pero solo por un momento, antes de soltarme y marcharse corriendo hacia el yucayeque.

Durante unos segundos veo la luz del sol en el horizonte marcando un nuevo día para mi tribu y para todas las tribus que trabajan juntas. Mi hijo está con los caciques y Aquiana está cerca de un bojio lleno de mujeres que debe estar pensando en formas de proteger al yucayeque. Durante años pensé que cuando llegara el día de la visión, me iría pensando que nunca los volvería a ver, pero; hoy, tengo más esperanza que nunca. Estoy seguro de que en unos días estaremos todos juntos.

Y antes de que mi mente pudiera engañarme y obligarme a quedarme, con las flechas y el arco en la espalda, sosteniendo mi macana en la mano derecha y con el inhalador de cojoba en la izquierda comienzo a correr hacia el interior del bosque en dirección a la cueva de los dioses.

CAPÍTULO 30

UN REGALO DE LOS DIOSES

Los dioses están aquí. El viento frío se mueve a mi alrededor en la entrada de la cueva de los dioses. Tardé horas en llegar, pero el camino fue necesario, necesito pedirles que me muestren más. Necesito que me hablen del enemigo al que me enfrento. El dios de los ojos rojos. Si él es verdaderamente Bayamanaco, entonces los dioses pueden mostrarme todas sus debilidades. Es una amenaza para Borikén y los dioses no abandonarán nuestra tierra. Por eso necesito respuestas. Necesito algo que me ayude a acabar con este dios.

Entro y esta vez no hay fuego que ilumine mi camino. Hoy el sol me guía. Aunque haya empezado a esconderse, hay suficiente luz para guiarme por el sendero correcto hasta llegar al río. El mismo río que Agüeybaná tuvo la visión que le mostró la verdad de los falsos dioses.

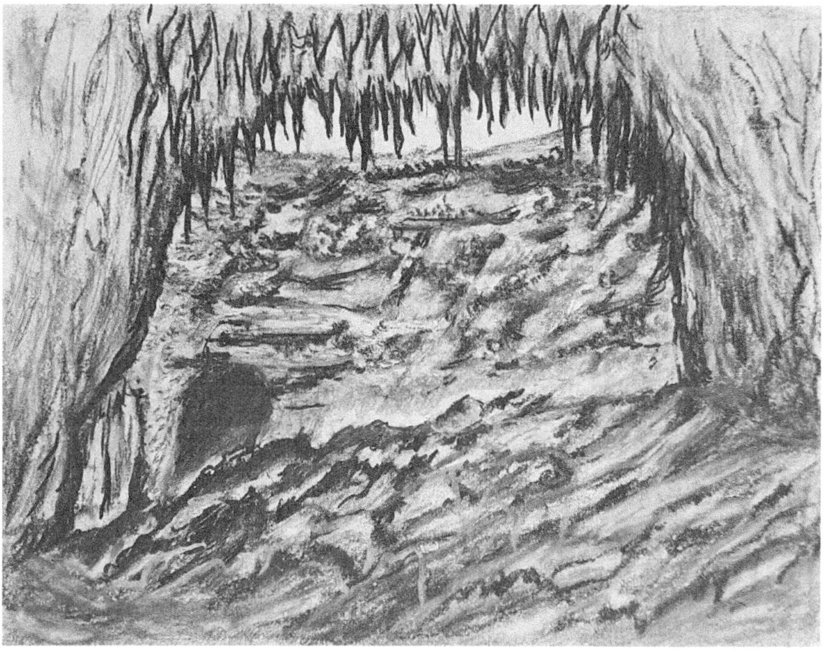

Segunda entrada de la Cueva de los Dioses

A medida que me muevo por la cueva, mi mente regresa al día en que Guamikeni estuvo con nosotros. Recuerdo la forma en que todos los hombres actuaban como dioses. Y, sin embargo, solo descubrían nuevas tierras. 'Los dioses blancos', se sorprendían por cualquier cosa, sin importar cuán simple era lo que estaban viendo... No sé cómo no nos dimos cuenta. Si hubieran sido verdaderos dioses, como aparentaban, no les sorprenderían los misterios de nuestra tierra. Fuimos tontos. Pero hoy sabemos la verdad. Y hoy las tribus se preparan para rebelarse.

Termino de cruzar la cueva y llego a la apertura donde encima de mí, el ojo que se completa con la luna me vigila y debajo al llegar al borde del acantilado hecho de la roca que forma la cueva está el río. Me acerco y con la poca luz que queda puedo ver el agua de abajo que no es clara como la de los ríos fuera de la cueva. En cambio, el agua es del azul del cielo y en los bordes circulares a más de cincuenta pies de distancia se eleva la pared de la cueva formando un lago subterráneo.

Verifico mi arco que está fijo en mi espalda con el carcaj que sostiene las flechas, asegurándome de que no se caerá una vez que la visión comience. Coloco mi macana entre el arco y el carcaj, para que se mantenga firme, para poder tener ambas manos libres mientras sostengo el pequeño inhalador de cajobana. Lo sacudo lentamente y siento las semillas trituradas en su interior. Arinotu dijo que esta vez pusiera la abertura en mi nariz a pesar de que la visión la última vez fue lo suficientemente fuerte para mostrarme al dios. Pero yo soy un cacique y él, el bojique. Él es la voz de los dioses, el que nos conecta con ellos, y no lo cuestionaré.

Me doy la vuelta para estar de espaldas al borde donde el río me espera abajo. Observo la cueva delante de mí por unos segundos y luego levanto la vista hacia la apertura del ojo. El sol abandonara el horizonte por completo en segundos y la luna está demasiado lejos para iluminarme. Tendré que empezar en la oscuridad. Si no, no llegaré a Yuke a tiempo para salvar a Borikén. Así que comienzo la ceremonia. —Dioses de Borikén. Les hablo a todos ustedes. He sido un taíno como los demás y ahora estoy en su presencia como un cacique. Pero nada ha cambiado. Deseo lo que siempre quise para las tribus... Tener paz, que los hombres blancos abandonen nuestra tierra y que el dios de los ojos rojos huya o caiga por mi mano. Saben que no puedo hacer esto solo. Su mensajero, el bojique, me ha traído aquí. Él me ha ofrecido este artefacto para conectarme con todos ustedes. Les pido que me respondan. Cuando caiga en estas aguas antiguas, por favor, les ruego; no me muestren la visión del día en que pierda la vida. En su lugar, muéstrenme los secretos del dios de los ojos rojos. Muéstrenme cómo vencerlo —termino mis palabras y coloco el extremo largo de madera del inhalador de cojoba en mi nariz.

Respiro hondo por la boca sabiendo que necesitaré todo el aire que pueda cuando caiga al agua y entonces con un último aliento lleno mis pulmones con el aire que pasa por mi nariz con las semillas. Y sin más palabras, dejo que mi cuerpo caiga hacia atrás.

Empiezo a girar en el aire mientras mi visión comienza a nublarse. Escucho el aire a mi alrededor gritar mientras caigo. Siento que la cueva se enfría más y más hasta que el agua golpea mi cuerpo con la fuerza de un dios y comienza a agarrarme. Quiere arrastrar mi cuerpo hacia sus profundidades. A través de mis ojos que están ardiendo veo mi arco y mi macana caer al fondo, pero no intento buscar mis armas porque estoy tratando de sobrevivir.

Empiezo a gritar mientras mis pulmones comienzan a arder. Siento como si la espada de fuego me los estuviera atravesando y me comienzan a temblar los brazos. Intento nadar hacia arriba olvidándome que estoy esperando una visión, pero no puedo moverme. Mis brazos no responden y no logro sentir mis pies. Mi cuerpo está siendo arrastrado hacia abajo y no puedo hacer nada para detenerlo...

—¡Egios! —Oigo la voz de un hombre gritar. Busco al dueño de esta voz a mi alrededor, en estas aguas, pero todo lo que veo es el mismo azul que vi arriba—. ¡Hermano! —Grita la voz esta vez más fuerte y el rio desparece. Ya no estoy en la Cueva de los Dioses.

No entiendo lo que está pasando, pero la tierra en donde estoy se parece a Borikén, pero este no es mi hogar. Intento mover la cabeza, pero es inútil, este no es mi cuerpo. —Quédate atrás, Athios —escucho al hombre decir. Y mi mirada se va hacia el cielo ¡Está roto! Una oscuridad circular abre el cielo sobre nosotros con su centro lleno de rocas rojas. Los bordes del cielo son morados y todo lo demás es rojo. A mi alrededor algo negro vuela y me doy cuenta de que es ceniza. Las cenizas de la tierra que estoy pisando en este momento.

—¡Estás loco, Roben! Sé lo que estás pensando; eso nunca funcionará —escucho decir a una voz que he llegado a temer. El dios de los ojos rojos está aquí, pero no es el dios despiadado que nos invadió. Su voz suena desesperada, llena de miedo.

—Por mi tierra, por mi vida, por mi familia... hoy hago el sacrificio supremo para detener a Orionis; hoy lucharé contra ti, Egios —dice el hombre que esta por enfrentarse al dios de los ojos rojos. Cuando mi mirada se mueve lentamente hacia él, veo una espada en su mano similar a la del dios. Pero esta espada está hecha de agua congelada. Sin avisar comienza a correr por la tierra de cenizas a una velocidad que no parece humana y cuando sigo la dirección en la que se mueve, lo veo. El dios de los ojos rojos.

Sostiene su espada de fuego y comienza a defenderse del hombre con la espada congelada. La visión pasa rápido haciendo que todos los detalles se vuelvan borrosos, pero veo que ambos chocan fuego con hielo. Luchan de una manera que solo los dioses podrían. Cada golpe se siente como un trueno rompiendo mis oídos. Y veo al dios de los ojos rojos luchando con rabia y veo al hombre con la espada congelada luchando con el dolor en su espíritu. Es más fuerte, pero lucha con lágrimas en sus ojos azules.

Y por primera vez veo la desesperación en el dios de los ojos rojos cuando el hombre de los ojos azules ataca sin piedad y su cuerpo comienza a recibir golpe tras golpe. Me quedo mirando, tratando de entender esta visión en la que estoy, pero empiezo a toser. Trato de respirar, pero pierdo aire, me estoy ahogando...

Intento de nuevo respirar hondo y todo cambia. Esta vez escucho los gritos de una niña. Y escucho sus risas. Las risas del dios de los ojos rojos. En esta visión solo hay oscuridad y el mismo ruido que escuche antes cuando el fuego chocaba con el hielo. Pero esta vez los golpes son más suaves.

La oscuridad de la visión aclara durante unos segundos y veo a dos personas de pie frente a frente. Veo la espalda de una mujer más joven que Yocagua, pero diferente a cualquier taína que haya visto en mi vida. Su cabello tiene curvas como las olas del mar, usa una ropa azul con líneas de oro, que abraza su cuerpo, pero no la cubre completa ya que está rasgada. Su piel blanca tiene marcas frescas como las que puede crear una bestia feroz. Y en su mano, sostiene la espada del hombre que vi antes enfrentándose al dios.

Frente a ella está parado el dios de los ojos rojos. Ya no lleva la ropa de los españoles o las vestiduras rojas de la visión anterior, sino que lleva puesta ropa negra que cuelga con telas sueltas en varias áreas. En su rostro tiene una sonrisa oscura iluminada por la espada de fuego que apunta a la joven. —¡Primero tienes que salvarte a ti misma! —Y su risa llena la habitación cuando comienza a atacarla.

Antes de que pueda ver si logra protegerse, vuelvo a toser perdiendo más aire. Intento regresar a la Cueva de los Dioses, de alejarme de las visiones, pero lo que Arinotu me dio no me deja volver a Borikén. —¡Yo soy el verdadero dios de los taínos! —Escucho su voz gritar de nuevo cuando aparezco en Yuke mientras Juracán arrasa con el bosque. Estoy en el suelo como siempre y mi pecho está en llamas.

Trato de levantar las manos, de hacer algo, pero es inútil. Estoy muriendo. El dios sigue riendo y Juracán grita mientras la tierra se rompe a mi alrededor. Y la visión continúa. Esta vez no me despierto. En todo el caos escucho los pasos del dios. Se acerca y comienzo a gritar cuando agarra la espada y me las arranca del pecho. Sus ojos rojos me miran fijamente y su sonrisa retorcida me llena de temor y esta vez me despierto.

Mi espalda descansa en el fondo del río azul. Me muevo desesperadamente tratando de nadar hacia arriba, pero incluso en este momento que me falta el aliento, mis ojos se detienen en mi macana y arco que están a mi lado. Se ven diferentes, pero no me detengo a mirarlas. Las agarro y empiezo a nadar hacia la superficie. Utilizo la fuerza que me queda para nadar sin aliento ya que me ha abandonado. Me estoy ahogando. Bebo agua involuntariamente mientras mi cuerpo trata de alcanzar el aire. Siento mis fuerzas queriendo irse, pero no me detengo. ¡Los dioses están conmigo! y gracias a ellos logro salir y poner mi mano en el suelo hecho de piedra.

Toso sacando toda el agua de mi cuerpo y lo hago durante minutos. Respiro, pero no estoy aquí. Mi mente está tratando de entender lo que acabo de ver. Las visiones que me dieron los dioses eran del pasado del dios de los ojos rojos. No hay duda sobre eso. Me dieron su verdadero nombre, Egios. Pero no es inmortal. El otro hombre con la espada de hielo era más fuerte, podía vencer al dios. Los verdaderos dioses querían mostrarme el pasado porque saben que él puede ser derrotado, querían mostrarme que puedo salvar a Borikén. Pero, la otra visión. No entiendo la de la joven.

Estaba cerca de perder su vida y si esa batalla ya sucedió, debe de estar en Coabey. Tenía el arma del hombre de los ojos azules, pero sus heridas eran profundas y su cuerpo débil como si llevara horas en combate. La forma en que se sostenía era como si estuviera en su último aliento. No entiendo por qué vi esto, pero los dioses así lo desean por una razón. En este momento no sé por qué, pero la verdad puede revelarse cuando me enfrente al dios de los ojos rojos mañana...

Y eso me recuerda la última visión. Siempre es la misma visión. Nunca sobrevivo. No importa cuánto intente moverme, para defenderme siempre es lo mismo. ¿Es ese mi destino? ¿Voy a perder mi vida luchando contra este dios mientras mi pueblo arde en sus llamas? ¿Mientras arde Borikén? —¡¿Por qué me muestran esto?! —Grito mirando hacia arriba, hacia los dioses—. Necesito de su ayuda para salvar a Borikén, pero me vuelven a mostrar cómo pierdo la vida... ¿Díganme por qué? —Pero no responden. Solo un bojique puede hablar con ellos.

Uso mis manos para levantar mi cuerpo fuera del agua y no es hasta que siento algo en mis dedos que me acuerdo del arco y la macana que estaba agarrando. Me siento cerca del río y cuando alzo la macana sé que los dioses me han respondido. Mi arma ya no es el marrón oscuro de los árboles. En cambio, es de verde oscura con grietas por todas partes, pero no está rota. Los lugares agrietados son rojos, pero de un rojo intenso como... sangre. Y lo más extraño de la macana es que en las zonas que no tiene estas grietas tiene pequeñas gotas en forma de lágrimas del color del río. ¡Los verdaderos dioses han marcado la macana con las lágrimas y la sangre de Borikén!

Sorprendido, agarro mi arco y está igual. Los mismos colores, las mismas grietas con la sangre y las mismas lágrimas. Mis armas han sido bendecidas por los dioses. Me han dado armas para enfrentarme al dios de los ojos rojos. Los verdaderos dioses están conmigo. —Perdónenme por no confiar en ustedes —digo mirando el cielo a través del ojo de la cueva. Y como si estuvieran esperando mis palabras, la luna comienza a iluminar mi cuerpo bañándome en su luz. Me levanto colocando el arco en mi espalda con el carcaj, pero no suelto la macana. Siento las grietas rojas en mis dedos y me pregunto si esto será suficiente para enfrentarme a Egios, pero ya no tengo lugar para más dudas.

Mañana puede ser el día en que salve mi tierra de este dios, o puede ser el día en que llegue a Coabey, no hay forma de saberlo. Pero hay algo que me ha sido revelado. Los dioses nunca han abandonado a los taínos. Incluso cuando perdí mi confianza en ellos, me guiaron. Y esta noche, me regalaron las armas que me ayudaran a sobrevivir. En mi mano están las lágrimas y la sangre de mi tierra. Una tierra que ha llorado la pérdida de sus hijos. Una tierra que ha visto demasiada sangre derramada. Es hora de que detenga su sufrimiento. Es hora de salvar a Borikén.

CAPÍTULO 31

ASCENDIENDO YUKE

Ha llegado el día de la visión. La lluvia cae por mi cuerpo mientras comienzo mi ascensión a través de Yuke. Me detengo unos segundos, cerrando los ojos, respirando hondo y sintiendo el aire frío, para ver si esta es la lluvia de Juracán, pero no. Es solo la lluvia que nunca se detiene en este bosque, no la advertencia de la llegada de un dios antiguo.

Al subir por el empinado sendero lleno de tierra, rocas y árboles, miro hacia el río que desciende a mi izquierda, con rocas tan grandes como mi cuerpo. La lluvia debió haber comenzado hace horas y el agua incrementa el nivel del rio llevándose todo a su paso.

Mientras agarro árboles para impulsarme hacia arriba, hasta la siguiente sección empinada del bosque recuerdo las historias de este bosque sagrado. Algunos taínos lo llaman el bosque curativo debida a que, si lastimas un árbol, en menos de una hora, las plantas cercanas curarán sus heridas. Otros lo llaman el bosque de la lluvia eterna ya que es raro verlo seco. Hoy parece que no es la excepción. Pero las personas de mi tribu siempre han sabido que Yuke es el hogar de nuestro dios Yocahú o como algunos lo llaman Yukiyu. El dios que creó nuestras tierras y animales.

Espero que en estos momentos este acompañándome. Que mientras paso por este bosque lluvioso, me esté observando. Esperando la hora en que me deba enfrentar al dios de los ojos rojos para salvar su tierra.

Sigo ascendiendo por un sendero de rocas resbaladiza hasta que la cascada más grande de Yuke detiene mi ascenso. En mis años de vida nunca lo había visto. O si en algún momento estuve en su presencia no lo recuerdo, porque solo una vez he estado aquí y era menor que mi hijo el día que llegaron los hombres blancos por primera vez. Este bosque esta apartado del yucayeque de Agüeybaná por una distancia que toma días, y nunca he tenido una razón para visitarlo. Si la tribu desea comunicarse con Yocahú todo lo que tenemos que hacer es pedirle al bojique la bebida que nos conecta con él. Eso siempre ha sido suficiente... O eso pensaba.

Incluso con el sonido de la cascada que ruge frente a mí, puedo escuchar la vida del bosque. El aire frío habla de la presencia del dios antiguo. Los cánticos del cokí me acuerdan lo que dejé atrás. Y puedo sentir a los árboles respirar incluso si no se mueven. Este bosque es el centro de toda la vida en Borikén.

Camino hacia la pared de fango y roca que está a unos pasos antes de llegar a la cascada y agarro algunas ramas de los árboles cercanos que cuelgan a mi derecha y empiezo a trepar por la colina para llegar a la cima de la cascada. Si espero que el río se calme, entonces no llegaré a tiempo para detener a Egios.

Halo mi cuerpo hacia arriba mientras mis pies están contra la pared fangosa, y cambio de mano agarrando las ramas que están más arriba. Hago lo mismo una y otra vez hasta que llego a la cima donde el bosque vuelve a la normalidad a excepción del río que crea la cascada a mi izquierda. Me muevo a través del espeso follaje hasta estar cerca del agua y comienzo a cruzar a través de las rocas que aún no se han sumergido con la crecida. Y una vez que llego al otro lado continúo mi camino hacia la montaña más alta de Yuke.

Mientras corro por la hierba mojada que alcanza mi pecho, por pequeños ríos que han crecido y cerca de árboles tan altos que bloquean el poco sol que brilla sobre las nubes grises, me pregunto si el dios de los ojos rojos ya está en la cima de la montaña de Yuke. Confiar en la palabra de este dios es un error, pero eso es lo que hago de igual manera... poner mi confianza en que estará donde dijo que me iba a esperar. Todo este tiempo he creído en sus palabras de que peleara contra mí, para darme la oportunidad de salvar mi tierra, pero ¿y si mentía? ¿Qué pasa si llego y él no se encuentra por ningún lado y en realidad está en mi yucayeque?

El pensamiento me hace perder fuerzas mientras mi corazón amenaza con salir de mi pecho. Durante estas horas que he estado subiendo por Yuke no había sentido miedo, pero pensar que mi familia y mi tribu se están enfrentando a Egios en este momento es suficiente para hacer que me detenga. Un pensamiento que me tienta a correr montaña abajo y regresar al yucayeque. Miro a mi derecha, donde todavía tengo que subir durante horas para llegar a la montaña, y a mi izquierda, donde se abren los árboles mostrándome mi tierra. Abajo veo el verde que se extiende por miles de pies. Un océano verde creado por todos los árboles de este bosque. Y al final en el borde puedo ver el blanco de las olas que conecta con el eterno azul del mar.

Espero unos segundos mirando hacia atrás para darme cuenta de lo lejos que he llegado. Aunque no lo parezca, estoy cerca de la cima. Los árboles bloquean mi vista al frente, pero ver lo que hay detrás de mí me dice que estoy cerca de la montaña de Yuke. Estoy más cerca de vivir mi visión. La visión que me atormentó durante años y que, sin embargo, hoy la enfrento sin temor. —Los dioses están conmigo —susurro respirando el aire fresco y frío que el viento trae con la lluvia. Levanto la mano para ver el arma de los dioses con el color verde de este bosque, con las líneas rojas agrietadas por todos lados y las lágrimas azules. Y viendo la macana siento a los dioses aún más cerca de mi dándome la fuerza que necesito para seguir ascendiendo.

El bosque Yuke hogar de Yukiyu

Puede que no sepa si el dios de los ojos rojos estaba diciendo la verdad, pero si lo que dijo era mentira, los verdaderos dioses lo hubieran sabido y no estarían conmigo en este momento. Estarían al lado de Yocagua ayudándole.

A esta hora mi hijo debe estar preparándose para enfrentar a los hombres blancos en caso de que Mabodamaca y Urayoán no lograren detenerlos, pero confío en que eso no sucederá.

Ambos caciques son feroces. Los más fuertes de Borikén. Se han rebelado contra los hombres blancos desde el principio, sus tribus son fuertes y sus espíritus inquebrantables. Los he visto pelear. Los he visto enfrentarse a los Kalinago cuando eran nuestros enemigos, y no hay ningún dios falso que puede vencerlos.

Pero si algo llegara a suceder, tengo toda mi confianza en Yocagua. Conozco a mi hijo, yo le enseñé todo lo que sabe, los hombres de nuestra tribu lo entrenaron y hasta Agüeybaná hizo su parte. Él es un hijo del mar y de la tierra, pero también es el hijo de la tribu. En todo Borikén nunca he visto a alguien manejar el arco como él lo hace, incluso superándome. Reconozco que es imprudente, pero todos los jóvenes lo son. Yo era igual a su edad, pero ambos tenemos algo en común, cuando los dioses llaman, respondemos.

Confío en que mi hijo protegerá a todas las mujeres y niños que se han refugiado en nuestro yucayeque en la guerra que se avecina. Y confío en todos los que se quedaron atrás para crear estrategias que también ayudarán a mi hijo, ya que estoy seguro de que Aquiana los guiará.

No hay nadie tan inteligente como ella. Tiene el corazón amoroso que nos define a todos los taínos, pero en su espíritu también hay una guerrera y en su mente la sabiduría de los dioses. Confío en que ella conseguirá la mejor manera de proteger al yucayeque mientras los hombres luchan por protegerla. Somos una tribu. Nos protegemos unos a otros. Este siempre ha sido el camino de Borikén... El camino de los dioses.

Y mientras ellos protegen a Borikén, yo debo hacer lo mismo para detener el fuego. Un fuego que detendré en unos segundos.

En el tiempo que mis pensamientos me mantuvieron distraído mientras corría, me he acercado a la montaña que toca el cielo. A mi alrededor, las nubes tocan los árboles, haciendo que todo lo que tengo delante sea blanco. Pero sé lo que hay al pasar la capa de nubes. La cima de la montaña. Una vez que cruce este camino blanco lleno de árboles pequeños y lluvia encontraré el claro que marca el final de mi destino. Y encontraré a Egios, el dios de los ojos rojos.

Camino lentamente a través de esta niebla creada por las nubes y al instante el bosque confirma lo que dudaba, el dios está más allá del camino que asciende. Aún no lo veo, pero la vida del bosque a desaparecido, dejando en su lugar un silencio oscuro. Ya no hacen ruido los insectos, el viento se ha calmado y no hay ningún animal cerca. Es lo mismo que sucedió cuando los hombres blancos cruzaron el bosque por primera vez.

Estiro mi mano hacia mi espalda para comprobar que mi arco y flechas no se han caído, pero permanecen en el mismo lugar que siempre están. Aprieto el agarre de la macana y empiezo a moverme más allá de la nube blanca, ascendiendo los pasos para llegar al final del camino. Y después de unos segundos, la luz cegadora del sol golpea mi cara.

El espacio abierto de la cima de la montaña es tan grande como un yucayeque que se extiende más de doscientos pies por cada lado.

Donde antes había árboles, veo que solo quedan cenizas. Y en medio de este espacio sin vida y gris, lo veo.

Su cabello negro moviéndose hacia atrás revelando su rostro blanco, donde sus ojos rojos se iluminan al verme y su sonrisa crece mostrando la oscuridad de su corazón. Sus manos están vacías, pero veo colgado de la ropa negra que lleva puesta, de la cintura para abajo, la empuñadura de su espada. Viste lo que usan los españoles para cubrirse el pecho y las manos, pero está todo suelto haciendo visible su piel blanca. —Te eligieron como cacique —es lo primero que dice—. ¿Pero serás más fuerte que el anterior? ¿Eres lo suficientemente poderoso como para salvar tu isla?

Camino a través de la ceniza para pararme a unos pies de distancia frente a él sin alejar mis ojos de este dios. —Soy el cacique elegido por los dioses y por las tribus de mi tierra. Nadie será como fue Agüeybaná y, sin embargo, hoy estoy en su lugar. Has amenazado la vida que alberga Borikén. Por eso, en este día caerás por mi mano, Egios. ¡Liberaré a los taínos como debería haberlo hecho hace años!

CAPÍTULO 32

EGIOS

La tranquilidad que me había dado el bosque desapareció. Ver al dios de los ojos rojos con esa sonrisa me llena de rabia. El dios que mató a Agüeybaná, que amenazó a mi tribu y a todas las tribus de Borikén, espera pacientemente mientras los españoles intentan matar a los taínos. Aprieto mi macana mientras contengo el deseo de mi cuerpo de correr hacia él y comenzar lo que los dioses me mostraron durante años, la batalla por Borikén. Pero su sonrisa comienza a desaparecer. Al principio, una confusión se apodero de su rostro cuando dije Egios, pero ahora veo ira escondida detrás de la curiosidad. —Ese nombre, ¿Cómo puede un simple taíno como tú, saberlo? —pregunta el dios.

—Dijiste que los dioses me abandonaron, pero me han mostrado tu verdad —digo manteniendo la distancia mientras hablo con él, siempre a la espera del comienzo de la inevitable batalla. En la espera de una venganza que no sabía que mi cuerpo deseaba hasta que vi la oscuridad de sus ojos—. Me mostraron cómo tu hermano te derrotó el día que el cielo se rompía ante su batalla. Y eso fue suficiente para decirme que eres un dios que puede morir.

—Ja —se ríe acercándose y yo levanto mi macana frente a mí para que se mantenga lejos—. Mi hermano murió ese día. El ignorante pensó que podía oponerse a mí; ¡Pensó que podía oponerse a una deidad que crea el orden puro! Y eso solo hizo que perdiera la vida.

—Mis ojos no vieron cómo terminó la batalla, pero me mostraron lo suficiente. Te vi débil, tratando de protegerte mientras te enfrentabas a ese hombre. Es por eso que hoy liberaré a Borikén de un espíritu maligno. No eres un dios. Eres solo una oscuridad que entró en nuestra tierra, pero la oscuridad se desvanece cuando el sol regresa cada mañana.

—Guazei'ki'no —dice Egios en una voz suave pero peligrosa—. ¿Te atreves a hablarle así al verdadero dios de los taínos? —Mi corazón comienza a latir en mis oídos cuando escucho esas palabras que he escuchado miles de veces, pero esta vez no vienen acompañadas de gritos como en mi visión—. ¿Qué? Enserio pensaste que era mi primera vez en esta isla. No, Guazei'ki'no, siempre he estado cerca de los taínos. Yo era el dios de los primeros Arauacos. Fui el dios que guio a los humanos que se separaron para crear diferentes dioses falsos en mi nombre en diferentes tierras. Navegué con los arauacos por las islas, separé a los que se convertirían en los Kalinago y seguí con los taínos para ver en que se convertirían. Pero todos ustedes eran ignorantes. Por más que lo intentaba, tus descendientes no podían pensar por sí mismos. Siempre confiando en mí, su único dios, así que me cansé y regresé a las tierras al otro lado del mar para encontrar a los humanos que había abandonado hace cientos de años.

—Los españoles... —murmuro sabiendo que puede ser la única respuesta. Trato de aceptar sus palabras, pero ¿puede ser cierto que este espíritu maligno es un dios que guío a los taínos? ¿Este espíritu que solo busca la destrucción y no se respeta la vida? Es imposible que sea el dios del que habla. Lo miro fijamente. Un hombre como yo, pero con la piel blanca de los españoles, pelo negro que se mueve contra el viento frío, ojos rojos igual a los cristales de su espada. Un dios similar a los hombres normales, excepto por el color de su piel y sus ojos de fuego. Sin embargo, en la visión, vi a su hermano. Ambos eran dioses, no se puede negar. El poder que irradiaban mientras ambos se enfrentaban jamás podrá ser alcanzado por un hombre normal. Un poder al que debo enfrentarme hoy, por mi tribu.

—Sí, Guazei'ki'no —Egios continúa diciendo—. Los españoles son algunos de los seres humanos a los que les había susurrado un deseo de conquista y guerra para luego abandonarlos. Ellos creían tener el control, pero estaban creando el mundo que yo deseaba. Una vez que regresé, habían logrado controlar la mayoría de las tierras. Estaban obsesionados con tenerlo todo y esa obsesión los iba a llevar a donde estaban ustedes. A Borikén. Tuve que esperar años, pero soy paciente. Aproveche estando siempre al lado de todos los reyes. Empujando su obsesión más allá de los limites humanos para convertirlos en el regalo perfecto para la deidad que espera más allá de las estrellas. Orionis.

—¿No eres tú un dios? —pregunto interrumpiéndolo al darme cuenta de lo que revelo en sus palabras. Está adorando a otro ser. No significa entonces que el dios que está delante de mí no es un dios verdadero—. Hablas de la manera en que yo lo hago de mis dioses cuando mencionas al ser llamado Orionis.

Él se ríe y responde, —tu mente taína no es lo suficientemente fuerte como para comprender lo que está sucediendo fuera de esta isla, Guazei'ki'no. Pero solo debes entender que los españoles no eran dignos de él —el dios toma la empuñadura de oro de su cintura y yo preparo mi macana, pero no la enciende. Egios se queda mirando su arma, pensativo—. Y aunque sabía que estos humanos eran inútiles, me quedé observando. Imagínate mi sorpresa cuando al otro lado del mar encontré a tu gente. Los ignorantes que dejé atrás habían creado nuevos dioses. Habían creado una sociedad en el lugar que yo los había abandonado. Una sociedad con líderes llamados caciques. Tenía que ver más. Incluso si el hombre al que llamas Guamikeni quisiera abandonar esta tierra y seguir adelante hacia Higüey. Y después de años de hacerles creer que destruir a Higüey no era suficiente, finalmente regresamos.

—¡Siempre supe que De León no tenía poder!¡Que tú eras el verdadero líder!

—¡Y por eso tu gente es tan sorprendente, Guazei'ki'no! —Grita por primera vez—. Tú un simple taíno llegaste a ser más inteligente que los españoles. Resististe a los humanos que tenían toda la ventaja contra ti. Es increíble creer que las tribus pueden formular estrategias diez veces más efectivas que la de los hombres con los que llegué y tú, Guazei'ki'no, eres el que está por encima de todos ellos.

—Soy igual a todos los taínos de Borikén. No estoy por encima de nadie.

—Pero lo estas. Lograste que todos los caciques sigan tus órdenes, lideras por encima de tus enemigos convirtiéndolos en aliados y la vida de esta isla responde a tus acciones. Eres mi regalo perfecto para la deidad que está por encima de todos nosotros. Eres digno de Orionis.

Lo sigo observando y viendo como cada segundo su locura crece. Cada vez que menciona a su dios, su rostro se retuerce con una oscuridad peor que la anterior. Es como si cada vez que lo menciona Egios cambia aún más. —No sigo a dioses falsos —le respondo finalmente cuando deja de mirar al cielo—. Mis dioses son y siempre serán los dioses de Borikén. Dioses que cuidan de esta tierra, no como tú o como este ser llamado Orionis que busca la destrucción de la vida que nos rodea. Por eso, hoy con seguridad en mi corazón acepto que el hombre que esta frente a mí no es Bayamanaco. Tú no eres uno de los dioses antiguos.

Mantiene los ojos rojos en mí y luego grita, —¡Tus dioses son falsos, Guazei'ki'no! —De repente comienza a correr hacia mí y enciende el fuego de su espada. Me preparo para el próximo ataque y bloqueo con mi macana—. ¡En su ignorancia le dieron nombre a todo lo que sus ojos no comprendían y comenzaron a adorarlo! ¡Vieron el fuego que consume las tierras y le dieron nombre, Bayamanaco! ¡Vieron un bosque lleno de vida y le pusieron el nombre de Yuke en honor a un dios que sus mentes decían que existía, Yocahú! ¡Los vientos y la lluvia que se acumulan, le causaron tanto terror que le dieron el nombre de Juracán! ¡Pensaban que nada podía existir sin una madre y crearon a una diosa llamada Atabey para dar a luz a su dios!

¡A toda la naturaleza le pusieron nombre porque no podían explicarlo! —Y con un grito me empuja y salto hacia atrás separándonos.

Como un instinto, mis ojos pasan a mi macana esperando verla derretida como sucedió en la batalla anterior, y me quedo sorprendido cuando veo que el fuego no tuvo efecto. No hay quemaduras, ni agujeros, ni marcas. El fuego de Egios no la afecta. Y el arco que está en mi espalda debe ser igual. Egios, nunca ha parado de hablar palabras falsas de mis dioses. Puede ser que los conozca a todos por su nombre, que conozca su historia, pero yo sé algo que él. Que son reales. Siempre han estado conmigo en los momentos más oscuros y en los mejores de mis días. Algunos dioses son misericordiosos, dando vida a mi tierra y algunos la azotan sin control como Juracán y Guabancex, pero siguen siendo nuestros dioses. Dioses que velan por la tierra que nos obsequiaron... Dioses que protegen a los taínos. —Los 'falsos dioses' que mencionas me han advertido de este día toda mi vida, me han mostrado tu pasado, y me han regalado las armas para pelear contra ti, Egios.

—¿De verdad deberías estar perdiendo el tiempo tratando de demostrarme lo que es un dios real? —Pregunta, y su rostro se ilumina con una sonrisa oscura—. A esta hora los españoles están invadiendo cada yucayeque de tu tierra. Están haciendo lo que mejor saben hacer, conquistar. Si yo fuera tú, estaría rogando por la vida de mi tribu o al menos tratando de acabar con la vida del dios que tienes delante.

—Mi tribu es una de guerreros que ya han ganado dos batallas contra los españoles desde que descubrimos que no eran dioses. No hay preocupación dentro de mí, ya que tengo mi confianza puesta en mi gente como ellos en mí —miro hacia arriba, al sol que ha vuelto a desaparecer detrás de nubes oscuras que vienen del mar, y una sonrisa se forma en mi rostro. Esta por suceder. Está cerca. Miro a Egios y vuelvo a hablar—. Cuando este día acabe, ya no estarás en Borikén y los taínos serán libres después de cinco años de esclavitud.

—Reconsidera tus palabras, Guazei'ki'no —Egios dice tratando de convencerme de algo que nunca sucederá—. Estoy cansado de repetírtelo, pero, soy misericordioso y hoy te ofrezco algo. Arrodíllate ante mí, adórame y adora a la deidad que está por llegar. Permíteme mostrarle a Orionis la prueba viviente de lo que las personas de este mundo pueden llegar a ser. Los sirvientes y guerreros perfectos que pueden servirle a sus pies y tal vez entonces consideraré dejar vivir a todos los que amas, ¿O quieres ver mi espada de fuego atravesando el corazón de Yocagua y Aquiana?

La rabia, el odio y la furia se incendian dentro de mí cuando menciona a mi familia. Una furia que debo controlar para responder lo que no quiere escuchar. —Si todos los taínos arden en este día, mañana despertaremos en Coabey. Pero si te adoro en este bosque sagrado, no merezco estar al lado de ellos cuando mi espíritu esté listo para ese viaje. Traicionaría la confianza que las tribus pusieron en mí, cuando me nombraron su cacique. ¡Prefiero arder en las llamas antiguas de tu fuego antes que seguir a tu falso dios!

—Entonces ya hemos hablado suficiente —Egios dice moviendo su espada de fuego y apuntándome con su ira acompañada de una sonrisa—. Tendré que esperar cientos de años por alguien como tú, pero disfrutaré viendo cómo tu cuerpo se convierte en cenizas. —Y sin más palabras corro hacia él atacando antes de que pueda reaccionar.

CAPÍTULO 33

LA CANCIÓN DE YOCAGUA

Miro a mamá y a Tayba que están dentro del bojio con algunas otras personas. Dentro del yucayeque todas las mujeres, niños y taínos de edad avanzada de mi tribu, y de la de Mabodamaca y Urayoán, están protegidos con los refugiados de Higüey. En los bojios que nos rodean unos pocos guerreros escogidos por los caciques protegen desde adentro con arcos y macanas. Afuera, más personas rodean todos los hogares mientras el resto se queda conmigo con nuestras armas listas.

Papá está luchando contra el dios de los ojos rojos y los otros caciques se han ido. Iban a detener a los hombres blancos, deteniendo su descenso a nuestro yucayeque, pero temo por ellos. Algo debe haberles pasado a Mabodamaca y Urayoán porque los falsos dioses que se supone que iban a detener nos están rodeando en este momento.

—¡Hace un par de días les ganamos! —Le grito a la tribu como lo haría mi padre si estuviera aquí—. No son dioses y nuestras flechas y macanas pueden romperlos.

—No sé si podremos enfrentarnos a todos —dice mi amigo de la infancia Tuaru que está junto a mí. Lo miro y, aunque tiene una flecha tensa en su arco, le tiembla la mano—. Hay miles en el bosque.

—Y el yucayeque está lleno de miles de nosotros —le respondo en voz alta tratando de que la tribu me escuche—. Somos tres tribus que unidos somos miles. Tribus que se han enfrentado a los hombres blancos y han matado a algunos de sus líderes. —Pero incluso cuando trato de consolarlo, me cuesta creer lo que digo. Al otro lado del bosque, a través de los árboles, puedo ver a cientos de los hombres blancos con sus ropas plateadas y sus espadas que cortan todo lo que se interpone en sus caminos. Es posible que tengan más hombres que nosotros. Pero nuestras tribus son suficientes. Tenemos que serlo. Todos los caciques están dando su vida en diferentes batallas en Borikén y aquí tenemos que hacer lo mismo. Somos sus tribus. Es hora de que luchemos por ellos.

—¡Ya vienen! —Escucho a algunos hombres gritar y tenso mi arco y en un segundo dejo volar las flechas cuando cientos de falsos dioses invaden el yucayeque. Salen de atrás de los árboles gritando con las armas en alto, hablando su extraña lengua y al instante se enfrentan con los primeros taínos que protegían al borde del yucayeque. Mis flechas encuentran a varios hombres blancos atacando su debilidad en el cuello y reduciendo sus números cuando no vuelven a levantarse.

Pero los que están a su lado no se detienen. Los hombres blancos ignoran a sus aliados caídos para atacar al taíno que esta frente a ellos.

El yucayeque se ha convertido en un campo de batalla. En todas las direcciones, un taíno lucha contra un falso dios, mientras yo evado los ataques y contraataco con flechas. Cerca de mí, algunas macanas rompen espadas al instante y en ese momento el taíno dirige sus golpes a la debilidad en su piel, rompiendo todo lo que entra en contacto con el arma. En otras áreas del yucayeque veo que las espadas se mueven más rápido y cortan a algunas de las personas de las tribus, pero estos siguen luchando heridos. ¡Necesito ayudarlos! Dejo que más flechas vuelen en su dirección, acabo con la vida de uno, pero en segundos llega otro para enfrentarse a la persona a quien salvé comenzando el ciclo una vez más.

¡Corro tratando de liberarme de todo el caos a mi alrededor porque es imposible pelear de esta manera! No hay espacio para soltar mis flechas con la fuerza y rapidez necesaria. El yucayeque está lleno de taínos y de los falsos dioses chocando unos con otros, así que me pongo el arco en la espalda y saco mi macana. Miro fijamente el bojio donde Tayba y mamá todavía se esconden y veo a los taínos que lo protegen, luchando contra hombres blancos que en una mano sostienen su espada, pero en la otra un palo que en la parte superior tiene fuego. Intentan encender los bojios. Es su manera de conquistar los yucayeques, pero no se lo voy a permitir. No destruirán nuestro hogar.

Empiezo a abrirme paso por medio del caos hacia el bojio, chocando mi macana contra las cabezas plateadas de los hombres blancos que están muy distraídos luchando contra otros taínos. —¡Quítate de mi camino! —Grito golpeando a más de ellos haciéndolos caer y cuando intentan agarrarme los pies, un taíno lanza un ataque hacia abajo acabando con su vida. A medida que me muevo, es difícil ignorar todo lo que está pasando en el yucayeque. Puedo oír los gritos de los hombres blancos cada vez que caen, pero también puedo oír el sufrimiento de las tribus. En las primeras batallas tuvimos la suerte de sobrevivir, pero hoy la guerra no se ganará sin despedirnos de algunos de nuestros amigos. Muchos taínos ya han perdido la vida y esto es solo el comienzo.

Finalmente, me libro de la multitud y llego al bojio, pero ¿cómo es posible que llegue tarde? Ya el incendio está consumiendo el techo. —¡Mamá, Tayba, todos, fuera! —Grito mientras termino con mi macana, los últimos hombres blancos que luchaban contra los pocos taínos que quedaban protegiendo al bojio. Me rompe el corazón ver a estos guerreros que entregaron su vida para proteger al futuro de la tribu, pero ahora no hay tiempo para lamentarme. Todos me necesitan.

—Yocagua, protege a tu esposa y a los más vulnerables, yo peleare a tu lado —Mamá dice cuando corre fuera del bojio con el arco en la mano y antes de que pueda detenerla, comienza a soltar flechas hacia la multitud.

—¡No! —Digo gritando por encima de la guerra que nos rodean —no me arriesgare a que te lastimen tienes que ir con ellos a otro bojio. Es demasiado peligroso aquí fuera—. Pero es inútil. Miro a mi alrededor y el Yucayeque es una zona de guerra. La mitad de los bojios están en llamas y los taínos están defendiendo con sus vidas a los niños y ancianos que huyen buscando refugio. —¡AL CANEY! —Grito tan fuerte como puedo para que todos puedan escucharme y lo logro. Los guerreros comienzan a guiar a los más débiles mientras los protegen.

Mamá me entiende al instante y comienza a abrirles el camino tirando flecha tras flecha mientras yo los protejo desde el lado. Vuelvo a agarrar mi arco y empiezo liberar todas las flechas que puedo lo más rápido posible, ayudándole a mamá a abrirle un camino a los taínos que están luchando por proteger a todas las personas vulnerables. Luchan con todas sus fuerzas, con sus arcos y sus macanas, pero los hombres blancos siguen llegando. Los taínos logran salvar a las personas a las que guían, pero algunos pierden la vida en el proceso.

—¡Entren! —Grita mamá, y todos los que han llegado pasan por la entrada del Caney. Hasta ahora ningún hombre blanco había podido tocar el hogar del cacique y ya veo por qué. El Caney está rodeado por los guerreros más fuertes del cacique anterior. Suelto la mano de Tayba que es la última en entrar ya que no quería abandonarme, pero no es una guerrera, así que entiende cuando le digo que me deje por ahora.

—Tú también mamá —le digo cuando se queda afuera lanzando flechas... y con cada una de ellas los cuerpos de los hombres blancos caen.

—No hemos salvado a toda la tribu —me responde mientras acaba con otro falso dios que cae cerca de sus pies—. Somos la familia del cacique. Si él no está aquí, es nuestro deber proteger al yucayeque.

Miro a las madres con sus hijos y a los ancianos de las tribus mientras caminan lentamente adentro de un círculo que los taínos crearon a su alrededor, protegiéndolos y guiándolos hacia nosotros.

—¿Me prometes que cuando lleguen aquí entrarás y los protegerás a todos desde el interior?

—Por supuesto, Yocagua. ¿No es eso lo que Guazei querría? —Asiento sabiendo que perdería el tiempo discutiendo con ella.

—Protégeme —le digo con mi macana en la mano otra vez y cuando ella asiente, salgo corriendo para abrir un camino a las personas que perdieron sus bojios. Veo a los taínos peleando y voy contra los pies de los hombres blancos. Rompo todo lo que puedo con mi macana y cuando caen los falsos dioses, dejo que mi cuerpo guie hacia abajo mi último golpe, terminando la vida de estos hombres crueles. Corro a través del yucayeque repitiendo lo mismo y ayudando a los que puedo hasta que llego al círculo de protección de los taínos—. Muévanse más rápido directo al camino que cree para ustedes. Les quitare a los hombres blancos de encima, —los taínos no responden, pero comienzan a caminar más rápido, casi corriendo.

Regreso al Caney haciendo lo que les prometí, atacando mientras la tribu se une para ayudarme. Las flechas comienzan a volar cerca de mí, acabando con la vida de los hombres blancos que intentan acercarse. Nos movemos más rápido y en segundos llegamos. —El Caney tiene suficiente espacio para todos, entren —Mamá dice cuando suelta su arco y los ayuda a entrar. Una vez que todos están a salvo, los guerreros forman un círculo alrededor del Caney.

—Mamá, debo quedarme luchando afuera —le digo recogiendo su arco del suelo y entregándoselo—. No salgas hasta que se acabe.

—No lo haré, Yocagua, pero recuerda que no estás solo. Pídeles a los dioses que luchen contigo —me dice besándome la frente y desapareciendo en el interior del Caney. Los hombres de la tribu bloquean la entrada mientras se colocan en una fila apretada, y viro me cuerpo para estar frente a lo que una vez fue el batey. Pero mi corazón se rompe al instante. El suelo está lleno de hombres blancos que cayeron en combate, pero hay la misma cantidad de taínos que dieron su vida por nosotros. Gente con la que crecí, con la que reí y bailé en Areytos. Mis ojos se llenan de lágrimas y mi corazón de ira. Pero luego siento miedo.

Sí, hay tantos hombres blancos como taínos en el suelo, pero los falsos dioses siguen llegando del bosque mientras que el número de los taínos se reduce. A este paso, en menos de una hora, todas las tribus habrán caído y cuando papá regrese, no estaremos aquí para recibirlo. Me doy la vuelta hacia los taínos que crean el círculo alrededor del Caney. Todos sostienen macanas y cuando un hombre blanco se acerca a ellos, lo terminan al instante. Esto no va a funcionar. Empiezo a correr por el yucayeque agarrando arcos y flechas de guerreros caídos y luego se los entrego a los protectores del Caney.

—No sobreviviremos si caen los que luchan a nuestro alrededor. ¡La mitad de ustedes, usen arcos y dejen que los verdaderos dioses guíen las flechas hacia su objetivo! Necesitamos toda la ayuda posible.

Todos asienten de acuerdo con mis palabras y crean una formación en la fila, acomodándose de una manera que una persona sostiene una macana y la persona a su lado un arco. Empiezo a correr de nuevo y entro en la guerra. Ataco con mi macana cuando más de cinco hombres blancos se acercan a enfrentarme a mí. Evado la espada de uno moviéndome hacia abajo para luego levantarme y atacar directamente el cuello de un segundo. El tercero intenta cortarme y rompo su espada de un solo golpe, continuando el ritmo del golpe hacia su pecho haciéndolo volar. El cuarto no tiene la oportunidad de atacar cuando una flecha que proviene del Caney lo alcanza y ahora, me paro frente a los dos que quedan. Ambos atacan al mismo tiempo y yo retrocedo chocando con las espadas. Me deslizo por el suelo golpeando la pierna de uno, rompiéndola y luego rompiendo el brazo del otro. Con ambas manos ataco la cabeza del hombre en el suelo y cuando el otro intenta atacarme con la otra mano le libero una mano y golpeo su cara, y al caer lo sigo con un ataque que lo hace descansar para siempre.

Después de esa pelea respiro y me doy cuenta de que los guerreros que quedaban han comenzado a retroceder hacia el Caney. Miles de hombres blancos comienzan a llegar desde el borde del bosque, pero esta vez sostienen las armas que explotan en sus manos. Apuntan al cielo y al mismo tiempo presionan algo que explota y hace que todo el ruido a nuestro alrededor se detenga. —¡Retrocedan! —Grito mientras me tiembla la voz. Las caras de los hombres blancos están llenas de sonrisas burlonas. Creen que han ganado. Hablan en su lengua como si triunfaron sobre nosotros...Y tal vez lo hicieron. No podemos enfrentarlos con esas armas. Las flechas pueden perforar a algunos, pero las explosiones son más rápidas. Si lo desean, esto terminara en segundos.

A medida que retrocedemos, los taínos están a la mitad del yucayeque, pero la mayoría están frente al Caney. Me doy la vuelta y veo a mamá mirando desde adentro. Sus ojos muestran la preocupación que nunca me ha gustado ver en ella. Me encanta verla feliz, no de esta manera. Un hombre que debe ser el líder de este grupo de hombres blancos se acerca y dice algo, —dice que ya perdimos —Arinotu habla a mi lado y no me había dado cuenta de que había salido del Caney para acercarse a mí—. El hombre vuelve a hablar y Arinotu hace lo mismo, —con gusto aceptaríamos a todos ustedes como esclavos. Romperíamos la orden que nos fue dada por Ignacio de destruir a todos los taínos de este yucayeque, pero nadie tiene que enterarse.

—Nunca —respondo sabiendo que las tribus dirían eso. Sé que papá diría lo mismo—. Hemos sido esclavos durante muchos años.

Nunca más, —me acerco desde el otro lado de la multitud y me paro frente a este falso dios. Y sin dudarlo, Arinotu me sigue y dice mis palabras.

El hombre blanco dice algo con la mano hacia nosotros mientras cientos de armas comienzan a apuntar a cada taíno y Arinotu dice, —dio la orden de erradicar a todo ser vivo de este yucayeque.

Observo la cara asustada del bojique y luego al cielo. —Por favor... no me abandonen ahora —ruego a los dioses—. Desde que era un niño, nunca he perdido mi fe en ninguno de ustedes. Y hoy si voy a Coabey seguiré con honor a los dioses que siempre me han protegido. Pero nuestra tribu no se merece esto; Por favor... ayúdennos.

Al instante una risa se escapa de mi boca junto con una sonrisa cuando los dioses no tardan en responderme. Empiezo a oír gritos desde el interior del bosque. Gritos de guerra que solían aterrarme hace años, pero hoy son mi salvación. Los hombres blancos miran para todos lados alerta cuando cientos de flechas vuelan desde el bosque acabando con sus vidas mientras los gritos se hacen más fuertes.

Los Kalinago han llegado.

CAPÍTULO 34

LA CANCIÓN DE MABODAMACA

—¡Noooo! —grito intentando acabar con la vida de todos los españoles que me atacan despiadadamente, pero sus números son superiores y sin poder hacer nada vuelvo a ver como una espada pasa a través de la espalda de Urayoán. Escucho el grito que se escapa de su boca, no de dolor sino de rabia. Una rabia que lo hace luchar con más fuerza. Se da la vuelta y golpea con su macana al español que insertó la espada en su cuerpo, y el poder del cacique fue tanto que con el crujido de los huesos rotos me alcanzo a esta distancia.

Urayoán sigue luchando contra decenas de españoles mientras yo trato de sobrevivir mi propia batalla. Actualmente estoy peleando con más de veinte. Mi padre estaba detrás de mí hace unos minutos, pero no sé a dónde se ha ido y no me preocupo por él. Él fue un cacique antes que yo, y es el más fuerte de nuestra tribu. Se enfrentó a los españoles en su estado más débil, porque eso es lo que hace el espíritu de un cacique. Así que no temo por él.

Intentamos detener a los españoles como lo planificamos, pero cuando le aseguramos a Guazei'ki'no que no llegarían a su yucayeque, nunca hubiera pensado que había tantos hombres blancos. Pero esa no fue la causa de nuestra derrota inicial. Fueron sus armas. Ese momento en que se acercaron a nosotros sin miedo y con orgullo y Urayoán, yo y nuestras tribus atacamos directamente. Ese maldito momento en el que agarraron sus armas alargadas que escupen plata al explotar. Todavía escucho los gritos de nuestra gente. Todavía siento el dolor en mi corazón cuando los vi caer, pero no huimos. Las flechas volaron cerca de mis oídos buscando la debilidad de los hombres blancos que disparaban sus armas sin piedad. Y la piedra blanca en la punta de las flechas encontró su objetivo haciéndolos caer, dándonos el tiempo suficiente para atacar con las macanas. Nos enfrentamos a sus espadas, pero habíamos perdido a muchos de los nuestros en ese primer ataque.

Decidimos mantenernos firmes en el Valle de los Dioses, protegidos por las dos montañas de roca negra y gris que nos cuidan a cada lado y que crean un camino lleno de hierba alta que conduce a las tribus del oeste. Pensamos que podíamos detenerlos aquí, pero los hombres blancos comenzaron a dividirse. Los dioses falsos vieron la ventaja que tenían después que las tribus perdimos a más de la mitad de los guerreros. Así que comenzaron a atacar mientras otros corrían por nuestros lados hacia el camino que asciende. —¡Urayoán! ¡Tienes que retirarte, corre con tu bojique! —Grito mientras rompo cinco espadas con un golpe de la macana en mi mano derecha. Pero se me escapa la oportunidad de atacar a los españoles desarmados cuando diez más toman su lugar.

—No... Mabodamaca —responde Urayoán hablando más alto que los sonidos de las macanas y espadas chocando. Más alto que las flechas que hacen hablar al viento—. Hoy liberaremos a... B-Borikén y no seré recordado c-como un cobarde que se esconde...

—¡Estás herido! Si tu bojique no te cura, no vivirás para ver nuestra tierra libre —le grito mientras salto hacia atrás. Los españoles me siguen y ruedo por el suelo agarrando el arco de un aliado caído y lanzo un par de flechas mostrándoles por qué soy un cacique. Y doce flechas hacen que doce españoles caigan a mis pies.

—E-Enfócate en las tribus y no... en un cacique —dice y aunque todavía la espada sigue incrustada en su espalda, con ferocidad rompe con su macana los cuerpos de los españoles que se le acercaron—. Son más q-que nosotros... pero este es nuestro hogar. Ellos son guiados por la conquista y nosotros luchamos con un propósito que les falta. Proteger.

Siento la necesidad de luchar a su lado, pero escucho detrás de mí un grito que me hace olvidarlo por completo. — ¿¡¿Padre?!? — Me doy la vuelta y lo busco a mi derecha, cerca de donde se abre el camino en el Valle que conduce a un bosque cerca del mar. En la entrada veo a mi padre peleando con una mano caída. Con las dos flechas que me quedan en el carcaj acabo con dos de los cinco españoles que luchan contra él. Corro esquivando las espadas que intentan detenerme y logro alcanzarlo—. ¡Por qué no me pediste ayuda! —Le grito cuando empezamos una nueva batalla contra los hombres blancos y cada segundo se unen más. Alzo mi voz creando un grito de guerra y los taínos de mi tribu responden uniéndose a mí para ayudarnos.

—Puede que sea viejo, pero necesitarán más de estos cinco débiles hombres blancos para detenerme —dice con arrogancia, y sonrío. Al menos la guerra no lo ha cambiado—. Y puede que hoy sea uno de los días más tristes para todas las tribus, pero también es el día que hemos estado esperando durante años. Hoy Guazei'ki'no acabara de una vez por todas con el dios del fuego mientras nosotros acabamos con los falsos dioses que lo acompañaron.

Y mi padre tiene razón. Mientras nos enfrentamos a estos hombres que sus cuerpos se rompen con facilidad al igual que sus espadas, Guazei pelea solo. Está en el bosque de Yuke. Un cacique ha dejado sola a su tribu para salvar a Borikén. Una decisión que si yo tuviera que tomar no sé cómo lo haría.

Terminamos de luchar contra los españoles y por fin tenemos unos segundos para descansar. Comienzo a calmar mis respiros, observando el Valle de los Dioses y veo a la mayoría de mi tribu en el suelo esperando la ceremonia que los guiara a Coabey. Es insoportable, es doloroso y el sufrimiento que siento es incontrolable, pero la guerra no ha terminado. Cuando haya acabado con la vida de todos los hombres blancos, yo personalmente los guiare a Coabey, pero ahora no puedo. El Valle de los Dioses aún está lleno de españoles con vida y Urayoán, cerca de donde asciende el camino, continúa luchando herido junto a sus hombres. Mi padre, a mi lado, tiene una mano que no se mueve, seguramente quebrada en el combate. Y los taínos que quedan de mi tribu que nos ayudaron están cansados. A mi alrededor, los españoles luchan contra cientos de taínos cansados.

—Protejan a mi padre y nunca abandonen su lado —les grito con autoridad por encima del ruido a los ocho hombres que están cerca de él, recuperando su aliento—. Recuerden que él fue y siempre será un cacique bajo los verdaderos dioses. Es nuestro trabajo luchar y morir a su lado.

Los hombres asienten aceptando y mi padre dice, —Que no se te olvide que soy un guerrero también, hijo.

—Y eso es lo que más me asusta. El Valle está lleno de grandes guerreros que han caído—escucho como la voz se me quiebra con solo pensar que lo perdería de nuevo.

Mi padre pone su mano sobre mi hombro y me dice, —somos guerreros con propósito — y me suelta para correr hacia la guerra mientras los hombres lo siguen. Empiezo a moverme en su dirección, pero mi camino es bloqueado por un español con círculos dorados en su ropa blanca. Levanto mi macana mientras él habla las palabras de estas personas, y lo ataco ignorando sus palabras sin sentido. Y por primera vez siento que enfrento a un oponente poderoso. Mi macana se detiene en su espada que es más gruesa que la de los otros españoles con los que he peleado. Debajo del pelo arriba de sus labios se forma una sonrisa y me empuja hacia atrás, y uso ese impulso para conseguir algo de espacio.

Es más fuerte que los demás y está solo. Los otros españoles saben que es un guerrero diferente, pero si algo he aprendido es que cada hombre puede caer, él no es la excepción. Muevo la vista hacia mi padre por un segundo y está luchando con su buena mano contra decenas de españoles mientras los otros ocho taínos lo protegen. Vuelvo a mirar al otro cacique y su tribu lucha con él, los cientos de españoles que siguen llegando. Necesito terminar esta batalla lo antes posible para unirme a mi padre y luego ayudaremos a Urayoán.

—Retrocede, hombre blanco. No tienes posibilidad de ganar una batalla contra un cacique de Borikén —le digo, pero no reacciona. Se queda con la misma sonrisa en su rostro lleno de sudor—. Ignora mis advertencias entonces. ¡cae ante mí!

Corro sintiendo la hierba de mi tierra darme vida y el hombre blanco intenta cortarme con su espada, pero lo evado, lanzándome hacia abajo girando detrás de sus pies y saltando para atacar su cabeza con la macana. Se gira rápidamente, chocando su arma contra la mía a pocas pulgadas de su cara. Y aunque detuvo este ataque no me detengo. Arrastro la macana por la superficie gruesa de la espada, la levanto ligeramente y la bajo con más fuerza cerca de su mano y un grito me revela que rompí un dedo del hombre.

El español, invadido de dolor y furia, corre hacia mí, atacando sin pensar con su espada y yo retrocedo evadiendo mientras la espada corta el aire. Miro sus movimientos esperando el momento adecuado, viendo cómo sostiene su arma con solo dos dedos. Debo haberle roto más de lo que pensaba. El español ataca hacia arriba y aprovecho para deslizarme por el suelo y acercando mi macana a su cuerpo le golpeo la mejilla haciéndolo dar unos pasos hacia atrás. Me impulso hacia arriba y sigo su cuerpo que trata de alejarse así que ataco su cuello haciéndolo caer de rodillas mientras busca aire. Con mi arma rompo su mano para que caiga su espada y con un último giro mi macana toca su cara acabando con su vida.

Estoy respirando de una forma peligrosa y mi corazón me lo advierte; Necesito recuperar el aliento antes de moverme. Pero no tengo tiempo, así que lentamente me dirijo a mi padre sabiendo que he perdido tiempo que no tenía en esta pelea. Cuando lo encuentro lo veo peleando con varios españoles. Los hombres que estuvieron a su lado han caído. Solo uno sobrevivió y está dando todo lo que puede para proteger el cacique anterior, pero no es suficiente, están perdiendo. Empiezo a correr aun sin aliento tratando de mantener mis ojos en ellos mientras luchan, pero la macana de mi padre no puede seguir el ritmo de las docenas de espadas.

Siento como el mundo comienza a detenerse cuando una espada de un español se dirige directamente a mi padre. Intento correr más rápido, pero estoy demasiado lejos. Y cuando la espada está a punto de entrar por sus costillas, el taíno que había sobrevivido hasta ahora salta recibiendo el ataque. Mi padre se vira confundido y lo atrapa con su brazo bueno y al fin los alcanzo. Lucho contra los hombres blancos mientras retrocedemos lentamente. Utilizo la furia de los verdaderos dioses y uno a uno los españoles caen rendidos a mis pies.

Una vez que el peligro pasa me viro y la paz que sentí por un segundo me abandona. Urayoán solo tiene treinta hombres ayudándolo, pero eso no es lo que me quita la paz. Cuando veo el cuerpo del cacique, tiene tres espadas saliendo de él. —¡Padre! ¡Tenemos que ayudar a Urayoán! Estos valientes guerreros recibirán el viaje a Coabey, que se merecen, pero el cacique...

Mis palabras se detienen y mis ojos se llenan de lágrimas cuando veo a mi padre colocando al hombre en el suelo. No lloro al guerrero caído. Mi espíritu llora la herida que una espada la ha hecho a mi padre. Una herida para la que no hay cura.

CAPÍTULO 35

LA BATALLA POR BORIKÉN

Mi macana choca con el fuego y la sonrisa en el rostro del dios dice palabras que su boca calla. Cree que no sobreviviré a esta pelea... y durante años pensé lo mismo. Cada vez que veía la visión despertaba gritando, habiendo experimentado mi muerte. Arinotu siempre trataba de decirme que era la forma en que los dioses me mostraran lo que podía suceder, no un futuro que no podría cambiar. Y nunca le creí. Trataba de negar lo que veía diciéndome que era un sueño, pero siempre supe que era una visión que me mostraba mi fin. El día en que se suponía que iba a caer bajo el fuego de este dios.

Pero hoy es diferente. Mientras me enfrento cara a cara con él, viendo sus ojos rojos a través del fuego que arde como si el sol estuviera en sus manos, sé que no perderé contra Egios. No puedo morir. Las tribus, la tierra, toda la vida que me rodea cuentan conmigo. Es por lo que sé que la visión está equivocada, aunque la fuerza del dios sea diez veces mayor a la mía.

Con ambas manos sosteniendo la macana que me regalaron los dioses, lo empujo para intentar quemarlo con su propia espada, pero Egios es demasiado poderoso. Responde a mi ataque devolviéndolo con el doble de fuerza haciéndome deslizar por el suelo mientras trato de no tropezar y caer por el borde de la montaña. —¡Hoy no escaparás, Guazei'ki'no! —Egios comienza a correr con su espada extendida hacia el lado, y lo espero buscando la fuerza de mi tierra debajo de mis pies, pero lo único que siento son las cenizas sin vida. El dios salta por los aires dirigiendo su espada hacia mí, gritando con una risa que paralizaría a un hombre normal—. ¡No esperes misericordia de mi esta vez! —Pero hoy estoy ante él cómo un cacique, como un protector de Borikén no como un hombre normal. Cae sobre mí con una velocidad que apenas me da tiempo para evadirlo cuando me tiro hacia el lado sintiendo el calor de la espada que rosa mi piel. Levanto mi arma contra sus costillas, y detiene la macana con el fuego que ya estaba esperándome—. ¡Necesitas ser más rápido si quieres matar a un dios! —Aleja la macana lanzando varios golpes rápidos y siento el dolor en mi pecho cuando con un giro usa la parte de abajo de la empuñadura de oro para atacar cerca de mi corazón. Y su poder es tanto que ese simple toque me envía hacia atrás a una gran velocidad.

Giro mi macana colocándola hacia abajo para insertarla en las cenizas logrando detenerme justo cuando siento el frío del viento que se alza a mis espaldas. Me doy la vuelta rápidamente, no queriendo apartar mis ojos del dios por mucho tiempo, y miro hacia abajo para ver lo cerca que estuve de caer de la montaña. Vuelvo a girar y miro los ojos de Egios y grito por encima del fuerte viento que ha aumentado desde que se formaron las nubes grises. —No pienso escapar. Los dioses y Borikén serán testigos de tu caída. ¡La única forma en que me iré de este bosque es con tu cuerpo sin vida en mis manos! —Dejo que la macana caiga al suelo y agarro el arco de mi espalda y comienzo a tensar la cuerda para liberar las flechas que abandonan mis manos para encontrar sus debilidades.

Las risas de Egios llenan la cima de Yuke cuando su fuego hace desaparecer una a una las flechas sin ningún esfuerzo. Una vez más comienza a correr hacia mí, y yo sigo lanzándole flecha tras flecha mientras él las evade de un lado a otro. —¡Tus armas son inútiles contra un dios, taíno! —Y cuando está a unos pies de mí, agarro la macana esperando bloquear su espada de fuego, pero no la usa. Egios me patea el pecho y empiezo a caer por la montaña rodando colina abajo. Doy vueltas sin poder controlar mi descenso, y mis brazos golpean las raíces, las rocas y los árboles, mientras intento detenerme. Uso mis pies para acomodarme en una posición sentado, pero, aunque quisiera no puedo parar de caer. Mi cuerpo sigue bajando por la montaña a una velocidad incontrolable—. ¡No pudiste proteger a tu cacique! ¡Qué te hace pensar que puedes sobrevivir contra mí! —Está corriendo. Egios me sigue a toda velocidad mientras desciendo, y aunque lo escucho no le doy el placer de responderle.

Mientras caigo de espaldas a la cima de la montaña, sostengo la macana con los muslos mientras tenso el arco que por suerte sigue en mis manos. Dejo volar flecha tras flecha viendo al dios bajar por la pendiente con más velocidad que antes. Ni una sola vez mis flechas se acercan a su piel ya que sigue quemando hasta la última de ellas, además de los árboles que se interponen en su camino, y por encima del sonido de la tierra rompiéndose debajo de mí puedo oír su risa. Una risa que se hace más fuerte a medida que se acerca tratando de invadir mi espíritu y llenarlo de temor con sus ojos rojos llenos de oscuridad. Pero no dejaré que el miedo me consuma. Ya no le temo a este dios del fuego. Sigo lanzando flechas mientras mi cuerpo nunca para de caer por esta colina y, sin embargo, el peligro de no ver dónde estoy cayendo crece con cada segundo que pasa. Pero más peligroso seria darle la espalda a Egios.

Sigo cayendo por la montaña mientras los árboles a mi lado parecen sombras a la velocidad a la que caigo y, sin embargo, eso no es suficiente para alejarme de Egios. El dios del fuego salta una vez más con su espada hacia abajo tratando de atravesarla en mi pecho. Uso el arco para desviarla y sucede lo mismo que con la macana. No se quema. Egios pierde el equilibrio y continúa atacándome, pero ya no corre, esta vez ambos caemos cuesta abajo. Cada vez que el fuego está cerca de mi cuerpo, bloqueo alejando su fuego de mí con el arco. —¡Los verdaderos dioses me regalaron estas armas! ¡No podrás vencerme con los dioses de Borikén peleando a mi lado! —Le grito sin saber si logra echarme con el ruido del suelo rompiéndose con nuestros cuerpos al caer.

—¡Ante mí solo veo falsos dioses y falsas armas! —Responde, preparándose para atacar una vez más, pero sus ojos se alejan de mí y Egios coloca una mano en el suelo usándola para impulsarse hacia atrás. Muevo el cuello para ver lo que hizo que se alejara, pero es demasiado tarde. Estoy a unos pies de un árbol caído que se interpone en mi camino. Agarro mi arco y mi macana, sosteniéndolos contra mi pecho, ya que no hay forma de evadir el golpe que estoy por recibir. El dolor invade el medio de mi espalda cuando escucho que algo se quiebra y la velocidad en la que descendía me hace volar por encima del árbol caído. Doy vueltas por el piso rocoso hasta aterrizar lejos en el agua.

Me empiezo a levantar, sintiendo el carcaj en mi espalda, pero mi macana y mi arco ya no están en conmigo. Coloco ambas manos en el suelo de agua donde caí, levantando mi cuerpo y veo las rocas suaves sobre el agua cristalina y las rocas de oro. Estoy en un río que ningún dios falso ha tocado. Giro mi cabeza en busca de mis armas, y por suerte no cayeron muy lejos del agua. Están a unos pies de distancia del árbol que casi me rompe mi espalda. Pero hay algo que me preocupa. El bosque está silencioso. No hay ruidos de pájaros, animales, viento, incluso del dios. Solo el rio habla llevándose el agua lejos de mí. ¿Dónde está Egios? Muevo mi vista por todos lados y solo veo el río oscuro ya que la luz del sol no logra atravesar la espesura del bosque de Yuke, y aunque lo lograra, las nubes negras cubren el cielo. Trato de escuchar algo más y sigo el sonido del agua que se mueve a mi derecha a través de un largo sendero creado por el rio con un arco de árboles y a lo lejos puedo descifrar que hay una cascada. ¿Egios estará cerca de donde esta agua cae o habrá subido por el camino frente a mí, donde el río se pierde desapareciendo camino a la cima de la montaña en el espeso bosque?

El agua salpica mientras corro en busca de mis armas y cuando estoy agachado, escucho algo caer en el rio y el calor del sol amenaza con quemar mi espalda. Giro y con una mano en el arco y la otra en la macana utilizo ambas armas para bloquear la espada. —No eres lo suficientemente fuerte, Guazei'ki'no. ¿No te has dado cuenta de que estoy jugando contigo? —Dice el dios con los ojos iluminados a medida que su oscuridad crece. Pero sus palabras son interrumpidas de repente cuando nos golpea un viento más fuerte de lo normal. Un viento que ha comenzado a hablar incluso si su voz aun es leve.

—¡Entonces tu arrogancia es lo que me ayudará a acabar contigo! —Empujo con las dos manos y él da un paso atrás y yo también. Agarro una flecha de las pocas que me quedan en el carcaj y la libero con la esperanza de que consiga a Egios... y una vez más la desintegra, pero esta vez no me quedó mirando. Ataco con mi macana, y él alza su mano sosteniendo su fuego. Antes de que conecten de nuevo me muevo a un lado dirigiendo la macana a sus piernas y el rojo de su fuego detiene el verde de mi arma antes de que pueda hacer algo. Pero ¡Aunque detenga todos mis golpes no pienso detenerme! Ataco a sus brazos, y el fuego me espera, voy contra sus costillas y sucede lo mismo. En cada lugar que trato de atacar, nunca logro dar un simple golpe.

—Ya es suficiente. Estoy cansado de detener tus inútiles ataques —dice el dios y se lanza hacia mí con su fuego cortando el viento. Y comenzamos a enfrentamos como lo he hecho con docenas de guerreros, bloqueando y chocando nuestras armas por todos lados a través del río. El agua vuela con nuestros pasos y también se evapora cuando el fuego la toca. Sus llamas me rosan la piel, pero las detengo a tiempo dirigiéndolas al agua que crea niebla tan pronto como pasa por el río. Evado mientras le devuelvo los golpes con todas mis fuerzas. Pero la espada de fuego siempre detiene mi macana y lo mismo pasa cuando uso el arco como otra arma.

Salto hacia atrás para llenar mis pulmones de aire y recuperar el aliento que mi cuerpo a perdido y el dios me observa sonriendo. —

Pensé que la venganza te iba a dar las fuerzas para acabar conmigo. ¿Has olvidado los gritos de Agüeybaná? Oh, cómo disfruté ver tu cara cuando entendiste que no podías hacer nada. Que lo habías perdido todo —dice burlándose y sé que trata de provocarme... y funciona. Cada una de sus palabras dicen la verdad. En ese momento deseé la muerte del dios de los ojos rojos. Y mientras él pronuncia esas palabras todavía lo deseo. Sin embargo, trato de no olvidar porque estoy aquí, incluso cuando Egios sabe cómo incendiar mi ira. El dios comienza a acercarse lentamente, y se lo permito. He llegado a entenderlo. Es arrogante. Se cree invencible y le gusta crear ira dentro de su oponente antes de enfrentarse a él—. ¿Sabes algo, Guazei'ki'no? Yo te hubiera dejado pasar a través del fuego del batey. Si los caciques no te hubieran sujetado, yo te hubiera abierto un camino. Así habrías perdido tu vida en el yucayeque. Si no se preocuparan tanto por ti en este momento, todo Borikén sería ceniza. Ese era el plan. Pero cuando vi tu rabia. Cuando vi la oscuridad de tu corazón. Oh, Guazei›ki›no, necesitaba ver más. Necesito presenciar la oscuridad en el corazón de un taíno. Y si la consigo, entonces serás el regalo perfecto para Orionis.

—La oscuridad vive dentro de todos nosotros. Ni siquiera los dioses son perfectos. Y Si ellos no lo son, ¿qué puedes esperar de mí, un taíno? —Digo mientras las hojas de los árboles comienzan a sonar cuando la lluvia vuelve a empezar y a lo lejos rompen pequeños truenos—. No te equivocas conmigo. Sería un mentiroso si dijera que no busco venganza por Agüeybaná. Lo deseo, pero no dejaré que guíe mis pasos. Hoy los dioses me acompañan no en busca de venganza sino para salvar nuestra tierra. Si caes por mi mano, fue en nombre de la vida de Borikén, no por la sangre derramada del cacique. Es por lo que debemos continuar lo inevitable...

Empieza a decir algo, pero detengo sus palabras atacándolo. Voy por su cabeza, y él bloquea así que pateo el agua hacia la espada para crear niebla mientras giro para intentar romper el brazo que sostiene su espada. Como era de esperar, bloquea como siempre hace y esta vez con su mano libre me golpea haciéndome tropezar. Egios comienza a correr, atacando con furia en sus ojos, levantando la espada y lanzándola hacia abajo. Y lo espero para comenzar a chocar las armas mientras el fuego ilumina el bosque en todas las direcciones en la que nos movemos. Evado como nunca lo había hecho. Me encuentro con el fuego, a izquierda y derecha, arriba y abajo, y saltando, cuando no tengo tiempo de detenerlo, pero está fuera de control. Su risa es más fuerte que la lluvia, los truenos y la cascada lejana. Egios está tratando de acabar conmigo por primera vez y, a pesar de que sus ataques cada vez están más cerca de quemar mi cuerpo, creo que todavía está conteniendo su verdadero poder de dios.

La forma en que lucha es diferente al hombre que vi en la visión. El día que el cielo se rompió su velocidad era diez veces peor, su fuerza quebraba el sonido cuando conectaba con el hielo y el suelo parecía no sostener cada uno de sus pasos. Hoy llevamos horas peleando y aún sigo con vida. Bloqueo y mi macana no abandona mis manos. Mi arco no se rompe, y el agua salta, pero las rocas del río se quedan dónde están. Todavía juega. Todavía piensa que no puedo derrotarlo.

—Puedes resistir una estocada sencilla, taíno. ¡Vamos a ver si consigues sobrevivir a esto! —Grita Egios con la oscuridad escapando de su risa—. Veo cómo presiona el segundo cristal de su empuñadura de oro. No espero para ver. Me lanzo hacia donde el río crea el sendero con los arcos de árboles y por suerte es lo suficientemente profundo como para cubrir mi cuerpo cuando el fuego pasa por encima de mí. Pero no gano mucho tiempo. A través del agua veo al dios saltando sobre mí con su espada hacia mi pecho. Doy vueltas dentro del rio escapándome de él y saco la cabeza. Respiro rápido y empiezo a alejarme nadando.

Detrás de mí, escucho el agua convirtiéndose en vapor y cuando me doy la vuelta, lo veo partiendo el río en dos. —¿¡Enserio fuiste un cobarde al final!? —Grita mientras empieza a caminar donde una vez hubo agua en esa aérea del rio. Dejo que la corriente me lleve todavía con mi cuerpo hacia el dios y vuelvo a lanzar flechas. Esta vez parece enojado... está furioso—. Flechas y más flecha. ¿No sabes hacer nada más? ¡No vez que las quemo todas! ¿Eres ciego? Ninguna flecha puede atravesarme. ¡Ninguna macana puede quebrarme! —Más agua se convierte en neblina cuando el rio trata de arreglarse y Egios vuele a cortarlo con su espada frente a él.

A mi espalda escucho la cascada furiosa acercarse, y sé que no hay otra opción. Me doy la vuelta nadando lo más rápido que puedo, con mi macana y mi arco en las manos mientras la corriente me carga cerca del borde de la cascada. Escucho al dios acercarse cada vez que el agua se convierte en aire, y al final la corriente desaparece cuando llego a la cima de la cascada hecha de un piso de roca. —He visto flechas perforar pieles que alguna vez creímos inmortales. Hasta que una te toque y demuestre que no te hiere, no me detendré —digo al pisar la roca que detrás de mi tiene una caída de más de cien pies donde el agua crea un río similar a un lago.

—Estoy tentado en dejar que una flecha me alcance —dice el dios, con sus ojos rojos invadiendo mi espíritu. Termina de caminar por el fondo del río y sube a la roca a unos pies de mí—. Como me gustaría ver tus ojos cuando no me hacen nada. ¡Pero prefiero que mueras preguntándote si todo lo que hiciste fue en vano! —Sin avisar corre con el fuego cortando cerca de mi pecho y alzo la macana, y me doy cuenta demasiado tarde de que era una distracción...y lo mismo que sucedió encima de Yuke sucede aquí. Su pie se conecta con mi pecho, y salgo volando de la cima de la cascada con el agua de abajo esperándome. La lluvia me azota mientras caigo recibiendo los golpes del agua de la cascada. El viento sopla a mi alrededor y arreglo mis piernas para que estén hacia abajo y con un último grito del viento todo se queda en silencio. El agua a mi alrededor consume el sonido y empiezo a nadar hacia arriba y respiro profundamente una vez que salgo. Me doy la vuelta y veo las aguas blancas estrellándose cerca de mí. En el suelo de roca a cientos de pies, el dios mira hacia abajo. A esta distancia solo se ve su cabello negro y su espada de fuego en la mano, iluminándolo.

Empiezo a nadar lejos de donde la cascada rompe el río hasta llegar al área menos profunda donde llega a mis tobillos. Si el dios va a seguirme, tardará unos minutos en encontrar alguna forma de bajar. Así que, coloco la macana y el arco en mi espalda después de haber nadado con ellos y me siento por unos segundos recuperando mi aliento lo más rápido posible. Observo a mi alrededor a las hojas de los árboles que quieren caerse mientras las ráfagas las azota... Juracán está cerca. Los vientos son cada vez más fuertes. Incluso mientras estoy sentado, intentan empujarme de un lado a otro. La lluvia es más espesa y todo se ve blanco a mi alrededor y el frío empeora. Miro al cielo y el sol nunca regresa incluso cuando debería estar en el horizonte en estos momentos. Las nubes de color gris oscuro cubren todo encima de mí y la única luz que ilumina mis alrededores proviene de los truenos que rompen a lo lejos. —Ese dios que esperas no existe —una voz dice detrás de mí y mi corazón se detiene cuando la espada de fuego se enciende a mi lado, y no tengo la oportunidad de girarme cuando el dolor se apodera de mi espalda mientras la siento en llamas.

Grito tirándome al agua mientras el dios empieza a reír. He sentido quemaduras antes, pero este fuego... Este es el fuego del sol. Siento como mi piel se derrite al instante y me retuerzo en el suelo por el dolor mientras el agua fría intenta ayudar en un esfuerzo inútil. Las risas del dios siguen, y me volteo para poder agarrar la macana de mi espalda y el dolor no me deja. Me tiembla la mano cuando intento extenderla. Puedo sentir los ojos de Egios sobre mí cuando estoy a punto de intentar levantarme, pero antes de que pueda, el agua cambia. Ya no es cristalina; ¡Está cambiando a marrón! Necesito correr; ¡Necesito salir del río! Utilizo la fuerza que aún tiene mi cuerpo después de la quemadura, recordando por lo que estoy luchando, y empiezo a levantarme ignorando el dolor. Antes de que pueda estar a unas pulgadas del suelo, Egios me pone un pie en la espalda. —¿Le tienes miedo a un inofensivo rio? —dice burlándose. Él lo sabe. El dios de los ojos rojos sabe lo que está a punto de suceder y no le importa.

—¡MUÉVETE O NINGUNO DE LOS DOS TERMINAREMOS ESTA PELEA! —Grito escupiendo agua que intenta ahogarme. Hace unos minutos el agua del río que apenas me llegaba a los tobillos ha comenzado a cubrir mi cuerpo.

—¿No confías en tu dios? —dice Egios, todavía con la risa que casi no se escucha en comparación con los sonidos del bosque rompiéndose desde lo alto de la cascada. El río ha crecido. Toda la lluvia que empezó en la cima se ha acumulado y está a punto de ahogarnos a los dos. Logro girar la cabeza hacia la cascada y veo como comienza. Torrentes de agua marrón como una gran ola de un mar rugiente vuela desde lo alto llevándose consigo los árboles y todo lo que pueda a su paso. Siento el pie de Egios soltar mi espalda mientras camina lentamente en espera del agua. Aprovecho la oportunidad y coloco las palmas de mi mano en las rocas del río, empujando mi cuerpo para poder sentarme, agarro la macana y con ella me ayudo levantarme. Y se presenta una oportunidad. Puedo usar mi macana para darle un golpe al dios detrás de su cabeza. Está distraído mirando el agua marrón que se acerca cada vez más rápido y feroz. Y en menos de un segundo la oportunidad desaparece cuando la ola dos veces más grande que nosotros nos alcanza. Está a punto de golpearnos, veo algo que me da más temor. La mano del dios presiona los tres cristales de su espada a la vez y en un abrir y cerrar de ojos la clava directamente en el suelo.

Mi cuerpo se eleva por los aires cuando la misma explosión que sentí el día que murió Agüeybaná ocurre aquí. Me choco con el piso de rocas y alzo mi cabeza para ver columnas de fuego que nos rodean y el agua no puede pasar. Se desintegra al instante creando una niebla que nos cubre por completo. Y a medida que el agua avanza, todo se vuelve blanco, convirtiendo todo invisible. Todavía puedo escuchar el rugido del rio, el caer de la lluvia y las columnas de fuego, pero no puedo ver nada frente a mí. El cielo, los árboles, el agua a mis pies han desaparecido y han sido reemplazados por la nube de un río evaporado. —¿No es curioso? —Escucho decir a una voz en mi oído, y me doy la vuelta atacando con mi macana, pero solo golpeo el aire—. Morirás de la misma manera que tu cacique, —Egios vuelve a decir, pero esta vez frente mí. Corro atacando de nuevo y vuelvo a golpear el aire —aunque hay una diferencia estás solo—. Lanzo mi macana de lado a lado contra el aire a mi alrededor tratando de golpear la voz que se mueve, pero no hay forma de que pueda verlo—. Tu gente ya debe estar muerta. Envié a miles de españoles con las armas que los matarían al instante. Tu familia se ha ido. Los taínos se han ido. He hecho desaparecer a esta raza ignorante. Los españoles gobernarán hasta que lleguen los humanos perfectos para Orionis.

—Tus hombres blancos tienen armas que nos superan. No voy a negar la verdad. Pero son débiles. Sin armas no son nada. En cambio, los taínos somos feroces. Mi tribu no necesita una macana para destruir a nuestros enemigos. ¡Tenemos velocidad, tenemos fuerza, tenemos espíritu, tenemos a nuestros dioses! Los hombres blancos están solos —Grito más alto que el fuego que no se detiene. Cierro los ojos y respiro. Con la voz baja, le ofrezco una oración a Juracán. —Sé que estás aquí. Estás en el bosque de Yocahú, un dios del que no eres aliado, pero necesito ayuda. Necesito tus vientos, necesito ver a mi enemigo. Por favor, revélamelo. Únete a Yocahú como yo lo hice con los Kalinago ¡Ayúdame a salvar a Borikén! Espero con los ojos cerrados y siento su presencia. El grito de Juracán, con todo su poder, llega a mis oídos. Me tiro al suelo sosteniendo las piedras más firmes cuando un viento lo suficientemente fuerte como para doblar los árboles pasa a través de mí llevándose todo el blanco con él. El fuego se apaga al instante y el agua comienza a moverse por un camino diferente lejos de nosotros. Miro a mi alrededor mientras la lluvia continua en su punto máximo y los árboles se agarran con sus raíces cuando los gritos de Juracán intentan llevárselos. Y lo veo a él, a Egios, sacando su espada del suelo sin que el viento lo afecte.

—Curioso de verdad —dice mirando su espada y luego a mí.

Sigo sosteniendo el suelo mientras el viento de Juracán sigue azotándolo todo. El dios antiguo me dio el don de la vista, pero todavía no es mi aliado. Me sigue empujando como si no le importara salvar esta tierra. Egios comienza a caminar lentamente hacia mí, y su sonrisa desapareció. Su cara no muestra expresiones. Solo tiene los ojos rojos sobre mí y la mano extendida con la espada apagada. Trato de encontrar mi macana, pero cayo lejos cuando el viento llego y ahora está atrapada entre las ramas de un árbol que da todo lo que puede para resistir al dios antiguo. Trato de ver si puedo usar mi arco, pero este desapareció. La única opción es la macana.

Miro lo lejos que esta mi arma y para llegar a ella tengo que soltar las piedras que sostengo. Pero si hago esto, no sé dónde terminaré; sin embargo, si me quedo aquí, la visión se convertirá en realidad. El dios de los ojos rojos me alcanzará y no sobreviviré. Egios está caminando y me doy cuenta de que está luchando contra el viento. Actúa como si no le afectara, pero está en su propia guerra contra Juracán. Egios se acerca cada vez más, y mi tiempo casi se acaba. Debo soltarme o morir... soltarme o morir... Y me suelto confiando en los dioses.

El viento me carga por el aire, y trato de agarra el suelo para arrastrarme hasta la macana y mientras doy vueltas golpeando roca tras roca, veo el árbol que sostiene mi arma. Me empujo ignorando mi mente que me grita que busque a Egios, que llevo mucho sin verlo. Pero ignoro estos pensamientos acercándome más y más, y cuando estoy a punto de pasar volando por delante del árbol, me empujo y logro agarrar la macana.

Trato de acomodarme mientras el viento me arrastra cerca de la cascada y, mientras el viento me empuja, intento encontrar al dios de los ojos rojos. Giro una vez más y algo me golpeo atrapándome, y mi corazón se detiene por primera vez en realidad. Mis ojos se llenan de lágrimas. El aire en mis pulmones me abandona. Siento como mi cuerpo se debilita. Y... siento las llamas del sol quemando mi pecho. Mi mente tarda en entender lo que está sucediendo mientras unos ojos rojos me observan a tan solo unas pulgadas de distancia. Mi vista se mueve hacia abajo y veo una mano sosteniendo una espada dorada con líneas negras y tres cristales rojos. De la empuñadura sale el fuego y atraviesa mi pecho. Vuelvo a observar los ojos rojos frente a mí y una sonrisa que cubre su rostro. —El último taíno ha muerto —abre las manos soltando la espada y el viento me reclama arrastrándome por el bosque, por el agua, por el suelo de rocas y finalmente hacia el interior de los espesos árboles. Sigo atravesando el aire con la mente incapaz de entender lo que está pasando. Golpeo árbol tras árbol hasta que caigo entre unas raíces que amarran mi cuerpo. Observo el fuego que sale de mi pecho y las imágenes borrosas de Aquiana y Yocagua empiezan a formarse en mi cabeza mientras finalmente entro en razón cuando llega el dolor. Y también los gritos.

CAPÍTULO 36

EL DIOS DE BORIKÉN

La visión se ha cumplido. Por encima de mí, lejos de los árboles, mis ojos pueden ver la oscuridad del cielo. Nubes negras, que imitan la noche con luces blancas que descienden, rompen la tierra a mi alrededor. Juracán grita con la furia de su voz a mi alrededor liberando los vientos que intentan reclamar mi cuerpo, pero las raíces de los árboles no se lo permiten. No sé si su ira es porque he fracasado o si está enojado con todos los taínos porque le he fallado a Borikén. El bosque sigue sin vida, los árboles tratan de agarrarse del suelo para soportar el aire que los deja sin hojas y que levanta sus raíces y los animales debieron haber huido hace mucho. No oigo a ninguno y, aunque estuvieran aquí, no podría verlos porque mi vida me abandona cada segundo. La visión era cierta, y como lo vi cientos de veces estoy perdiendo todas mis fuerzas.

No hay palabras que describan el dolor que me invade, pero mis gritos que se escapan con el aire que queda en mis pulmones dicen lo que siento. Intento levantar las manos y apenas logro alzarlas del suelo. El fuego está consumiendo mi cuerpo. Las lágrimas que descienden por mi rostro bajan con la lluvia hacia mi pecho para convertirse en aire... pero no lloro por el dolor insoportable. Lloro porque le he fallado a mi tribu. Egios cree que soy el ultimo taíno. Que todos han caído a manos de los españoles, pero yo conozco a mi hijo y conozco a mi tribu. Sé que las personas de Borikén no caerían ante ellos. Deben estar esperándome. Todos los taínos deben estar en el borde del yucayeque ansiosos por que yo cruce, para decirles que el dios de los ojos rojos ya no está... Que Borikén es libre y que se acabaron los años de esclavitud... Y más lágrimas caen cuando me doy cuenta de que eso nunca sucederá.

Y otro pensamiento pasa por mi mente. Tan pronto como inicie mi viaje a Coabey todo se quemará. Mi familia, mi tierra y toda la vida ya no existirán. En el momento en que mis ojos se cierren para siempre, también lo hará Borikén. ¿Es por lo que Juracán grita? Es un dios de Borikén. Él debe saber la verdad. Trató de ayudarme, y fracase unos segundos más tarde.

Un relámpago explota la tierra cerca de mí, pero los árboles me protegen. Las raíces, sobre las que estoy acostado, me sostienen fuera del suelo donde la luz habría acabado conmigo antes que la espada en mi pecho.

Grito más fuerte mientras levanto la barbilla para ver la espada de Egios. Veo el fuego que me atraviesa y a la empuñadura dorada con las líneas negras y los tres cristales. Si pudiera levantar los brazos. Si al menos pudiera tocar uno de los cristales para apagarla. —¡Dioses! ¡Ahhh! ¡DENME FUERZA! —Grito más fuerte mientras intento mover mis manos de nuevo y comienzan a separarse del suelo poco a poco. Mi cuerpo me ruega que las deje caer, pero sigo gritando y levantándolas, aunque me esté tomando una eternidad. Paso una mano y después otra por encima de mis costillas intentando llegar al centro de mi pecho donde las llamas no paran de arder. Lentamente logro alzarlas hasta que estoy cerca de hundir uno de los cristales rojos, pero no lo logro. ¡Mis dedos no responden!

—Un hombre normal habría muerto el instante que el fuego toco su pecho... —dice Egios cuando aparece detrás de los árboles. Camina despacio, luchando para sostener su cuerpo contra los vientos que han comenzado a arrancar raíces—. Podrías haber vivido. Podrías haber salvado a los taínos y a la isla. Pero fuiste egoísta. ¡Prefieres morir antes que adorar a un dios verdadero!

Me quedo mirando sus ojos rojos, y ya no parece un dios. Sus ojos hablan de una locura oculta. Están llenos de rabia y, sin embargo, una sonrisa cruza su rostro. —Y-Yo nunca... estaría al lado... de la g-gente que destruyó a nuestras t-tribus... —logro decir entre toses mientras sigo intentando presionar un cristal rojo—. E i-incluso si muero... J-Juracán está aquí. No te d-dejará escapar.

—¡ESTO ES SOLO UNA TORMENTA! —Grita y en un instante esta sobre mí y no puedo hacer nada para detener la patada que me lanza al brazo, y grito cuando siento como se rompe—. ¡De todas las razas, tenías que pertenecer a la más ignorante! Tenías todo el potencial, pero tu mente piensa que todo lo que te rodea es un dios. —Egios se detiene para mirarme mientras escondo el dolor de mi brazo roto y el dolor del fuego que me atraviesa. No le daré el placer a este dios. Me sigue observando agitado por la rabia dentro de él y veo su cuerpo tenso. Egios está usando todo su poder para resistir los vientos y la lluvia que empuja su cuerpo—. Guazei'ki'no, si tus dioses te protegen como dices, haz una plegaria en este mismo instante. Pídele a este 'Juracán' que me enfrente. Pídele a Yocahú que descienda de la montaña y luche por tu vida. Pide ayuda a cualquiera de estos dioses. ¡Te reto a que lo hagas!

—Ellos ya... Ya están aquí... E-Están conmigo —le digo escuchando la voz de Juracán hablar a nuestro alrededor. Los otros dioses... a ellos no puedo sentirlos, pero al menos uno de los antiguos estará conmigo cuando mi último aliento me abandone...

—No paras de impresionarme —dice cuando abro los ojos... No me había dado cuenta de que se habían cerrado solos—. Todo lo que siempre has amado está a punto de arder, y no veo temor en ti, sino paz. —Pero no siento esa paz de la que habla. Mi cuerpo está en llamas, mis huesos rotos y mi corazón grita por mi familia y mi tribu —¿Es porque piensas que pasarás a un mundo nuevo después de fallecer? El mundo que con simples palabras creé para tu pueblo. ¿O es la paz de un taíno que nunca experimentó una esclavitud real? ¿Un verdadero castigo como los que pondré contra cualquiera que haya sobrevivido? Castigos contra la familia del cacique que murió en Yuke—. Una sonrisa cruza su rostro y la falsa paz que estaba mostrándole desaparece. —Oh, ese es el verdadero, Guazei'ki'no.

—N-No... Te a-atrevas... —logro susurrar cuando me doy cuenta de que mis palabras no quieren salir. Se me está acabando el tiempo.

—CLARO QUE ME ATREVERE —Egios grita abriendo los brazos y mirando al cielo oscuro con su voz sonando más fuerte que los truenos lejanos y la lluvia que cae sobre su rostro—. Pensé que quemar esta tierra y empezar de nuevo era lo correcto, pero me disté una mejor idea. —Mueve sus ojos rojos hacia mí y se ríe, —voy a dejar vivir a tu tribu. Voy a esclavizarlos a todos. A tu esposa, a tu hijo, sus futuros hijos y sus nietos. Se olvidarán de ti. Crecerán con un dios que pueden ver no solo imaginar. Yo, su verdadero dios. Siempre estaré a su lado hasta que olviden lo que es ser libres. Hasta que me adoran a mí y luego a Orionis una vez que llegue.

—T-Tú no eres... ¡Un verdadero dios! —Le grito levantando mi cabeza, pero cayendo hacia atrás al instante—. ¡Nadie te seguirá! A-Aléjate de ¡Mi familia!

—No tendrán otra opción, Guazei'ki'no —dice Egios con una risa donde no queda nada de cordura—. ¡PORQUE SOY EL VERDADERO DIOS DE LOS TAÍNOS!

Las palabras golpean mi espíritu cuando salen de la boca de Egios. Las últimas palabras de la visión. Las palabras que me advierten del momento en que pierdo mi vida. ¡No puedo permitirlo! ¡No puedo abandonarlos! Me necesitan, todos ellos. Los taínos vivirán esclavizados para siempre y los dioses antiguos se olvidarán de nosotros como nosotros de ellos. El dios de los ojos rojos sigue riéndose mientras me desespero cada vez más. Le pido a mi cuerpo que por favor mueva mi mano izquierda para agarrar la espada, ¡pero no puedo! ¡¡¡No puedo moverme!!!

—¡Esto es lo que quería ver! —dice Egios retrocediendo, pero con los ojos puestos en mí—. El feroz sufrimiento de un cacique taíno. Asustado hasta los huesos y créeme que deberías estarlo. Les haré la vida imposible. Te odiarán por no protegerlos. Serás recordado como el cacique que les falló. Guazei'ki'no, el cacique que abandono a Borikén.

—¡NO! —Grito con mi último aliento antes de abandonar esta tierra, finalmente me muevo un poco. Logro mover la mano que no está rota y alzo un dedo cerca del cristal en el medio de la espada y cuando estoy a punto de presionarlo, el dios agarra mi mano y la rompe como lo hizo con la otra. Grito de dolor, de rabia y su risa es más fuerte que los gritos de Juracán que sigue arrasando con el bosque. Las luces blancas explotan por todas partes y el bosque se mueve hablando palabras que no entiendo.

—Es hora de que mueras, taíno —el dios que me ha atormentado durante años dice colocando los dedos de su mano derecha en la empuñadura de la espada haciendo que el dolor aumente.

Veo al dios borroso, mientras todo a mi alrededor comienza a convertirse en sombras... Los estoy dejando solos. Ellos confiaron en su cacique y yo estoy fracasando. —Dioses... perdónenme si no soy tan fuerte como querían que fuera —digo, casi en un susurro. El dios comienza a reír con curiosidad por mis palabras, pero lo ignoro y continúo—. Toda mi vida me preocupé por la seguridad de la tribu. Cuando me casé con Aquiana, la cuidé aún más hasta que nació Yocagua. En ese momento fui bendecido por todos los dioses. Todos ustedes me han visto crecer con las tribus. Todos ustedes me han visto cuidar de la tierra que nos fue regalada. La cuidamos y la protegimos incluso cuando llegaron los hombres blancos. Dioses... No soy el protector de Borikén. Ni siquiera soy un cacique. Soy un taíno a quien le confiaron vivir en esta tierra... por eso les hago una última petición. Por favor. ¡Ruego a todos los dioses que están conmigo en este momento que no me dejen morir de esta manera!

¡POR FAVOR! ¡NO DEJEN QUE BORIKÉN CAIGA ANTE ESTE HOMBRE!

—¡Le estás hablando al viento! ¡Aquí no hay nadie! ¡Todos los dioses son creaciones de tu mente! —Egios me grita y yo ignoro sus palabras como antes.

—SOY UN TAÍNO DE BORIKÉN. ¡SOY UN HIJO DEL MAR Y DE LA TIERRA PIDIENDO SU AYUDA! ¡¡¡POR FAVOR!!! ¡DÉJENME PELEAR POR BORIKÉN! ¡ME ELIGIERON COMO UN CACIQUE! ¡DÉJENME DEMOSTRASELOS POR ÚLTIMA VEZ! —El bosque explota, pero esta vez no con los rayos sino con los gritos de pájaros que no estaban aquí antes. Miles de cokí cantan y el viento sopla diez veces más fuerte.

La mano de Egios comienza a abandonar la empuñadura de su espada mientras Juracán intenta empujarlo, pero él lo resiste. —¡¡Muere, taíno!!

—¡DIOSES! ¡POR FAVOR! —Y eso es lo último que grito cuando veo a Egios sin piedad sacar la espada de mi pecho. Siento como mi aliento desaparece y dejando caer su cuerpo sobre mí, inserta la espada de fuego una vez más en mi pecho... trato de mirarlo desafiante a sus ojos rojos pero mi vista se comienza a perder y mi espíritu me abandona...

por qué...

dioses...

por...

po...

r...

..

.

¿Dónde están los diosesaaahhhhhhhhhhhhhhhhh?

¡Mi cuerpo! ¡Mi espalda! ¡Mis brazos! ¡Mis piernas! ¡¡¡Están ardiendo en esta oscuridad eterna!!! ¡No puedo ver, pero siento la sangre a través de todo mi cuerpo como un río furioso en llamas! ¡Mi Corazón! Amenaza con saltar fuera de mi pecho ¿Mi corazón? ¡Siento los latidos de mi corazón!

Mis ojos se abren de cantazo y el bosque no es el mismo. Está completamente iluminado de un azul como si se hubieran iniciado miles de incendios. La luz se arrastra por debajo de la tierra. Los árboles están llenos de este azul en su cuerpo con líneas que ascienden hacia sus hojas como venas. Ya no hay oscuridad. Yuke está iluminado completamente azul como si fuera un día normal, incluso con el cielo oscuro. Respiro y mi pecho vuelve a subir y bajar... y mis brazos ya no están rotos. Me olvido del dios de los ojos rojos cuando me doy cuenta de que mi cuerpo no solo está cubierto de la pintura de la tribu. Estoy cubierto de venas similares a las raíces de los árboles. Y están iluminados del azul brillante. Sigo el azul claro que se mueven por mi cuerpo, y todas se unen en un solo lugar. Donde una vez estuvo la espada de fuego. Miro a lo lejos, donde el rojo de las llamas parece extraño comparado con el azul de bosque. Y para mi sorpresa, el dios está sonriendo. Todavía aguanta con gran fuerza la lluvia y el viento como yo lo hago sentado, pero la rabia parece haber desaparecido, reemplazada por una sonrisa no de felicidad, sino de maldad.

—¡Guazei'ki'no! La isla te ha elegido a ti. El bosque curativo ha sanado tus heridas como si fueras uno de sus árboles. ¡Has ascendido! ¡Te has convertido en el dios de Borikén!

Lo miro y no hablo. Pongo mis manos en el suelo para levantarme y en el agua de la lluvia logro ver mi reflejo y mis ojos marrones se han vuelto del mismo azul del bosque. La corona de plumas ha perdido algunas y hasta en mi cara hay raíces azules similares a las grietas rojas de mi macana. Y como si los dioses me estuvieran dando otro regalo además de la vida, mi macana aparece cerca de las raíces iluminadas. La agarro y finalmente me pongo de pie. Debajo de mi siento la vida del bosque que viene desde lo más profundo hasta moverse a través de mi cuerpo. Incluso con el viento que empuja puedo sostenerme. Los dioses están conmigo pidiéndome que proteja toda la vida en Borikén. Me han dado lo que les rogué. Una segunda oportunidad para salvar las cosas que más importan. Y siento esperanza, ya que sé que las tribus están a salvo. Si los dioses me dieron esta oportunidad, no han abandonado a los taínos. —¡Egios! ¡No soy un dios! —Le Grito con mi voz sonando más fuerte, llena de vida y poder. Dejo que todo lo que estoy sintiendo me llene y le hablo al dios una vez más—. Soy el hijo del mar y de la tierra. Soy el cacique del yucayeque de Agüeybaná. Soy el primer aliado de los Kalinago. ¡Soy un taíno! —Observo manos llenas de luz que sostienen la macana con la sangre y las lágrimas de Borikén y luego devuelvo mi mirada a él. ¡Y hoy liberará a Borikén de tu oscuridad!

CAPÍTULO 37

LA GUERRA DE LOS DIOSES

Ya he esperado suficiente. Corro por el suelo azul del bosque y el viento me acompaña empujándome hacia adelante. El dios de los ojos rojos se queda dónde está con la mano derecha extendida mientras el fuego ilumina su cuerpo en la oscuridad creada por Juracán. Salto levantando mi macana con las dos manos mientras el aire me corta la distancia ente Egios y yo, y dejo caer mi arma hacia su cara, y él levanta el fuego deteniéndome, pero veo que esta vez no lo detuvo con tanta facilidad. —¡Esto es lo que estaba esperando! ¡Una batalla digna de dioses!

El viento vuelve a cambiar de dirección y me separa de él arrastrándome por los aires y cuando caigo doblo las rodillas para resistir las ráfagas. Miro al dios de los ojos rojos, pero sigo pensando algo, soy más fuerte. Puedo resistir a Juracán como lo ha hecho Egios todo este tiempo. —¡Ya te dije que no soy un dios! —Corro en contra del viento antes de que pueda detener mis ataques y nuestras armas vuelven a conectarse mientras trato de terminar con esto de una vez por todas. Ya no estoy atacando para detenerlo. Cada golpe que lanzo es para acabar con su vida.

—¡Negar la verdad no la cambiará, Guazei'ki'no! —Egios grita mientras ataco contra su cabeza una y otra vez separando mi macana del fuego, y aunque siempre detiene mis golpes, las cosas han cambiado. Mis ataques lo hacen esforzarse—. Un taíno bendecido por el bosque esta ante mí como un dios.

Ignoro sus falsas palabras y ataco diferentes partes de su cuerpo para conseguir alguna ventaja. Con un golpe del fuego alza la macana haciéndome perder el equilibrio mientras los gritos del viento lo ayudan a empujarme hacia atrás. Una sonrisa cruza su rostro, y sigue moviendo su fuego contra mi cuerpo dejando humo en todas direcciones mientras la lluvia cae sin control convirtiéndose en aire. Donde su fuego corta, el agua se evapora instantáneamente desapareciendo con el violento viento.

Egios se lanza hacia mí con su espada apuntando a mi pecho, y con ambas manos en la macana le pego al fuego dirigiéndolo hacia un lado y él me devuelve el ataque con un giro. Bloqueo con mi arma sosteniéndola recta mientras mis pies se deslizan por el piso encharcado. Y el dios no espera por mi próximo ataque. Comienza a perseguirme y a lanzar golpe tras golpe tras golpe hacia bajo, los lados, mi centro y entre saltos da vueltas en el aire que se me hacen difícil detener hasta que logra quemarme la muñeca cuando sostengo la macana con su fuego cerca de mi cara. —Los dioses y el bosque me han bendecido, pero eso no me hace igual a ellos —le digo, y aunque ambos estamos empujando nuestras armas hacia el otro, mis ojos se mueven a mi mano llena de las luces azules que me curan al instante haciendo desaparecer el dolor.

—Durante años he conseguido placer jugando con tu vida y con la de tu gente, pero ahora eres un dios —dice Egios aflojando su agarre y dando un paso atrás incluso cuando el viento lo empuja hacia mí. Me quedo con mi macana alzada esperando el fuego que se avecina y aunque no llegue, iré por él. —Lucharé contra ti como si fueras algo superior a un humano. Lucharé contra ti como me has visto hacer en tu mente. Te mataré como lo he hecho con mis hermanos. Compartirás el destino de Roben y Athios.

—Entonces vengaré a estos hombres que se opusieron a ti como lo hizo Agüeybaná —le respondo y la furia cruza su rostro. Aunque fue él quien mención a estos dos hombres tan solo sus nombres lo transformaron el momento en que sus palabras salieron de su boca. El verdadero rostro de Egios ha sido revelado. Un dios de pura oscuridad esta frente a mí.

Por primera vez escucho un grito estremecedor que sale de él y corre a una velocidad que casi me hace perderlo de vista. Si no hubiera sentido el fuego en esta noche fría, no habría podido bloquear este primer ataque, pero no tengo tiempo de respirar cuando se mueve para quemarme la pierna. Levanto el pie y no es suficiente. Brinco justo a tiempo cuando el fuego da vueltas debajo de mí en el momento que Egios gira en el suelo y coloco mi mano izquierda en la macana y la derecha en la empuñadura y me protejo del golpe justo a tiempo cuando el dios se levanta enviando su fuego hacia mí. La fuerza es tanta que hace que mi cuerpo vuele en contra del viento y caiga al suelo, girando y no tenga la oportunidad de reaccionar antes de que él ya esté encima de mí bajando su espada en mi dirección. Me deslizo pasando por encima de las raíces llenas de luz azul y evado el fuego que casi corta mis costillas, pero sufro cuando un árbol se parte por la mitad. Egios con la locura que cubre su rostro vuelve sus ojos rojos hacia mí y ataca una y otra vez y uso la macana para empujar su fuego lejos de mí. Ni una sola vez trato de bloquear directamente, ya que la fuerza que está usando puedo cortar los árboles por completo. Y, sin embargo, el bosque se sana. La quemadura en la madera desaparece unos segundos después de que se hace. Las raíces cubren los árboles caídos, reclamándolos como suyos, y devolviéndoles la luz que perdieron.

Y ver esto me hace entender que soy parte de ellos. Antes, solo detenía el fuego y lo evadía, pero hoy, sostengo las armas de los dioses y la bendición de Yuke el bosque curativo. Ya no necesito seguir protegiéndome. Borikén me está cuidando. —¡Mi hermano no me dejó otra opción y traté de cambiar las cosas contigo! ¡Te di una oportunidad y, en tu ignorancia, la negaste! ¡Voy a disfrutar convertirte en cenizas! —El viento me detiene cuando estoy a punto de crear distancia entre nosotros y Egios levanta su espada moviéndola hacia atrás y luego, con la fuerza de un dios, la dirige a mi pecho. Es hora de dejar de correr.

Veo sus manos acercándose a mí. El fuego está a unas pulgadas de quemarme. El rostro del dios se retuerce pensando que este golpe final me encontrara, pero cuando siento el calor del sol lo suficientemente a punto de entrar en mi piel, giro mi cuerpo con toda la velocidad que no sabía que tenía. No dejo que mi mente piense ni por un segundo cuando con ambas manos agarrando la macana, tenso todos los músculos de mis brazos, y dejo que mi arma encuentre el pecho de Egios... ¡Y lo logro! Escucho su aliento abandonar su cuerpo y con un chapoteo comienza a caer entre las raíces sin parar hasta detenerse en el suelo azul iluminado. Respiro hondo mientras el dios parece como si no entendiera lo que acaba de suceder. Se quita el pelo mojado de los ojos rojos y me mira lleno de rabia. Sigo respirando mientras Juracán grita en mis oídos empujando de un lado, pero el bosque me mantiene firme. —Vi la realidad que escondes. Tu hermano era más fuerte. No eres más que un dios que se cree superior a todos.

—Mi hermano era un iluso —Egios dice levantándose—. Siempre lleno de esperanza. ¡Una esperanza que nos hizo perderlo todo! —Comienza a atacarme con más furia y mi macana me protege de todos sus cortes mientras nos movemos por todo el bosque, y por primera vez ambos logramos aterrizar nuestros golpes.

Los tajos de fuego me queman la piel, pero los ignoro. Yuke me curará mientras intento romper los huesos de Egios. Líneas negras marcan mi pecho, mi espalda y mis manos mientras regreso los golpes con la fuerza de los verdaderos dioses que guían mi macana.

Juracán intenta pelear a mi lado y a veces creo que no entiende cómo ayudar, ya que tanto Egios como yo volamos por el aire estrellándonos contra los árboles. Pero incluso mientras estamos en el aire peleamos. Macana contra el fuego en esta interminable batalla de un dios contra un taíno. Aunque me lleve días, esta vez no me detendré. Tengo una macana que no se rompe, ni se quema y el bosque está conmigo curando todas mis heridas. Hoy no hay razón para perder ante este dios.

Esta batalla es una guerra eterna, y la siento en mi espíritu. Esta batalla a tomado lugar a través de todo Yuke y es hora de descubrir lo que todos los taínos se han preguntado durante demasiado tiempo.

—¡Mis armas te lastiman! Lo he visto, pero Borikén al igual que yo, desea que esto acabe. ¡Es hora de ver si sangras como los falsos dioses blancos! —Le grito al levantarme después de haber sido arrojado lejos de él por los vientos de mi dios y entiendo por qué Juracán me trajo aquí. A mi lado veo el arco en las aguas de este río. Lo agarro rápido antes de que Egios tenga tiempo de alcanzarme, y dejo que la flecha vuele hacia él como lo he hecho mil veces en este día.

—¡Siempre con las mismas armas inútiles! —El dios grita mientras su fuego desintegra el agua que cae del cielo junto con las flechas. Pero mis flechas no se acercan solamente con mi fuerza esta vez. Juracán las está guiando. Las lanzo y su velocidad es como el trueno que choca alrededor de la tierra. La velocidad que tiene Egios lo ayuda a seguir desintegrándolas, pero ni siquiera él puede ganar contra Juracán. Corro acercándome a él, pero sin parar de liberar flechas y los dioses antiguos me dan un último regalo. Un rayo desciende en medio de nosotros dos y no aparto la mirada de la cegadora luz blanca mientras se estrella contra el suelo. Salto y sin ver nada lanzo una última flecha dejando que pase a través de la luz y cuando aterrizo en el suelo mi visión se ajusta y detengo mis ojos en Egios. La ropa de su mano derecha está cortada y la sangre gotea.

—¡Sangras como un hombre común! —Grito con mi respiración agitada esperando el próximo ataque, pero se queda quieto.

—¡Todos los seres sangran, taíno ignorante! —Egios grita sosteniendo su espada con más fuerza—. ¡Pero jamás me confundas con un mortal como tú! —Trata de actuar como si nada hubiera cambiado y, sin embargo, su frustración es innegable. Grita con cada golpe, como yo. Pelea por su vida como yo y sangra como un taíno. Los dos ya no contenemos ningún ataque. No me detendré. Hoy salvaré a Borikén y acabaré con la vida de este dios oscuro. Un dios cuyos ojos rojos están llenos de rabia esperando que siga lanzándome contra él.

—No importa cuántas veces me quemes, el bosque y los dioses son mis aliados, Egios. Esta guerra puede durar días, pero, al final, caerás por mi mano.

—¡¿Crees que el bosque puede curarte para siempre?! ¡Vamos a ver cómo te protege mientras intenta salvarse a sí mismo! —Observo cómo saca un cristal de su espada y lo lanza al cielo. No entiendo por qué hace esto, pero no voy a esperar a ver y arriesgar la vida del bosque. Suelto mi arco dejándolo caer al suelo, ya que ha cumplido su propósito, y tomo la macana en mis manos. Empiezo a correr, pero estoy lejos de él y el viento me empuja en su contra. Y mientras trato de alcanzarlo, con su espada de fuego, corta por la mitad el cristal rojo sobre su cabeza y el bosque explota sobre él. El cielo oscuro de Juracán desaparece reemplazado por el fuego. Todo se vuelve rojo a medida que las llamas se apoderan de la tierra y comienza a llover fuego junto con el agua que se evapora. Incluso la lluvia que cayó por horas no protege a los árboles cuando comienzan a incendiarse y toda la luz azul se desaparece del suelo moviéndose hacia ellos. Miro al dios, y él tiene la misma sonrisa oscura en su rostro cuando aprecio lo que acaba de hacer. Sigo su mirada que no me quita de encima y las luces azules de mi cuerpo ya no están. —Ni un solo hombre ha logrado lo que tú has logrado, Guazei'ki'no. Pero al final, sabias que tenías que morir.

Aprieto el agarre de mi macana viendo esos ojos rojos que ya no me causan temor. Creer que una vez le temí a este dios que estaba destinado a acabar con mi vida. A medida que muevo mi mirada más allá de él hacia el bosque incendiado que lucha por curarse a sí mismo, finalmente comprendo que la visión era solo una advertencia para prepararme para este día. El día que salvare a Borikén matando a un dios. —No le pediré nada más a mi tierra o a mis dioses, porque me han dado una segunda oportunidad de vivir. Te he visto sangrar, y he visto el verdadero dios que eres. Uno débil. ¡Pongamos fin a la guerra que comenzaron los españoles cuando se atrevieron a invadir la tierra de los hijos del mar y la tierra!

—¡No recibirás más piedad de mí! ¡Los taínos deben aprender que no son más que unos simples esclavos!

Mientras atravieso el bosque lleno de fuego para llegar al dios, el cielo oscuro regresa con sus truenos y con la lluvia diez veces más fuerte. Egios lanza el primer ataque que pasa cerca de mi cabeza. Evado viéndolo pasar cerca de mí, y le golpeo el pecho con la esperanza de romperle los huesos, pero él no se detiene, ataca de nuevo mientras me quema parte del brazo que esta vez no se cura. Me deslizo por el agua del suelo unos pies hacia atrás y me persigue con un salto cortando el aire y me levanto esperándolo. Golpeo la espada moviéndola a mi izquierda y Egios usa el impulso para atacar de nuevo y muevo el fuego hacia la derecha. El dios usa la parte de atrás de su empuñadura conectándola con mi cara dejándome ciego por un segundo y siento el calor cerca de mí así que levanto la macana deteniendo las llamas con ambas manos, —¡Ningún dios creado por la mente de los hombres te va a salvar ahora! ¡El bosque apenas puede salvarse a sí mismo!

—¡No pienso volver a llamarlos! Esta es una pelea que solo yo puedo ganar. Los dioses me han dado todo para enfrentarme a ti. ¡Hoy es mi deber salvar su tierra! —Lo empujo y ataco sin contenerme. Ahora es el momento de usar todas mis fuerzas porque si no, no tendré la oportunidad más tarde. El camino que los dioses crearon para mi desde el día que tuve la visión ha llegado a su fin. Ataco su fuego y él intenta detenerme, pero uso todo mi cuerpo y veo pequeñas luces azules en mi mano que regresan con cada golpe. Le lanzo la macana contra la pierna izquierda, y él coloca la espada para detenerla. Empujo el fuego para atacar por encima de él y apenas detiene mi arma. Empujo con todo lo que me queda mientras él hace lo mismo estando cara a cara veo el azul en mis manos una vez más. El bosque sigue conmigo. Quizás no cura mis heridas, pero está a mi lado. Dejo que mi cuerpo se deslice hacia al lado cuando suelto el agarre en la macana y lanzo mi cuerpo a Egios golpeándolo con mi hombro haciéndolo tropezar hacia atrás y aprovecho la velocidad que me queda. Ataco a su alrededor sin penar en los ataques. Muevo mi macana en todas las direcciones que si llegaran a tocar a un hombre mortal caería para no levantarse de nuevo.

—¡Pelear como un animal no hará que logres vencerme! —El dios grita, pero miente. Tiene problemas para seguir protegiéndose. Su sonrisa ya no existe, la rabia tomando su lugar. ¡Esta vez no dejaré que gane! Junto al bosque terminare esta batalla. No detengo los golpes que vuelan por todas partes, él bloquea, y yo voy contra el centro de su cuerpo, él bloquea y le lanzo uno a la cabeza y otro a las piernas y aunque se protege, ¡No me detendré! ¡Incluso si pierdo mis manos, no me detendré! Pagará por todos los taínos que murieron, pagará por los caciques que asesinó, pagará por todo lo que ha hecho, ¡Pagará con su vida por todo! ¡Ni un solo taíno volverá a caer por la mano de un dios!

Con un grito, Egios golpea mi macana, contraatacando, pero sostengo mi macana con ambas manos evitando que se alce terminando de nuevo en una lucha donde empujamos nuestras armas cara a cara. Observo al dios a través del fuego. Aprieta los dientes y no había notado que hago lo mismo. Siento mis brazos ardiendo por la fuerza que estoy usando, pero el dolor no se apoderara de mí.

Nuestras armas se separan y Egios ataca de nuevo y esta vez no lo detengo, ni bloqueo. En cambio, evado hacia mi derecha y con ambas manos, cuando el fuego ha pasado cerca de mí, golpeo su mandíbula con la macana. Da unos pasos hacia atrás aturdido y yo sigo lanzando un ataque más apretando mi arma. —¡El tiempo de la esclavitud ha terminado! —Grito moviendo una última vez la macana hacia la cara del dios para romperla por completo.

—¡NUNCA! —Egios grita con una voz estremecedora y también golpea con la espada de fuego. La macana se alza de mis manos, y todo se detiene cuando veo el fuego cerca de mi cuello y el viento estalla. Un viento furioso que con el grito de Juracán nos envía a los dos volando por el bosque. Intento agarrar algo, pero es demasiado fuerte. Veo a Egios volando a través de rocas y árboles al igual que yo, pero su arma ha desaparecido de su mano. Y de repente el viento se detiene.

Levanto la cabeza y veo a Egios frente a mí. Los dos estamos al borde de un precipicio en Yuke. Me paro, escucho el hablar de los árboles detrás de mí, y detrás de Egios solo está el borde con la caída. Tiene la cara en el suelo y se levanta lentamente para mirarme, y me doy cuenta de una oportunidad que jamás se volverá a repetir. Su espada de fuego está lejos de él frente a ambos. Por primera vez el dios no tiene armas. Busco desesperado mi macana, pero no la veo por ninguna parte... solo hay una manera de que las tribus sean libre en este día —¿Eres lo suficientemente valiente...? —Escucho al dios decir cuando sigue mis ojos que están en la espada de fuego. No le contesto. Me levanto de un salto y empiezo a correr y el dios hace lo mismo—. ¡Un simple taíno no es digno de semejante poder!

Ambos empezamos a acercarnos a la espada de fuego prendida en suelo. El dios se dirige hacia ella con una rabia que si logra tomarla en sus manos no sobreviviré. Estoy cerca, tan cerca y, sin embargo, Egios es más rápido. No voy a llegar a tiempo. ¡Dioses, no soy lo suficientemente rápido! Escucho un grito a mis espaldas y sin pensar salto dejando que Juracán me dé una última ayuda y me elevo por los aires, y caigo en el suelo girando cerca de la espada, y la agarro.

Mis propios gritos me invaden cuando mis manos comienzan a quemarse en el instante que toque el oro, ¡pero no la soltare! ¡Aunque todo mi cuerpo termine hecho cenizas, liberare a Borikén de este espíritu maligno en este día! Egios comienza a gritar de rabia cuando está a unos pasos frente a mí y con ambas manos me lanzo empujando el fuego hacia él y lo paso por su pecho. Pero no me detengo. Sigo empujando la espada y levanto su cuerpo y sin fuerzas lo sostengo levantado. Veo los ojos rojos del dios abiertos de gran manera y no hay dolor en él. Su rostro muestra sorpresa. —Matarán a todas las tribus... —dice Egios y escucho su voz débil mientras me mira fijamente cuando sigo aguantando su cuerpo con la espada atravesándolo—. Cuando no vuelva todos los españoles descenderán a tu Yucayeque.

—¡DÉJALOS! —Grito, mientras mis manos comienzan a pasar de un color rojo a negro y la piel se desprende. Aun así, con este ardor insoportable no saco la espada de su pecho—. ¡HOY HE DERROTADO A UN DIOS!

—No puedes enfrentarte a cientos de miles... Tú familia morirá al igual que tu tribu — empieza a reír y a toser. Y mi corazón comienza a latir más fuerte que cuando estaba peleando por mi vida ¿¡Cientos de miles!? —Llegarán cientos de barcos. Cazarán a todo taíno. Borikén ha caído conmigo.

—RESISTIREMOS —grito una vez más y el dolor no me deja pensar claramente todo lo que él dice. Egios se echa a reír nuevamente y escucho el grito de Juracán que advierte de su llegado y suelto la espada y un dios reclama a otro dios cuando el viento se lleva su cuerpo por el borde, desapareciendo en la oscuridad. Se acabó... Egios murió.

Caigo al suelo colocando ambas manos en el agua llena de tierra. Y las observo, pero están negras, completamente quemadas. Intento cerrar los dedos, pero no responden. Los he perdido. El dolor es insoportable, pero empiezo a respirar dejándome caer con la espalda en el suelo del bosque. Giro la cabeza hacia un lado mirando todos los árboles que se habían incendiado hace unos minutos y, afortunadamente, han vuelto a ser los de antes. Han conseguido curar las quemaduras. Coloco las palmas de las manos hacia el suelo y no siento nada. Mis manos son como si no existieran. Hasta que de repente mis ojos ven acercarse las luces azules que habían desaparecido. Comienzan a rodear mis brazos hasta llegar a las palmas de las manos. Al principio arde, pero luego una paz me invade. Las muevo y vuelvo a sentir el piso con el agua fría. Los dioses me bendijeron, pero Yuke también lo hizo. Descanso en el suelo del bosque sabiendo que Borikén se ha salvado. El fuego ha sido detenido. Y cuando veo que la oscuridad de Juracán finalmente abandona a Yuke, en vez de sentir alegría siento preocupación. Mi mente sigue repitiendo las últimas palabras de Egios y me pregunto si los taínos perdimos la guerra...

CAPÍTULO 38

EL MITO DE MABODAMACA

No he parado de correr durante horas y mis pies se sienten en llamas al igual que mis pulmones, pero no puedo parar. Si las últimas palabras de Egios son ciertas, no tenemos tiempo. Tengo confianza en las tribus, y sé que juntos podemos enfrentarnos a miles de hombres blancos, pero a cientos de miles de ellos... No sobreviviremos a eso. Los taínos dejaremos de existir si no hacemos nada.

Lo primero que debo hacer es encontrar a Mabodamaca, Urayoán y sus hombres. Ya deben de haber terminado su batalla en el Valle de los Dioses, y si tuvieron suerte, los hombres blancos no cruzaron a mi yucayeque ni a ninguno del oeste.

Me adentro más en el bosque hasta llegar a una abertura que desciende al valle en picada. A lo lejos veo una montaña cerca del mar que siempre que estoy cerca, me detengo a apreciar el horizonte. Toda mi vida he disfrutado ver el blanco del mar rompiendo en la montaña y abajo en su playa cercana, pero hoy no tengo tiempo para eso. Necesito encontrar a mi primo.

La montaña cerca del Valle de los Dioses

Desciendo cuesta abajo a una velocidad increíble y, afortunadamente, no hay demasiados árboles en este lugar. Solo el verde que me llega a la altura de las rodillas. Y todo cambia cuando llego a la base de la montaña que se abre dividiéndose en dos paredes de roca seis veces más altas que yo. A mi derecha se extiende cientos de pies, con una gran abertura que abre el camino a la playa, y a la izquierda se ve la montaña gris y verde que lo cubre todo. —No... —y mis ojos se llenan de lágrimas ante lo que veo. El valle está lleno de taínos... todos en el suelo, sin vida. Junto a ellos, también hay miles de hombres blancos que no se mueven. Todo a mi alrededor está cubierto de espadas, armas que explotan, macanas y arcos. Doy pasos cortos a través de los cuerpos, con un sufrimiento descontrolado y asustado de buscar entre ellos con el miedo de encontrar a Mabodamaca, Urayoán o Yaurodaca. Y, sin embargo, de igual manera sigo buscándolos. Veo caras conocidas entre los caídos. Grandes hombres del yucayeque de Mabodamaca, algunos que llegaron a ser grandes aliados, y otros más jóvenes que Yocagua que no merecían esto. Todos dieron su vida por Borikén, y aunque pronto viajaran a Coabey después de lo que lograron, eso no alivia mi dolor. Decido moverme hacia el lugar donde asciende el camino primero antes de buscar a mi derecha, y mi espíritu me abandona.

Veo el cuerpo de un hombre arrodillado. Tiene más de diez espadas atravesando su cuerpo. Su cabeza está caída mirando al suelo y en sus manos tiene un arco y una macana aferrándose a él. Me acerco a medida que más lágrimas llenan mis ojos porque conozco a este hombre... a este cacique. Me pongo de rodillas y le levanto la cabeza, y veo la cara de Urayoán. Está sin vida como toda su tribu, pero no muestra dolor. En cambio, tiene los ojos abiertos y en sus labios hay una sonrisa. Tiene la sonrisa de un hombre que ganó una guerra. —...Llegué muy tarde. Perdóname... —y lloro colocando mi frente en la suya—. Los verdaderos dioses te guiaran a Coabey, Urayoán. Prometo cuidar de las mujer y niños de tu tribu como si fueran míos hasta que elijan a un nuevo cacique. Todos sabrán de tu valentía y Areytos serán celebrados en tu nombre. —Lo suelto y me alejo buscando el cuerpo de Mabodamaca o el de su padre.

Asciendo hasta casi llegar a la salida del Valle de los Dioses, pero solo encuentro más taínos en el suelo y hombres blancos. Desciendo una vez más hasta la abertura que me llevaría a la playa y me detengo sobresaltado cuando lo veo, —¡MABODAMACA! —Corro al lugar donde mi primo está sentado con alguien en sus manos que mira al cielo—. ¡¿Qué pasó aquí?! Todos los hombres de las tribus y Urayoán... —Pero dejo de hablar cuando veo la cara del hombre que sostiene.

—G-Gu... a... ¿Zei? —Yaurodaca, el padre de Mabodamaca, dice intentando hablar con palabras que casi no se escuchan. La esperanza que sentí al ver a Mabodamaca se desvanece cuando veo las heridas del antiguo cacique.

—Yaurodaca... —digo, pero la voz se me queda atrapada en la garganta. Busco los ojos de Mabodamaca, pero están ocultos entre su cabello mientras observa a su padre en completo silencio.

—T-Tú... ¿ganaste? ¿B-Borikén está... a-a... salvo? —Yaurodaca mueve su rostro y sus ojos me encuentran, aunque están casi perdidos—. ¿El... dios... murió?

—Sí —digo resistiendo como mi espíritu se quiebra una vez más—. Ya no está en este mundo. Murió a causa de su propio fuego y Juracán reclamó su cuerpo en Yuke.

—Ah... recuerdas c-cuando... —el antiguo cacique deja de hablar cuándo empieza a toser, y espero sus palabras dándole el tiempo que necesita—. ¿R-Recuerdas c-cuando te dije... lo que más... d-deseaba?

—¿Cómo podría olvidarlo? —Le digo agarrando su mano cuando me la extiende—. Deseabas ver a Borikén libre de los hombres blanco y del dios de los ojos rojos.

—G-Gracias por alegrarme... en mi ú-último día —pongo mi mano libre sobre mis ojos cuando no puedo controlar mis lágrimas. No quiero que piense que sus palabras me hieren, pero no puedo verlo de esta manera—. Mabodamaca —Yaurodaca arregla la cabeza y trata de mirar a su hijo que no le ha quitado los ojos de encima. Veo lágrimas caer sobre el cabello del cacique. Las lágrimas de Mabodamaca.

—Padre... —dice y por primera vez escucho su voz ronca—. Por favor. Te lo suplico. No hables como si no nos fuéramos a volver a ver.

—Pero e-el tiempo... de u-unirme con... los c-caciques en Coabey... ha llegado... —Siento cuando me suelta y lo ayudo colocando sus débiles dedos en la cara de su hijo—. Perd...imos a m-muchos de... nuestra t-tribu. Pero... estoy orgulloso del c-cacique en el q-que te has convertido. Te vi p-pelear v...valientemente. Y-Y sobreviviste por l-la tribu. Te... Amo... Hijo...

—¡Yo también te amo, padre! —grita Mabodamaca entre suspiros agarrando a su padre para abrazarlo—. Quédate conmigo. No estoy listo. Todavía necesito que me guíes.

—N-No hijo... s-solo tú... Nos guiaras... a Coabey. M-Muéstrale a todos l-los que h-han caído el c-camino... —dice mirando al cielo en los brazos de Mabodamaca.

—Lo prometo padre. Lo haré. ¡Todos estos guerreros valientes encontrarán el camino! —Grita Mabodamaca inconsolable.

—Borikén... es l-libre... —Yaurodaca deja de respirar con una sonrisa llena de paz y su cuerpo se relaja en las manos de su hijo. Y Mabodamaca comienza a gritar. Abraza a su padre por minutos que parecen horas. Y lo dejo mientras llora. También lloro a su lado hasta que el sol se aleja avisándonos del tiempo que estamos perdiendo. Esto no ha terminado. Todavía tenemos que escapar.

—Mabodamaca —le digo colocando una mano en su hombro, aunque sigue con su padre, mirando su cara—. Tenemos que irnos... tenemos que dejar a Borikén por ahora.

Por primera vez alza su vista y en su tristeza veo furia. —¿¡¿Irnos?!?

—Antes de que el dios de los ojos rojos muriera, dijo que cientos de miles de hombres blancos nos cazarían si no volvía con ellos. Van a destruir mi yucayeque y van a acabar con todas las tribus que están ahí.

—Pero mi padre... Le dijiste que la guerra había acabado —dice mirando a Yaurodaca y colocándolo en el suelo de grama verde como si estuviera durmiendo.

—Las batallas han sido ganadas. El dios ha muerto, pero temo que la guerra no ha terminado. El lugar donde se originan los hombres blancos debe estar lleno de ellos y todavía su falso líder vive en Caparra —digo esperando de pie.

—No puedo irme, Guazei. Necesito enterrar a todos los hombres. Tienen que llegar a Coabey si no, sabes en lo que se convertirán —dice Mabodamaca parándose a mi lado.

—Y nunca me iría de nuestra tierra sin antes ayudarte a hacer eso —respondo—. Pero entre los dos tardaríamos días en hacer la ceremonia y ayudarles a viajar de manera segura. Tenemos que correr a mi tribu y pedirles ayuda a todos, con varios bojiques. Una vez que estos guerreros sean enterrados y estén en Coabey, entonces escaparemos de Borikén.

—Pero ¡cómo puedes hablar de esta manera! —Grita dejando salir su ira—. ¿¡Escapar de Borikén!? ¡Esta es nuestra tierra! Los hombres blancos son los que tienen que escapar, no nosotros. Ellos son los que nos invadieron. ¡Ellos son criaturas malignas!

—¿Y no crees que se esto, Mabodamaca? —Le digo hablando, bajando mi voz para tratar de calmar su espíritu que sufre la pérdida de su padre y tribu. No voy a discutir con él. Ha perdido demasiado—. Preferiría dar mi vida peleando por mi tierra. Pero somos caciques no guerreros de las tribus. Nos toca pensar en lo que sucederá con los niños que no están entrenados para la guerra. Piensa en todas las mujeres que elaboran las estrategias que nos protegen o las que trabajan la tierra para dar de comer a todos. ¿Qué pasará con ellos si el bosque se llena de hombres blancos? Si no nos vamos, lo perderemos todo.

—No puedo, Guazei —dice Mabodamaca cuando vuelve a mirar a su padre—. Todos estos hombres dieron su vida por Borikén. ¿Cómo podemos rendirnos y dejar que su sacrificio haya sido en vano?

—No vamos a abandonar a Borikén —le digo tratando de convencerlo y cada segundo que pasa aumenta el riesgo de que lleguen más hombres blancos—. Planificaremos desde lejos y volveremos a atacar. Reclamaremos nuestra tierra poco a poco hasta que no quede un hombre blanco. Es la única manera.

Mabodamaca permanece en silencio. Mira hacia el Valle, sus ojos se detienen en Urayoán y luego en su padre. —Ve. Salva a nuestras tribus.

—¿No te entiendo, primo? —pregunto, pero sus ojos me responden. Él no escapará con nosotros—. No puedes quedarte solo. Las tribus del este serán las únicas aquí, y son esclavos de los hombres blancos. Tu tribu te necesita. Las personas que debes guiar siguen en mi yucayeque.

—No los voy a abandonar, Guazei —dice y su voz se escucha calmada—. Necesito tiempo. Protégelos por mí como lo harás con la tribu de Urayoán. Enterraré a cada uno de mis hombres y a los del otro cacique. Le daré una ceremonia digna de un cacique a mi padre. Y una vez que termine, iré a hablar con los dioses. Solo entonces te encontraré a ti y a mi tribu.

—Te llevará días enterrarlos a todos sin ayuda. Ven conmigo. Así podremos hacer las cosas más rápido, Mabodamaca —le digo casi rogándole porque sé que si se queda atrás la posibilidad de volver a verlo es casi inexistente.

—¡NO! —Exclama, y lo miro sorprendido, pero no con molestia—. Lo siento Guazei, es solo que... es mi tribu. Yo soy el cacique que no pudo protegerlos. Ahora tú debes proteger a la tuya. Estas a tiempo. Por favor... déjame hacer esto solo.

Veo los ojos de mi primo por un largo tiempo. Habla palabras que parecen verdaderas, pero hay una mentira en alguna parte y desearía no poder conseguirla. Pero lo conozco muy bien. —Como cacique honraré lo que deseas. Pero como tu familia, te ruego que regreses con nosotros. Cuando llegue el momento, toma una canoa hacia el mar. Muévete por el lado de Borikén y cuando ya no puedas ver nuestra tierra pide a los dioses que te guíen. Te estaré esperando, al igual que tu tribu.

Me da una sonrisa falsa con lágrimas en los ojos y dice, —Lo haré, Guazei. Protégelos por mí y pronto estaré a tu lado listo para reclamar a Borikén.

—Aunque pasen los años, te esperaré. Las tribus te necesitarán cuando nos enfrentemos al falso líder de Caparra —le digo mientras empiezo a alejarme lentamente del Valle de los Dioses—. ¡Mabodamaca! —Le grito por última vez cuando comenzaba a llevar el cuerpo de su padre a una esquina llena de árboles. Se da la vuelta y me pregunta solo alzando una ceja—. Los dioses lucharon junto a mí en Yuke. Búscalos en la cima si deseas hablar con ellos.

—Hasta luego, Guazei'ki'no —me dice Mabodamaca cuando asiento y sigue caminando. Lo veo colocar a su padre en el suelo y le besa la frente. Me toco la mejilla cuando siento que caen más lágrimas por mi cara y no sé si es por el amor que este cacique le tiene a su padre o si es porque dentro de mí sé que esta será la última vez que veré a Mabodamaca.

CAPÍTULO 39

LA VIDA QUE DEJAMOS ATRÁS

—¡Protéjanse con los árboles! —Le grito a las dos tribus que logré advertir camino al yucayeque. Se esconden cuando escuchan mi grito y los chasquidos de las armas que explotan llenan el bosque. Miro por detrás de un árbol a los miles de españoles que están a nuestro alrededor y todo explota. El metal intenta alcanzarnos, pero los árboles protegen a los taínos—. ¡Sigan corriendo! ¡Ya casi llegamos al yucayeque! —Niños llorando pasan por mi lado cargados por hombres y mujeres que los llevan a un lugar seguro y agarro el arco de los dioses y empiezo a atacar a los españoles. Y escucho cuando flechas pasan cerca de mí y me viro para ver a los caciques Aymamón y Arasibo detrás de mí ayudándome a darle tiempo a las tribus de escapar. Los hombres blancos caen más adelante, pero son demasiados. No hay lugar en Borikén libre de ellos. Comienzan a acercarse miles más, y De León camina en el medio de ellos, guiándolos—. ¡Retrocedan! —Le digo a los caciques cuando comienzan a llegar más hombres blancos.

Aunque mi cuerpo arde no he dejado de correr durante horas. Tan pronto como salí del Valle de los Dioses me dirigí a mi tribu para escapar con todos de Borikén, pero no puedo dejar atrás a las tribus cercanas en manos de los españoles. Le advertí a los caciques de lo que estaba por suceder y de la ira que estaba a punto de descender sobre nosotros y por eso estamos aquí. El tiempo que tardé en hablar con ellos fue el tiempo que los españoles necesitaban para encontrarnos. Aparecieron de la nada y esta vez no usaron las espadas. Querían acabar con nuestras vidas al instante. En el último yucayeque donde encontré a Aymamón, los hombres blancos comenzaron a disparar sin advertencia... Y se perdieron muchas vidas. Pero los sobrevivientes lograron escapar y ahora juntos corremos a mi yucayeque para escapar con las canoas al mar donde espero que los Kalinago nos acepten.

Oigo el cántico de los pájaros que están encima de mí y se escuchan asustados y comienzan de nuevo los chasquidos. —¡A los árboles! —Sin dudarlo, todas las tribus me escuchan y hacen lo que les digo cuando el bosque explota una vez más—. ¡A través de esa apertura! ¡Y luego al mar! —Y me adelanto a ellos llegando a mi yucayeque, después de días, donde mi tribu espera con sus armas en la mano. Deben haber escuchado las explosiones, pero siento un gran alivio cuando los veo seguros. Busco a mi familia entre las tribus, y veo a Yocagua con Tayba ambos con arcos y a Aquiana con Waimorou y Arinotu a su lado. El yucayeque está llena de los Kalinago y detrás están los taínos. —¡Qué está pasando en el bosque! —Grita Waimorou, pero no es momento para explicaciones.

—¡Nos vamos ahora! ¡El dios ha muerto, pero debemos huir al mar!

—¿Dónde está Urayoán? ¿Y nuestro cacique Mabodamaca? ¿No veo a los hombres de nuestra tribu? —Escucho a las tribus cuestionar cuando llego con dos caciques diferentes.

—Lo lamento... —digo todavía con prisa, pero con empatía. Los hombres blancos están cerca, pero necesitan saber la verdad—. Urayoán dio su vida peleando junto los hombres de su tribu y los de la tribu de Mabodamaca. Puede que se haya ido, pero los guiare a todos hasta que estén listos para elegir un nuevo cacique.

—¿Y Mabodamaca y Yaurodaca también cayeron? —Escucho a alguien en la parte de atrás preguntar.

—El cacique está ayudando a los caídos en su viaje a Coabey. Prometió unirse a nosotros una vez que terminara y se comunicara con los verdaderos dioses. Hasta entonces me pidió que los guiara, ¡y les ruego que me escuchen! Miles de hombres blancos están cerca, tenemos que irnos en este momento.

—¡Podemos luchar! —Yocagua grita levantando su arco, pero me acerco a él y bajo su mano mientras las otras tribus del oeste no se detienen y van directo por el bosque que conduce a la playa.

—Vamos a pelear, hijo, pero no hoy. Confía en mí, —asiente sin preguntar, y veo a Aquiana que me dirige una mirada de aprobación y sale corriendo conmigo cuando Waimorou grita, y su tribu desaparece yendo en la misma dirección que todos.

Corremos y llegamos a la arena y, para mi alivio, la mayoría de las personas ya están en el agua con las canoas y empujándolas para pasar por las olas. Veo filas y filas de miles de taínos y Kalinago entrando y preparándose para huir de Borikén y siento el dolor en mi corazón. Se siente como si estuviéramos dejando atrás nuestra vida. Somos taínos de Borikén y estamos escapando de lo que los dioses nos regalaron. ¿En realidad ganaron los españoles? —No dudes de ti ahora, amor. Te creo y la tribu también cuando dices que no tenemos otra opción —Aquiana dice colocando una mano en mi pecho mientras Yocagua empuja una canoa llena de taínos al frente de nosotros—. Te conozco más que a mí misma, Guazei. No hemos perdido a Borikén. Nos guiarás de regreso, incluso si, cuando nos proteges hoy, sientes que lo perdimos todo.

—Los dioses lucharon a mi lado para salvar Borikén y ahora estoy dejando que los españoles se queden con la tierra por la cual peleamos... —le digo cuando Yocagua nos grita que nos subamos. Casi todos están fuera de las olas en el área calmada del mar.

Aquiana mueve su mano hacia mi mejilla y me mira fijamente. —Ganamos. Los españoles no pudieron conquistar nuestro yucayeque y derrotaste al dios de los ojos rojos. Esas son suficientes victorias para que los dioses te miren con orgullo. Esta noche hablaremos con ellos, pero tenemos que irnos. Nuestro hijo nos está esperando —asiento y entramos al agua empujando las olas que rompen en nuestro pecho. Aquiana se acerca a la canoa donde Yocagua extiende una mano, y yo ayudo a levantarla y escucho un solo clic detrás de mí. La explosión viene a continuación y moviendo el agua levanto mi macana mientras el metal choca con ella cerca del cuerpo de Aquiana. Se siente como un puño en las palmas de mis manos, pero detuve el ataque antes de que aterrizara en mi esposa. Hoy no hay tiempo para pelear, por esta razón ignoro a quien nos atacó. Con Aquiana a salvo en la canoa lanzo mis armas rápido dentro de la canoa mientras Aquiana y Yocagua me dan sus manos halándome hacia adentro. —¡Cobardes! —Escucho una voz gritar una palabra que conozco en la lengua de los hombres blancos y cuando me doy la vuelta, veo a De León con su espada en mano.

Del bosque salen cada vez más españoles hasta cubrir toda la arena que se extiende por cientos de pies. Detrás de ellos veo a más de los hombres blancos con armas de plata en sus manos. Comienzan a apuntar a todas las canoas, pero De León se vira en su dirección señalándonos con su espada y luego al bosque y todos bajan sus armas. Espero que intenten algo más y solo se quedan observando.

Miro hacia atrás y veo el mar lleno de los miles de taínos y Kalinago que están dejando atrás a Borikén. Escucho el sonido de los remos alejándonos y, sin embargo, no alejo mi mirada de la playa por mucho tiempo. Sigo observando al líder de los españoles que intentó cazarnos por última vez y fracasó.

A medida que el agua nos aleja, los españoles comienzan a desaparecer convirtiéndose en simples sombras y como la primera vez que estuve en estas aguas empiezo a ver el lado de Borikén. Todas las tribus siguen la canoa de Waimorou que rema con docenas de Kalinago y cientos rodeándolo. Nos guían a través del mar mientras le damos un último adiós a nuestra tierra. No hay palabras para la tristeza que estamos sintiendo todos. Sabemos que volveremos algún día, pero no sabemos cuánto tiempo tardará. Espero que sea pronto. Tal vez una semana o tal vez meses. Tendremos que crear estrategias para liberar a los yucayeques uno por uno para luego huir. Así lograremos acabar con los españoles que reclamaran el este de nuestra tierra. Luego repetiremos el proceso hasta que el oeste quede completamente libre. De esa manera podremos atacar juntos a Caparra. Esto verdaderamente será el final de uno de nosotros. En esta batalla dejaran de existir los españoles o los taínos... pero esos son problemas para otro momento.

Las canoas comienzan a moverse más rápido y dejamos atrás Borikén. Escucho los llantos de los taínos en mi canoa, incluyendo a Yocagua y Aquiana. Siento su dolor porque también es mío en mi corazón. Pensé que estaría preparado... Pero jamás lo estaré. Ver el hermoso verde de mi tierra como desaparece a medida que nos alejamos, rompe mi espíritu al igual que lo hizo perder a tantos taínos. Y tal vez sea un dolor similar. El bosque de mi tierra es una parte de mí. Si no fuera por él, la espada de fuego habría acabado con mi vida en Yuke. En cambio, el bosque me acepto como el hijo de Borikén. Me curó como los árboles lo hacen entre ellos porque todo taíno es parte de Borikén. —Lloren la pérdida de nuestra tierra porque le decimos adiós a una parte de nosotros. No escondan el dolor porque este es el dolor de un taíno. Hoy compartimos lágrimas de lo que perdimos, pero créanme cuando les digo que pronto compartiremos las mismas lágrimas. ¡Solo que esta vez serán de alegría en Areytos cuando recuperemos a Borikén! —Dejo de hablar cuando se quiebra mi voz. Siento los brazos de mi familia cuando me abrazan y a mi alrededor los taínos comienzan a cantar una canción que conozco muy bien. Un cántico de despedida. La última canción que cantamos para Agüeybaná.

1513

CAPÍTULO 40

EL DESTINO DE LOS TAÍNOS

Han pasado dos años desde que pelee contra el dios de los ojos rojos. Dos años desde el día en que dejamos de vivir en Borikén. Ya no me despierto todos los días asustado como cuando la visión me atormentaba. Ahora me despierto con el dolor de extrañar mi tierra y aunque he llegado a acostumbrarme a la tierra de los Kalinago, mi corazón me sigue gritando por Borikén. Pocas veces a la semana visito la tierra que dejamos atrás, para pelear contra los hombres blancos y rescatar a los taínos que aún están esclavizados, mi cuerpo me ruega que me quede, pero aún no ha llegado el momento.

A medida que la luna brilla sobre mi tribu y todas las tribus que hemos rescatado, siento paz... Aunque mañana sea un día de guerra. Mientras las personas cantan y bailan en este Areyto, yo los vigilo en mi dujo cerca del Caney que se construyó cuando llegamos a esta nueva tierra. Estamos lejos del ascenso en el que viven los Kalinago ya que siempre hemos vivido cerca de los ríos o del mar y, sin embargo, Waimorou y su gente nos visitan todos los días. Cazamos y pescamos como si fuéramos de la misma tribu y he visto a los taínos tratando de enseñarles a cosechar, aunque se nieguen a aprender.

Me da alegría ver a Arasibo bailando con su esposa y su hijo, que ha crecido demasiado rápido como lo ha hecho Yocagua. Se ha convertido en padre y eso me hace abuelo. Aquiana nunca se separa del lado del bebé, y siempre le cuenta historias de los dioses y de nuestra verdadera tierra. El niño nunca ha estado en Borikén, pero cuando llegue el día en que todos los taínos sean libres, sé que la tierra lo recibirá como lo hace cuando pisamos sus arenas.

Miro lejos de mi familia donde Gutey, el bojique de la tribu de Urayoán está curándole una pequeña herida a un niño. Y una sonrisa se me forma cuando veo a su esposa, Atuaya, regañándolo, diciéndole que lo está haciendo todo mal. Y como de costumbre Arinotu siendo el más sabio de los bojiques se acerca para ayudarlo.

Mis ojos se mueven hacia la espesa hierba del bosque de donde sale el cacique Aymamón con algunos de sus hombres y con Waimorou. Me alegro de verlos bien. Hacía días que no los veía. Aymamón estaba en Borikén hablando con los caciques libres del Este. Se suponía que iba en busca de información para confirmar que se estaban realizando las estrategias que hemos estado creando estos años. Cuando llega a donde mí, me levanto para escuchar sus palabras. —Los caciques están listos. En tres días comenzará la revolución —Aymamón dice en voz alta para que lo escuche sobre el sonido de las canciones—. Todas las tribus se unirán y destruirán a Caparra junto con su líder como lo planificamos.

—Bien —respondo mirando a Yocagua con su hijo en sus manos. Él va a querer acompañarnos, pero no se lo puedo permitir. Necesita proteger a su hijo—. Entonces envía a uno de tus hombres para decirles que estaremos allí en la tarde de mañana. Todos los taínos que deseen unirse a la batalla podrán hacerlo, pero no los obligaremos a luchar. Si desean proteger a su familia aquí, entonces se respetará su decisión.

—Tu gente te es leal, Guazei'ki'no. Te seguirán a cualquier parte —Waimorou dice y yo asiento mirándolo directo a los ojos.

—Pero se perderán vidas... Es inevitable. No quiero despedirme de ninguno de ellos. Perdimos muchos taínos hace tres años —le digo mientras recuerdo el trágico día en que me enfrenté a Egios.

—Y aunque ha pasado tiempo, todos los días se pierdan vidas inocentes en nuestra verdadera tierra —dice Aymamón acercándose a mí—. Somos libres, pero Borikén está lleno de esclavos. Cada segundo un taíno cae a manos de un hombre blanco.

—Es por eso que los enfrentaremos mañana. Pelearán sin dioses a su lado y abandonarán nuestra tierra después de tantos años. No más esclavos. No más hombres blancos. Borikén volverá a ser la tierra de los taínos —le digo colocando ambas manos en sus hombros, ofreciéndole una sonrisa cálida, aunque no me la devuelva. En estos años nunca he visto paz en este cacique. Siempre ha estado preparado para la guerra que no termino y pronto la tendrá.

Aymamón retrocede solamente asintiendo. Habla con uno de sus hombres que comienza a correr fuera del batey perdiéndose en el bosque para regresar a Borikén. Me acerco al dujo para sentarme cuando todos comienzan a irse, pero detengo al cacique. —Entiendo si estás cansado de la misma pregunta que hago cuando visitas a Borikén sin mí, pero...

Aymamón me interrumpe y me dice, —Lo siento Guazei'ki'no, pero no hemos visto a Mabodamaca.

—Gracias por responder —se va y me siento en mi dujo con el mismo dolor que siempre me invade cuando escucho esas palabras.

Han pasado dos años y nunca regresó. Mabodamaca desapareció ese día y, aunque supiera que no lo volvería a ver, todavía me quiebra el espíritu, no saber qué le pasó a mi primo. —No pierdas la fe Guazei —Aquiana dice pasando su mano por mi espalda y se sienta a mi lado en el suelo—. Acuérdate, prometió volver. Mira a su tribu toda feliz celebrando que pronto volverán a Borikén. Una vez que dejemos atrás la tierra de los Kalinago, podremos buscarlo.

—Me temo que he llegado a creer que está en Coabey —digo por primera vez lo que siempre quise negar—. Su espíritu estaba destrozado la última vez que lo vi. Si los miles de hombres blancos lo encontraron, es posible que acabaran con su vida, o si los dioses estaban furiosos cuando los encontró...

—Nada de lo que dices tienen sentido, Guazei —Aquiana me agarra la mano y me hace mirarla a los ojos—. Mabodamaca es un cacique feroz. Ningún hombre blanco puede vencerlo, y los dioses no son como tú acabas de decir. Te protegieron y protegen a todos los taínos. Lo encontraremos. Confía en los dioses. Levántate. —La miro confundido, pero ella se levanta de un salto y me agarra el brazo, halándome —ser cacique no te convierte en un marido aburrido. Vamos a bailar y cantar. Mira esa cosita ahí con Yocagua y Tayba moviendo sus manos hacia arriba. Estoy segura de que quiere ver a su abuelo con él.

Me río cuando el bebé de Yocagua sigue tratando de imitar a su padre mientras su madre agarra sus diminutos brazos. —Eres más sabía que yo, Aquiana.

—Qué suerte tienes de que te casaste conmigo entonces —y me empuja a través de la tribu, riéndose. Todos me reciben con los gritos del Areyto y me doblo y tomo a mi nieto en mis manos viendo sus ojos llenos de felicidad y las preocupaciones salen de mi cuerpo. Mañana vamos a la guerra por segunda vez contra los hombres blancos. Mañana destruiremos a Caparra y al conquistador De León. Y esta noche... Esta noche celebramos como una tribu ante los ojos de los verdaderos dioses de Borikén. Ante los dioses que lucharán con nosotros como lo hicieron conmigo en mi momento de gran necesidad.

Observo a Yocagua sonriendo cuando empieza a cantar en voz alta. Sé lo que está a punto de hacer. Todos los taínos siguen sus palabras mientras canta la canción más nueva de nuestra tribu. El cántico de un cacique de Borikén. Una canción de un hombre que se convirtió en un dios para salvar su tierra. Un taíno que enfrentó el miedo de sus visiones, para luego lanzarse contra el fuego antiguo y junto a Juracán y todos sus dioses, venció al dios maligno con ojos rojos como las llamas de su espada. Juntos cantamos la canción de 'El Taíno'

EPÍLOGO

CIENTOS DE AÑOS DESPUÉS

Veo el cielo nocturno con la luna llena brillando sobre nosotros y después de tanto bailar y cantar me arreglo el vestido y me siento cerca de la fogata. A mi lado, mi abuelo hace lo mismo y tiene una sonrisa con una alegría que estoy segura de que le ha añadido cien años de vida.

—Feliz cumpleaños, Aquiana —dice mi abuelo con una risa llena de emoción.

Verlo de esta manera me hace sentir muy bien. Él siempre disfruta de mis cumpleaños más que yo y mucho más en este que cumplo treinta. —Gracias, abuelo. No puedo creer que han pasado treinta años y todavía seguimos haciendo Areytos.

—Me sorprende aún más que te hayas unido a mí. La mayoría de las personas se apartan de nuestra tradición cuando envejecen —sí... Tal vez se refiera a papá.

—Es normal que pase, pero desde pequeña siempre dijiste que tengo pura sangre taína corriendo en mi interior, como todos los puertorriqueños —sonrío cuando veo su rostro, bronceado y arrugado, pero mostrándome su corazón feliz que el fuego ilumina en esta noche. Este hombre tiene ochenta años y todavía baila como uno de los taínos de la historia que me canta todos los años, el cuento de Guazei'ki'no—. Y, además, esa historia de cómo el taíno se enfrentó a Egios la amo, aunque siempre me da escalofríos. Ojalá fuera cierta, pero ya sabemos lo que pasó con los taínos y los españoles después del 1513...

Abuelo vira su cara al fuego y se queda en silencio. ¿Dije algo malo? Sé que ama a los taínos, más que a nada. El impacto cultural y todos los detalles de sus vidas nos cambiaron, pero no podemos negar lo que sucedió... Espero en silencio tocándome la pintura roja dibujada en mis manos y levanto la vista cuando él habla, —Te amo demasiado, Aquiana. Nunca te mentiría, pero ya eres una adulta. Treinta años he ocultado algo que debería haberte dicho hace mucho incluso si sigues siendo para nosotros la niña de la familia.

—No te preocupes por eso. Todo el mundo miente de vez en cuando, es normal. Eso no haría que te amara menos. Has estado conmigo toda mi vida. Puedes tener secretos como todo el mundo —le digo tratando de sonreírle dulcemente, pero siento una sonrisa incómoda—. Aunque me sorprendería si abuelo tiene secretos porque sé todo sobre él. Un hombre que trabajó desde pequeño en la central de caña de azúcar, tal vez se obsesionó un poco con nuestra cultura taína y los bosques. Luego, eso lo llevó a usar el dinero por el cual se sacrificó para construir su propia casa entre los árboles, obviamente no solo, todavía vive con abuela incluso hasta el día de hoy. Aunque aparentemente a abuela y a ma no les gustan los Areytos tanto como a nosotros. Pero el punto es, ¿qué secretos podría estar escondiendo?

—Aquiana —mueve su rostro de nuevo hacia mí, y todavía tiene una sonrisa, pero sus ojos... Nunca lo había visto tan nervioso—. Hay mucho más de lo que sucedió con los taínos de lo que nos dicen los libros de historia. Hay mucha información que se transmite de padres a hijos e hijas. Como lo que me dijo mi padre cuando no tenía más de seis años. Perdón por nunca decirte la verdad, pero... Yo nunca creé las canciones del Areyto de Guazei'ki'no.

—¿Se lo robaste a alguien entonces? —Le pregunto, pero no lo juzgo, aunque si robó algo, tal vez lo juzgue un poco.

—No lo entiendes —se acerca y sus ojos arrugados me miran con sus cejas blancas levantadas—. Mi padre me pasó la historia del Areyto a mi como lo hizo su padre a él y su padre antes que él. Este Areyto está en nuestra familia porque nuestro antepasado, Yocagua se lo pasó a su hijo. Todo sucedió. Todo es cierto. Guazei'ki'no existió. Luchó junto a todos esos caciques, y se enfrentó a un dios en el bosque curativo, en El Yunque.

No me río porque habla en serio. No miente. No creo que se esté volviendo loco ni nada por el estilo. Creería cualquier cosa que dijera mi abuelo incluso si mi cara empieza a ponerse pálida. Aunque sienta el corazón en la garganta y el cuerpo lleno de escalofríos, le creo. —¿Cómo es posible? Esta historia de un Areyto es ficción. Un dios... un dios, dios, en Puerto Rico, ¡¿Y hace cientos de años un taíno normal lo enfrentó con una macana y un arco con flechas?! ¡Guazei'ki'no lo mató!

—No, Aquiana. Me temo que Guazei'ki'no no acabó con la vida de Egios ese día en El Yunque —me dice abuelo moviendo la cabeza de un lado a otro negando—. Egios sobrevivió — deja de hablar para mirar la luna, pero yo no me muevo. Sé que está a punto de decir algo que cambiará mi vida para siempre—. Y ha regresado.

El cuerpo comienza a traicionarme cuando veo que me tiemblan las manos. Recuerdo haber tenido pesadillas la primera vez que escuché esta historia. Mi padre logro calmarme junto a abuelo, ambos me dijeron que era solo una canción creada por los antepasados. Recuerdo a mi madre gritándoles a los dos por contarme una historia de miedo siendo tan chiquita. Pero todo era falso. Un cuento para celebrar nuestra cultura olvidada. Busco una pizca de mentira en sus palabras. Deseo dentro de mí que lo que dijo sea falso, ¡pero no puedo encontrar nada en sus ojos! Esto va en contra de todo lo que creo. ¡¿Un dios?! —¡¿Cómo ha vuelto a la vida?! Guazei'ki'no pasó su propio fuego por su pecho. Los vientos de un huracán lo hicieron volar por un acantilado. Nadie puede sobrevivir a algo así.

—Pero Egios pudo, y lo hizo —dice con los ojos fijos en el fuego como si le hablara a las llamas.

—¿Cómo puedes estar seguro de esto? ¿Hay algo más? No sé. ¿Algo... algo que pueda comprobarlo, tal vez? —Le respondo tratando de no sonar desafiante, pero me está diciendo algo que suena imposible.

—El Areyto habla de las visiones de Guazei'ki'no. Una era el pasado de Egios, la otra el futuro de los taínos y una se quedó olvidada.

—Por supuesto que me acuerdo —siempre tuve curiosidad por la visión de la muchacha con la ropa azul con líneas dorada que parecía rasgada por una bestia. Y me acuerdo de que estaba enfrentándose al dios de los ojos rojos—. Pero siempre dijiste que la canción no hablaba de ella que era una parte secreta, —y escucho mi voz demasiado rápido en esta noche silenciosa.

—Somos los descendientes de Guazei'ki'no. Y él era el taíno más listo que vivió en esos tiempos. Nunca habló de la visión. Solo tres personas la sabían. Arinotu, Yocagua y la taína por la cual llevas tu nombre, Aquiana —me quedo en silencio porque sé que cuando respira hondo está a punto de hablar de nuevo—. Guazei temía que la última visión fuera de un futuro lejano. Vio cosas hechas de plata que no podía entender, escuchó idiomas diferentes a los de los españoles y por esa razón dejó un mensaje a sus descendientes.

—¿Guazei'ki'no nos dejó algo? —casi le grito con todas las emociones que un ser humano puede sentir a punto de explotar a la vez. De repente, el hombre de las historias que amé es real y no solo eso, es mi antepasado. Un antepasado que dejó algo para mí y mi familia.

—Sí, Aquiana. Estas son sus palabras exactas: *—Hace mucho Vi a Juracán reclamar el cuerpo del dios de los ojos rojos con una espada en el pecho. Ningún hombre o dios podría sobrevivir a esto y, sin embargo, una visión todavía me sigue. Los dioses me mostraron a una joven que luchaba por su vida contra Egios. Era un lugar extraño que no era de esta época. Egios parecía igual, con su rabia incontrolable y con su oscuridad innegable. Deseo estar equivocado. Espero que las tribus finalmente encuentren la paz en Borikén ya que somos libres, pero si llega el día en que Egios regrese... Nuestra tierra estará en peligro. Eres* *parte de mi familia. Ustedes son los hijos e hijas de mis hijos y nietos. Los dioses estuvieron siempre a mí lado en las batallas más importantes, y hoy les pediré que estén con mi familia para siempre. Si Egios regresa, si la persona que vi está en peligro... Ayúdala. Encuentra a la joven de la ropa azul y dorada que carga la espada de hielo. Ella será tu aliada en la guerra final por Borikén. Dejo atrás no solo mis palabras, sino también el regalo de los dioses. Toma mis armas y enfréntate al dios de los ojos rojos por última vez. Estaré en Coabey observándote con orgullo.*

—Abuelo... —le digo limpiando las lágrimas de los ojos. Es extraño escuchar las palabras de alguien a quien admirabas pensando que era una historia de ficción. Para luego darte cuenta de que es real, muy real.

Alza una mano pidiéndome que espere, se levanta y camina para atrás de un árbol. Veo al abuelo forcejeando con una bolsa tan grande como él y cuando vuelve, la coloca en el suelo. —Solía soñar cuando era joven con llevar una corona de plumas como la de Guazei, empuñado sus armas y destruyendo al dios de los ojos rojos de una vez por todas, pero soy demasiado viejo, Aquiana —abre la bolsa y por primera vez veo algo que no debería existir. En sus manos veo un arco más grande que yo, completamente verde oscuro con puntos azules por todas partes y líneas rojas. De la bolsa saca otra arma y es la macana. Exactamente como esta descrita en las canciones. Abuelo extiende sus manos dándome las dos armas, las tomo y al instante mis manos se van para abajo de lo pesadas que son—. Los dioses de los taínos me mostraron una visión anoche. Egios ha regresado. No ha llegado a Borikén, pero cuando salga el sol la chica de la espada de hielo se enfrentará a él. Ella va a estar en el medio del océano luchando por su vida... Nadie debería enfrentarlo solo. Mi corazón grita como el de Guazei'ki'no lo hizo cuando quería luchar por proteger a los que amaba, pero mi cuerpo no puede levantar estas armas.

—Pero ¡¿cómo esperas que me enfrente a un dios?! —Grito mirándolo fijamente y luego a las armas. Son tan hermosas que parecen falsas—. Sé que soy casi una taína pura, pero El Yunque ayudó a Guazei'ki'no porque tenía una conexión con Puerto Rico. Y yo... yo apenas sobrevivo a la agricultura con estas temperaturas de ciento veinte grados.

—Toda tu vida te he mostrado como usar el arco. Nunca fallas y la fuerza de tus manos rompe los árboles que tus flechas encuentran —dice abuelo tratando de convencerme y cuando lo miro bien sonríe sin el peso de sus secretos—. Has entrenado conmigo usando macanas pensando que todo eran juegos para mantener la tradición, pero yo te estaba entrenando para este día. Guazei nos confió el futuro a nosotros. Si el dios de los ojos rojos vuelve a esta tierra, Puerto Rico arderá.

—Nunca le permitiría eso —digo agarrando la macana con firmeza y siento el poder de los taínos dentro de mí. Así es como se debió haber sentido, Guazei—. Siempre los protegeré a ustedes.

—Entonces vete. No hay tiempo que perder —se levanta y yo salto comenzando a cargar estas armas pesadas cuando empieza a irse así nada más.

—¡Espera! Sabes que el océano es enorme, verdad. ¿Cómo puedo encontrar a esta muchacha si no sé dónde está? —Le grito corriendo detrás de él. ¿Cómo puede una persona de ochenta años ser tan rápida?

—¿Qué hizo Guazei'ki'no cuando llegó al mar y no sabía a dónde ir? —Pregunta mientras sigue caminando fuera del bosque y veo que me está poniendo a prueba cuando veo esa sonrisa.

—Pidió a los dioses que lo guiaran... ¿De verdad estás sugiriéndome pedirles ayuda a los dioses taínos? —le cuestiono cuando cruzamos el metal y llegamos a la carretera. Miro hacia el lado donde está estacionado mi auto, cerca de la cara del indio aquí, en Isabela.

—Sí. Le funcionó a Guazei. ¿Por qué no te va a funcionar a ti, Aquiana? —Responde abuelo y cuando voy a decir algo se detiene de repente cerca de la cara del cacique. Me quedo junto a él dónde el rostro tallado en la montaña es completamente visible incluso a esta hora de la noche gracias a las luces que lo alumbran desde el piso—. Cuando tenía tu edad, el misterio frente a mí no me dejaba dormir. Una pregunta que nunca fue respondida.

—Sé lo que quieres decir —le digo mirando la roca tallada. Es hermoso. Hay tantos detalles que parece real. Un rostro de un verdadero cacique tallado a la perfección—. ¿Guazei'ki'no nunca le dijo a nadie si lo encontró?

—No. Lo único que la historia de Puerto Rico nos dice es que desapareció —abuelo me dice y sus ojos están llorosos. Me acerco y lo abrazo mientras miro el rostro del valiente cacique que dio su vida en la batalla del 1511. Hay muchas leyendas. Algunos dicen que este cacique murió mientras luchaba junto a su tribu, algunos dicen que los dioses se lo llevaron, y otras personas dicen cosas no tan buenas de su desaparición... En realidad, nadie sabe qué le pasó a Mabodamaca.

Lo único seguro es que vivirá aquí para siempre en esta montaña. Un cacique que fue crucial en la guerra que salvó a Borikén del fuego de un dios. Un cacique que lo perdió todo y se perdió a sí mismo en el proceso. —No llores por Mabodamaca, abuelo. Si murió, tiene que estar en Coabey con Guazei. Seguro que nos están observando ahora mismo mientras comen Guayaba de algún árbol cercano. Vamos —le digo, todavía abrazándolo hasta el coche.

El rostro del taíno Mabodamaca tallado
en la montaña de Isabela, Puerto Rico

Lo enciendo y comenzamos a alejarnos de la cara del taíno mientras paso por las montañas que parecen difíciles de creer que sean verdaderamente el Valle de los Dioses. Todo es verdad. La rebelión, el dios, el bosque curativo y la guerra. Mi mente está tratando de comprender todo esto y aunque no pueda, esta noche mi vida va a cambiar. Una vez que abuelo esté en su casa durmiendo, ya no será la misma. Iré al océano y me enfrentaré a algo que no debería existir. Un dios que casi mata al taíno más fuerte que existía. Peleare con él para salvar a una muchacha que ni siquiera conozco. Pero Puerto Rico me necesita al igual que el mundo, aparentemente. Siempre me vi como una taína, pero esta noche soy una descendiente de un cacique. Soy la última descendiente de Guazei'ki'no.

LIBROS EN LA SAGA DE LAS PIRÁMIDES

Alice Frost y la Pirámide de la Antártida

Alice Frost y la Pirámide de Atlantis

El Taíno

Made in the USA
Coppell, TX
17 March 2026

73610956R00229